U0924439

戏马

丁叶 著

江苏凤凰文艺出版社
JIANGSU PHOENIX LITERATURE AND ART PUBLISHING

图书在版编目（CIP）数据

戏马 / 丁叶著. —南京：江苏凤凰文艺出版社，2022.10

ISBN 978-7-5594-7037-9

Ⅰ. ①戏… Ⅱ. ①丁… Ⅲ. ①长篇小说—中国—当代 Ⅳ. ①I247.5

中国版本图书馆 CIP 数据核字(2022)第 127983 号

戏马

丁叶 著

责任编辑 万馥蕾
装帧设计 王小耳
责任印制 刘 巍
出版发行 江苏凤凰文艺出版社
南京市中央路 165 号，邮编：210009
网 址 http://www.jswenyi.com
印 刷 苏州市越洋印刷有限公司
开 本 880 毫米×1230 毫米 1/32
印 张 10.625
字 数 285 千字
版 次 2022 年 10 月第 1 版
印 次 2022 年 10 月第 1 次印刷
书 号 ISBN 978-7-5594-7037-9
定 价 68.00 元

目录

第一章　避难

夏思宁在他六旬有余的年岁里，多数时候是在躲避各种劫难。他大约还只是五尺之童时，就开始躲避主家的少爷。那时候他跟着他爹去邻村的张家寨帮张秀才家里下田割麦放牛犁地，他最惧怕见到张秀才家的两位少爷，虽然他尽万般可能避开他们的视线，但防不得偶然被少爷们撞见，撞见后必不可少会招来几番戏耍，他一般会被提着辫子满地学狗爬，接着是拳脚相加。庆幸的是，一年后，两位少爷去城里读书了，半年也不见得回来一趟，夏思宁的童年算是从阴霾中解放了出来。

不过好景不长，夏思宁还不及弱冠之年，他爹犯疯病，死了。据郎中交代他爹肯定是多年前被疯狗咬伤过，早晚要犯病，迟早会死的。可令人几乎绝望的是，一年后夏思宁他娘也死了，死因是瘟疫。相邻几个村庄先后被这一可怕的瘟疫席卷，人一个接一个地死去。随着夏家几个近房的男孩接连被埋在祖坟周围，夏思宁成了夏家的独苗，为了不使夏家就这样断了香火，他被三叔带进了城里，就这样，他成功躲避了瘟疫。

谁承想，城里也并不是太平之地。朝廷为了充实官军，命令徐州府广泛招纳壮丁，名义上是招纳，其实是强征强抓。夏思宁躲在城墙外的草棚里终日不敢出门，半年后在探明惊悚的瘟疫已经消失时，他便义无反顾地只身逃回了乡下，这一回，他又成功躲避了兵役。

夜里回到乡下，夏思宁跌跌撞撞摸到了他爹和他娘的坟头，他跪在坟前，默默待了一个时辰。第二天，他便挖出先前在院子里埋下的锄头、镰刀、铁锤，以及半仓已经发了芽的谷子，他准备鼓起气来靠双手把只有孤身一人的家重建起来。可是天灾难料，不到半年时间，黄河决口了，徐州很多县河水泛滥，本应流淌在南面黄河大堤上的河水，灌得到处都是，他种下的两亩麦子颗粒无收不说，家里的土屋连同院子也被河水浸泡得坍塌下来。无奈，他只能跟随邻里乡亲一起踏上了乞讨的队伍，毕竟这样可以躲避洪灾。

一路四处乞讨，一路越发艰辛，不少乡邻纷纷加入捻军，夏思宁是坚决不肯加入的，他在城里的时候就清楚，加入捻军那可是造反，会被杀头的。在一处荒废的驿站，夏思宁选择与仅剩的几个乡亲分道扬镳，他挎着包裹，腰上系着一只掏空的葫芦，手端一个半残的瓷碗，转身朝南去了。不知道走了多久，也不知道走了多远，他遇到了一群披头散发的毛贼，出于对生存的渴望，毛贼的一张大面饼将他带进了另一个国度，听说那里叫太平天国。他被要求把后脑勺的辫子拆散，手持长枪跟着操练技法，在自己成为毛贼的两个月后，他鬼使神差地逃了出来，沿着南下的方向折返回了徐州城，进城的一瞬间，他激动地哭了出来，他再次成功躲避了造反。

在城里，靠着每天领取点赈灾粮，夏思宁熬到了大水退去。后来他得知，为了阻挡太平军和捻军入城，徐州城外正在筑造新的土城，又听说可以发饷管饭，于是他找到同样是逃荒回来的三叔，想让三叔帮忙介绍他去做工，三叔花了五个铜板托人帮他拿下了这桩差事。他当了一年苦工后，没等土城上的炮台建好，便忍受不了居无定所的奴隶生活，跑到搭在内城城墙根下三叔的草棚屋，向三叔道了别，又一次回到乡里，这回，他再次逃避了苦役。

夏思宁按照依稀可见的几株柳树找寻到自家的宅子。此时的宅子已经荡然无存，站在宅子向远望去，除了几家砖石结构的大宅院安然无恙外，其余基本见不到几处矗立的土房。他来不及叹口气，便抹开脚底朝邻村的张家寨走去，他找到了张秀才家。当年殷富的张秀才似乎破落了许多，夏思宁无法在他那里得到做长工的机会，甚至连短工也做不了，因为张秀才的田地所剩无几，多数已经变卖，或者被大财主刘圣发侵占。张秀才看在夏思宁他爹的脸面上，给了夏思宁两天的粗粮饼。带着粗粮饼，夏思宁仍然回到自家宅子，跪在柳树下，朝着爹娘坟地的方向痛哭了一宿。

第二天，他鼓起勇气去了刘大财主家，他现在无房无粮，必须找到一份糊口的差事才行。在刘大财主的大宅子前，夏思宁先是被石狮旁的狼狗呵斥了一番，接着又被财主家的家丁痛斥了一顿，却徒劳无果。两天后，他迫于生存的无奈再次尝试去讨生活，在大宅子前恰巧遇到刘大财主坐轿子去看戏，和颜悦色的财主收容了他，让他做长工，可是有一点，只管吃住，没有工钱。于是乎，夏思宁便正式开始了长工生涯。

刘大财主果然是大财主，长工有十几个，家丁也有四五个，还有五个兵丁，方圆五里都是他的地盘。夏思宁在财主家做活的两年时间里，趁着闲暇经常偷偷跑到邻村，把自家的土屋恢复了原状，垒了墙土，覆了草顶，只是篱笆院里的柳树被砍得只剩了一棵。他还把自家的土地种上了粮，就在他收了一季小麦，正准备播下秋季玉米种子的时候，刘大财主家的三个兵丁横眉怒目地找到他，当场责骂他偷种刘财主的田地却不交租，并把他押到了财主家的大堂。刘大财主稳坐堂上的高座，满脸透露着老奸巨猾，在财主的一番口蜜腹剑过后，夏思宁被迫签订了租约，这是他自家两亩多田地的租约，他本是主户，却变成了租户，但只能是哑巴吃黄连，有苦说不出。

不过老天还算开恩，夏思宁连种了四季粮，季季都丰收，除去交租，他还囤下不少。他忠厚老实、勤劳吃苦的秉性，加上日渐殷实的粮食，吸引了同村的另一户长工，长工把女儿小倩许配给了他。腊月初六，夏思宁在自家屋里的柳木床上摘下了小倩的红盖头，正当他为呈现在眼前的红晕脸庞陶醉时，一顿砰砰的敲门声夹杂着咣咣的撞门声把他从醉意蒙眬中惊醒。夏思宁刚把门栓抽掉，四五个兵丁一拥而入，径直朝床上扑去，连拖带拉把小倩扛出了屋，夏思宁拼尽全力阻拦，却被两个兵丁狠狠给了一顿拳脚，临末，带头的兵丁对他说，新娶的媳妇都是要送给刘大老爷破瓜的，这是规矩，谁要是敢偷吃，那是大逆不道。夏思宁惊慌失措地跑到小倩的爹家，两家人竟束手无策。他无奈只得踉跄地回到家里，在空房里独坐了一夜。次日天还没亮，他小心翼翼敲响了刘大财主家的红漆铺首，门缝里探出一个家丁奸笑着告诉他，新媳妇陪主家睡觉哪有只睡一天的规矩，三天之后再来领。三天后，当夏思宁再次找到刘大财主家时，小倩的爹红肿着眼也在财主庭院里，夏思宁连忙追问究竟，却被告知小倩昨天晚上投井自尽了，尸身已经被送回。夏思宁目瞪口呆，站在原地许久后，终于一声长叹，腿一软，蹲在地上掩面痛哭起来。小倩的爹递过来几串铜钱给他，说是刘大财主给的补偿金，便拉着夏思宁一起回去把小倩埋了。

半个月后，关于小倩之死的流言在周边几个村子传得沸沸扬扬，不过这流言简直是颠倒黑白，说是夏思宁克死了她，原因是夏思宁家里的桌凳和床柜都是柳木做的，柳木那可是辟邪的利器，肯定惹怒了恶鬼，所以把小倩给害死了。夏思宁看着屋里柳木材质的家当，心中充满了悲愤和绝望，深恶痛绝却又无能为力，他又一次摸到爹娘的坟地哭了半夜。第二天，夏思宁把家里的大部分粮食和家当都送到了小倩家，算是报答一刻春宵便抱恨终生的年轻亡灵。他自己推上平板车，载了些稻谷和炊具，朝南走去了。他听说，黄河自从溃堤后便改了道，如今黄河大堤上已经没有当年的滚滚黄河水，有的是大片无人耕种的沙土地，而且那里没有恶霸，没有压迫，那里能够给人以生存空间。

夏思宁费尽气力将平板车和携带的物件一个个扛上大堤后，就真的进入了世外桃源。

一望无际的沙土滩，只有远处寥寥无几的炊烟袅袅，炊烟所拂之处，偶然间杂着规整的青苗庄稼田。他选择去了一处稍远的炊烟方向，在这个方向，有一条不宽的残水胡乱在黄河故道的最底处流淌着，在离水不远的高处，有两顶草房，令人庆幸的是，草房里的一位好心的妇人暂时收留了他。在妇人和她丈夫的帮助下，夏思宁圈了一大片离河水一里远的土滩，并紧挨着妇人家的草房，搭了自己的茅草屋，两家正式成为邻居。一切落定，夏思宁跑到自己的田里，沉沉地朝北跪拜，向爹娘也向小倩无数次地叩了头，在这叩头中，有对爹娘和小倩的追忆，也有对生计向好的愿景，毕竟，他总算逃避了恶霸，逃避了凌辱，逃避了爹娘和小倩都没能逃避的厄运。

厄运过罢，便是好运。在这个世外桃源上，至少在以后很长一段时间里没有恶霸，没有欺压，虽然随着迁入人家的增多，也渐渐形成了几处小村落，但依然十分祥和安宁。

邻居的妇人做媒帮夏思宁娶了同样居住在堤上的刘家女儿。自从结婚后，妻子夏刘氏与夏思宁相濡以沫、相敬如宾，由于堤上发生了两场瘟疫，他们生的前两个孩子先后患病夭折了，还好第三个孩子身体比较硬朗，加之堤上也有了郎中迁来，这个男孩最终得以存活。因为是正月十六出生，他们给这个独子取名十六，夏思宁又请五里外的一位破落秀才给取了个大名，叫夏永兴，意思是永远兴旺。十六小的时候整天被夏刘氏抱在怀中，大一点就整天跟在夏思宁身后，长到十岁时，夏思宁出于对独子的厚望，极力想让十六读书识字，他挑了一担粮送给了五里外的裴秀才，裴秀才收下了粮，也收下了十六。渐渐地，独子十六长到了二十岁，虽然没有去考取什么功名，却秉性忠实，这一点很让夏思宁放心。

令人苦闷的是，堤上很快失去了原先的安宁。官差乘马坐轿来堤上收租了，并分片给各个村落命了名，夏思宁所在的村子被称为夏郭庄，缘由是村上多是夏姓和郭姓人家。同时，官差宣称，“普天之下，莫非王土；率土之滨，莫非王臣”，堤上各个村子同样要实施保甲制度，正所谓“保甲之设，弥盗安民”，这也是为黎民百姓着想。就这样，十户一牌，十牌一甲，十甲一保，夏思宁被选为牌头，统管夏郭庄的十三户人家。不过，堤上的庄稼收成还算可观，交了租还能剩下很多口粮，加之堤上的治安一向无事，所以官差的到来似乎并没有打断堤上人们生活的节奏。打断人们生活节奏的是基督教传教士的到来。

这年是庚子年，一天中午，两个穿着黑袍的金发高鼻的洋人来到夏郭庄，夏思宁年轻时在城里生活过，他知道这两个洋人是传教士，出于善意，他留洋人用了饭。可令人意想不到的是，第二天，两名洋人仍旧造访，而且在两个月的时间里，夏郭庄东侧一处无人耕种的洼地拔起了一座基督教堂。起初，夏郭庄及其周边村庄的人们是极为厌恶十字架极度抵触教堂的，但是随着教堂的牧师免费给村里人看了几次病之后，人们渐渐地把教堂当作农闲时活动的场所，夏刘氏更是每个周末都会到教堂做礼拜。

来年的六月初六，夏刘氏下午从教堂回到家后，像往常一样进了东厢房烧柴做饭，夏思宁干咳着给怀了崽的老黄牛添了一整槽的草料。草料都是儿子夏永兴刚从晒场上收贮到牛棚里的干料。正当夏思宁添完料悉心察看黄牛鼓凸的腹部时，一队背插大刀的人马跃进了他家的土围墙，为首的黑面汉子把长刀咣的一声插入土里，双掌拱手对夏思宁说，他们是霸王山大刀会的，这次奉命专门清除基督教堂，只逐牧师，绝不滥杀本地的吃教，有两件事需要夏牌头鼎力相助：一是他们二十几人的饭食，二是村里的壮丁都要加入其中。说完，拔刀转身挑帘进了东厢房。夏刘氏惊慌失措地从东厢房退到院子里时，差点被吓得晕倒。

三更时分，大刀会趁夜洗劫教堂，村里参加团练的五名年轻人也跟着去了，其中包括夏永兴。迫于无奈被动屈服的夏思宁焦急地在家中堂屋等待着，然而出乎意料的是，夏思宁并没有等到大刀会回来，更没有等到夏永兴的归来，而是等来了官府兵。

第二天晌午，一队杀气腾腾的朝廷军队不期而至，四五十人个个手提长刀腰系素带，是专程来清剿刀匪的。听说城里的兵要过来逮捕起事的大刀会成员，夏郭庄及其周边村庄的人们四散逃跑了很多，夏思宁并没有跑。两个兵把夏思宁押到半塌的教堂门前，痛斥他身为牌头竟然不组织自卫，盘问他村里的团练都哪里去了。夏思宁只是认错，其他一概不说。审问两个钟头后，随官府军一同到来的洋人牧师，猛地拔起兵卒的铁刀，狠狠地砍向夏思宁，瞬间，夏思宁的肋部鲜血直流。夏刘氏远远看见，惊呼一声，号啕痛哭了起来，与此同时，官府军和牧师愤愤离开了夏郭庄。

当乡民把郎中叫来，躺在教堂门前的夏思宁已经奄奄一息，郎中即刻给夏思宁掐了人中上了金创药，花了好些功夫，总算救活了一条命。薄暮时分，夏思宁被几个村民用拆卸下来的教堂门板抬回了家。

夏永兴从大刀会的队伍逃回家里已经是五天后的拂晓，家中发生的变故使他惊愕了许久，看着卧病在床的父亲，他人生第一次跪在了地上，夏刘氏撑着虚弱的身子在一旁再次哽咽了起来。邻家的郭二婶听说夏永兴回了家，急匆匆进了正房西屋，把夏刘氏和夏永兴都拉到了堂屋，苦口劝说夏家娘俩，让夏永兴尽快说桩婚事冲冲喜，看这病情，只有冲喜或许还有救。就这样，在郭二婶的张罗下，婚事第三天就定下了，女方是三里外的田家村田明汉的三丫头，名叫田玉儿。

可是，就在婚期七月初二的前三天夜里，夏思宁在无形的叹息中咽了气。一向善于避难的他，终究没能躲过厄运的魔爪。

第二章　冲喜

七月初二的冲喜如期进行。只是在这一天，夏家不仅办了婚礼，还办了葬礼。

婚礼非常简单。夏永兴牵了一头借来的驴，把一身红装的新娘田玉儿接到家中，跨了火盆，喊了娘亲，对着灵堂和天地拜了几拜就算了事。

葬礼格外复杂。出殡的事宜全部由郭二叔张罗，二叔帮忙请了一个戏班子，其实只有一个唢呐手更换着几个唢呐在吹奏，又请了村里几个年轻的劳力抬棺下葬，还请了五里外裴庄的一个伙夫来做饭，此外还绑扎了灵棚、引魂幡等等各式物件。新娘田玉儿披上白布孝衣进了灵堂，夏永兴则在郭二叔的指引下，一遍遍出灵堂给前来的吊孝者引供，又一次次跪哭，还好前来吊孝的人并不多，除了乡邻，只来了两家亲戚，一家是夏刘氏娘家的两个侄子，另一家是城里三爷爷的大孙子。

三天后，田玉儿回门去了娘家，夏永兴圆坟去了田里。夏刘氏则在正房西屋绣虎面坠花棉鞋，她曾经很懊悔，哪怕提前几天给儿子办婚事，好好冲一冲喜，老头子也许不会死。可是如今，她显然已经从丧夫的悲痛中渐渐恢复，将更多的精力投入东屋新床床单上那一片应该有却迟迟没有出现的落红上。

在夏刘氏的脑海中，新媳妇在床单上落了红，那可是一件大喜事。按俗，新婚次日专门把浅色床单拿到井边洗干净晾晒在院子里最显眼的位置，是必不可少的，那片落红的区域最好还能隐约见到一圈月晕，这对新娘子来说，虽然会使人有几分羞涩，但绝对是令人十分骄傲的喜事。

为了等落红，夏刘氏隔三岔五从东屋儿媳妇的嫁妆箱里翻出《百子图》摆在东屋的新床上，有时也把印有“压箱底”三个篆字的拳头大小的春宫方瓷瓶摆出来，可是，这片落红她等了一个整月也没等到。夏刘氏有时怀疑田玉儿结婚前身子并不干净，甚至想仔细盘问一番查个究竟。

过完中秋，天气日渐凉爽，白昼明显加长，连公鸡的啼鸣也较往常迟了不少。鸡起得晚，人也就稍显困乏了些，但儿媳田玉儿按俗每日清晨的请安却依旧准时。其实，田玉儿也不敢懈怠了请安一事，这不只是尊长礼仪管束的原因，也缘于地理空间的制约—— 安寝的房间太近。夏家这座土质的宅子，虽然只是一进的四合院，却十分规矩，坐北朝南是三间正房，当中一间是堂屋，堂屋的条几上供奉着夏思宁的牌位，正房的东间屋子是夏永兴和田玉儿的住处，西间则为夏刘氏居住，正房南面院子两侧分别是东西厢房，东厢房作厨房使用，西厢房是织布房，西厢房紧挨的是牛棚，正房对面没有倒座房，而是简化为一扇两开的黑漆榆木大门，整个四合院由矮墙围拢，在外人看来，也算是殷实人家。

这天清晨，田玉儿双手扶膝屈腿问过安后，又屈身敬给夏刘氏一碗漱口茶，她见婆婆夏刘氏脸色阴沉，给人感觉比前一日早晨还要严重，便轻声问道：“娘，看你脸色不好，要不要去看看郎中？”夏刘氏默不作声，却猛地把手中纯白如乳的瓷碗掷到了地上，断碎的碗片掺杂着炽热的茶水像火山喷射岩浆一般溅满了田玉儿的额头，她顺势掩手一挡，身子踉跄一下便跌倒在地，她“啊”的一声尖叫，右手掌心不偏不倚压在了一块锋利的瓷片上，鲜血瞬间直流。田玉儿扯住自己的衣袖急忙按住手掌的伤口，她正准备起身，被夏刘氏大声喝止：“谁叫你起身啦！”田玉儿怯怯地抽回已经半立的腿，低声回答说：“我想收拾一下。”夏刘氏狠狠瞅了她一眼：“你还敢顶嘴！我问你，你的相好是谁？”田玉儿满腹狐疑却又胆战心惊，没敢对答。夏刘氏声音更大了：“结婚这么久连床单都没挂出门，我猜你身子就不干净，看看咋样，果然没让我猜错！”田玉儿呜咽了起来，连连回答说：“我没有。”夏刘氏带着怒火出了西屋，继而又出了堂屋，出了院子。

躺在东屋藤椅上的夏永兴被西屋的声响吵醒了，他穿好粗布长衫进入西屋时，地上一片狼藉，只见田玉儿一人坐在地上抽泣，他见她的手心被碎瓷划破正在流血，便去东厢房的灶台底下抓了一把柴灰递到她手里，他说了句“别哭了”就转身离开了。夏永兴出门给黄牛的食槽里加满料，把牛棚里的粪便清理干净，又去田头捡了一捆柴火堆在东厢房灶台旁，他还去村东头的井里绞了几担水，将东厢房里的水缸注满。他家本来有两口大缸，一口在东厢房内，是给人吃水用的；一口在牛棚边，是专门喂牛用的，一个多月前官府军来清剿大刀会，把牛棚边的大缸砸碎了，如今全家老小和牲畜都要靠东厢房里的这口大缸吃水。

夏永兴掀开灶上的锅盖，里面空无一物，他意识到母亲和田玉儿今早都没做饭。夏永兴从屋角案板上的箩筐里摸了一个馒头，掰开夹了几根咸菜，又在水缸里舀了一瓢水，早饭简单下肚后，他将鞋底粘着的牛粪渣滓用锄头钩了钩，双手把短汗衫拍打干净，就拖着稍显疲惫的身躯进了正房拐入东屋，卧在藤椅上歇息了。

“十六，十六啊，快来呀！出人命啦！”夏永兴听到母亲的呼喊声是在他躺在藤椅上不一会儿，他急忙冲出房门时，夏刘氏已经冲进堂屋颠仆在了门槛里。夏永兴只一眼就看见西厢房的房门半敞开着，再往前细看时，却见房梁上吊了一个人，不是别人，正是妻子田玉儿。夏永兴转身冲进牛棚，在墙壁上拽了一把镰刀迅疾又冲进西厢房，他朝梁上悬吊的麻绳用力砍去，田玉儿疲软的身子霎时滑落了下来。夏永兴摆正她的身体，只见她面容发紫呼吸微弱，他用拇指使力掐住她的人中穴，直到田玉儿清咳了两声，夏永兴才放下她，跑去正房让母亲夏刘氏赶紧叫人并立即到裴庄请郎中。

郎中骑马赶来时，田玉儿已被安顿在了正房东屋的木床上，隔壁的郭二婶紧挨着床沿坐在长条凳一端，夏永兴用纯白如乳的白瓷碗盛了一碗热茶站立在长条凳一侧等候郭二婶差遣，二人见郎中进了屋，连忙侧身把长条凳留给郎中。郎中不慌不忙走近木床落座，谨慎地抬起田玉儿的左手臂平稳地摆在自己面前，他伸出右手三根手指轻按病人手腕处的桡动脉，片刻后说："脉相虚弱，但并无大碍，可是……"郭二婶接话道："花钱不怕，我家侄子担负得起。"郎中摇摇头说："此类脉弱缘于体弱，体弱缘于心病。"夏永兴问："劳烦先生开个对症的方子，我这就去抓药。"郎中道："不用服药，只须在饭菜里加一样药引，这药引乃是大豆，通肠化气，自然会好。"说完，郎中慢慢收拾好挎在腰际的行诊布袋，接过夏永兴递来的一张江南裕宁官银钱局制的一串文的纸票作为诊费便离开了。

郎中前脚出了大门，夏刘氏后脚便进了家中。郭二婶叮嘱夏刘氏赶紧生灶做饭煮碗豆汤，过了不一会儿，又背地里小声告诫她说："嫂，我看你还是抓紧找个道士来一趟吧，接连闹出人命，下一个说不定是谁。"

夏刘氏听过郭二婶的危言后很快付诸行动。道士是托人从十里之外近城的九里山一带请来的，这位道士是一名女冠，她进了院子二话没说就从骡子背上拿下各式法器支起了一个施法神坛，剑、印、令、幡、符、镜、图、水摆了满桌，道士左手拿铜杯灵水，右手舞剑指天画地，口念咒语："东方来个红孩儿，身穿大红袍，头戴红缨帽……今已知汝名，汝急速去，急急如律令，敕！"话音刚落，她又划了两根火柴点燃一张画符丢入杯中，而后筋疲力尽长呼一口气说："恶鬼已被我驱走，叫那妇人把灵水喝下就没事了。"夏刘氏叫夏永兴把铜杯端给田玉儿，她则从上衫的口袋里挑出两枚"孔方兄"铜钱付给道士，道士见酬金颇丰就另给了三副桃符脚绳供夏刘氏全家防身所用，并专门交代，今晚千万要让失了魂的田玉儿洗澡沐浴驱除残存的晦气。

等一切完结女道士牵骡返回，天色已经薄暮冥冥。夏刘氏做好晚饭，又遵照药方炖了一碗大豆叫夏永兴端给床上的儿媳田玉儿，另在灶台上烧了一大铁锅的热水，她自己则简单扒了几口面疙瘩便出门去了。

东屋的空气较早些时候要舒畅了许多，就如同夏永兴的心情一般。照料田玉儿吃完豆羹，他顾不得填上几口饭食就连忙收拾碗具，并把堂屋条几上的一盏玻璃罩油灯提到东厢房放在墙角案板上，而后将铁锅中的热水兑入水缸里，等他一切告竣返回东屋准备引田玉儿去洗澡净身时，却见田玉儿趴在床上正号啕大哭。夏永兴如堕雾中问道："咋了？"田玉儿没有回答，只是捏紧白格绣花手帕掩住嘴，努力减缓哽咽的节奏。夏永兴伸手摸住田玉儿脚踝上的桃符红绳，宽慰道："有这个，不用怕了。"田玉儿用手帕擦拭完眼泪，直望着夏永兴，任由他的手指在脚踝处来回游荡。片刻，田玉儿微微收回腿，抽泣着说："你肯好好待我了吗？"夏永兴看着田玉儿噙满泪珠的双眼，伸手盘了盘头顶散落的长辫，低头说："这是啥话。"

事实上，夏永兴回答田玉儿的问话是怀有愧疚的，自冲喜结婚至今也有一个月有余，他虽然待她很好，却与"好好"二字颇有差异。他每天让她睡在崭新的榆木婚床上歇息，自己则偻身躺在靠近前窗的太师藤椅上；他每天不辞辛苦独自下田干活，却从不让她伴随劳作；他对她彬彬有礼动辄言谢从无斥责，不过对她却也寡言少语。夏永兴心里清楚，这些看似对她的好，其实是一种隔阂。对于这桩婚事，他原本全是为冲喜救父而定夺的，本以为能够挽回父亲性命，不承想在他婚礼的同一天，竟也是父亲的葬礼。这些日子，过门的新媳妇虽说也算贤良淑德，但对于夏永兴来说，他的心头好似有一种无形的谶语笼罩着，看见她总会忆起葬父的情景。今天一整日的境遇，使他感觉恍如隔世，他并不十分相信田玉儿上吊自杀行为是恶鬼附身的因由，他更愿意将原因归于母亲和自己对待这位冲喜之妻的态度，而今早田玉儿在西屋的哭泣大约是她寻死的导火索吧。

夏永兴盘起长辫后，从靠墙的翻盖榆木柜里拿出一件厚布衫披在田玉儿身上，意欲领她出门去东厢房洗一洗全天的晦气，他刚从床沿起身，田玉儿猛力从一侧抱住他，她顷刻间又是肆意的抽噎。夏永兴稳住身体，尝试着用手轻轻抚摸她的头，一经掌握了技巧，他感觉怀中轻抚的她像一只温顺待眠的猫儿，他这样一下一下滑动着手指，直到她温情脉脉地抬头看他，示意可以下床出门沐浴，他才松了她，夏永兴随即从墙壁上摘下一盏竹筒掏芯油灯，挑灯引着田玉儿进了东厢房。

入秋后的夜晚比白天要冰凉许多，东厢房虽说作厨房使用，但依旧有些寒气逼人。此刻，屋内最大的热源当数靠近西窗的水缸了，这口半丈口径的陶土材质的水缸本不是洗澡用的，只不过家中仅剩这一口，一时别无他法，只得如此。水缸里的水不停向空中散发着热气，靠近水缸的区域稍稍能感觉到暖意，夏永兴给水缸里续了些热水，从挂在案板上方的柳条篮筐里抓了一把皂角放在案板一端，便转身准备关门离去，让田玉儿自己进水缸沐浴。

田玉儿从案板底下抽出长条凳坐下，双手紧扒黄褐色的水缸边沿，水缸中的水在昏暗的油灯下显得深邃却温暖，蒸腾的水珠拂在她的脸庞犹如一个个温纯的吻。她见夏永兴转身要走，凄婉地请求道："能不要走吗？"夏永兴听话止住脚步，当他转回身时，田玉儿已经脱下布衫，只留了一件绣有鸳鸯戏水的细绸红肚兜。

"缸，太高。"田玉儿站了起来，光脚踩在地下的青石板上，烟视媚行地说，"我……怕进不去。"夏永兴如梦初醒似的把目光从红肚兜移至水缸，上前躬身就要抱她入缸。田玉儿娇羞地说："裤子还……"夏永兴控制着越发急促的呼吸说："你赶紧脱了进去吧，太冷。"田玉儿站在原处并不动手解她那红缨挂坠裤带，只是含羞摆弄着悬在裤裆处的红缨，目挑眉语地暗示着什么。夏永兴领会含义后，伸手轻轻一挑，她的裤带就幡然脱落在了他的手臂上，她那宽松的麻布裤子也随着她的扭臀动作一齐滑落脚跟，一双修长的腿完全呈现出来。夏永兴憋红了脸深呼几口气，再次躬身要去抱她，田玉儿小声惊呼道：“门。”夏永兴转头见房门是敞开的，一个箭步上前把门栓插实，田玉儿又窃笑道：“还有大门。”夏永兴会意地也笑了一声，慌忙跑出去双手用力把院子的大门门栓扣牢，又迅疾跑回田玉儿面前，进屋时不忘把东厢房的房门关紧。

夏永兴再一次提了提裤带准备抱田玉儿进缸时，却见田玉儿已经裸身跨入缸中。灶台上的竹筒掏芯油灯和案板上的玻璃罩灯交相辉映，把整间屋子点缀得格外生情，此刻的灯光对夏永兴来说，简直太过妖娆，照得他的心都快融化了似的。夏永兴静静注视着她的一举一动一颦一笑，胸膛中像有一团热火在恣意地燃烧，烧得他几乎窒息，呼吸急促心如鼓擂，他从来没有过这种感觉，炙热难耐煎熬万分。

美好的时光好像总是稍纵即逝，还没等夏永兴欣赏尽兴，田玉儿自个儿跨出缸来，正当她一脚着地的瞬间竟一不小心踩滑了，整个人一下子跌倒下来。夏永兴见状猛地跃身去接她，却由于地上石板沾水湿滑，两人裹在一团扑通摔倒在了灶台东侧的柴堆上，田玉儿“哎哟”一声从夏永兴身上撑起身，压低嗓音问：“柴伤了你没？”夏永兴没有作答，抱起她一跃而起向前移了两步，他伸手从后墙摸了几把麦穰填在身下。就这样，躺在今夏新碾的麦穰上的两人，在彼此的忙乱中，褪光了衣服，使尽了力气，融化在了一起。

体香与麦香静静而和谐地充盈了整个屋子，直到院外传来咚咚的敲门声和夏刘氏的喊话声才打破了这一和谐。夏刘氏只急促说了声“把你俩的生辰八字写来给我，我明个儿要用”，便径直进正房歇息了。

夏永兴并不清楚，刚才夏刘氏出门是到隔壁找郭二婶去了。她诚惶诚恐地讲述了全天的阴邪之事，不自觉便潸然泪下，郭二婶先是几句安慰，紧接着拍胸脯连连说道：“作为媒人，我敢保证咱家玉儿是个好丫头，你看玉儿的小脚裹得比谁都精巧，保准是个干净身子。”见夏刘氏沉默不语，郭二婶顺势贴紧夏刘氏，低声疾言：“如今鬼也驱走了，当紧的事是给你生个孙子，挂不挂床单有什么好张罗的，况且结婚这么久了，再把床单挂出去，邻里还不得把大牙笑掉！”说着，郭二婶已经咧开嘴笑出声来，她立刻又说：“嫂，别嫌弟妹我说话耿直，咱妇女三从四德谁都明白，哪个敢不从，那可是不要命了！至于你家玉儿挂没挂床单，你编个瞎话打发一下乡亲不就得了。”夏刘氏眉头一松，急忙问：“瞎话？”郭二婶笑道：“挂床单也得挑晴天吧，就说下雨天挂在了屋内，谁还刨根问底不成？”夏刘氏心中仍有疑问：“就怕……”郭二婶打断说：“咱如今住在堤上，不像别的地方，咱没有哪个姓有宗祠，也没有哪家有族长，谁去管这闲事！”夏刘氏如释重负，长舒了一口气。郭二婶没等夏刘氏嘴中的气舒完，便清脆地拍了一下她的肩，说：“抱孙子，我有法儿，你可听说裴庄有个神婆，也姓刘，她真是观音菩萨再世，灵得很！你一大早卯时去她家里，求什么有什么！”夏刘氏听完，脸上露出了久违的笑意。

第二天，天还没见亮夏刘氏就拿着生辰八字赶到了裴庄，她在刘神婆家院子里苦等半个时辰，终于拿到了后天早上前来求神算命的寄命帖子。三天后，夏刘氏又是没等鸡鸣就领着田玉儿摸黑赶去找刘神婆了。刘神婆在正堂的观音像前点了两炷竹香，嘴里嘟囔着无声的言语，并叫夏刘氏娘俩跪在地上对着观音磕了三个响头。一缕香焰刚刚飘起升空，刘神婆便叹了一口气说香火不旺，恐怕求子有些困难，不过不用害怕，她有办法去破这无子之灾。按照刘神婆的要求，夏刘氏从腰间的手帕里取出一枚印有“光绪元宝”的铜板投进了观音像前的小匣子里。刘神婆眯眼见铜板入了功德匣，随即从容地从长几上抽出一根拇指粗细的檀香换掉刚才燃了一半的竹香，她指着浓浓的香烟对夏刘氏说，现在香火旺起来了。她又从屁股底下抽出两根红绳分别系了结，责令夏刘氏回家让儿子媳妇系在脖子上，每天早晚还要各吃一粒花生，只要一切照办，保准两个月内童子报到，一年之内就能抱上孙子，而且千万要记住生完孙子必须前来还愿，若此愿不还，家中必有灾祸。

第三章　求子

黄土披绿的节气，大多会给人带来希望和喜悦，可是堤上大片的嫩绿连同着希望却因为半年多的干旱早早被扼杀了，罪魁祸首是久旱而招致的蝗灾。其实，蝗灾到来之前，夏郭庄周围几个村庄的人们为了求雨颇使了一番解数，每个村的牌头都亲身赶到徐州城南的龙王庙拜龙王求雨，还集结了七位寡妇拿笤帚扫干净泥坑，一边哭一边喊“不哭爹，不哭娘，不哭孩子不哭郎，单哭老天下一场”，但是，雨终究还是没来，来的只是蝗虫。

夏郭庄十多户人家在新牌头郭二叔的带领下组成了灭蝗突击队，使的是烧烟驱赶的法子，全村人在沿故黄河一线的田埂上埋设了大量干草，将湿牛粪撒在干草上，浓烟呛得人喘不过气，却呛不住蝗虫。眼见着蝗虫飞越封锁线冲进遍地的秧苗，灭蝗突击队瞬间瓦解。村民们直往自家的田地跑，他们想出了各种办法，有的仍套用熏烟法，有的改用鸟网捕捉，有的在晚上点火招引蝗虫自投罗网，可是蝗虫太多，禾苗终究还是遭了殃，无论再怎么抢救也难有收成了。正当村民们都筋疲力尽且悲痛欲绝的时候，听闻徐州府在城门外贴了告示——蝗虫可以兑粮，这一消息再次激起了抓蝗的热潮。

十多个昼夜，夏永兴花了十亩禾苗的代价捉了满满半粮囤的蝗虫，他全村头一个挑担装了两满筐的蝗虫进了城，从夏郭庄进城，约莫有二十里的路程，他风尘仆仆把箩筐交付给了府役，可是没想到，四石的蝗虫只换了一合的稻谷，他原本准备了两个麻袋来装粮，结果换来的粮食一只手掌就可以攥得下。

夏永兴从徐州城返回家时，母亲夏刘氏趴在西厢房里两顶竹篾条席围成的粮囤边哭得正伤心，他进屋宽慰道："娘，不用难过，咱还有一满仓的陈粮，能撑一年，饿不着。"他的安抚并没有遏止夏刘氏的哭泣。一旁的田玉儿解释说："娘哭的不是粮，哭的刘神婆。"夏永兴诧异道："哭她？裴庄的那个吗？"田玉儿回答说："是的，刘神婆死了，郭二婶刚才说的，家中起了大火。"夏永兴忙问："那个神婆不是很能算命的吗，咋就算不到自己的灾祸？"田玉儿说："说是观音菩萨腾云来带的她，升天成仙去了。""听谁说的？""郭二婶。""她又是听谁说的呢，难道有人亲眼见到。""郭二婶见到了，在梦里见到的。"夏永兴听完，叹了口气："唉，什么神仙不神仙的，我看是因果报应，你还是把娘搀到她屋里歇着吧。"

夏永兴说出"因果报应"四个字是有一定缘由的。两年前，一家人信刘神婆的话，吃花生戴红绳，可是过了一轮春夏秋冬她许诺的孩子也没有降生，母亲夏刘氏带着田玉儿又去求她，反被她训斥了一番，说花生要吃生的，熟了肯定不灵。后来，又照着刘神婆的要求吃了一年的生花生，他家的黄牛倒是生完了头崽又再次隆起了肚子将要生第二个崽，仍是没见到田玉儿有任何妊娠征兆。夏刘氏再次求刘神婆时被告知，童子早已经到了家中，只不过投错了胎，投到了牛肚子里。刘神婆把自家大门张贴的门神画像取下来递给夏刘氏，让她挂在牛棚，有这个凶煞狰狞的门神在，保证不叫下一个童子走错了门投错了胎。如今，画像才挂了不到半个月，刘神婆竟然死掉了，这对于夏刘氏来说，简直像遭受了被雷击中般的噩运。

夏永兴心中清楚，母亲哭的并不是刘神婆，也不是哭的花在刘神婆身上的钱财，她哭的是刘神婆嘴中那个早应该降生的孙子，在母亲夏刘氏看来，刘神婆一死，孙子似乎永远不会降生了，这简直预示着绝望。不过，夏永兴心中早就对刘神婆鄙夷不屑，她的再三食言着实有些滑稽，因而对于刘神婆的死，夏永兴并没有丝毫绝望，他甚至有一种逃出魔咒的快意。田玉儿把母亲扶到正房后，夏永兴径直走进牛棚撕下门神画像，扔入了东厢房的灶台中。

蝗灾荒废了庄稼地，却没有荒废庄稼汉。不安于靠天吃饭，夏永兴把头生的公牛犊卖掉后，买了一匹白色的公马，又砍了一棵榆树自己打了一辆稍显窄陋的马车。收拾完那剩水残山似的田地，他便驱使马车干起了进城贩柴的行当。

过完冬的农历二月十六日拂晓，夏永兴用麻绳捆好细柴绑满了整辆马车，他给牛棚里的牛添满草料，才顾得上去填饱自己的肚皮。他此行除了卖柴，另受领了一份特殊的任务，任务是母亲夏刘氏交代的，叫他去徐州城南的云龙山大士岩送子观音处求子。据说去那里求子“捐几斤的谷子生几斤孩儿”，为此，夏刘氏拿布袋装了七斤重量的五谷，郭二婶嫌她装得少，说起码也得装八斤的量，好让田玉儿生个又大又胖的小子，可是夏刘氏怕男婴个头太大田玉儿生不下来，仍旧少装了一些。临行前，夏刘氏再三叮嘱：“卖了柴，一定要早早地去拜菩萨，千万不能误了大事。”

夏永兴驱车出发朝东南方向走四里斜路下了堤，再朝东走五里到拾家屯寨改作南行。到了水苏河，他卸下柴车让马饮饱水，而后向南过九里山的平山口行约一里路，再沿故黄河朝东到东岸驿，他和马在颓废的驿站没做歇息，就乘渡船过河上岸经牌楼进了徐州外城的北寨门，继而又进了内城北门外的瓮城。

今天的北门较往常要热闹不少，人也拥挤了许多，夏永兴牵马候了好一会儿才踏入瓮城城门，就在他踏入城门的一刹那，四名身着西洋服饰头戴圆顶毡帽的男子拦住了他，他还没来得及反应就被拉到一条长凳上坐下了，其中一名男子说：“剪掉辫子，才能进城。”夏永兴吓得连忙双手紧抓头顶长辫，说：“大哥，我这条命还有用。”另一男子说：“剪的是辫子，又不是剪你的头，不要你的命。”夏永兴急说：“没了辫子哪还有命。”他话声刚落，辫子已倏然落地。四名男子把他从长凳上提起来推到了马车旁边，而后去拦下一个人。

失去辫子的夏永兴诚惶诚恐上了马车，他没有驾马车驶过北门进入内城中，而是在北门瓮城里掉转了马身，又原路出了瓮城。他很害怕，他此前只记得进城路经的拾家屯寨的一个汉子，因为与同村的一个女子通奸被剪了辫子，还被族人打断了一条腿，其余再没听说有剪辫子的事情。在他的意识里，辫子连着脑袋，无故剪掉辫子罪行不小，现在，跟了他二十多年的辫子竟然说没就没了。

夏永兴今天的柴本来是给城里富贵街的一户人家送的，如今没了辫子的他，是万万不敢进城的，可是就这样散乱着头发返回家中似乎也冒有风险，万一被衙役或是乡绅发现，同样免不了要受罪。夏永兴拉住马缰停在原处，惊惶地从身后的布袋里找出黑色瓜皮帽戴上，就在他戴上帽子的一瞬间，他脑中闪现了一个人——裴秀才。

裴秀才是他的恩师，人很和善也很严厉，夏永兴从小跟着他识字算数读四书五经，没少被他的戒尺惩罚，也没少吃他的糖果。裴秀才还有一个特点，上课时始终戴着一顶挂有假辫的瓜皮帽，闲暇时偶尔会把帽子摘掉，露出油亮的光头。裴秀才几年前举家从裴庄迁到了城南户部山，夏永兴前些日子去户部山还给他家送了一次柴，年过半百的他依旧戴着一顶假辫瓜皮帽。

夏永兴想起了裴秀才的那顶帽子后，立刻驾马车沿内城城墙外侧的土路向城的南关前行。他向东经黄楼，然后向南绕过东门，不远再向西沿护城河到南门的瓮城。他双手整理了一番头顶的无辫帽子，小心过吊桥到了南关上街，最后左拐上了户部山。

户部山并不高，也就十丈有余的样子，一条平敞的青石板直通山顶，路两旁鳞次栉比盖满了青砖碧瓦的大房，都说“穷北关，富南关，有钱都住户部山”，一点儿都没错。

马车沿青石板路上坡走了不远，停在了一棵古槐下。夏永兴把马拴在树上，敲响了裴秀才黄褐色家门上的铜狮辅首。开门的是一名女童，一眼看去不过髫年，她是裴家的女用人，夏永兴上次送柴时也是她开的门。

这是一个三进的四合院，裴秀才正在院子里观赏梅花，对于夏永兴的来访，他似乎没有任何惊奇。夏永兴被引到堂屋说话，裴秀才抿了一口茶，说：“公然在城门拦人剪辫子，估计是崇尚西学的青年。”夏永兴焦急地问：“他们是哪儿来的一帮人，说剪就剪了我的辫子，我这次来找恩师，实不相瞒，就是为了我头上的辫子，没了辫子，我怕有人……”裴秀才笑了笑：“不用怕。”说完，他向堂外喊道：“兰儿，去拿顶我的帽子过来。”不一会儿，刚才开门的那位女佣双手捧着一顶长辫瓜皮帽进了堂屋。夏永兴言谢接过后，又把今天本打算如何送柴如何拜观音都向裴秀才诉说了一番。听完，裴秀才依旧抿茶说：“韩愈的《原道》我是教过你的，韩愈很久之前就告诉世人，汉代之前并没有什么佛教，哪来的什么观音。如今，我说啊，想生孩子，求神不如求医。”没等夏永兴接话，他又说：“你去去也罢，求个心安。”夏永兴重重咽了口气，又把他爹死后，家中如何靠他一个人支撑，全都说与了裴秀才。裴秀才叫夏永兴稍坐，他起身到里间屋子，片刻后拿了一张纸出来，上面写了两行笔精墨妙的好字：

一德二命三风水，
四积阴德五读书。

夏永兴起身接过纸，请裴秀才讲授字中乾坤，裴秀才悉心解读了这两句兴家旺业的诀要。讲完，两人没续聊几句，已经时近晌午，夏永兴连连称谢告辞，裴秀才也并没有挽留。

夏永兴出了大门后，从马车上卸下一捆柴放入门中，兰儿娇笑着喊他得空再来做客，就匆匆关闭了门。夏永兴戴上长辫瓜皮帽，把马牵到对面一户人家门口的水槽处，让马饮了一气水，然后掉转马车沿青石板路下了山，他向北从南关上街由内城的南门进城，走南门大街经过一文亭，左拐上文亭街，再右转走银市街、北门大街，左拐停在了富贵西街。他把一车细柴搬进街西头的永荣兴银楼，将换来的铜钱揣在长衫里侧的布袋里，随后进了街间最大的一家药店广济堂药店，抓了一剂专治不孕的中药。直到这时，夏永兴才饥肠辘辘地停下来啃了一张随身携带的饼。

为了天黑前能赶回夏郭庄，夏永兴把车身寄在了西门外的一家茶店，准备从云龙山求子回来再取，店主人只管让他存放，并不收钱。

云龙山距离徐州内城只有几里的路程，山高并不超过五十丈，可是，它虽然不高，却有五六里长，而且山上建的僧寺庙宇很多，平生第一次来到这里的夏永兴，问了好几个路人，才找到上山的路口。他骑马轻身到达云龙山西麓山脚下的时候，天空中飘起了小雨，雨虽然不大，却把通往山上的石路打得湿滑。他对这里很陌生，不敢把马寄存给山下的人家，只能牵着马拾级而上。

山路对于行人来说，已经很是崎岖，对于马就更显得艰难了，夏永兴连马一起跌了好几个跤，才上山走了十丈的路程，他扯住马的缰绳，站立在路旁的一块石头上，朝山顶仰头眺望。山顶上的天连着云看不到边，远远的只有这条山路连着天际，也许是下雨的原因，路上的行人寥寥无几，整座山也显得十分寂寥，没有鸟音，没有犬吠，也没有人声，夏永兴的一声清咳足足可以回荡半个山谷。

忽然，他那穿透山谷的咳嗽声，被一声尖叫紧连着一声“救命”湮灭了。夏永兴心头一紧，屏气敛息仔细观察周围，蜿蜒的石路上并没发现其他行人，稀疏的松木铺盖的山体也看不到有人活动。他牵住缰绳摆正马头，小心踩着脚下湿滑的石块，不经意间，石路上冒出一只手，这只手突然间抓住了他的脚踝。夏永兴下意识猛地一哆嗦，定眼看时，发现是一个女人扑倒在路旁的松木林里，正卖力地向路面伸展手臂。他快速环视四周，见没人，便松了手上的缰绳，蹲下身子细看究竟。女人满头散发，面色苍白，气喘吁吁又气息奄奄，顺着她的头发流落到脸上和地上的水滴，不知道是雨水还是汗水，也不知道是不是泪水。女人也许是使尽了全力，抓得他的脚踝钻心地疼。“救我。”女人另一只手也抓住了他的小腿虚弱地说，“求求你……”夏永兴低声问道：“这位大姐，你是咋了？”女人用一双含水的明眸望着他，眼中充满了乞求也隐含着畏惧，她卖力地轻声答道：“我被土匪抓，我从山上的兴化寺烧香……”夏永兴再次环视四周后，问道：“这位大姐，我咋救你？”“我要回家。”“回家？”“进城。”“进城？”夏永兴颇有些犹豫，他起身望了望山脚，又蹲下身子说：“我先把你送到山下吧，山下人家多。”“求求你，你把我送进城，把我送进城……”女人虚弱的双手再次充满力量，抓得他的腿又一阵尖锐的疼。夏永兴思忖了一下，说：“大姐，放心，我把你送下山再说。”

本来就有俗语“上山容易下山难”，在如此湿滑的山路上要搀扶着另一个人，就更加艰难了。夏永兴还得时刻小心牵扯着马的缰绳，防止马摔倒或者受惊，十丈的山路足足用了近半个时辰。

山路尽头是一段平坡，夏永兴把女人扶到马上坐好，他牵马朝西边的一处村庄缓缓走去，他找到一棵大松树底下停下来，给女人喝了几口水，女人连连说遇到了大恩人，救命之恩终生都要报答。夏永兴扶着鞍，辞谢说：“大姐，如今的世道乱得很，平常一个劳力出门都不敢大意，何况是女人。我算不上恩人，凡是遇到这样的事，谁都会搭把手的。”女人伏在马上，沾泥带水的脸上展现出几片笑容。

村庄傍着山坡而建，村头有一家酒馆敞开着大门，门前几株栖马的银杏树上拴了两匹马，夏永兴对女人说："大姐，你看前边有一家店，兴许刚好有返回城里的路人，我去帮你找找，叫哪个好心人把你送进城去。我呢，还得再上山，去大士岩寺，还有事得忙。"女人慌忙说："恩人，求求你，你能把我送回家吗？我知道你是个好人，万一再遇个坏人，我……"夏永兴拍了拍马鞍，又拍了拍胸脯说："你只管放心好了，我保准把你的事安排妥当。"女人再次乞求道："大恩人，你一定不能丢下我不管，我永世不会忘记你的大恩。"说着，两人和马已经到了酒馆的招牌下。

酒馆里迎面走出两个汉子，汉子面带笑容直往夏永兴身前走来。夏永兴仔细看了看，并不认识这两人，为了确定两名汉子是冲着自己在笑，他警觉地回头观察身后，并没有见到其他人。没等夏永兴回转头来，他的后颈遽然一凉，一个汉子的声音从背后发出："别动。"夏永兴侧目瞥见一把铁刀架在了自己的脖子上，便不敢作声。与此同时，马鞍上的女人"啊"的一声惊叫，便晕厥了过去。手握大刀的汉子问："这个娘们是你的啥？"夏永兴稳住自己的脖子，防止进一步接近锋利的刀刃，小声回答："我不认得她，她说被土匪追。""你小子放老实点，知不知道我们是谁，你竟敢这么跟你爷爷说话。""大刀会？"夏永兴试探着回答问话。他之所以猜测是大刀会，缘于几年前他被大刀会裹挟着去各处洋教堂造反的经历，那时人手一把的红缨木柄的宽刃大刀，与现在扣在他脖子上的刀如出一辙。"我以前也入过大刀会。"夏永兴轻声说。两位汉子同时扭过头来看他，他们眼中的狰狞悠然转化为一种相识的亲切。夏永兴这时才看清，两名汉子一人留有满腮的络腮胡，另一人的脸上斜戴着灰褐色的牛皮独眼眼罩。络腮胡问道："你加过会？你加的哪一门？"夏永兴回答说："跟的砀山的庞老爷。""庞三杰？""对。""当真？""当真，我跟着队伍砸了十几处的洋教。"络腮胡听夏永兴说完，轻轻撤回架在夏永兴脖子上的刀。

独眼汉子早已从马鞍上抱下女人，顺势掐住她的人中穴位，而后双手拍打她的脸庞，女人在汉子的怀中渐渐苏醒。独眼汉子说：“既然你小子也是一路人，我们只劫色不劫财，今天的事就多有得罪了，谢谢你把美人又送了回来。”夏永兴眉头一皱，说：“送回来？”独眼汉子笑了笑：“不瞒你说，为了找这个美人，我们已经翻了半座山，不知道她能跑哪里去，多亏兄弟。”夏永兴问：“为什么要找她？”络腮胡把大刀扛在了后背上，轻声憨笑说：“这是给咱独眼大哥抢的媳妇，差点丢了。”

听完，夏永兴意识到这个女人果然没有说错，她遇到了土匪，而土匪如今就在眼前。夏永兴看了看独眼汉子怀中的女人，内心瞬间翻起了一股悔恨的暗潮，他沉默无语万分自责，就在片刻之前，他还信誓旦旦要救她，可是现在，好不容易从虎口脱险的悲惨的女人，竟然经他的手中又被送入了虎口。“不行，我要救她。”他暗自誓言，心中那股悔恨的暗潮刹那间升腾为一股侠义的骇浪，他嘴上胡乱应答了络腮胡的几句问话，脑中努力思索着营救女人的计策。

不过，他的计策还未见生成，思绪就被一句骂声打断了，夏永兴无论如何也想不到，就是这句骂声，使他终生铭记，悚如阴魂，一生不散。

“原来你是骗子！原来你也是土匪！我做鬼都不会放过你的！”女人撕扯着嗓子高声诅咒着，她的手指尖不偏不倚正指着夏永兴的脸。话音未落，女人挣脱了独眼汉子的手臂，径直朝身前一棵粗壮的银杏树干撞去。两名汉子慌忙去阻拦，却迟了一步，女人轰然倒地，她标致的面孔在着地的那一刻染红了一摊积水，血色的积水中，一双充满仇恨的眼睛把水面瞪得栗栗自危，这仇恨的目光聚焦在了不远处另外一双眼睛上——夏永兴的眼睛。

夏永兴浑身剧烈地寒战，他被吓得失了魂，女人的目光直杀他的内心，没有给他留有丝毫反击的余地。他，女人一口一声的恩人，竟然变成了令她恨入骨髓的仇人。他怎么会是她的仇人？他却真真切切变成了她的仇人。如果他答应女人的一再请求，直接送她入城，如果不来这家罪恶的酒馆，不撞见罪恶的土匪，他或许还是她的恩人，永远的恩人。

夏永兴来不及过多地追悔，他试图上前去施救，不料手腕上的缰绳突然发力，这股力量随着马的一声嘶吼顷刻消失，马一个腾跃，跑了；夏永兴一个趔趄，倒了。

两名汉子抢过身子把女人扶起，络腮胡脱下外衫包住女人鲜血淋漓的头，独眼汉子牵出一匹黑马跃身而上，接过女人抱到马鞍上，驾马飞驰而去。络腮胡解开银杏树干上的另一匹白马，也沿着同一方向骑马消失了。

夏永兴惊魂未定，浑身瘫软，坐在了地上，他望着女人刚刚留下的鲜血，望着远方的一片虚无，不知如何是好。“一德二命三风水”，裴秀才不久前才教育他的做人要诀在他的眼前恍惚徘徊，他心中无力地忏悔，如今连第一条的“德”字竟然都没能做到。

他取出袖兜里早已湿透的纸，纸上一团黑墨，字迹全无。雨水似乎懂得他的内心，越滴越快，越下越大，不一会儿就把地面上的一片鲜红洗刷得无影无踪，他静静地仰头接受着雨的洗礼，好像也要把内心的罪恶洗刷得无影无踪似的。

雨停了，心中的罪恶却没能被洗刷。夏永兴如梦初醒，拖着疲惫而黟湿的身躯，起身朝西面走去，这是他的马受惊奔驰的方向，他一直走到云龙山西山脚下的石沟湖沿岸的大片洼地，才看见马正在啃食岸边嫩绿的新草。夏永兴骑上马返回山脚，沿路又艰难地上了山，他进了山顶的大士岩寺，把装有七斤粮食的湿布袋投入了两人高的功德粮仓中。按大士岩求子的妙法，能不能求得贵子，关键在于观音像前两棵古老的柏树，其中一棵古柏的树身处凹有一个洞，虔诚的求子者需要手摸此洞，蒙上双眼绕树转三圈，然后去摸另一棵古柏，倘若能准确无误地摸到棵干，必定能求得贵子。对于这套神奇的妙法，夏永兴并没有去试，他仅仅是投了粮袋，便魂不守舍地返回了。

第四章　纳妾

几年来，夏刘氏既有满足也有遗憾。

满足的是儿子夏永兴干了买卖以后，家境富裕了很多。原本简易的四合院按照风水先生的叮嘱翻建后，似乎有了大户的气派，土质结构的正房两边各加盖了一间青砖耳房，旧日十丈长度的院子也向前推进了五丈，而且新建了青砖结构的大门和青砖倒座房，另在院子里修了一块影壁，似乎比大门更为美轮美奂。她趁还没入夏，搬进了东边耳房来住，没想到有生之年竟然还能享受到青砖瓦房的清凉。

遗憾的是，后继无人。为了给儿子夏永兴求子，夏刘氏费尽了心思，她把能打听到的各式方法都用了一遍，把各路神仙菩萨也拜尽了，不过，儿媳田玉儿的肚子无论如何也不见有反应。

丙午年的春天，夏刘氏和田玉儿两人步行到城南的泰山碧霞宫观音楼砸完金钱后，田玉儿灰心丧气地说："娘，我投了二十多枚铜钱了，没有一枚可以穿过观音那枚大钱的孔，我这辈子怕是真的不能生了。"夏刘氏叹了口气，慢声说："咱家的黄牛都下了三个崽儿了，你啥时候也能下一个，就好喽。"田玉儿低头说："娘，给他纳个妾吧。"夏刘氏脆声说："好！十六答应了吗？"田玉儿说："他要是不答应，就休了我，再娶一个吧。"说完，眼中噙满了泪珠。

田玉儿为丈夫寻找侍妾的难度随着一场雨而容易了不少。这场雨从春天下到了秋天，方圆百里的禾苗被水淹没了大半，灾情很是严重，致使很多人流离失所，也使徐州城许多官员受到问责，徐州知府因“糊涂任性，事理不明”而被参奏到朝廷，道台因为水利兴修不力导致水患被革职，查赈委员试用知县被撤职查办。

由于故黄河大堤地处高势，夏郭庄和周边的村庄得以幸免于难，庄稼依旧有不少收成。灾年，夏郭庄的人们迎来了庄稼的收成，也迎来了一批批前来乞讨的灾民，当然，灾民中少不了女人。

一天，田玉儿坐在院子里用簸箕筛出一大碗黄豆，正准备下锅时，大门外来了一对母女。田玉儿把簸箕搁在地上，习惯性地进入东厢房拿了两张面饼出来递了过去，母女接了饼，仍站在原处并不离去，田玉儿见状指了指女孩手中的黑瓷碗，问道：“还喝水吗？”女孩忙收回了碗，转过了身。女孩的母亲散落着头发，说：“听说……你家要纳妾？”田玉儿感觉有些突然，只“嗯”了一声，便好生打量起了这对母女。“这是我家闺女，年方十七，名叫小喜，太太您看，称不称心？”母亲把女孩让到身前，用手捋了一把女孩的头发说，“挺俊的，您瞧瞧。”田玉儿细看了几眼，问道：“你们从哪儿来？”母亲匆忙答道：“哦，从城东南。”“家中还有什么人？”“半个人都没了。”“贵姓？”“姓尤。”“彩礼有什么讲究？”“没讲究，只求嫁个殷实点的人家，别叫我闺女跟着我受罪，不让她早早下去当个饿死鬼就行。”

田玉儿没有追问太多，她赶紧进东耳房把夏刘氏叫了出来。夏刘氏反复打量女孩的容貌，见她衣衫褴褛中依旧能看出几分姿色，便盛情邀请母女进堂屋进一步商讨。

一经谈妥，夏刘氏笑出声来，她亲手下厨做了两道好菜，留住了母女俩。夏刘氏说：“亲家，我儿进城去了，晚黑前他保准回来，晚上赶路危险，今晚你们一定要留下住。”说完，夏刘氏叫田玉儿找来几件衣裳，备好脸盆毛巾，让母女俩换洗一番。

此刻，在这间院子里，四个女人都百感交集地开始等待晚黑的到来。

日月的轮回交替，犹如院子里碾谷子的磨盘，只有像驴那样蒙住双眼，才可能忘却烦恼，一圈一圈悠然地转动而感觉不到时光的飞逝。夏永兴自从大士岩回来已有两年时光，他试图像驴一样也去寻一块蒙眼的布，以求忘却烦恼忘掉悔恨，他不再去遐想过眼云烟，只一心努力按照裴秀才授予的兴家法则行事做人。就这样，他几乎就要成功得到一块蒙眼的布，但是，他做梦也想不到，正是妻子引来的这个妾，使他心头渴盼的那块布彻底灰飞烟灭。

夏永兴从城里回来时，天色已见夕暮。他这次进城是卖粮去的，因为水灾严重，粮价较往年涨了九成还多，趁有个好价钱，他已经接连卖了一整囤的存粮。除了按市价卖粮挣钱之外，夏永兴也半借半赠给了城里三爷爷一家半车的口粮，算是帮助他们渡过难关。

马车驶入家门的那一刻，夏永兴就发现了两位陌生的女人，他没多过问，只管卸下车架，拆了马鞍，把马牵入马圈安顿好。田玉儿跟在夏永兴身后，一会儿贴耳，一会儿掩手，小声把今天的事说给他听。夏永兴抚摸着马头，侧头看了一眼站在堂屋前的陌生母女俩，只是沉默不语。田玉儿见他并不说话，以为她半年多锲而不舍的坚持和劝说终于生效，便笑着攘他快去堂屋吃饭，自己疾步去东厢房端饭盛菜去了。田玉儿没有上堂屋的饭桌，她邀尤小喜的母亲和夏刘氏一起进了堂屋落座后，慌忙进西厢房把床铺整好把尤小喜引到西厢房歇息，她又去西边耳房里拿了一盏油灯放入大屋一侧的倒座房，之后躲进东厢房里靠近水缸坐了下来，手摸水缸发起了呆。

夏永兴忐忑地吃完晚饭，没有在家中逗留，就出门去田里察看垄沟的防水引水功效是否完好。等他回来时，家中只有他和田玉儿住的那间东屋还亮着灯。他熟练地扣上门栓，脱下外衣，蹬掉布鞋，松开辫子，躺在了床上，他没有着急把枕边木柜上的油灯吹灭，而是看了看身边的女人，轻声说："睡了没？"他只听见急促的喘息声，没听见应答，以为田玉儿已经入了梦。夏永兴伸手抽出木柜上的旱烟枪，拿掉枪头的烟锅在烟袋里舀了一锅烟草装回原位，他嘴衔烟嘴手握烟枪伸直了脖颈去寻找油灯上的火苗。他的这一寻找火苗的动作很是娴熟，在学会吸食旱烟之前，他每隔几晚准会照这个法子去探寻他的女人田玉儿的香唇，自打抽上了烟，他则更多地用它去找寻引烟的火焰了。

烟锅里冒出的烟，模糊了夏永兴的眼。他边吮着烟嘴边闭眼沉思，对于纳妾一事，他本不是很赞同的，一来是因为家世卑微，并不是什么达官贵人财东士绅；二来是夏郭庄如今二十多户人家没有哪家是纳了妾的，他不愿去出这个风头；三来是妻子田玉儿相夫孝母很是贤惠，虽然暂未生育，不过她近些年也吃了些调经促血的药，而且已经能从她越发丰满的双乳明显看出效果，假若再按广济堂药店新来的坐堂先生的方子，年前吃几剂催胎的药，说不准明年就能有喜。无奈，妻子田玉儿千般诉说因为不能生育受到的乡里乡亲的羞辱，说她是"不孝有三，无后为大"的罪魁祸首，她一口咬定，如果他不愿纳妾，那就休了她再去续弦。可他不愿休她。

"咳咳……"几声清脆的咳嗽打断了夏永兴的思绪，他意识到是烟锅里的烟呛醒了他的女人，他停止吸吮烟嘴，说："你醒了。"

"我没睡。"

"你？"夏永兴大惊失色，吓得手一抖，扔掉了烟枪，"你不是……"

"我……"答话的并不是田玉儿，而是田玉儿嘴中说的那个妾——尤小喜，他晚饭前只远远地看过她的身影，没想到她的声音是那样稚嫩。

夏永兴慌忙披上他的粗布大褂，说："你，咋睡在这儿？"

"玉姐叫我伺候您的。"尤小喜娇羞的声音微微颤抖，"我是您的妾了，自然该我伺候。"

夏永兴起身下床弯身去捡烟枪，他用脚踩灭闪烁着火星的烟草叶，边踩边说："吓了我一跳，差点着了火。"

在确认散落的火星一一熄灭后，夏永兴站直了身，当他把烟枪放回木柜上时，尤小喜已起身坐了起来。

夏永兴抬头去看她，油灯的灯光有些幽暗，照得人脸忽隐忽现，为了能看清人的面孔，必须得有足够近的距离，夏永兴靠紧床沿，轻揉被油灯的烟熏得发酸的眼，再定眼细看时，他整个人被吓得失了魂。

“鬼！”夏永兴接连后退了几步，撞到靠窗的藤椅，继而翻身摔倒在地。他跃身夺步要冲出门外，却没有意识到东屋的木门是紧闭着的。

尤小喜听夏永兴呼叫有鬼，她瞬时惊吓地转头去看，身后的墙壁上真的有黑影晃动，她也“啊”地尖叫着跳下床去，身体失去重心一个凌空趴在了地上，被摔得不辨东西，她痛苦呻吟强撑着地缓缓起身，把脸贴近油灯去寻找光明，再回头看时，黑影消失了。

“你别过来！”背靠房门跌坐着的夏永兴大声喊道。

尤小喜借着油灯的光洞察着夏永兴，意识到他口中的“你”说的就是她自己，她满腹疑团地怔在原地，望着他，一动不动。

夏永兴也望着她，望着她的眼睛。

是她，难道是她？对于夏永兴来说，这是一双熟悉而又难忘的眼，甚至是一双复仇的眼，他的脑海中回荡着一句话“做鬼都不会放过你的”。他努力让自己镇定，怯怯地问道：“你，是人，还是鬼？”

尤小喜张大了那只樱桃般的小嘴，可怜楚楚地答道：“我是小喜。”

夏永兴听声音如同莺声蝶语一般，与他脑海中那句咒语的语气迥然不同。他鼓起勇气缓缓扶门站起，朝尤小喜跟前迈了两步，他从前额到下巴卖力观察她脸上的每一个部位，终于像还了魂的呆子似的，长舒了几口大气。但是，他越看她的眼神越是像她，像那个女人，被土匪劫走的女人。

夏永兴问：“你多大年纪？”

尤小喜犹豫了一下，回答说：“过了年，虚岁就够十九了，早能嫁人了。”

夏永兴意识到尤小喜误解了他的意思，以为嫌她年龄小，他忙补充道："你可有姊妹，与你长得挺像？"

尤小喜瞪大了眼睛，诧异地问道："有，你认得？"

夏永兴追问："她在哪儿？"

"不知道。"

"不知道？"

"前年走丢了，连她那两岁的男孩也一起丢了。"尤小喜说着，声音变得十分忧伤。

夏永兴越听越激动，问话的语气更加急促："在哪里走丢的？"

尤小喜脸上也流露出激动的神色，问："你见过？你认得？"

夏永兴仍问："快说，在哪儿丢的？"

"去了寺庙，就没回来，听人说，是下山走错了路，丢了。"

"哪个寺？"夏永兴步步紧逼似的追问。

"她和她同村两个婶子去的兴化寺……"

没等尤小喜说完，夏永兴急促问道："哪个兴化寺？"

尤小喜答："云龙山，去给她那满百天的孩子求寄名符的。"

果然是她。夏永兴听完，神情淡定了许多，世事的因缘或许命中注定，他不敢再看尤小喜，心中仿佛有一片海，苦涩的海。他拿起木柜上的烟枪点上，背对着尤小喜立在床前重重呼出烟气，直到烟锅里的烟草燃尽了，他问："孩子他爹呢？"尤小喜回答："孩子的爹去找我姐，就没听说过他再回来。"良久，夏永兴开口说了句"早点睡吧"，把烟枪揣在腋下，走出了房门。

静谧的夜似乎正是为夏永兴特意准备的，没有任何照人的光亮，他可以尽情地躲藏在角落，不会被人发现，也不会有人打扰。他在院子里徘徊踱步，寻觅着心中的角落，最终，他进了牛棚，蜗居在了潮湿的草料垛里。

第二天，第三天，他接连在牛棚里熬过了两个没有月色的夜晚。

第四天的清晨，露珠挂满了夏永兴的胡须，他用这些露珠洗了洗困乏的脸，骑马进城去了。临行前，他在院子里等了半个时辰，直到田玉儿从倒座房穿衣推门出来，他给她交代让尤小喜母女俩再安住一天，一定要等他回来。

轻骑进城要比赶马车快了不少，当夏永兴抵达城南的城墙根时，盘旋在城墙和树梢上的雾气还没有消散，他把马拴在靠近城墙的一株柳树上，站在了一处民房前等待房门的开启。

这是依南城墙建造的四间土墙茅草房，房子的后壁便是厚实的城墙青砖壁垒，四间草房由一个逼仄的小院围拢，小院有一个杨木材质的栅栏外门，这座院落便是夏永兴已故三爷爷留下的家业。父亲夏思宁在世的时候，与城里三爷爷一家来往较为频繁，如今三爷爷也早已过世，两家交往就略显稀疏了些。三爷爷生有一个独子，夏永兴称作大叔，大叔和他妻子年过四十时死于一场瘟疫，留有两个儿子，老大名叫夏百金，比夏永兴小三岁，如今已经成家，住在东边三间房；老幺名叫夏百银，不到二十，还没成家，独自住在西边一间房内。兄弟两人在城外各有几亩良田，丰年收成尚可，今年颗粒无收。夏百金作为大哥，本该主事，他却只管他自个儿的小家，并不问夏百银的事，这也是夏百银直到今日依旧没能成家的原因之一。

开门的是夏百金的妻子张翠翠，她见到夏永兴的到来，脸上瞬间绽开了花，她一边招呼他进去说话，一边细致观察着院外的白马，当发现树上系着的只有单马一匹别无其他，张翠翠似乎有些失望，脸色也暗淡了下来。夏永兴进入院内后就没再进入任何一间房屋，他邀夏百金出来说话，在院子里，夏永兴深沉地说："我给你家老幺百银，说一桩婚事吧。"夏百金忙问女方是何人，夏永兴顿了一下，说："你嫂玉儿的远房亲戚。"夏百金似乎并不乐意管这门闲事，夏永兴劝他说长兄如父，这事儿还必须找他商议。夏百金哭丧着脸把张翠翠叫来一起探讨，张翠翠二话没说上来就问女家的彩礼给的咋样。夏永兴沉默片刻说：“陪嫁一头牛。”夏百金追问牛是公的还是母的，张翠翠拉扯住夏百金的袖子，对夏永兴笑道：“公的母的，都行。”

夏百金夫妇同意了这桩婚事后，夏永兴没有逗留，急忙找夏百银去了。他骑马疾步绕城墙到了北关牌楼，镶嵌有“五省通衢”四个石刻大字的牌楼紧挨着旧黄河，这一带的河水虽然时断时续，河道却也有二三十丈宽，河面上没有桥梁，南来北往的人和货全靠几条摆渡船来过河，夏百银便跟着这些摆渡的东家，捡些出力糊口的营生。夏永兴找到夏百银时，他正在从船上扛着粮货麻袋，他听完夏永兴的话后，满口答应了这桩婚事。其实，夏永兴也已经预测到了结果，他知道，眼前这个远房的堂弟，一向信他。

夏永兴返回家中，悄悄与尤小喜的母亲说明本意后，又在牛棚里度过了一个雨夜。好在老天开恩，天亮时分，秋雨也跟着停了。当雨再一次降临的时候，夏永兴已经驾着他的马车，载着尤小喜母女俩，赶着公牛进了城南夏百银兄弟两人的院子。张翠翠做主说了话：“按说，婚事本该是要照俗办一办的，可是咱们家原本就是穷苦人家，加上今年又赶上了灾年，我看还是一切从简的好，还是省些钱粮度日子吧。”见旁人没有异议，张翠翠当即又说：“平常结婚，总要算个八字，挑个吉日，这一点我早就想到了。”说着，她从袖中拿出一本发黄的皇历递给了夏百金。夏百金问了尤小喜和夏百银的生辰八字，随意翻了几页，便兴奋地说：“真是巧了，就今天！今天就是个好日子。”

当即，张翠翠从她屋里拿出两根半截的红蜡烛，摆在了夏百银的那间房里，尤小喜被她拉进屋中，与夏百银拜了天地，拜了高堂，又互相拜了拜。

一切太过仓促，尤小喜不时望着夏永兴，她似乎还没明白过来，自己已经从一个人的妾成了另一个人的妻。

就在尤小喜与夏百银拜堂的时候，张翠翠把公牛牵进了东边一间空闲的屋内，她从另间房屋的锅中拿出四个烙馍分发给了众人。一切罢了，她又拿出一张字据摆在了夏永兴面前，说："你是堂兄，替百金百银他们兄弟俩做个证，分家得立个字据。"夏永兴接过来细细看了一遍，上面白纸黑字写着：

> 祖房四间，东一间归百金，中间两间归百金妻张氏腹中子，西一间归百银；牲畜两头，牛归百金，狗归百银；田十四亩，四亩归百金，四亩归百银，另六亩归百金妻张氏腹中子……

夏永兴看罢，愤愤地把手中的毛笔一掷，转身把夏百银叫来，悄声说："你如今已经成家立业，但你哥嫂心贪，凡事要留心。还有，我问不了别人家的经，但可以问得了自家的经，你要是缺粮，尽管找我。"夏永兴转身看了看尤小喜，她正怯怯地依偎在她母亲身边。他又转身，只见张翠翠正上下抚摸着她微微隆起的肚子，像是在向他宣示着什么。

夏永兴长叹了一口气，自语道："做妻总比做妾强，百银是个好人，她应该找到了好归宿。"

第五章　贱犊

夏永兴要把家里的一头公牛送出去的消息，经田玉儿之口传到夏刘氏耳朵时，夏刘氏痛啐了一句“败家”；夏永兴要把那位似是而非的侍妾嫁出去的消息，又经田玉儿的口传到夏刘氏耳里时，夏刘氏气得昏了过去，从此生了一场病，变得萎靡不振、神志不清。等夏刘氏病愈时，田玉儿怀中的男婴已经掐断了奶。

夏刘氏过了两年多时间才清醒过来，她并不知晓，儿媳田玉儿竟然怀上了孩子；她也不知晓，她脑海中的那个妾尤小喜，也已帮另一户人家怀上了孩子。

身怀六甲的尤小喜像往日一样，借哥嫂家的纺车纺了一天的布，她按照同嫂子事前的约定，把织就的五尺白布，分给了哥嫂两尺半，虽然织布的棉料都是丈夫夏百银辛苦挣来的，但她因为没有纺车，也只能甘之若饴。她庆幸遇到了一个好人，也嫁给了一个好人，若不然，她还在跟着母亲四处乞讨，仍过着风餐露宿的苦日子。现在的日子虽说也苦，但苦中有甜。丈夫夏百银本分勤恳，为了撑起这个两口小家，白天在城中四处卖苦力，夜晚帮她弹棉织布，不仅糊住夫妻两人的口，还照应了远在东南十五里之外的她娘。如今，她的肚子里又怀了孩子，对于尤小喜来说，一切都充满着满足和希望。

两尺半的白布交给嫂子张翠翠后，尤小喜便走出栅栏门，她倚靠在从城墙砖缝里偷生的桑树树干前，望着东边的南门瓮城，静候着丈夫从城里归来。

初冬的夕阳照在桑树的梢头，显得多了几分寒意，尤小喜双手抖紧宽肥的长大褂，不禁打了一个寒战。

张翠翠从院内牵了牛出来，径直走到尤小喜面前，把牛拴在了尤小喜倚靠的桑树干上。尤小喜见状挪开身体，把桑树这片地盘让给了牛，张翠翠对尤小喜的识时务似乎非常满意，说："咱们妯娌之间的不像其他人家，咱们关系好得很，干什么都有照应，你说是不是。你帮我看着牛，我去割几把草来。"尤小喜点头应是，张翠翠便带着她刚满两岁的女孩丫丫沿城墙朝东走去了。

尤小喜仍望着东边的南门瓮城，随着傍晚的临近，出城的人越来越少了，只有寥寥几人，每每从瓮城里走出一个人，她总能在很远处就判断出此人是不是她的丈夫。渐渐地，暗淡的光线使她的视线变得恍惚，她只见一个身影离她越来越近，她高喊一句："百银。"那人却像没有听见，她又喊了一声，那人低声应道："是我。"

尤小喜从熟悉的声音里认出了他，这个人就是多年没有音讯的姐夫。不过站在眼前的姐夫，已经换了一副模样，他身穿一席褐色僧服，头发全无，显然他已经落发为僧。尤小喜惊喜地叫道："姐夫，是你！""我已经不是你姐夫，小僧，法名净空。"说着，尤小喜见姐夫合手作揖，她正想问他，姐夫先行讲了话："小僧今天过来，是来了却尘缘的。"尤小喜顺着姐夫手指的方向，看见一个尚处垂髫之年的男孩站在他的身后，她疑问道："这是？"姐夫再次作揖："这就是我要了的尘缘。"尤小喜近身打量了一番男孩说："这是狗仔，你找到他了！"姐夫回答："几年来，小僧之所以尘缘未了，旨在找他，如今已经找到，你就当他是无父无母的孤儿，收留了吧。"尤小喜搂过狗仔的头，轻轻抚摸着，不觉眼泪已经流了下来。她再要跟姐夫对话时，却见一个僧人的背影已经走远，留了一句话顺着城墙传到她的耳中，"尘缘已了，我也该去云游了”。

“刚才我见一个和尚来过。”张翠翠抱着丫丫回来了，手里并没有割来草，她忽见到尤小喜怀里搂着一个陌生男孩，质问道，“这个孩子是谁？”尤小喜擦拭完眼中的泪，回答说：“我家外甥。”张翠翠挥手嚷道：“哎哟，外姓的孩儿可不能吃咱夏家的粮。”言罢，扭着肥臀，牵牛进了院子。

夏百银在太阳彻底落幕的前一刻，提着一个粮袋进了家，这是他最近记了半个月的工结算的劳动所得。尤小喜跨出门槛要去接下他手中的粮，他没有依允。这间一面青砖三面茅土的屋子本来就略显狭窄，平日里哪怕进出一个老鼠，都免不了引起屋里人的注意。夏百银踏进房门的一刹那就发现了男孩，正当他瞠目结舌要询问究竟的时候，尤小喜递给他一张卷有两道菜肴的烙馍，又轻声把身前男孩的来龙去脉说给他听。夏百银嘴里一边嚼着烙馍，一边狠劲地对尤小喜说：“咱养！”

狗仔在丢失之前，尤小喜的姐夫一家已经为他取过大名，那时叫谢瑞。五年前他丢了以后，尤小喜并不知道狗仔身在何处，所以更不知道有谁给他取过什么名什么姓，如今问狗仔叫什么名字，他只说自己叫“十九”，问他这些年住在何处怎么过活，他只说跟着一群大孩子四处游荡，晚上住在一间大大的房子里，所有的孩子要挨个儿受大人的皮鞭，疼得厉害。尤小喜忍不住心酸，她伸手要去摸他的手，他却久久地把两只手藏在身后，她一再哄劝他不要怕把手伸出来，他才怯生生地伸出手来，两只杏叶大的小手满是烫伤的伤痕，十只手指红肿，右手拇指少了一节，缺了指甲的指尖长满了圆圆的肉，显然已经截断了很久。尤小喜抱住他，号啕大哭。

听夏百银的意见，名字越是低贱越是俗气对孩子越好，他们给狗仔改了名，小名不叫狗仔，也不叫十九，改为贱犊，由于夏百银与尤小喜都不认识几个字，决定请个读书先生再按贱犊的生辰八字给起个大名，即使他俩并不明确清楚他的八字，贱犊的八字也只是按照尤小喜母亲的记忆推测的。

也许是对陌生环境的畏惧，贱犊除了跟随姨娘尤小喜去茅厕以外，其余时间都躲在狭小的屋里，这种怯生的心理直到半个月之后才有好转。清早吃完饭，夏百银照例进城劳作去了，尤小喜到隔壁哥嫂的一间屋子里纺布，贱犊终于肯跟在她的身边，尤小喜并不让他帮做下手，只叫他坐在一旁边看着就好。贱犊很听尤小喜的话，静静地坐在跟前，一语不发。整间屋子很静，只有织布机发出具有节奏性的乐章，像是一曲催眠曲，贱犊竟渐渐睡着了。

一阵强烈的踹门声打断了织布机的乐曲，夏百金高声骂道："你从哪儿领回来的野种！"尤小喜搁下手中的线砣，撑起身子，贱犊已经吓得抱紧了尤小喜的腿。一旁的张翠翠补充骂道："谁知道这个孩子是不是你的野种，不要脸的贱妇！"尤小喜伸臂把贱犊揽到怀里，解释说："大哥大嫂，贱犊不是野种，他是我姐家的孩子。"张翠翠又骂："你姐家的孩子咋就轮得到你来养，他们家的人都死光了吗？"尤小喜憋红了脸，说："贱犊是孤儿，可怜……"张翠翠拔高了嗓门："我才不管可怜不可怜，反正别姓的杂种，不准进夏家的门。"尤小喜回答："我们家百银正要让贱犊随了姓夏，赶明儿就去找教书先生起名。"张翠翠抽了一条板凳坐下，说："随姓也不行，夏家的家业不是给别人家置办的，这个杂种，说一千道一万，你们，不、准、养！"尤小喜搂着贱犊，委屈地痛哭了起来。夏百金走到尤小喜身边，轻声抚慰道："弟妹，你不要哭嘛，把这个孩子送人不就得了。"说着，他柔柔地拍了拍尤小喜的肩。张翠翠怒视了夏百金一眼，举手把他的手从尤小喜的身上打掉，厉声对尤小喜说："送人，赶紧送人！"

入夜，尤小喜红肿着双眼把白日里哥嫂的所作所为告诉了丈夫夏百银，夏百银一听，火冒三丈，只说要去揍姓张的泼妇。尤小喜止住泪水，劝夏百银不要动手，长兄如父，长嫂如母，总要冷静下来想个办法才行。尤小喜夫妻两人因为贱犊的事一直商讨到深夜子时，如果继续留养他，按照哥嫂的习性，保不准以后会闹出什么事，尤小喜虽然不忍，最终还是同意了将贱犊送给别家。第一个方案是把贱犊送给尤小喜的母亲养育，但她的母亲已经花甲，去年又染上了鬼疰，整日咳嗽得厉害，求了几个坐堂先生开了不少药，也请了几个阴阳先生，病情却一直没有见好转，这鬼疰的重病是会传染的，万一传给了贱犊，搞不好可能连失两条人命，这个方案被果断放弃。第二个方案是把贱犊送给哥嫂教养，夏百银心里清楚，哥嫂二人之所以大吵大闹，是因为他俩只有一个女孩，并没有男丁，他们是嫉恨所致，假如把贱犊过继给他们，也许就会息事宁人，但考虑到贱犊已有五岁，早就记事，怕他不跟，也怕哥嫂不肯，而且尤小喜不忍，这个方案也被推翻。第三个方案是把贱犊送到育婴堂，听说前年城内的育婴堂里又增设了蒙养院，堂内收养的孩子也可以读书识字了，夏百银连连摇头不同意，他说，育婴堂是替府衙卖苦力的地方，里面的孩子还没长大成人，就有好多被拉去做工了，贱犊去了等于送命，这个方案也被否决了。两人思来想去，最终异口同声地说，送给永兴大哥。

夏百银第二天没去东门外搬运修火车轨道的枕木，他缺了一天的工，领着贱犊徒步朝西北方向去了堤上的夏郭庄，尤小喜本打算一同跟来，夏百银顾虑她有孕在身，让她留在了家中。

田玉儿搀扶着夏刘氏坐在堂前的院子里晒太阳，一旁的幼婴胡乱在土地上爬蹉着，牛棚里的老母牛不时发出哞哞的唤崽声，马圈里是空的，夏永兴又进城卖柴去了。田玉儿认得夏百银，见他敲门进来，忙舀了一瓢冷水递给他，她见他身边还站着一个男孩，又进屋盛了一碗白米粥端给男孩。夏百银向夏刘氏问好，夏刘氏却直愣着并不说话，问明原因才知道，夏刘氏虽说从沉睡中苏醒过来，脑中已失去了记忆。夏百银喝完水，问道："大嫂子，永兴大哥不在家？"田玉儿接过水瓢要去再舀一瓢来："他进城了，你来的路上咋没碰着他，我再去舀水。"夏百银摆手说："我喝饱了，不劳烦嫂子了，那我等大哥回来。"十分凑巧，夏永兴今天送柴很顺当，一个时辰就从城里打了来回。夏百银从门外笑脸迎了夏永兴，进院子里时把贱犊领到了他面前，说：“哥，这个孩子很可怜，你收留了吧，虽说你家也有个男丁了，但你家殷实富贵，多养一个也养得活，长大了还能是个劳力。”夏永兴端详着贱犊，没有说话。田玉儿抱着男婴凑到跟前：“贱犊这个孩子挺可怜，就是年龄大了点。”夏永兴问：“几岁？”夏百银伸出手掌：“五岁，确实年龄是大了点，要不是亲戚人家，我也不会操心这事儿。”夏永兴问：“亲戚？”夏百银忙答：“哦，不是咱们夏家人，是我内人的亲外甥。”夏永兴猛地睁大眼：“外甥？”夏百银邀他借一步说话，两人走进牛棚，夏百银把贱犊的身世细细讲给了他听。

“永兴哥，永兴哥……”夏百银见夏永兴失了魂似的一言不发，不知他心中在想什么，“这个孩子，你……”夏永兴恍然答道：“我养！”

自打夏百银把贱犊送出去后，哥嫂两人在家中似乎少了一些跋扈，夏百银其实并不清楚，哥嫂突然变得收敛，更多的是缘于他加入青帮的消息传到了哥嫂耳中。

如今的卖苦力不像从前几年，现在各个水旱码头都有各式的脚行把持，脚行又被几个帮派把持，最大的帮派就是青帮，特别是故黄河北岸新修了一座浮桥，直抵牌楼，不再需要摆渡过河，很多脚夫没有了活干，身边几个伙计纷纷改投王四爷门下的一些脚行，才渐渐有了卖力的机会，夏百银也跟风去投王四爷的脚行，庆幸的是，他去的那天恰值王四爷给他老母亲过寿，脚行不仅接收了他，他还因为说上了一句“寿比南山”的祝寿词，被王四爷一眼相中，竟然被吸收入帮，后一日开了寄名香堂，拜了祖，认了一个“通”字辈师父，还授予了“悟”字辈分，据说当天同他一样加入青帮的另有三个幸运的脚夫。

入了青帮，夏百银比以往有了更多的卖力挣钱的机会，尤其是朝廷正在西洋人的帮助下兴建津浦铁路，徐州地处要冲，铁路要修经徐州城，目前已经在修建徐州府火车站。夏百银从夏天入伏之前就风雨无阻地跟着脚行头在工地上出力挣钱了。火车站建在东城门外的子房山脚下，新建了几间砖木结构的工房，工房子外用竹竿苇席搭起了硕大一个棚，站内正在修两股火车轨道，夏百银心里计算过，干完了这些，他能挣得往年一年挣的银两。

夏百金听说弟弟有了青帮的身份，先是惊讶，转而畏惧，进而又羡慕了。他跟妻子张翠翠倾诉了自己也想加入青帮谋个差事的想法，张翠翠啐了一口吐沫说："你加它干吗，你又出不了大力，人家也不会要你。"夏百金伸出两只手，晃动着十根指头，说："咱有这个。"张翠翠舔了舔嘴唇："随你。"说完，她扭胯摆臀上了床，夏百金跟着也扑上了床。

夏百金想通过几个脚行加入青帮，结果屡屡碰壁，拒绝的理由千篇一律："我们行里不缺掌柜的，懂珠算没用，能卖力干活才行。"此计不行，夏百金改用另一策略，他连续几日守在青帮头子王四爷位于中道街的宅院门外，投了拜帖，终日等候，谁知非但见不到王四爷，在夏百金守在门外第八日的那天傍晚，他被从院里出来的几个汉子连踢带打一直轰出了中道街，他在太平街一处角落里躲了好一会儿，才穿戴好衣帽偷偷经兴隆街拐到南门大街出了城跑回了家中。投靠王四爷不成功，夏百金又打听到北门大街有个郭三爷，同王四爷一样，也是青帮"大"字辈的头子，这一回，为了投靠郭三爷，他没冒冒失失地去投帖守门，而是把目标锁定在了郭三爷家的门房身上，门房是个不惑之年的中年男子，夏百金只花了两文纸钱就买通了他，叫他好生在郭三爷跟前帮忙举荐举荐。五天之后，门房鬼鬼祟祟引他到郭宅西侧的随墙小门，偷偷对他说："我把你当亲兄弟才会告诉你的，想攀郭三爷其实很简单，只要你敢付出就行。"夏百金为难道："我也算是贫苦人家，没有多少银子。"门房笑道："不用花银子的！"夏百金问："我打小也没干过什么体力活，只打得一手好算盘，您看咋付出？”门房说：“不用你亲力亲为。”夏百金疑问道：“越说我越糊涂了。”门房贴近他的耳朵说：“你家内人姿色咋样？”夏百金脸上流露出一丝得意的表情：“我家那位真算得上貌美如花。”“这就好办。”门房拍拍自己的胸脯，“郭三爷专好女色，你如果舍得，把内人送给他一晚，准能收你入帮。”夏百金听完，表情凝结了，过了片刻，说：“我回去再想想。”

夏百金是晚上灭灯歇息的时候告诉张翠翠他的难处的，他努力平缓呼吸说：“你想不想跟我享点荣华富贵的福？”张翠翠急忙答：“那还用说，当然想喽。”夏百金的一只手如游蛇一般伸进张翠翠的贴身细布棉袄里，说：“那，你肯不肯帮我？”张翠翠任由他的手指滑动：“咋帮？”夏百金停了手中的动作，说：“叫你跟一个东家睡一觉，你肯不肯？”张翠翠一个拧身，用力把他的手挤出了她的棉袄：“你咋不去跟人睡！”夏百金苦笑道：“我是个男人，你才是女人。”张翠翠双手拉紧棉袄说：“我咋说也是个正经的妇道人家，不是那窑子里卖身的，我懂得出嫁从夫的规矩，你平生要是遇到了什么不测，我还琢磨着守个烈节，在那云龙山上的贞节牌坊里添一块我张氏的呢。”夏百金“呸呸”两声，说道：“你咋咒我早死，我还要跟你双宿双飞一直到老呢。”片刻寂静过后，张翠翠悄声说：“你说的是，哪个东家？”夏百金一跃压在了她的身上，说：“我告诉你哦，这个东家可不简单，是青帮的郭三爷，我假若能入了他的门下，保准比我家兄弟强得多。百银虽然入了帮，但他投奔的王四爷眼下的势力不如咱郭三爷。”张翠翠急问：“这个郭三爷有多大年纪？”夏百金说：“也就比我大了一轮，白手起家，你看人家三十几岁就有了今天的功业。”张翠翠伸出右手手指放入嘴唇，低声言语：“年轻有为啊……”夏百金从她身上撤下，平躺了下来说：“在青帮里容易创业，可惜我没有这个机缘，没有这个身份，如今只能指望兄弟百银喽，他以后也许能发达也不好说，唉……”片刻，张翠翠转头问：“只要我跟他睡一觉，你就能加入青帮吗？”夏百金也转身，脸贴着她的脸：“当然能，所有的一切我都打点好了，只要你愿意。”张翠翠又转过头去，喃喃地说：“容我再想想。”

当夜，张翠翠就下定决心要去陪那郭三爷一晚。次日傍晚，夏百金领着精心梳妆打扮过的张翠翠去了北门大街，在郭宅的小门把她交给门房的那一刻，他的眼中流露出一丝不舍。夏百金回到家中，把闺女丫丫安顿在小木床上睡好，又给另一间屋里的牛的食槽里加满水和料，便魂不守舍地独自躺在了紧靠北墙的大床上，他几乎一夜未眠，焦急、紧张、失落、空虚而又满怀期待。

张翠翠回到家中已是后一日的下晌，她刚进入家门，丫丫就要缠着找娘。夏百金憨笑着生火给她煮了一大碗的面疙瘩，端碗递到屋里的桌上，问道：“咋样？”张翠翠把丫丫交由他来抱，端起碗说：“晚黑再说。”夏百金迫不及待地靠近她询问究竟，她只是娇笑却不答他，她越不理他，他越是心急如焚，死乞白赖似的抓住她的手臂不放，张翠翠拗不过他，不耐烦地示意他，等把丫丫支开再说。丫丫两天没见娘，是不易支开的，夏百金苦苦等到夜深人静，丫丫终于入睡。他站在床前问：“快说，到底咋样？”张翠翠“嘻嘻”一笑：“你问的什么咋样，郭三哥……”她忽然停顿了一下，接着说：“郭三爷可真是家财万贯，吃的、穿的、床上铺的盖的、出门坐的轿子，哪样都气派。”夏百金慌忙追问：“我不是问这个，我是说，我的事儿，咋样？你跟郭三爷提了吗？”张翠翠恍然道：“哦，昨天晚上，他硬是拉着我跟他一起喝酒，还在他家后院听了一场柳琴戏，所以，昨夜我俩睡得晚，今早我俩一觉醒来，都快到晌午了。昨个儿，我本来想提一提你入帮的事来着，可是，我才一开口，人家郭三爷就给打住了，他还念叨了一首什么诗，我只记得有两句：

春宵只谈春宵事，
过罢春宵也不迟。

他这么一念，我再开不了口了。”听妻子张翠翠如此一说，夏百金张口结舌没了话，过了片刻，他长叹一声说：“唉，这可咋办，别是个‘赔了夫人又折兵’！”张翠翠在一旁早已合上了眼，酣然入梦了，梦里，她见郭三爷拨雨撩云般地向她调情，她嘻嘻笑出了声。

门房没有骗人。夏百金苦等了一个月，终于在春节之前进了郭宅，他不仅加入了青帮，还亲拜郭三爷为师，得了一个“通”字辈的名分，并在城南靠近户部山的马市街一个车行谋了个写写画画的杂差。这样一来，在青帮内论资排辈，夏百银管他不能再称兄长了，而要管他叫师叔，张翠翠听到这一消息后，妩媚地瞟了丈夫夏百金一眼，悄声说：“陪郭三哥一晚上竟然就能赚这么大的便宜，要我说，再陪他睡三晚，我也愿意。”

第六章　革命

夏永兴收养贱犊的第三年，才给他改了姓氏。夏永兴独自到户部山找到了裴秀才，恰巧裴秀才在家，裴秀才按照夏家“文德传业思百毓，孝道兴家万世昌”的辈分，给七岁的贱犊取名夏毓恩，旨在让他懂得感恩，另外还给夏永兴的两个亲生儿子起了名，三岁的二子取名夏毓良，新生的三子取名夏毓彤。此时的夏毓恩已满七岁，夏永兴想让他早点入塾读书，这一想法告诉裴秀才后，裴秀才接连感叹，不为别的，只为西北堤上一带的办馆办学所惋惜。当年裴秀才在裴庄设了私塾，他搬到户部山后，听说堤上再没了像样的馆供孩子读书，别说经馆，连蒙馆也少之又少，若是哪家孩子想识文断字，方圆十里都难找去处。

裴秀才知晓其中因由。前些年，朝廷下诏，命各省书院改设学堂，京师劝学所还颁布了改良私塾的办法，虽然私塾并不见得与以往有什么不同，但数量很不如从前，特别是一些留洋人士开办的小学堂像雨后春笋似的一下子热闹了起来，还从各处请去了不少先生，致使私塾的数量更不乐观。裴秀才写了一张便条交与夏永兴，说：“各地都在改设新学堂，当下城里城外办了不少小学堂，你拿着这张帖子，挑一个离家近一点儿的，把这个孩子送到小学堂吧。等以后考了中学堂，再来跟我读书。”夏永兴再三言谢，收好帖子，搁下一袋谷子，骑马离开了户部山。

等夏永兴出了门，裴秀才也跟着出了门。他带着丫鬟兰儿去了位于城南云龙山的云龙书院。裴秀才作画名扬一方，还被朝廷召为供奉，所以当年被请到云龙书院当先生。几年前，朝廷取缔科举后，裴秀才再也无心入仕，他只安心讲学，闲时闭门作画。他习画精湛，尤其擅长山水，他的画也卖了不少银子，所以才能在户部山购置一套大宅。前些年，书院改设学堂的诏书下来之后，云龙书院改为了如今的中学堂，并迁到了察院街的察院内。中学堂虽然迁走了，庭院里仍住有不少先生，有几个还是裴秀才的挚友，而且，这座七进的书院里还留有一间供他使用的居室，所以，裴秀才闲时总会登山会友，也趁机登高挥墨。

裴秀才家丁不算兴旺，目前只有一个丫鬟伴随左右。他的家室去年死于一场大病，生有一女一子。闺女早已嫁人，且已跟随从政的丈夫远赴南方。他家中的独子裴文举年方二十二，却还整日孤身奔跑于天南海北，裴秀才曾经训斥过他几次，他仍旧不愿及早回来成家立业。有一回，农历新年，裴秀才问儿子到底忙于何事，裴文举把房门房窗一一紧闭才告诉了他，并再三恳求他一定保密，裴秀才听了以后大吃一惊，手中的青花茶杯不觉一抖砰然落地。原来，儿子裴文举暗地里在造反闹革命。裴秀才极力劝阻，儿子反来劝他："驱除鞑虏、恢复中华、创立民国、平均地权，这是大势所趋，势在必得。"

裴秀才带着兰儿上了云龙山进了书院不久，几位挚友便到了他的休憩间登门拜访，邀他信步前往放鹤亭，赋诗作画饮酒助兴。此时，裴秀才刚意识到，今天竟是重阳节。

放鹤亭因苏东坡的《放鹤亭记》而闻名遐迩，虽然历经岁月沧桑，但经上一任知府修复后，瞬时就多了几分生机，青砖琉璃瓦映着青松和山石，美不胜收。从亭里往远处望去，徐州府城尽收眼底，如今府城的外城土城几乎颓废殆尽，只有青砖结构的内城，形如一面两臂展平的折扇，被故黄河一个近乎直角的转弯裹在了怀里，城南的户部山清晰可见，再往南的奎山塔在秋阳的照耀下也依然熠熠生辉。裴秀才把目光收回近处，山上的游人较往日多了些，人们携带着被称作"避邪翁"的茱萸登高祈福，更有不少已过知天命之年的人，携带着被称为“延寿客”的菊花酒也来登高求寿。

裴秀才在放鹤亭前饮了一碗菊花酒，不觉已有醉意，几位挚友纠缠着要他再作一幅山水画，笔墨纸砚早摆在了石桌上，四块墨砚把纤薄的宣纸压得格外舒展。裴秀才只挥墨花了片刻工夫便作了一幅画，不过他并没有画他擅长的山水，画纸上栩栩如生地呈现了两只白鹤，一只细挑长腿立在平地里，挥舞着黑边洁白的翅膀正仰天长啸；另一只像离了弓的箭，挺直着身子展翅直插云霄，画两端的题跋笔力遒劲，开端一个“鹤”字，尾部填了一首《望江南》的词：

鹤西游，未见一行行。虚号在冠身不舞，为凫增美恨为伤。生不遇林郎。

秋风后，山野遍飘霜。张伯亭前飞小燕，苏公云上作文章。天下任君翔。

词尾署了他的号“静松闲人”。挚友们看了裴秀才的画，纷纷称赞好画好字好词，当即就有一人拿出一锭十两的银元宝，想将画卷收入囊中。裴秀才推却了银两，只说：“古人喜欢闲云野鹤，如今我年岁过了半百，才体会到古人的心境。”

几个人诗画配酒，不觉都酩酊大醉，平日里极少谈论的国事，也畅谈无阻了。三民主义掀起了全国性的革命，听说天下将要大乱，他们谈论着改朝换代的历史，盛赞“九朝帝王徐州籍”，裴秀才当即又借着酒力赋了一首诗，也不管什么平仄讲究了，说是对徐州历代百姓做一个总结：

琴棋书画诗酒花，
刀枪剑戟斧钺叉；

不是柳下唱飞絮，
便是提头闯天涯。

作罢此诗，裴秀才落了泪。友人劝他不用伤感，友人们却也跟着落了泪。

兰儿站在亭外等了好大一会儿，才被裴秀才的一个友人发现，友人招呼她过来，她雀目鼠步似的躬身走到裴秀才跟前，悄声在裴秀才耳边说："少爷来找。"裴秀才醉意中有了几分清醒，回答道："他怎么来了，他平日可从没有来过书院。"

裴秀才在兰儿的陪同下，进了书院的休憩间，裴文举急忙从椅上起身，把父亲裴秀才搀扶到椅上来坐。等兰儿关门出去后，裴文举摘下圆檐毡帽露出一头短发，半跪在裴秀才身边，说："爹，武昌起事成功啦，全国的革命也一定能成功。"裴秀才弯身说："说话小点声，隔墙有耳。"裴文举窃窃地说："爹，我这次回来，就是为了革命，下个月，我们要在文庙内，召集徐州城各界知名人士商讨革命的事，韩先生也想邀您参加。"裴秀才问："哪个韩先生？"裴文举回答道："韩志正。"裴秀才"哦"了一声，陷入了沉思。裴秀才是清楚这个人的，几年前这个人在城里成立"不缠足会"号召女子放足，去日本留了几年洋回来后，又创办了坤城女学堂，后来又说服许多中小学堂聘请洋人教官上起了军事课，学起了兵操，徐州府、道和铜山县署大为震惊，当即勒令禁止了，裴秀才还读过他的一篇文章《瓜分告哀书》，痛斥洋人瓜分中国，看了此文，裴秀才同仇敌忾。"爹，您一定要参加。"裴秀才的思绪被裴文举打断了。裴秀才点了点头，不置可否。

定在府署街文庙内的集会如期进行，裴秀才并没有参加，不过他虽然没有参加，却焦急地在户部山的宅院里等待着消息。直到黑夜二更时分，裴文举悄悄赶回家，把白天的事说与了裴秀才听。原来，今天的秘密集会很成功，虽然有府衙的官吏知晓此事，但并没人前来阻止，在同盟会会员的主持下，当场就选出了民政长、军政长和财政长，并且通电全国宣布了徐州光复。说完，裴文举拿了一把剪刀进了裴秀才的西间书房，等他出来时，手中拿着几条辫子，辫根上整齐地留有刚刚剪裁过的刀痕，这些都是裴秀才瓜皮帽后悬挂的假辫子。裴秀才叹了一口气，说："剪吧，剪吧，我这个朝廷供奉的无用秀才，留着辫子还有何用。"

就在宣布徐州光复的第二天，徐州又失陷了。裴秀才在宅院里听到城中有几声枪响，不觉心中一阵胆寒，难道城中真的打了起来？文举会不会有什么危险？城里这些革命党人手无寸铁，文举千万不能跟着去送死。想着想着，裴秀才实在放心不下，他终于在太阳刚刚落山时借着暮色出了门。

城中一下子进了这么多军队，人们纷纷躲在家中紧闭家门。裴秀才徒步下了户部山，经南关上街朝北一直走到护城河，路上都空无一人，他在护城河被迫止住了脚步，南门瓮城外的吊桥已经收起，河对岸的城门也牢牢关闭。裴秀才在护城河南岸就地找到一块稍高的石埭，小心踩到上面，翘首往城中望去，无奈城墙太高，他只能透着夜色望见依城墙而建的一线民房，有几间的窗口还留着灯光。他失望至极，不知道儿子是否还在城中，也不知道他是否安然无恙。也许是河水滋养的青苔太过狡黠，它似乎一定要将石埭据为己有，不允许任何的外来侵犯，裴秀才突然一个湿滑，滚落到了河里，他连摸带抓挣扎了一番，总算爬上岸边。"老爷，老爷……"不远处传来了丫鬟兰儿的呼唤声。裴秀才拍了拍移湿的衣服，努力站立起来挺直身子，回应道："兰儿，我在河边。"兰儿应了一声："噢，老爷，我这就来。"兰儿快步寻到裴秀才身边时，也不慎跌了一跤，她急忙爬起来，说："老爷，您咋夜黑出门也不跟我交代一声，不打盏灯就出来了，这盏玻璃油灯没有膏油了，我正在家给您添油呢。"说着，兰儿从怀中捧出了一盏手提铜制玻璃灯。裴秀才接过灯，说："你摔到没有？"兰儿"嘿嘿"笑了笑："没事，老爷，我把灯点上吧。”裴秀才挑起了玻璃灯，低声说：“不点，咱摸黑回家。”

裴秀才和兰儿主仆两人摸黑从西边上了户部山，刚上坡过了翰林府门前的大影壁，就发现有两个黑影在不远处他家宅院的门口，等裴秀才到了近前，黑影却又消失了。兰儿拿钥匙打开门锁，轻轻推门让裴秀才进去，裴秀才一只脚还没踏过门槛，突然，两个黑影从他身边倏地闪入了门中。裴秀才警觉地悄声问道：“谁？”“我。”黑影发出了熟悉的声音，原来是儿子裴文举，“爹，进屋再说，兰儿，你留步，我们有要事谈。”兰儿小心关了大门，留在了门房的倒座房她就寝的屋里。裴秀才比儿子裴文举迟了一步进的堂屋，他刚一进门，屋内的灯亮了，站在他面前的除了儿子，还有一个中年陌生男子。裴文举忙对中年男子介绍道：“韩先生，这是我爹。”接着又对裴秀才说：“爹，这是我之前给您提过的，韩先生。”裴秀才脑海里出现三个字——韩志正，原来站在眼前的这位戴西式眼镜的与自己年龄相仿的男子就是韩志正。裴文举介绍完，裴秀才与韩志正相互作揖问好，连说了几句“久仰久仰”“久闻大名”。裴文举一步迈到裴秀才身前，低声说：“爹，我和韩先生到家里来，一是为了暂时躲避，二是为了谋划革命，这里离城不远，便于我们进退。唉，没想到从南京败退的清军，驻到了咱们城里。”裴秀才问：“他们军队可是人多势众真枪真弹的，你们有多少人，怎么革，要我说，还是暂且躲一躲，免得被那城中的军队追来。凡事从长计议。”一旁的韩志正笑着答道：“裴先生，这个您不用担心，我们已经调查清楚了，这新入城的清军是从南京被革命军打退回来的残部，他们一进城就紧闭城门，暂时不敢出城。”接着，韩志正把接下来派人潜入城中洋枪队发动兵变的计划说给裴秀才听，裴秀才点了点，急忙问：“谁去？”裴文举从凳子上站了起来：“我去。”裴秀才惊讶道：“你……”韩志正解释道：“裴先生，您大可放心，我们同盟会会员已经插入洋枪队的内部，文举只是去策应，绝对能保证人身安全。”裴秀才没有再问，他仰头掩面沉默了良久。

十八天之后的清晨，城墙南门敞开着，南门外护城河上的吊桥始终高悬不落。裴文举按照计划召集三十名车夫守在了城门外，每名车夫都拉了一辆满载货物的平板车，城内的洋枪队兵变如果不能成功，这些车夫的任务就是将所有货物连同车子一起推入护城河内，临时搭成一座浮桥，供城内自己的队伍向城南撤退。裴文举焦急地躲在瓮城外等待着，终于在等了两个时辰后，城内先是有人发出号喊声，继而零星响起了洋枪声，不一会儿又是四处的嘶喊声。

“成功啦，成功啦。”消息传到了南门。裴文举与车夫们顾不上平板车，兴奋地高呼着从南门进了城内，他们刚进入城内，却在回龙窝被一队持刀的清兵劫掠了一番。裴文举机敏地折返出了城，他迅速将一车的货物点了火，推到南城门里，试图堵住清兵，不过，他的这一举措并不奏效，依然没有挡住清兵出城抢掠。裴文举开始质疑兵变是否真的成功，如果成功怎么还有这么多清兵到处抢夺烧杀。他没有在南门过多逗留，而是沿城墙外墙根一路向东拐到了东门，没想到东门外也到处是被抢掠过的场景。他没有再去多想，进了东门沿东门大街向北拐至中道街，再穿鼓楼过鼓楼街，一路跑进文庙内，他见韩先生正在和同盟会会员王少华对着桌子上的地图紧张地谈论着什么，慌忙跑到跟前，说道：“韩先生，是不是成功了，我在南门没看见洋枪队出城，到处是持刀的清匪军在烧杀抢劫。”韩志正回答道：“文举来得正好，洋枪队兵变成功了，我们控制了城内的道署和察院，城内的官吏都悉数逃跑，清兵头子也已经朝北逃去了，但是没想到，清匪军因为没了头领，竟然乘机抢掠。不过，我们已经在城中散布革命军就要进城的消息，那些清匪军都开始出城向北逃跑了。”

革命军确实已经北伐逼近徐州，但真正到达是在两个月以后。裴文举跟着韩先生到城南二十里的三堡迎接了革命军的到来，这是裴文举第一次见到这么多的军队，他兴奋不已，在引导革命军由南关进城之后，他的脑海中萌生一个念头：参军。他找到韩先生，让韩先生帮忙去向刚刚入城的将领说情，韩先生思考片刻，微笑回答道："参军没问题，但你最好先得到令尊的依允。"

裴文举马不停蹄赶到了户部山，他进了家门后，径直朝父亲的书房走去，他知道每天下午时分都是父亲作画的时刻，他小心翼翼而又激情万分地推开了父亲房门，嘴里喊了一声："爹。"转身关门后又说："爹，今天革命军已经进城了，革命是彻底成功了。"裴秀才转头看了裴文举一眼，没有作声，继续着手中的画作。裴文举静静地在旁边等待，画卷上呈现出一片碧水青山，青山顶上有一个人的孤影站在那里，望着远方，画的一角题有一首诗：

我见青山多妩媚，
青山见我应如何？
人生百岁一川水，
流过千帆旧渡河。

裴文举见父亲收起手中的毛笔，便急忙端起茶几上的一盏茶递到了裴秀才手中。裴文举开口说："爹，我有一件要事跟您商议。"裴秀才端了茶杯没有喝茶，说："我也正有一件事要找你谈谈。"裴文举说："爹，你找我什么事？"裴秀才看了他一眼，说："先说你的事吧。"裴文举斩钉截铁说道："爹，我要参军，跟军队继续北上。"裴秀才砰的一声将茶杯重重地掷在茶几上："绝不行！"裴文举迅捷站起了身："为什么不行？"裴秀才砰的一声又重重拍击茶几，高声说："绝对不行！我如今不反对你闹革命，已经是愧对祖上；你要是再去参军，我就投河了断了自己！"裴文举忽然一惊，他没想到父亲对于他参军的想法竟然有如此大的抵触，他大约猜测到了父亲为何极力反对，就是因为作为儿子的自己至今未婚，裴文举说："爹，我没法不去革命，我不想和那些贩夫走卒一样，任由别人宰割。是不是我成了家，您就答应？"裴秀才叹气说："文举，你是家中的独子，我不想背负断子绝孙的罪名，到时候下了黄泉，我没有脸去见祖宗。”没等裴文举回答，裴秀才端起茶杯说：“我已经托人给你说了一户人家，就在咱户部山，崔家的四女，年岁比你小四岁。”裴文举厉声说：“爹，只要我答应这门亲事，您就得同意我参军。好！我同意。到时候我找韩先生做证婚人，也叫他做证人，一旦我结了亲，我就要去参军。”裴文举喘了口气，问：“我的事说完了，您要讲的事呢？”裴秀才起身拂袖出了门，走下门外的石阶时，说了一句“事情已经说了”。

裴文举独自在书房静静地望着窗，窗孔里透出了稀疏的竹影，这影子仿佛在撩动着他一根根热血的心弦，他有时甚至不想理会父亲的言语，暗自孤身投入革命，不去管那么多的世俗，不去问那么多的牵挂，可是，他似乎不容易做到。当下他能够做到什么呢，对，成亲，尽快成亲，不为别的，就为尽快参加革命军。兰儿进屋给他沏了一杯茶，打断了他的思绪。裴文举等思潮退去，冷静地端详起父亲刚刚所作的画，他似乎不满意画上的诗句，稍许，他另取了一张白纸，熟练地提起毛笔，也写下了一首诗：

我见青山多妩媚，
青山见我应如何？
人生百岁终有路，
岂听他人唱俗歌。

第七章　生祠

革命成功了，不仅是徐州，恍然一梦间全国都成功了，清帝退位，人们纷纷剪掉了辫子。奉江苏省都督的命令，废除了旧清的徐州府、道，成立铜山县自治政府，徐州城为县治所在地，并改名为大彭市，韩志正被各界人士推选为铜山县民政长，铜山县下辖的市、乡，分别通过市、乡的议会选举了市董和乡董，大彭市还设立了董事会，辅佐治理市政事务。

裴秀才听说韩志正当选了民政长，携带了一幅鹿鹤同庆的画作去找他，在他位于旧府衙的办公地点足足等待两个时辰，裴秀才才见到韩志正。他当面诉说了心中所求，希望韩志正劝说儿子裴文举打消从军的念头，韩志正收了他的画作，执意要付银两，裴秀才坚决不收。

两个月后，裴秀才的策略奏效了。儿子裴文举当选为大彭市董事会一员，繁忙的事务似乎使他再无暇去考虑参军的事情。裴秀才尝试着打探他的想法，他回答说："爹，北上部队已经离开城了，我因为被安排了下乡的任务没能赶上，后来我知道了消息后，恨不得立刻就去追上他们，不过，经过韩先生的再三开导，我暂且不去想那参军的事了。"裴秀才听完，心中暗喜。

又过了一个月，裴秀才给儿子设计的婚姻策略失效了。北上革命军在城北百余里的韩庄受挫，向南撤退了，一大队留有辫子的旧军重新占领了徐州城。辫子军刚一进城，就四处宣称清剿乱党，裴文举不得不随众一同撤走。而裴文举是乱党的传言，传到了几步之遥的崔家后，崔家当即取消了婚事。

裴秀才庆幸儿子已经逃离，他听说，新入城的辫子军迫害捕杀革命党人的行动极为猖獗，就连新任的铜山县代理民政长王少华也被杀。辫子军甚至扬言新改立的省立第七师范学校是乱党的大本营，使用了两个营的兵力将位于治平路的学校团团包围，并在东城墙架起机枪大炮。就在千钧一发之际，辫子军撤了，条件是，徐州百姓要修建一座生祠，为辫子军头子。

建生祠的消息在全城传开了，最开始人们只是街头巷尾地谈论，但是，当修建祠堂的钱款以“建祠附加税”的名目摊派到百姓的头上时，人们似乎一下子沉默了。其实，城里城外的人们并非沉默，而是变得苦不堪言，每亩田地要附加两分的银子，这可不是一个小数目。裴秀才一气之下，暗中作了一幅画——《死祠》，题跋处题了一首诗，痛斥修建生祠的行为：

半亩浊水半亩坑，
半个生祠咏半生；
半只男人今何在？
奸臣簿里魏公公。

他并不知晓，他的这首以论明代宦官魏忠贤来讥讽修建生祠的诗，一个月之后竟然传到了辫子军耳中。有一日中午，裴秀才在云龙书院的寝室内休息，一位挚友敲响了他的门，气喘吁吁地说：“裴兄，快逃吧，辫子军就要来抓你了！”裴秀才问：“为何抓我？”挚友回答：“今天刚刚听来的风声，说你与乱党通联，还暗中乱议本城大事，侮辱巡阅使。裴兄快逃吧，我为你请了一个车夫，正在山下等候。”裴秀才为了行动隐蔽，婉拒了挚友的好意。他当即携兰儿一起徒步下了云龙山，又徒步朝西逃去了。

裴秀才到达夏郭庄的时候，已经被一场大雨淋透，兰儿敲了许久的门，夏永兴才披了蓑衣把门打开。

夏永兴见裴秀才突然到访，急忙把二人请入家中，叫田玉儿找来干净衣裳给裴秀才和兰儿换上。裴秀才换好干衣服在堂屋内落座后，对夏永兴说："城里不安全，我暂且在你家躲避，等过几日黑夜无雨的话，劳烦你快马把我往西南送出省界。"夏永兴只是点头，并没有询问究竟。裴秀才问："今天没见到你的儿女？"夏永兴恍然答道："哦，今晚恩师就住在西耳房吧，那间隐蔽一些。"裴秀才见他答非所问，又问道："你家的孩子？"夏永兴再次恍然回答："哦，都在东耳房我娘那里躲着呢，他们怕雨。"裴秀才又询问了孩子上学的情况，夏永兴说："那年多亏恩师，大儿子去了回龙窝的四维小学堂，这个，恩师是知道的。可是近两年城里兵荒马乱，我连进城买卖都不太敢去了，也就没敢再让孩子进城读书，去年只好在城北的拾屯念了一家私塾。"裴秀才疑问道："拾屯？"夏永兴答道："拾家屯寨，现在官府不再设寨了，我们乡下人管它叫拾屯。"裴秀才深叹了一口气，又与夏永兴谈论了些城里的近况，裴秀才话到怒时捶胸顿足，言罢又唏嘘不已。

第二天夜里，夏永兴就骑马送裴秀才南去了，裴秀才没有带丫鬟兰儿一同前往，也没让她返回老家，她已是孤儿，无家可谈，最终只能让她借住在了夏永兴家里。

张翠翠很久没敢进城，也很久没敢出城了。她整日栖息在南城墙根的她家的小院附近，只有在这里，她才会感到安全，毕竟在她看来，这里北有城墙阻挡，南有护城河守卫，就连两年前清匪军抢劫全城的那一回，她的这处风水宝地都安然无恙。她想，在这城里城外，还有哪块地方能有这里安全呢？女儿丫丫已经六岁了，丫丫对如今的张翠翠来说，简直是掌上明珠。其实，她差一点就有了另一个孩子，但是四年前，她已有了三个月的身孕因为一次大出血而化为乌有，自那以后，她再无法生育。

一早吃完饭，夏百金按例出门去了南关的车行，张翠翠从茅房出来后，牵着黄牛和丫丫沿护城河朝西边慢悠悠地边行边停。自从夏百金有了车行的差事，她的生活的确富裕了不少，每天都过着放牛盼夫的悠闲日子。张翠翠把牛拴在了护城河北岸的柳树干上，这样一来，牛既可以啃草也能饮水，她借着柳枝遮下来的阴凉，坐在河岸上歇息，盯着丫丫在另一棵柳树下嬉戏玩耍。也许是夏日里的阳光太过火辣，阳光下的树影显得格外珍贵，张翠翠尽兴地享受着这种珍贵，不知不觉竟然睡着了。她不知道自己睡了多长时间，也不知道自己做了多少个梦，等她从蒙眬中醒来的时候，感觉到身体僵硬，怎么动弹都动弹不得，她凭借着入睡前的记忆思索了片刻，知道自己正躺在河岸边。她焦急地喊了一声“丫丫”，却没有得到任何回应，她又喊了一声“丫丫，你在哪儿”，仍然没有回应。张翠翠心急如焚，她的四肢突然充满了力量，猛地跳了起来，大声又喊道：“丫丫，丫丫……”

“娘，娘……”丫丫在远处传来了哭喊声。张翠翠定眼看去，她震惊了，两个头悬辫子的男兵正持刀抵着丫丫的后背，她熟悉眼前男兵的身影，与两年前她站在院子里见到的抢夺南关的清匪兵一模一样。她顾不得穿上掉了的一只粗布鞋，光着一只小脚迅疾朝丫丫跑去，男兵用异样的口音喝止了她：“站住！”张翠翠戛然而止，立在原地急切地望着丫丫，也望着男兵：“大爷，求求你们，放了我家孩子，你们要什么，我给你们。求你们放了丫丫。”一个男兵端着长刀，走到张翠翠面前，用刀尖挑起她的下巴，她顺势抬起了下巴，露出了洁白润泽的脖子，男兵笑了笑，说：“长得不孬。”说完，他放下了刀，伸手去抚摸她那香汗淋漓的脸。张翠翠放低声音，说：“大爷，求求你放了我闺女，你要我干什么都行，只要你们放了她。”男兵倏然收回了手臂，仍旧用刀尖指着她：

“长得是真不孬，可惜不是黄花闺女，哈哈哈哈……”说着，男兵笑了起来，另一个男兵也笑了起来。张翠翠拉起了哭腔，哀求道：“大爷……”男兵制止了她的哀求，把丫丫推倒在了她的怀里，大声训斥道：“别哭！我不要你的孩子。不过，我们刚烤好的肉，还没享用，却被你家的牛给吃了，你说该怎么办好呢？”张翠翠看见牛已经远离了那棵柳树，正倚靠在城墙壁上磨蹭着身体，她搂紧丫丫，胆怯地问道：“吃了多少？我赔给你们。”两个男兵又哈哈大笑了起来。丫丫轻声对张翠翠说：“娘，牛不吃肉，狗才吃肉。”一个男兵一个巴掌猛地朝丫丫甩了过来，张翠翠慌忙转身护住丫丫，巴掌正正打在了张翠翠的嘴巴上，她噗地从嘴里吐出了一口鲜血。男兵愤愤地说道：“骂谁是狗！信不信老子今天宰了你们娘俩。”张翠翠号啕大哭了起来。

张翠翠的哭喊声，被回家吃晌午饭的夏百银听见了，他来不及回家搁下肩上扛着的一捆空麻袋，气喘吁吁朝西边跑来，他在十丈远的距离就听见了嫂子张翠翠的呼救声：“兄弟，快救救我！”再往前看时，他见到两个面色狰狞的男兵正戏耍着她们母女两人。夏百银卸下身上的一打麻袋，哈腰说：“官兵老爷，求您高抬贵手，放了我家嫂子。”一位兵嗤了一声，说道：“这又不是你媳妇，你别管那么多闲事！赶紧给我滚远点！”张翠翠慌忙喊道：“我是他媳妇，我是他媳妇！”那兵瞪大了眼：“你说你是他媳妇，他说你是他嫂子，你们这是乱伦啊！”说着，“哈哈哈哈”又大笑了好一会儿，另一位兵嘀咕了一句悄悄话，笑声才停了下来。“今天，老子们不杀人，不劫财，不劫色，只为讨回个公道。”接着，颐指气使地伸手指向位于城墙根的那头黄牛，“你们的牛，吃了我们的肉，我们就要吃了你们的牛。”两名男兵相视一笑，回身径直走向黄牛，牵了牛绳，扬长而去了。

张翠翠哭丧着脸在里屋的门旁一直等到晚上，夏百金踏入房门的一刹那，她的面容突然涕泗滂沱了起来，她把白日里匪兵抢牛的事哭诉给夏百金听，临末，她说：“都怪那个夏百银，别人抢牛，他在场，竟然不管不问，如果不是他，咱的牛也不会就这样没了……”话刚说完，她“呜呜呜呜”地哭号了开来。夏百金伸手抓了抓自己的短发，劝慰张翠翠道：“谁能想到，往日的辫子军又回来了呢，就连咱青帮的郭三爷也没法子，他在火车站新开的专拉重货的北车行，都被那些辫子军抢了，也是哑巴吃黄连，有苦说不出。”张翠翠哭道：“我不管，我不管！牛没了，就得叫他夏百银赔。”随后，在夏百金的安慰下，张翠翠停止了哭泣。稍许，夫妇两人商定了一计，张翠翠破涕为笑。

次日清晨还没吃完早饭，张翠翠便叫丫丫找夏百银的儿子去玩耍。夏百银与尤小喜的儿子，如今已有近四岁，小名叫贱生，大名叫夏毓杰，丫丫把他从最西边那间屋里拉出到院子玩耍的时候，贱生才刚刚从母亲尤小喜怀里起身。丫丫蹦蹦跳跳带贱生来到院子东头，在院外拔了一把青草，递到了站在门口的张翠翠手中。张翠翠指着贱生的鼻子，小声对丫丫说：“丫丫，咱家的牛被贱生的爹给弄没了，你还不赶快让贱生赔牛。”丫丫迟疑了一下，趴在贱生耳边说：“你向你爹要一头牛给姐姐，好不好？”贱生愉快地答应了。

夏百银端了一口大碗蹲在院子里正吃面，见儿子贱生如刚爹了翅膀的麻雀一路跑了过来，急忙站起身回头跟屋里的尤小喜说话，让她别忘了喂贱生吃饭。尤小喜在屋里探出头连喊了贱生几声，贱生却像没听见似的径直走到夏百银身前，对父亲夏百银说：“爹，你能买头牛给丫丫姐姐吗？”夏百银一头雾水，问道：“什么牛？”贱生没有作声，伸手指向站在栅栏门内侧的张翠翠，回答说：“大娘要的。”夏百银朝东边望去，只见张翠翠突然一屁股坐在了栅栏门下，瞅了他一眼，便拉起了哭腔：“哎呀，我的亲娘啊，我的牛啊，你要是没有了，我可咋活啊……”夏百银没做理睬，只管把贱生领到屋里。他接过尤小喜卷好的一打烙馍揣进怀里，用黢黑的棉布裤腰带勒紧肚皮，蹬了一双新织的草鞋，迈步出了房门。当他大步走过五丈远的栅栏门时，张翠翠识趣地挪开了身子，坐在院子外面仍旧哭泣。

张翠翠的哭牛并没有因为夏百银的离开而终止，反而越哭越猛烈，俨然胜过了传统葬礼上女子哭丧的标准，若是此时有路人从院外经过，绝会认为这家该是死了人了。幸好院外没有大路，一时并无旁人路过，只有尤小喜领着贱生出门去倒夜壶。张翠翠伏在地上，像一只守候猎物的猫，她一把抓住尤小喜的脚踝死死地抱住，嘴里大声喊道："叫你男人还我的牛，叫你男人还我的牛……"尤小喜惊慌失措，回答："嫂子，什么牛啊，你快松了手。"张翠翠并不松手，嘴里仍喊道："没了牛，我可咋活啊，几亩地也没法子耕种，饿死我们一家算了……"尤小喜说："嫂子，你别哭了，你家牛又不是百银偷了去，他咋还你。况且没了牛也饿不死，我家一直没牛，不也活得好好的。"尤小喜再三恳求她放开手，却始终未果。贱生被吓到了，坐在一旁一直哭泣，尤小喜想去抱住贱生，无奈她的脚挣脱不了。

过了一刻钟，张翠翠的哭声随着丈夫夏百金的到来戛然而止。夏百金叫张翠翠松开尤小喜，宽慰尤小喜道："弟妹，你嫂子丢了牛就像丧了命，你回头给我家兄弟百银说说，看这个问题该咋解决。"尤小喜委屈道："大哥，我听百银讲过，牛是被辫子军抢去的，咋能找百银来赔？"夏百金咳嗽了一声，说："话可不能这么说，百银说牛是被抢了，可你嫂子说牛是被送的，俗话说'公说公有理，婆说婆有理'，咱们其他人都没亲眼见到，信谁，又不信谁，你说呢，弟妹？"尤小喜还要解释，却被张翠翠制止了："弟妹，你别说了，牛没了，总得有个说法，回头你找百银商量，看看到底咋办，到底咋赔。"尤小喜有苦难言，伸手抱过儿子贱生，娘俩哽咽了起来。

傍晚，暮日的晚霞格外红火，映得张翠翠怒红的脸更显通红。夏百金带着这张怒红的脸找到了刚刚从东城门外货场归来的夏百银，夏百银并没去看张翠翠的脸，只愤愤地对兄长夏百金说："哥，你们到底要干吗，想要无赖吗？"夏百金燃起了怒火，骂道："畜生，怎么跟你大哥讲话呢，还有没有尊长的规矩！"夏百银猛地摔掉手中的黑陶瓷碗，大声喊道："赔，赔，赔你的牛！"张翠翠躲在夏百金身后，小声说："怎么赔，现在就得说好！"夏百银大声一喝："好！把这间房子赔给你们，你们满意了吗！"夏百金先是被弟弟夏百银的叫嚷声吓得一惊，继而又被他的话语惊得一喜，立刻问道："此话当真？"夏百银吼了一声："当真！"

入夜，尤小喜问夏百银："为什么要把唯一的一间房赔了？"他攥紧了拳头，回答说："赔给他们！咱自己搬出去，过自己的日子！"

夏百银的话果然当真了。一个月后，他花了两年的工饷在城南三里远的田里盖起了两间土房，又过了一个月，他带着妻子孩子搬了过去。这所孤独的略显简陋的房子，位于苏堤的一个下坡，苏堤是宋代苏东坡任徐州太守时为了防范黄河水灾而修筑的守城长堤，经过历代的修葺仍然横跨于城南，犹如一条身长千丈的长龙。夏百银自打搬进了新家后，就再没回过老宅，他不愿回去，不为别的，只因不再想见到哥嫂那两张欺人的嘴脸。

生祠建好之后，一下子成了众人瞩目的焦点，这座位于城内东南隅的祠堂，东望黄楼，南眺戏马台，北依霸王楼，西看钟鼓厦，雕梁画栋穿溪流水十分精致。城中传言，辫子军头目还要趁机举行大寿，并为此大发请柬，不光请了治所在徐州城的徐海道尹、铜山县新任民政长、大彭市市董、徐州镇守使等等军政官吏，还请了包括省长、督军在内的各省大员，甚至也向前朝一些遗老发电邀请。

裴文举在上海得知了徐州城的消息，他随即受领了一样重大而秘密的任务，潜入大寿庆典执行刺杀计划，以挽救革命成果。裴文举剃了光头，走海运又转马车返回到了徐州城，他在富贵街的广济堂药房里伪装成雇员，与他共同执行任务的还有两人，他们每人藏匿了一捆炸药，焦急地等待着庆典的到来。

庆典当天，天色异常好，三人抬了一口大木箱小心翼翼地从富贵街出发连拐了五条街才到达祠堂所在地，木箱里装满了几十种中草药，草药下面掩盖了三捆用芦苇纸包裹着的炸药。祠堂正门有东西两个辕门，裴文举见西辕门外门可罗雀，而东辕门车水马龙，便跟在送贺礼的人群后面，小心躲着辫子军卫队的搜查。由于全国各地呈送的古玩字画金银玉宝不可胜数，不一会儿工夫，马车牛车驴车骡车人车在东辕门外排得满满当当。裴文举抬着箱子跟着一家送古玩的队伍，他顺利通过东辕门的时候，看见横匾上写有"江南保障"四个字。

裴文举没敢细细察看，只循着队伍朝大殿方向前去，他十分明白，大殿里面才有他们将要袭击的目标。

行至大殿门外，一群头留辫子的士兵挨个箱子挨个人头进行检查，裴文举停住了脚步，紧张环视着四周，他又踮起脚朝大殿里面望去，努力去寻找袭击的目标。他看见大殿中央挂有大幅人物站像，像上悬有一块横匾，题有"褒鄂英姿"四个大金字，往下看，大匾的两侧有一对楹联：

我不知何者树德，何者立威，只缘余孽未清，奋戟重来，稍尽军人本职。

古亦有生而铸金，生而刻石，自揣美名难副，登堂强醉，多惭父老深情。

裴文举看完楹联，轻轻啐了一口，他心里怒骂道：不知廉耻。可是令他万万没有想到的是，他的这个轻微的动作，引起了辫子卫队的注意，一个手持洋枪头系长辫的男兵简单瞧了瞧前面的古董箱子便转身走来，俨乎其然地敲打着裴文举身前的木箱，问："这箱是什么？"裴文举小声答道："药材。"男兵直视着他，问："你是干什么的？"裴文举回答说："药房里干杂差的伙计。"男兵斥喝道："你小子规矩点儿，我看你很不老实，小心我收拾你！"裴文举隐忍着心中的怒火，没有回答。男兵指着木箱，又问："谁送的？"裴文举一旁伪装成药材掌柜的同行人，忙回答：“淮扬道尹，我们按照道尹吩咐从药堂搬来的。”男兵停止了敲打木箱，转而把木箱一端的两个锁扣打开，掀开箱盖仔细检查，男兵埋头翻检了箱子里所有的药材，似乎一个也不想放过。裴文举心急如焚地站立在旁边，当男兵的手摸到其中一捆用芦苇纸包裹的炸药时，裴文举忧心如焚地张望四周，旋即对两名同行人点了点头。男兵抬头问：“这个，绝不是药！是什……”没等男兵问完，裴文举从怀中拔出短刀，一个猛力扎进了男兵的脖子，鲜血瞬间喷到了他的手臂上。裴文举顾不得其他，迅疾抓起两包炸药一跃而起，拼命朝大殿里面冲去，另两人也跟随他的身后奋力奔向大殿。

一瞬间，大殿外的人群慌乱了起来，辫子军的卫队一窝蜂围向大殿，空气中响起了洋枪声和追喊声。裴文举冲入大殿的同时，敏锐洞察目标人物的位置，他任凭枪声在耳边四起，径直朝着横匾下方奔去。无奈人单力薄，裴文举在离横匾还有三丈远的地方被十几名辫子军推倒在地，被死死地摁着。裴文举大声呼喊“革命，革命”，就在他口中的第三声革命像狮子怒吼一样响彻整个大殿的时候，一声洋枪的脆响声将他的吼声吞没了。

裴文举胸膛一阵剧痛，躺在了地上，片刻，他停止了挣扎，闭上了眼睛。须臾，另两位同行的人也应枪声倒在了地上。

基于生祠庆典上的突发事件，也基于其他原因，辫子军在城里城外再次大招新兵。两年前，初驻徐州时，所属部队为四十二个营，后来新招了六个营，如今再次大量招募新兵，据说数额众多，至少再招五十个营。由于此次招募的人员太多，徐海道尹和铜山县民政长亲自签字发文，详细普查人丁，凡满十六岁的男子一律登记在册，按照“五丁抽二”“二丁抽一”的比例摊派到每家每户。

依照“二丁抽一”的强制措施，夏百金、夏百银兄弟二人必须有一人充军。张翠翠听到这个消息后，坐立不安，她拉住夏百金的手，露出了央求的娇容。夏百金对张翠翠说："当兵也无妨，你看人家辫子军多威风，想抢谁就抢谁。"张翠翠答道："威风有啥用，你要是拿了枪，过几年死了咋办，我可不愿当寡妇。"说完，再三叮嘱夏百金"好男不当兵，好铁不打钉"，一定要想办法逃避充军，假若实在不行，去找青帮郭三爷帮忙。

夏百金果真去找了郭三爷，郭三爷高义薄云似的承诺说，这件事包在他的身上，咱青帮大佬，别说这个督军，就连更大的官也要给上几分薄面。夏百金当即献上近来攒下的一只玉壶，胸有成竹地背手踱步回了家。十天后，充军的榜单张贴在了东南西北四个城门，夏百金非常高兴，榜上并没有自己的名字，他再细看时，发现有他的弟弟夏百银。

夏百银在得知自己将要充军的消息时，正在火车站装一批货粮，他摘下挂在脖子上的沾满汗碱的细布灰毛巾，找到车行的孙管家，孙管家也是青帮中人。夏百银问："怎么会叫我去充军？听说帮里和那些都督将领们都有公约，青帮亲兄弟是不用参军的。"孙管家叫他稍等片刻，去后堂问问究竟再回他话。夏百银坐立不安，直到半个时辰才等到孙管家的答复："这次招的兵太多，张督军的新规，青帮也要充军，听说还要单设一个青帮营连，你家有兄弟两人，两个男丁就必须抽一个，所以你哥俩有一个是要被抽去的。"夏百银问："即使如此，为什么要抽我，不抽我哥？"孙管家笑了笑说："这个嘛，我就不太清楚了。"夏百银没有再发问，向孙管家说声告辞，疾步去了位于中道街的青帮王四爷的宅院，他并没见到王四爷，不过，王四爷的管家告诉了夏百银其中缘由："你兄弟两人都是咱青帮的人，为了你充军这件事，张督军的一个兵营长官专门给出过解释，理由有三点：一是你哥目前尚且无后，而你已有一个男孩，于情于理都不能叫你哥去；二是在青帮内部，你哥比你要长一辈，岂能让当叔的去替当侄的受罪；这第三嘛，你哥是那郭三爷的人，后台比你硬。"夏百银听完，心灰意冷地回了家。

深夜里，在那两间土屋内，尤小喜紧紧抱住夏百银，两人泣不成声。

第八章　灾虐

初夏，天气才刚刚转热，一场惨绝人寰的霍乱席卷大地，夏郭庄以及周边一二十里的地域，似乎眨眼间就变成了地狱，人们请了神婆，也请了道派和寺庙的大师，却依然无济于事。

在不到二十天的时间里，夏永兴接二连三帮助葬完郭二叔郭二婶一家四口之后，他伐掉了自家田里的三棵柳树，打了两口棺材，一口是为母亲夏刘氏预备的，另一口不知是为谁，有可能是夏永兴他自己，也可能是妻子田玉儿，或许是寄居家中的裴家丫鬟兰儿，甚至可能是他的三个年岁尚小的儿子。

近两日，夏刘氏腹泻呕吐得越发厉害，请了两个郎中，均诊治无果。为此，夏永兴冒险进了一次城，抓了好几剂专治霍乱的药，虽然按照医嘱加大了剂量，但每顿三碗的中药汤顷刻间就会从夏刘氏的腹中沿着肠胃食道原路从嘴里被呕吐出来。夏永兴绝望地守候着母亲夏刘氏，她的病症与隔壁已经下地的四口人一模一样，最开始无端地腹泻，接着吃什么吐什么，眼窝开始深陷，声音也变得嘶哑，最终就精神恍惚了。夏刘氏躺在东耳房的床上，无力地向旁人要水喝，她神志已经不清，直把夏永兴当成是他爹夏思宁："思宁，我渴得慌，给我一碗水喝。"夏永兴再一次盛了一大碗白开水端给她，她两口换作一口瞬间就下了肚。

然而，让夏永兴万万没有预料到的是，第一口棺材用在了仅有八岁的二子夏毓良身上。夏永兴托着孩子冰凉的身体送入硕大的棺材的时候，妻子田玉儿哭昏了过去。接着，在一周时间内，家中唯一的那头老母牛死了，母亲夏刘氏和妻子田玉儿也相继咽了气。夏永兴将田里仅存的七棵柳树，无论大小，都砍了下来，又打了三口棺材，他把母亲和妻子的棺材送入土中，一个人跪在坟前痛哭了半个时辰。

夏永兴近乎绝望地返回家中，整个院落显得十分凄凉，他躲进东屋连抽了四袋旱烟，等他再走出房门的时候，天空中下起了暴雨。

他站在屋檐下，静静望着雨水肆意冲洗着院子，冲洗着草木，冲洗着世间万物。过了片刻，他着了魔似的，从正房、东厢房和西厢房里拿出了所有的锅碗瓢盆，一一排列在屋檐下方，去接纳从屋顶瓦片槽里顺流而下的雨滴，他把东厢房里的水缸清理干净，顾不上披一件蓑衣，冲入雨中来回穿梭，把接收的雨水依次倒在了水缸中。直到晚上，他接了满满一缸水。

雨停了，兰儿从倒座房里出来，进东厢房生柴做了晚饭，她犹如失了魂似的趴在灶台一旁的柴堆前，呆若木鸡，直至灶台里的明火引燃了柴堆，她才慌乱地舀了半缸水浇灭了火焰，免去了一场意外的灾祸。夏永兴闻声赶到东厢房，先是为之一惊，紧接着望着半缸的水惆怅了起来，他让兰儿回屋歇息，自己来收拾残局。兰儿并没有立即回她的屋，她先是去西厢房给夏永兴的十二岁长子夏毓恩送尿壶，而后去马圈里添足了马料，之后才回到倒座房的卧室，把夏永兴五岁的三子夏毓彤叫醒，喂他吃了一碗稠粥，又安抚他悄然入睡了。

夏永兴见水缸里的水因为灭火而消失了大半，心中怅然若失，他简单收拾了湿柴，便倚靠在东厢房的门框上，守了很长时间。他在等雨。

夏永兴筹划了一个新的抵抗霍乱疫情的措施，听说这个死人的绝症全因为吃水，所以，他决定全家人和牲畜一概不再吃村东头的井水，也不再吃一里之外的故黄河的流水，改吃从天而降的雨水，他不知道此招可不可行，但他必须勇于一试。

夏永兴一个人默默守到了三更时分，雨却迟迟没有光顾他的锅碗瓢盆。他仍旧在等，焦急地在院子里蹚着泥水来回踱步。

夜空安静极了，空中除了有从夏永兴脚下发出的蹚水声，便只有他的那匹壮年的马时不时吹喘鼻子发出的声响。夏永兴踱到马圈里，把马槽里的水倒掉，另舀了几勺子雨水注入马槽。他盯着这匹跟他走南闯北的马直看，十五岁有余的它依然强健，丝毫看不出半点疲惫。马似乎能察觉到夏永兴的忧愁，它伸挺着脖子去抚慰他的手，一下一下，像是慈父慈母那般温柔。夏永兴被马的举止感动了，他也轻轻伸手去安抚它的脸，悄声对它说："伙计，你说啥也不能死。"

话音刚落，西厢房传来了开门的声音，须臾，一个黑影从黑暗的牛棚西侧院墙翻了出去。夏永兴轻轻离开马圈，沿着黑影前行的方向跟去，当他翻墙踩在院墙上沿的湿滑的泥土时，一个跟头摔倒在了院墙外侧的泥水坑里，他咬紧牙关，忍受着剧烈的疼痛，没有发出丝毫的声响。等他起身再去窥察，黑影消失了。夏永兴在院墙外搬了一根朽木垫在脚下，奋力攀爬返回了院内，他悄悄走进西厢房，点燃了油灯，却见床上的养子夏毓恩正在酣睡。

黑影不是毓恩，那会是谁？刚才分明看得清清楚楚，不会有假。那会是谁呢，难道是鬼？难道是来要孩子的性命的恶鬼？下一个咽气的，难道会是毓恩？想着想着，夏永兴浑身一阵冷战。

次日一早，夏永兴径直推开西厢房的房门，轻声呼唤还在沉睡中的夏毓恩："醒了没？"夏毓恩翻转身子朝墙侧躺着，并不回话。夏永兴坐在屋内等了许久，夏毓恩终于说："你咋坐我屋里不走？"夏永兴语气和缓，回答道："我想跟你说说话。"夏毓恩坐起身子，说了句"我不想听你说"便穿上裤子提着裤带出去了。夏永兴没有追他出去，而是呆坐凳子上陷入了沉思。

夏毓恩自五岁进入家门，如今已长至一纪的年岁，十二岁的他清楚地知道，他原不是这家的人，只是收养而已，在这七年多的时间里，他只管夏永兴叫叔，管田玉儿叫婶。夏永兴并不在乎称谓，他和妻子暗中商议，对待这个养子一定要比亲生的孩子还要好。事实证明，他们不只是嘴上说说，他们确实对他好，为了送他去城里最好的学堂，夏永兴每天都要骑马带他早去晚归，城里有了兵患之后，为了他的安全，他们又把他转入城北的拾屯学堂。夏永兴夫妇二人从没有动手打过他，甚至连一次大声的训斥都没有过。有一次，他被已亡的二子夏毓良骂是野孩子，夏永兴拿鞋底把二子抽打得晕厥了过去，自那以后，再没人敢那样辱骂他。可是，近些年，夏毓恩渐渐长大，整个人也慢慢变了样，无论是模样还是性格，越来越与这个家发生疏离。他整个人十分叛逆，不愿读书，不愿种田，不愿买卖，他很久没有管夏永兴叫叔了，但凡有话要说，只是直呼“你”。

夏永兴的沉思被兰儿打断了，她在西厢房门口叫他吃饭，他回答说：“我吃不下，不想吃。”兰儿劝道：“这个家全靠你撑着，我虽说是个外来人，可我不想眼看着这个家说没就没了，毕竟，这个家还有两个孩子呢。”夏永兴苦苦叹息一声，咬牙说：“吃。”夏永兴刚进入东厢房，夏毓恩便从长条凳上站了起来，他郑重地喊了一声：“叔。”夏永兴有些惊讶，点头回应他。夏毓恩又说：“我不想在这个家待了，我不想在这里等死。”

夏永兴睁大了双眼，对于养子的这句话语，他没有想好该怎么回答。是啊，在霍乱疫情面前，人显得是那样渺小，显得那样无能为力，这个家已经连续死了三口人，谁也不能预料还会不会再有人死，谁也无法猜测下一个是谁，在这样一个到处充满死亡气息的院落里，难道不正是等死吗？夏永兴又联想到昨晚看见的黑影，不禁落下了厚重的泪水。夏永兴仔细望着养子夏毓恩的脸，隐约间有了几分熟悉的记忆，他长得越来越像他的娘了，这个娘并不是田玉儿，而是夏永兴脑海中那个被土匪劫持的女子，养子夏毓恩的亲娘。夏永兴心里翻起了千层波浪，悔、惜、怜、恸、忧，五味杂陈，他努力控制心中的百感，问道：“你不在家，准备咋活命？”夏毓恩流利地回答道：“我跟二壮去闯荡。”听完，夏永兴全身有一股眩晕猛地冲上头来。二壮可是周边几个村子有名的无赖地痞，偷鸡摸狗样样都干，不仅如此，十五岁就偷寡妇，不到十六就逼死了亲爹。夏永兴稍稍调整了呼吸，语气平和地说：“孩子，二壮他自己都不知道咋活命，你跟他去闯荡……”夏毓恩打断说：“谁说二壮不能活命，你可不要小瞧了他，他本事大着呢！”夏永兴问道：“他有啥本事？”夏毓恩回答说：“比你本事大！”夏永兴吃了一惊，回过神来的时候，夏毓恩已经没了身影。

晚上，天终于下了雨。一天的寝食难安，使夏永兴感到身体飘忽，他软弱无力地坐在西厢房的屋檐下等待养子夏毓恩的归来，却迟迟不见人影。过了三更，雨渐渐收停，牛棚传来的异样声响，使夏永兴的头皮倏地一阵发麻，他警觉地细听究竟。片刻，声响却消失了。

夜空显得十分寂寥空旷，只有雨水滴落到青石板上发出的滴滴答答的声音。夏永兴坐在原地，内心对未知的恐惧使他不敢迈出西厢房一步。突然，原本出现在牛棚的声响在马圈里出现了，接着，马的一声嘶吼划破了夜空。“快点！”马圈传来了人声，这个声音非常熟悉。夏永兴从地上一跃而起，是他，是二壮！

或许是整日食不甘味的缘故，夏永兴刚一站起身，头部一阵眩晕又跌倒了，就在他跌倒的一刹那，马圈里又传来了人声“等等，有人，我叔”。夏永兴听出这个声音不是旁人，正是他的养子夏毓恩，他趴在地上大声喊道：“毓恩！毓恩……”他连喊了好几声，却没有人回应。他使出浑身力气，努力挣扎着向前爬行，边爬边喊：“毓恩，毓恩……”终于，在他爬到院内石榴树前的时候，马圈里有了夏毓恩的回应：“叔，借你的马一用。”夏永兴卖力喊道：“毓恩，你年纪太小，不要去闯荡，毓恩……”夏毓恩似乎没有听到他的喊话，随着大门的开门声和马的又一声嘶吼，院子又回归了平静。

夏永兴拼力追出大门，门外已经没了人影，他惘然若失返回了家中。此刻他意识到，这个他曾经竭力经营的家几近消散，他在门内呆站了片刻，敲响了倒座房的门。夏永兴从兰儿怀里接过五岁的小儿子，紧紧抱住，流下了无声的泪。

不知是夏永兴的泪感动了天，还是夏永兴吃雨水的计策得以奏效，他的这个几乎就要消失的家，在接下来的整个夏天躲过了瘟疫的肆虐。他安然无恙，小儿子夏毓彤和兰儿也安然无恙。只是，那个外出闯荡的夏毓恩，杳无音信。

乡间的霍乱似乎并没有影响到城中的一切。先是城中来了一波又一波的外省要员，来人的规模和气势似乎一次胜过一次。后来，来人渐渐少了些，再后来，不仅不来了，连原本占据城中的辫子兵突然也消失了大半。说是北上了。

城中辫子兵的离开对于很多人来说，大约是一件不可多得的喜事，但对于尤小喜，无疑是一场灾难。夏百银作为辫子兵的一员被迫随队北上，他临行的前一天夜里偷偷跑回家中告诉了尤小喜这一消息，他叫尤小喜尽管放心，等他平安回来。尤小喜岂能放心，第二天天色还没有完全亮，她便带着七岁的儿子到城北门外去送丈夫，可是，她一直等到日落西山也没有见到他，她四处打听才知道，人早已从东关走了。

一个半月之后，驻徐州城本部留下的辫子兵突然大肆抢掠民众，城里城外无论是商家大户还是平常人家一概没有幸免。抢完，辫子兵彻底消失了。全城一片混乱。

混乱过罢，人们开始慢慢收拾自家的残局。尤小喜把家中的鸡笼提进屋内，简单清点家中的损失，共少了两只母鸡、一枚银镯。她庆幸她的家地处偏远，家中只来了两个兵匆匆抢了就走了；她还庆幸家中的余粮尚在，倘若没了粮，她和孩子还不知该咋样生活呢。

尤小喜进了屋反锁了家门，点了油灯，生火煮了两碗面条，面条刚刚出锅，门外响起了敲门声。尤小喜警觉地舀了一碗水浇灭了炉灶里的残火，顺势吹灭了油灯，搂住孩子在黑暗中默默祈祷，她生怕再是抢掠的兵士。敲门声停了片刻又响起来，异常急促，尤小喜的心跳随着敲门声怦怦地直跳。“是我。”门外传来了男人的声音。尤小喜心中一喜，难道是丈夫夏百银，她没敢贸然开门，为了确认门外男人的身份，她小心地问道：“谁？”门外回应道：“是我，弟妹。”尤小喜大失所望，原来不是百银，而是夏百金，她深吸了一口气，轻声朝门外说：“大哥，有啥事？”夏百金说：“叫我进去说话。”尤小喜回答：“有啥事，门外说吧，我听得见。”夏百金说：“门外不方便说。”尤小喜问道：“太晚了，有事明天说也行。”夏百金叩了一下门，说；“急事，百银的事。”话声刚落，尤小喜疾步把门栓拔了下来，赶紧开门问：“百银回来了吗？”夏百金迈入门槛，说：“进去再说话。”尤小喜慌忙转身摸黑朝几案的方向去点灯，谁知一个踉跄跌倒在地，她顾不了膝盖的疼痛，起身摸了火柴，颤抖着手臂点燃了油灯。屋子里充满光亮的时候，夏百金已经把门栓插上，他盯着尤小喜说：“孩子睡下了吗？”尤小喜走到夏百金面前，声音中满是楚楚可怜：“大哥，百银咋样，啥时候回来？”夏百金顺着灯光看到了侄子贱生正躲在尤小喜身后，便庄重地咳嗽两声，说：“孩子还没睡呀。”尤小喜急促地问：“大哥，你快告诉我，百银咋样了？”夏百金微笑着回答：“弟妹先别着急，等我坐下再说。”说着，他轻轻走到床前坐在了床沿上。尤小喜搂着孩子走到夏百金面前，站在床前静静等待着。夏百金叹了一口气，说：“弟妹呀，我家兄弟可能凶多吉少。”尤小喜原来直立着的身子突然间瘫软了下来，惊悚地哭出声来：“百银……”夏百金起身双手轻轻地把尤小喜扶起，意欲借着宽慰搂她伏在自己的肩膀上。尤小喜虽然伤心欲绝，潜意识却促使她从他的肩上挣脱，仍旧瘫软在地上哭泣。夏百金坐回床上，说：“弟妹，你先别哭，听我给你说。”见尤小喜努力控制住了哽咽声，夏百金说：“前几天，我找青帮的线人想方设法打听消息，特意询问兄弟百银的下落，不过……”尤小喜问：“不过什么，他死了？”夏百金稍稍顿了一下，说：“这次北去的兵，今天有五六个逃了回来，我也去找他们打听了，都不知道我兄弟的下落，只说是凶多吉少。”尤小喜突然又哽咽了起来：“千万不能死……”夏百金起了身，说：“我兄弟也不见得就是死了，回头我再去打听打听。不过，弟妹也不用太难过，就算百银没了，还有我呢，我不会放着你和孩子不管不问的。”说完，夏百金看了一眼侄子贱生，便隐含着微笑开门出去了。

尤小喜哭累了，无声地呆坐在原地。儿子贱生搬了一把榆木凳子搁在她的眼前，又努力踮起脚尖将门栓插上，安静地陪坐在她身边。母子俩就这样阒寂无声地乞求上天的眷顾，即使他们并不知晓上天愿不愿向他们伸出慈悲的手。

丈夫夏百银不知道是生还是死。尤小喜有时会梦见他活着回来，他全身布满了血迹伤痕，有时又梦到他化作伶仃的魂魄在枕边无声地呐喊，她几次想抱住他，他却总是随着她无数次的呼喊声而烟消云散，她竭尽全力伸手去摸他即将消逝的脸，摸到的却是醒来时她自己脸上的泪。她每每从梦中醒来，眼中大约都含着泪水，似乎没有人懂得她内心的痛苦，孤零零的一个女人在兵荒马乱的世道里到底该怎么生存，她有时感到很无助，这种痛楚像是无涯的天，没有边际，没有尽头。她唯一的希望来源，只有大哥夏百金打探来的消息，可是，得来的消息总是没有消息。

半年后的立春，尤小喜用石锹铲去了附在浅地窖表层封冻的泥土，挖出了两篮青萝卜，她洗净后拿出一根留在家中的菜柜里，把余下的全拿到了户部山北边的买卖街去卖。不到一个时辰，她的两篮青萝卜销售一空。尤小喜领着贱生回到家中，把藏在柜子里的萝卜拿给贱生，叫他张嘴大啃一口，贱生吃完，尤小喜接过来也吃了一口。这个看似寻常的吃青萝卜的动作，在尤小喜看来至关重要，这叫“咬春”，在立春这一天咬春，可以使人全年都百病不生。她已经无法再经受任何疾病的袭扰，贱生的两次简单的风寒已经让她变卖了半数存粮，倘若再有个什么病症，恐怕会走到无钱医治的地步。

尤小喜叫贱生去房后捡着做饭的柴，她小心收好从买卖街挣来的五张纸币，即使不认识纸面上任何一个字，她依旧能辨别出来这是五张交通银行通用银元壹元的钱款。

“这是几个钱？你识字吗你！”尤小喜愣然一惊，抬头看时，发现是嫂子张翠翠，没等尤小喜答话，张翠翠的脸上显现出蔑视的笑意，说，“哪里来的钱呀？呵呵，如今在窑子里卖身，可比这挣得要多。”尤小喜见张翠翠出言恶语，便选择了用沉默反抗。张翠翠摆弄着肥臀进了屋，说：“呦！小娘子咋还使性子不愿搭理我呢，不过，你不理我也不碍事，谁叫咱们是一家，我总不能跟妯娌之间怄气吧，你说呢，弟妹？”说着，扔在地上两根细嫩如笋的青色萝卜，嬉笑着说：“给你，今个儿打春，留着咬春用，夜黑要是难忍得不行，自个儿也用得着，就不用费尽心思招野男人了。”尤小喜气愤地说：“你说什么骂人的话呢？谁招男人了！”张翠翠边笑边出了门：“我可没说是你，萝卜，留好。”

尤小喜心中怄气，片刻后，她从地上捡起萝卜，朝门外扔了出去，刚好砸中夏百金的小腿，夏百金“哎哟”一声倒在地上，大声哀号开来。尤小喜急忙出了门，问：“大哥，咋样，没伤着吧？”夏百金哼吟着说：“你砸得可不轻，快给我揉揉。”尤小喜愣了一下，伸手摸到夏百金的伤处轻轻揉搓了起来。夏百金问：“我说弟妹，你这是扔的什么东西呀，差点儿要了我的命。”尤小喜埋头说：“大嫂送来的萝卜。”夏百金问：“啥时送的？”尤小喜答：“刚走。”夏百金顿时从沙质的地上站了起来，四周望去，说：“我咋没碰到她。”尤小喜跟着起身，问道：“大哥，百银有消息了吗？”夏百金叹了口气，说：“幸亏没遇到。”尤小喜拽了拽夏百金的衣袖，又问：“大哥，有百银的消息没？”夏百金叫她进屋再说话。

这还是尤小喜第一次与大哥夏百金独处一室，多少有些拘谨和不安，但她内心中对丈夫的音讯的渴盼，迫使她多了几分从容。她端了一把缺失椅背的木椅邀夏百金坐，她则站在门槛边缘，右手抓着另一只手，紧紧地望着他，像嗷嗷待哺的鸟雀等待着他的开口。夏百金左手从怀中掏出一把精巧的铜制小算盘，顺势扬腕一抖，上下的算珠悉数归了位，他右手手指犹如几条游蛇，此起彼伏地拨弄起了算珠，嘴里嘟囔着旁人听不到的私语，算珠在他的手中一阵佾舞，倏然停在了归零的位置。夏百金说："弟妹，你算过账没？"尤小喜疑问道："算账？"夏百金抚弄着手中的算盘，说："对，算账。"尤小喜说："我不懂打算盘。"夏百金微笑道："既然你不会算账，那么，我来帮你算一算。如今我家兄弟生死未卜，你一个女人家，带个孩子，能活多久？"尤小喜迟疑片刻，摇头直说："我不改嫁，我要等百银回来……"夏百金说："我家兄弟保不准早没了命，弟妹你就断了念吧。"尤小喜颤抖着腿，倚靠在门框上，哽咽了起来："我不，我不，我要等他回来……"夏百金起身去扶她，放缓语气安慰道："你别着急哭呀，谁也没说叫你改嫁。"尤小喜问："不改嫁？"夏百金说："当然，不是改嫁，是另有一件事想帮你。"尤小喜抹去眼中的泪，问："什么事？"夏百金刚要回答她，贱生抱了一捆干柴站在了门前，夏百金指了指贱生，说："是这个孩子的事。"

贱生见夏百金，喊了一声"大伯"，转而问母亲尤小喜："娘，柴搁哪儿？"夏百金跨了几步，双手接过柴，叫贱生去外面玩一会儿，他和他娘有事要谈。贱生得到尤小喜的允许后，折身去了屋子一侧的晒谷场。夏百金指着贱生的背影，对尤小喜说："你看这孩子多懂事，我没记错的话，他今年有八岁了，早该叫他上学了。"尤小喜惭愧地低了头，没有作答。夏百金将柴搁在灶台一旁，看着尤小喜，拍拍她细腻的肩，说："我知道你的难处，一个妇道人家，糊口饭吃已经不容易，哪儿来钱再去请教书先生，不过，我有一个法子，你看行不行？"尤小喜问："什么法子？"夏百金回答说："我出钱。"尤小喜惊讶道："这怎么行，我嫂子她……"夏百金打断她，说："你不用管她，当然了，我出钱也是有个小小的条件的，就看你愿不愿意。”尤小喜问：“什么条件？”夏百金说：“把这孩子，过继给我。”尤小喜一听这话，沉默了。夏百金慌忙解释道：“弟妹，你看，我是这个意思，你先把贱生过继给我，我供他一切，当然，要是我兄弟百银哪天回了家，我再把这孩子还给你们也成。”见尤小喜仍不答话，夏百金说：“你考虑考虑，我过些天再来。”说完，起身离开了。

接下来，连续三天，夏百金每天都来询问答案，尤小喜始终不置可否。或许是夏百金看出了其中难度，他便开始不急于答案，有时半个月才来一趟询问究竟，有时两个月也没见前来，就这样，时间一晃就到了深秋。

秋天的太阳升起得晚了些，尤小喜推开房门的时候，一只破烂不堪的断帮草鞋悬挂在了门外锈迹斑斑的铁质门环上，她只看一眼就明白了其中恶意，有人在骂她破鞋，她不知是何人所为，愣站在门旁不知所措。贱生顺着母亲尤小喜的视线看到了草鞋，悄声说：“娘，这个不是咱的鞋。”尤小喜恍然惊醒，单手将鞋摘下，扔到了一丈远的枯草地里，草鞋落地的一瞬间，尤小喜似乎心有不甘，她进屋拿了火柴，把草地连着草鞋一起点燃，须臾，地上留下了一片灰迹。

夏百金踩着草的灰迹走了过来，他笑了笑，询问尤小喜想通没想通。尤小喜依旧没有回答，或许在她看来，留住儿子就是留住希望，那是生的希望，是丈夫归来团聚的希望，而在她的脑海里，丈夫夏百银似乎明日就会归来。

尤小喜的沉默，并没有换来他人的沉默。夏百金身后蹿出来一个身影，是张翠翠，她双手提了提自己身后的肥臀，扭弄着肥硕的胯，近了尤小喜的身，说：“哎哟，门上的招牌咋没了呢？”尤小喜见来者不善，急忙让贱生躲进屋里，她则将房门紧紧地合闭。张翠翠手指着尤小喜的脸，啐了一口，说：“别以为我不知道你以前干的好事，人尽可夫，不知廉耻。”尤小喜低声厉言道：“你别血口喷人！”张翠翠讥笑道：“哎哟嗨，难道非叫我明说了，你才招认？好，那我就‘明人不说暗话’，你给人当妾，是咋一回事！”尤小喜顿时心中一紧，脸上泛出了羞怯的红。张翠翠得意地笑出声，她像打了一场胜仗，但似乎并不满足于此，她乘胜追击，说道：“假如我家百银兄弟知道的话，肯定把你休了不可！不过幸好百银如今没有下落，你还能保住名分，不然的话，这个孩子早就不认你这个娘！”尤小喜惊悸地战栗着嘴唇，竟然没能说出声来。张翠翠又说：“孩子你不愿意过继，那我可把丑话说在前头，你别怪我闹翻了天，逐你出门。”夏百金上前拉住张翠翠，对尤小喜说：“弟妹，你再好好考虑考虑，我和你嫂子也不是无情的人。”

尤小喜搂住儿子贱生哭了一整个白天，又苦口婆心劝导他，度过了一整个夜。终于，第二天下午，尤小喜用床布将贱生的衣物裹了一个硕大的包，她背着包袱，领着贱生，去了那个位于墙根下的曾经的家，把贱生和包袱全部交给了夏百金。尤小喜返身走出栅栏门时，泪眼蒙眬了她的视野，哭声响彻了她的世界，这个世界似乎对她太过绝情，娘死了，姊妹没了，丈夫走了，如今，连儿子也离去了。

第九章　寻人

秋收忙完，夏永兴又一次踏上了寻找养子夏毓恩的征程。

一年多来，每到农闲时，他都会踏上寻子的征程。他最初先是到邻村找二壮几近全瞎的老娘打探消息，徒劳无果后，他又沿着流言传诉的路线找遍了土匪藏匿的周边几十里的山头。他曾经有两次被盗匪抢光了身上的钱财，沿路乞讨六十里才返回家中，还有一次被土匪从山洞里射出的强弩击中了腿，幸而他滚落山下的时候遇到了一位好心的妇人，才算捡回一条命。但是，即便危机重重，夏永兴发誓一定要找到他。

外出寻子，除了有十几次去的路程非常远，夏永兴多数时候一两天就会折回家一趟，毕竟家中还有一个年仅七岁的小儿子，虽然有兰儿暂时照料，但毕竟兰儿不是自家人，只是寄居，若是有了裴秀才的消息，她保不准哪天就追随裴秀才而去了。

夏永兴此次选择了进城里寻找，他扛了半袋细粮徒步到了位于城南苏堤的夏百银的家。半年前，一经得知百银没了下落，夏永兴便十分不忍看着尤小喜艰辛地带着孩子过活，所以，他每隔一两个月都会趁着打听养子夏毓恩的消息送些粮来。

夏永兴在房外等了两个时辰，却没等来一个人影，他猜想，在这秋收的日子，尤小喜大约是去田里劳作了。稍许，带着这一猜想，他背起粮袋，沿着苏堤朝南寻去。

修长的苏堤在徐徐秋风的拂拭下显得格外修长，苏堤两岸金黄的庄稼地几乎一夜间褪了鲜艳的金色，裸露出褐色的土地，人们在土地里逐队成群正播种着过冬的麦种。远远望去，只有一块上坡的田地与众不同，它依旧闪烁着金黄的光，夏永兴在这块田里找到了正在弓腰收割稻谷的尤小喜。

夏永兴健步走到田头，卸下粮袋，走到尤小喜身前，二话没说抢过她手中的木柄镰刀，他左手抓拢，右手挥刀，金黄的稻谷在他双手娴熟的操作下鳞次栉比地倒下，又星罗棋布地一捆捆排列整齐。夏永兴越割越有力量，他铆足了劲儿，似乎要一口气将这两三亩的稻谷收割殆尽，可是，未承想，尤小喜的声泪俱下打断了他的劳作进程。夏永兴站直了身子，挥了一把汗雨，他环视四周见没有旁人，缓缓走到尤小喜跟前，安慰道："哭，伤身。放心，有我呢，今秋我帮你把稻谷收了，全都入仓。"尤小喜抬头看着夏永兴，顿时哭得更狠，像是久别重遇了至亲的人，她抱住他的腿，整个人匐在了地底锋利的稻茬上。夏永兴用力拉她起身，再次劝慰她不用伤心，百银说不准哪一天就回来了呢，退一万步来讲，即使百银一时回不来，日子总还要过的，毕竟还有孩子。尤小喜用力抱住他的腿，抽泣说："孩子没了，孩子没了……"一听尤小喜如是说，夏永兴头皮一阵发麻，问道："怎么死的？什么时候的事？"

夏永兴以为孩子死了。他是能体会到这种痛苦的，他还清楚地记得那种近乎绝望的感受，那场霍乱可是让他接连体会到了丧母之痛、丧妻之痛，也体会到了丧子之痛。

尤小喜双手抓了一把自己那张越发粗糙的脸，哽咽地说："没死……"夏永兴急忙追问究竟，尤小喜嘴角含着泪水把其中原委一一说与了他听。

夏永兴长舒一口气，须臾，又长叹了一口气，他叫尤小喜先不用伤心，当下要紧的是先把粮收了，有粮才有命，收完粮，他去找夏百金帮她讨孩子。尤小喜感激涕零。

为了尽快收完庄稼，夏永兴接连一周每天披星戴月从夏郭庄徒步二十多里到达苏堤，三亩多的稻谷经夏永兴的手，一捆捆搬运回了尤小喜家门外的打谷场，又一棵棵平铺开来，接受阳光的烘晒。由于无牲畜可用，夏永兴腰部和肩上系上粗绳，使人力拉着千斤重的圆形碌碡，反反复复在晒干的稻秆上碾压，直到稻秆都脱了粒，他才卸下自己身上的缰绳，连饮了三碗井水，又抓起竹耙将场里的稻秸悉数挑推到了屋西侧的墙根。稻谷灌入粮囤后，他又在尤小喜的协助下，马不停蹄犁好了田土，播下了麦种。终于，夏永兴长歇了一口气，入土的谷种幸好还能赶上时令，总算没有耽搁明年的收成。在田头，夏永兴将剩余的麦种交付给尤小喜，嘱托她放宽心，他便径直前往城墙根找夏百金去了。

远远地，夏永兴看见了站在栅栏院里的张翠翠，当他抵达门前的时候，却吃了闭门羹，无论他怎样敲门怎样喊门，始终无人响应。无奈，夏永兴只好守在门外。许久，门终于开了，张翠翠面无表情地望着夏永兴，一言不发。夏永兴先开了口："百金兄弟不在家？"张翠翠昂头天外，回答说："你来有事儿吗？"夏永兴拱手说："有事。"张翠翠说："不在。"夏永兴问："他啥时回来，我能进屋等吗？"张翠翠突然抓住栅栏门锁，说："那不行，男女授受不亲，你进来，别毁了我名声。"夏永兴说："那好，我就在门外等。"张翠翠倚在了门框上，不屑一顾地说："说吧，啥事？"夏永兴迟疑了一下，恭敬地回答说："弟妹，我的确有事，是为了百银孩子的事……"张翠翠"嗤"地笑出声来："嘀，我一猜，你就没什么好事。以前来吧，你还总带些东西的，现在吧，可好，两手空空，你是不是都送给那个寡妇啦。"夏永兴顿了一下，解释道："弟妹，我也是来得匆忙，没顾上带些来……"张翠翠打断道："别，可别！我们可不敢跟那姓尤的寡妇比，她是你的女人，我可不是。"夏永兴瞪大了眼，愤愤地说；"你别胡扯！"张翠翠笑道："嘻嘻，在我看来，那寡妇就是人人都能骑的马，哦，不对，是人人都能骑的牛，哈哈……"

夏永兴一团怒火涌上了头，他狠狠地扬起手臂，布满厚茧的手掌啪的一声打在了张翠翠奸笑的脸上。对于突如其来的耳光，张翠翠是始料未及的，她跌落倒地一阵懵懂。过了许久，她似乎才缓过劲来，一边破口大骂，一边爬起身，把脸胡乱贴近夏永兴的手臂，喊道："你打啊，你打啊，你敢打死我……"见状，夏永兴接连退后几步，谁知张翠翠却步步紧逼。不一会儿，周围聚来了看热闹的人们。张翠翠变得更加猖狂，哭天喊地，捶胸顿足。夏永兴急忙趁乱从人群之中逃脱了出去。

想到孤苦伶仃的尤小喜，夏永兴不甘轻言放弃，他到南关挨个街打听夏百金的消息，终于在马市街的一个车行找到了他。夏百金见到夏永兴时，有些惊讶，他按住手中拨弄的算盘，盛情问道："永兴大哥，你咋来啦？快坐，快喝茶。"夏永兴暗示他借一步说话。在车行的后庭院里，夏永兴告诉了他来意。夏百金苦笑着对夏永兴说，孩子是暂时过继过来，不改名不改姓，有啥不好？况且他还可以花钱供孩子上学立业，有啥不行？他又说："大哥，这是我们自家的事，不需要你这个外人操心，何况你也管不了。"末了，夏百金讥笑道："大哥，你假如再来我家多管闲事，小心闲话。都说那个尤小喜是你睡过的破鞋呢，是你纳的妾……"听夏百金说完，夏永兴脸色唰地变得苍白，他想解释，夏百金却没给他机会，挥手进了账房。

夏永兴隔了一天把公关失败的消息告诉了尤小喜，他望着尤小喜满眼的泪水，愤愤地说："我虽然没法把你和百银的孩子争回来，但我一定帮你去打探百银的下落，等他回来，你们就可以和孩子团聚了。"话音刚落，夏永兴仰起头，眼中噙满了泪珠。

至此，他的寻人目标，除了养子夏毓恩，又多了夏百银的名字。

当天晚上，夏永兴卧在东屋的藤椅上做了一个梦，他梦见了已亡的父亲母亲，梦见了已亡的妻子儿子，也梦见了那个经他的手送与劫匪的悲惨的女人，女人死死地扼住他的喉咙，叫他还她的命来，又叫他还她儿子来，他拼力挣扎却无法挣脱女人沾满鲜血的手，忽然，女人的面孔变成了尤小喜，夏永兴大声呼喊："弟妹，快放了我。"尤小喜朝他微微一笑，圆润的脸上刹那间鲜血淋漓。夏永兴大惊失色，他“啊”的一声尖叫，终于从梦中醒了过来，他急忙将油灯点亮，守着这盏灯静坐在一旁，直到天亮。

次日清晨，夏永兴舀了满满一盆水浇在了头上，清醒后，他在院子里推着磨盘磨了一袋白面，扛了十大捆烧火的柴堆入东厢房，给了兰儿一沓钱票。安顿好家中的一切，他又踏上了寻人的征途。

几经打听，他终于寻到了当年北上进京的几个辫子兵，他向他们打听夏百银的下落，他们却说不认识夏百银这个人，夏永兴十分失望，暗下决定沿着当年辫子军北上的路线亲自去寻。

得知辫子军当年是从徐州城东关北上，夏永兴便径直到了东关，当他走到东门外的东新集一带时，被成千的民众阻住了去路。学生模样的人群手执着白旗，白旗上书写着“还我青岛”“抵制日货”“同胞速醒”的字样，夏永兴截住两位肩背挎包的学生询问究竟，学生说：“我们是战胜国，山东却从德国手上又被割给了日本，全国学生都在举行抗议大游行呢，我们省立七师、省立十中等等学校都在罢课，坚决收回山东，坚决抵制日货！”夏永兴恍然惊叹，问道：“那么，辫子军还能找到吗？”学生疑惑地说：“什么辫子军，现在是民国八年了，谁还留有辫子？”夏永兴说：“去北京的辫子军。”学生说：“哦，你要去北京，那一定要尝试一下坐火车，快着哩，比那千里马还快。”夏永兴准备再问时，东新集尽头的一片洼地里燃起了熊熊烈火，学生高兴地雀跃起来，高喊道：“看，快看，十几车的日本货全给烧了。烈火啊，燃烧吧，燃烧吧……”

待团团烈火燃尽，夏永兴听取了学生建议，他托一个曾有生意来往的熟人购得了一张搭乘火车的纸票，心中充满忐忑地踏上北去满载货物的火车。

张翠翠不准尤小喜进家门看儿子贱生，也不允许贱生去见生母尤小喜，为此，尤小喜痛哭了无数回，贱生也哭肿了眼。

尤小喜偷偷躲在一棵榆树后，守了好些日子，终于，在小雨飘零的一日，她远远望着儿子贱生随夏百金出了门，她沿城墙根尾随着他们入了无人看管的城门，出回龙窝拐到城隍庙街，穿城隍庙东巷到了府学巷，眼见贱生进了小学堂的大门，她却始终没能看清贱生的正脸，她藏在巷尾的一堵影壁后面，焦急地攥着手。

尤小喜揉搓着手指直到巷里没了人影，才敢蹿出身子悄悄走到学堂门前，门是紧闭的，她鼓起勇气刚准备敲门，有人却从身后敲了她的肩。尤小喜回头一看，惊吓得差点跌落到门前的石阶。

“你一路跟来。”夏百金笑出了声，“哈哈，我都知道。”尤小喜忙说：“大哥，我……”夏百金说：“弟妹，这些日子苦了你了吧，你嫂子，她心毒，她不愿叫你们母子相见。”夏百金回头望了望巷子四周，又说：“放心，有我在，你看，我已经安排毓杰在这间小学堂读书，我也会安排你们相见的。”尤小喜眼中闪烁出泪光，嘴里突然发出久日积蓄的委屈，喃喃道：“大——哥——”说着，她双膝跪地，接连给夏百金磕了几个响头。“大庭广众之下，快起身。”夏百金慌忙搀扶她缓缓起了身，握住她的手，微微一笑，“你先回家，毓杰我自会安排相见。”

尤小喜借着绵绵细雨洗净了脸上的泪痕，沿来时的路出了城，又沿着苏堤回到了家中，搬了一条长凳摆在门槛里侧，坐在凳上静静观望门外的飞雨。飞雨似乎懂得她的心事，软软地抚着她的脸庞，像是母亲的温唇一样温柔，她非常享受这种温柔，她闭了眼，努力去迎接更多的雨粒。恍惚间，这种温柔的感觉变得格外真实，尤小喜欣喜若狂，简直不敢相信这种感觉，她微微睁开了眼，看到了满眼的雨滴，也看到了一只手。内心潜在的警觉使她慌忙从长凳上起身，顺着手的方向，她看到了一个人，她惊呼道“百银，百银……”，顺势张开双臂抱向前去。

“弟妹，是我。”夏百金的声音唤醒了蒙眬中的尤小喜。尤小喜止住了手臂，失望至极地又坐回了长凳上。

夏百金是尾随尤小喜而来的，他趁着雨天，穿了一身蓑衣，戴了一顶斗笠，用斗笠遮住了脸，没人能认出他来。夏百金脱去蓑衣，对尤小喜说："快，进屋说话。"尤小喜把长凳搬进屋内，邀夏百金坐。夏百金没有着急落座，他把门关紧扣死，摘下斗笠，站在了尤小喜面前，气喘吁吁地说："刚才在学堂门前不方便说，叫我安排你们母子相见，是可以。不过，你要从我一件小事，很小的一件事。"尤小喜心中有一丝畏惧，后撤了一步，顺势坐到了床沿上。夏百金"嘿嘿"一笑，望着尤小喜的手，说："自打刚才我抓了你的手，我的心怦怦跳个不停，你能再叫我抓抓你的手吗？"说完，夏百金像饥饿的馋猫一样，伸长了双手去扑尤小喜的手。尤小喜"啊"的一声尖叫，慌乱间从床沿上爬上了床，她蜷缩在床里侧的墙角，喊道："大哥，不要这样，不要这样……"夏百金跳跃上了床，轻声央求道："小喜，我的心肝，你知道我一直以来是多么煎熬吗，一想到你，我晚上就睡不成觉，你今天只要从了我，叫我干啥都行。"尤小喜仍然喊道："大哥，你不能……"夏百金跪在了床上："我兄弟百银早不知是死是活，我看你一个人孤苦伶仃的，我心里难受呀，今后，你就跟了我吧，求求你！明天，明天我就带毓杰见你，行不，行不……"说着，夏百金起身牢牢抱住了她。尤小喜奋力挣扎了许久，终究没能挣脱，她两颊挂满了泪，原本充满力量的身体突然柔软了下来。

尤小喜越来越畏惧雨天，也越来越渴盼雨天。几个月来，雨天带来的私通的罪恶感，使她无数个夜晚都彻夜难眠，但雨天带来的见到孩子的希望，却又使她欣喜若狂。

春季的雨连绵不绝，有时一下就是十几天。尤小喜望着雨守在家中，焦急地等候着，她已经接连七个雨天没有见到孩子，甚至也有三天没有见到夏百金了，她心中猜疑，莫非发生了什么变数，她的见子制度难道就此泯灭了吗？

正在尤小喜一筹莫展的时候，夏百金一身蓑衣出现在了她的眼前，她有几分激动，起身朝夏百金身后望了望，发现孩子没有跟来，又滋生了几分失望。夏百金熟练地解下蓑衣，反锁房门。

夏百金挥汗正酣，门外响起了咣咣的敲门声。夏百金喘气悄声问她："是谁？"尤小喜腮红的脸露出茫然，说："我不知道，平日里没有人来我这里的，难道是大嫂？"尤小喜用力去推夏百金，说："快起来！被她发现了咋办！"夏百金并不起身，说："不用急，无论说啥，咱们都不开门，她就发现不了！"说着，他急忙用手捂住她的嘴，她只能"嗯嗯"地疯狂扭动着身体。终于，门外敲门声消失的那一刻，两人缠成了一捆麻做的绳。

许久，两人起身穿好散落一床的衣衫。夏百金耳贴门缝，听了听门外的动静，而后又眼贴门缝，透过缝隙仔细察看外面的究竟。尤小喜整理好零乱的床，见夏百金仍在屋里，便问："你咋还不走？""你去开门瞧瞧还有没有人在，我先躲一下。"夏百金走到尤小喜身后，悄声说完便钻进了床底。

尤小喜小心开门，吓了一跳。她看到一个人正蹲在屋檐下，她细细看去，是夏永兴。

夏永兴是风尘仆仆刚从北京徒步回来的，满身的衣服破烂不堪，他没来得及回家就径直找到了尤小喜的住处。自从他乘火车北上，就一直在四处打听夏百银的下落，他在偌大的北京城周旋了一个多月，终于，他在城墙脚下一位遛鸟的老汉嘴里，打听到了他想要的消息。当年辫子军进清宫确有此事，后来一溃即散，四处逃了。夏永兴忙问老汉，为何这么多年，兄弟百银逃了却没有回家。老汉告诉他，听说当时在宫内也死了不少兵，你兄弟大约是没了命。夏永兴暗自伤心，活要见人，死要见尸，他满怀信念一路摸到清宫，绕清宫转了一圈却没能进入，接连数天，他守在宫外依旧没能进入，夏永兴只得在清宫外的一处草地里挖了几捧泥泞的土，装在了布袋里，在他看来，这或许象征着夏百银的骨灰。他从北京返回的时候已经身无分文，一路徒步乞讨才出现在了尤小喜的房门外。

看见夏永兴到来，尤小喜瞠目结舌，一时说不出话来，她扭头看了一眼屋内的床，庆幸夏百金藏得隐蔽。原本蹲着的夏永兴缓缓站了起来，他看着尤小喜脸上凌乱的头发，说："弟妹，吵到你歇息了，我，找到百银兄弟的下落了。"尤小喜激动地泫然欲泣："他在哪儿，他在哪……"夏永兴从怀中取出装有泥土的布袋，把如何寻找如何取土如何返回的经过说与了她听。尤小喜抓起布袋里的土，痛哭了起来。

第二天，夏永兴从家中再次来到尤小喜的房前。他花钱在西门大街买了一口棺材，花钱租了一辆牛车，又花钱租了八名劳力，把布袋里的土安葬在了房子的西南角。尤小喜跪在坟前哭晕了过去。

裴秀才返回了户部山，家中已是面目全非，除了青砖碧瓦尚在，其余物件荡然无存，他暗自嗟叹，又暗自庆幸，庆幸房子还在，也庆幸没有遇到鸠占鹊巢的悲剧。家中暂且无处安身，他只好下了户部山去登云龙山，算是去试试运气，或许云龙书院里他的那间居室还保存完好。不过，乱世无法奢求好运，他在半山腰就看得清清楚楚，昔日金碧辉煌的七进的四合书院，如今化为一片废墟，当他走近时，抑制不住内心的感慨，对着一处处断壁残垣，他一次次地扼腕惊叹。天公似乎不愿给他过多感慨的机会，一阵狂烈的风吹飞了他的毡帽，头顶的冰凉瞬时使他连打了三个喷嚏。他下了山，进城找到位于察院街的中学堂的一位挚友，他在那儿寄居一晚。第二天，裴秀才四处打听儿子裴文举的下落，却始终无法找寻，他已经数年没有儿子的音讯了，他脑海里惧怕，他惧怕儿子裴文举真的去参了军，真的去过那刀枪剑戟的日子了，他埋怨，埋怨儿子不听父训，埋怨儿子不来书信，他在南方的女儿家中一直等候来信，却一直片纸未得。

三天后，就在裴秀才心灰意冷的时候，挚友告诉了他一个好消息，在靠近南城门的关帝庙里找到了他的儿子。在挚友的陪同下，裴秀才急切地赶往关帝庙，他不敢相信那真的是他的儿子裴文举，那是一位双目失明鼻孔残缺神志不清而又失聪的疯子。裴秀才仔细端详眼前的这个人，突然痛哭了起来，确实是他的儿子。

挚友安慰裴秀才不要太悲伤，稍许，请出了住在关帝庙的后罩房里的南城门看守人，看守人向裴秀才讲述了裴文举落到如此境况的来龙去脉。

裴文举是革命党人，接到了回城刺杀的秘密任务，十分不幸，刺杀任务失败，他和其他两名革命党被枪杀后丢弃在了西城门外的沟壑里。暴雨中，从城外前来营救他们的一队革命党人找到了他们的尸体，也许是老天相助，满身的蛆虫虽然蛀得裴文举面目全非，他却没有死，他被救活了。带头的韩队长把裴文举安置在了关帝庙里的一间柴房里，派人每天照顾，辫子军离开徐州的后一年，韩队长说是要远行，就给了看守人一笔钱款托他照顾裴文举，并向看守人介绍了裴文举的身份，临行前，嘱托看守人两件事：一是要保密，二是户部山姓裴的一家若要来找，安排裴文举与亲人相聚。看守人向裴秀才讲完后，说："几位老爷，我一直在等你们来接人回家，你们接回了家，我也可以离开这座庙了，我看守南城门半辈子，如今城门已是摆设，不须看守，我也不想再在这关帝庙里待下去了。"

隔了一天，裴秀才把儿子带回了户部山的家。又隔了一天，丫鬟兰儿背着一团包裹，在夏永兴的带领下从夏郭庄也回了裴秀才位于户部山的家。夏永兴见裴秀才的家境，默默流了泪，他搁下一袋粮，没能和失了魂的恩师裴秀才说上一句话，就匆匆返回了。

晚上，兰儿手捧一碗稠粥，跪在了裴秀才脚下，她劝他多少吃些东西，不然会伤坏了身子。裴秀才低声对兰儿说："这些年，你咋不找个人嫁了，还回这里干啥？"兰儿眼中含着泪珠说："老爷，当年要不是您从我爹娘的手中花钱救了我，我早就没了命，您是我的恩人，我一辈子都要给您当丫鬟，报您的恩！"裴秀才抬头看着她，说："这又何必呢，改天我找人给你说个好婆家，不要在这里待了，你看我儿文举已经惨不忍睹，这个家，快完了……”说着，裴秀才起身仰头，流了两行长泪。

晚秋的一个晚上，裴家院子格外安静，只有西厢房里时不时传来叮叮咣咣的敲击声，那是裴文举又在犯疯了。兰儿端了一碗饭菜从西厢房的门洞里递了进去，便回屋拿手巾仔细擦洗干净自己的身体，她穿了一件她最喜欢的短袖细腰衫坐在了床前，静静地坐着。直至院子里的敲击声彻底消失，兰儿轻轻起身拿钥匙开了西厢房的门，心中默念着“我不能让这个家就这样完了”，她脱下了她最喜爱的细腰衫，脱下了身上的全部衣物，一丝不挂地朝黑暗中的裴文举走去。

次日一早，裴秀才发现兰儿躺在了裴文举的床上，她盖住身体，低声对裴秀才说：“老爷，我已经是少爷的人了。”裴秀才大吃一惊，指着一旁正在发呆的裴文举，对兰儿说：“兰儿，你这是糊涂呀！文举人不人鬼不鬼，你这是糟蹋自己啊！”兰儿音调铿锵地回答：“我不想让这个家就这样完了，我想给少爷留个后。”裴秀才昂头望天，闭了眼沉默了许久。

由于名声在外，次年过了春不久，裴秀才被省立第七师范中学请去任教，教授美术课程。才教了一周的课，因为学生反对日本的活动愈演愈烈，学校放了他的假，裴秀才暂且回家休息了一些时日。

徐州学生联合会以及其他一些团体五千多人，在城隍庙街的商会处召开大会，揭露日本人的蛮横野心，抗议山东交涉问题，声讨卖国贼，声援京津学生。不久，又有三千多人在东关外召开大会，并组织了游行，在军警的维持秩序下，学生们雇了土车将几十车的日货全部焚烧了。

学生们抗议活动的热潮退去后，挚友为了缓解裴秀才整日抑郁的心情，邀请他登城墙游览放松一番。他们从东南一隅的快哉亭登城，边游览边畅叙。他们按照“东门有牛，北门有井，西门有耳，南门有影”的俗语，挨个城门去找寻牛、井、耳、影，最后停在南门高处。望着瓮城里的影壁墙，挚友说："这便是南门的'影'了，你看上面镶嵌的石刻大字——九州之一。"正说着，门可罗雀的城墙上多了一位年轻人，年轻人气宇轩昂，正面朝南方远眺，他嘴里吟诵着什么。裴秀才和挚友走近时，他们仔细听清了年轻人吟诵的诗句：

埋骨何须桑梓地，
人生无处不青山。

裴秀才听完，站在原地沉默了片刻，沉默过罢，他从腰际掏出了一张纸，缓缓展开给挚友看，说："张兄，这是我儿文举写的一首诗，他虽然疯傻，每天却都要写一遍它。"挚友接过纸，上面的字体零乱无章，但可以辨认出是四句的七言诗，尾句是"人生百岁终有路，岂听他人唱俗歌"。

挚友看完，感叹道："文举贤侄不该落到如今的下场。"

第十章　城墙

对于“兵家必争之地”的徐州城来说，兵荒马乱的世道，就如同腐肉上纠缠不清的苍蝇，赶都赶不走。生活在这里的人们，无一不能体会到兵荒马乱里那杀人的苍蝇的味道。在短短几年的时间里，这里不仅充斥着民乱，也充满了兵患，先是从山东省发展而来的红枪会多次攻打徐州城，继而几路军阀在徐州城兵戎相见、你争我抢，人们还没来得及认清军阀头子的模样，国民革命的北伐军又在徐州与军阀军队展开了拉锯战。终于，在极端高温的夏季到来之际，北伐军取得了决定性胜利。

至此，徐海道被废除了，徐海镇守使北逃，徐州城所在的铜山县直属于江苏省管辖，县公署改称县政府，县知事改称县长。不仅行政区划发生了变化，为了纪念北伐胜利，徐州城许多街道也都改了名称，南关下街改称三民街，东门大街改称大同街，北门大街和银市街统称为统一街，就连西门外买卖赶脚驴的驴市一条小街，也改称为博爱街。至此，全城才暂时回归了平静。

其实，看似平静，实不平静，虽然暂时没了战乱，可是人们仍然生活在恐惧和恐慌之中，尤小喜的感受尤为深刻。尤小喜位于苏堤南侧的赖以生存的三亩多田地全部被湖田局强行征占了，她别无他法，只能等到雨天时把这一消息哭诉给夏百金听，不承想，夏百金反而告诉她，他名下的五亩上等的水田也被强占了，即使有青帮的身份，夏百金自己也是无计可施。无奈，尤小喜只能跟随乡邻被裹挟到示威游行的队伍里，去城里的湖田局抗议，令她万万没有想到的是，对于这次抗议，军警大肆阻挠大打出手，几百人的百姓有几十人遍体鳞伤，有一名老汉还差一点丢了性命。

尤小喜从城里逃回家里已是下午，天空突然变色，大雨随之而来，她躲在屋内惊恐未定。不知大雨下了多久，有人推开了房门。“娘。”夏毓杰的声音从阴雨中传来。尤小喜高兴地迎出来，说：“毓杰，你今天咋自己来了，你大爹大娘知道了可不好。”夏毓杰扑通跪在了地上，呜咽道：“娘，孩儿不孝。”尤小喜轻轻要扶起他，夏毓杰执意不起，说：“娘，孩儿要远行了。”尤小喜心头一紧，突然想起了丈夫夏百银当年的不归之旅，焦急地问：“去哪里？去做啥？啥时回来？”夏毓杰缓缓起身，向尤小喜说明了一切。原来，夏毓杰以优异成绩从省立第七师范中学毕业，又投笔从戎，以优异成绩考入了国民党中央军事政治学校，过几日将奔赴武汉。尤小喜湿润着双眼说：“你一定得回来，娘在家里等着你。”夏毓杰再一次跪了下来，连磕了三个响头。

夏毓杰的远行，对于夏百金来说，无比值得骄傲。他逢人都会夸耀自己的儿子真有出息，特别是青帮郭三爷为此赠了他一沓隆源银号民国十六年铜元一千文的纸币，他就更为骄傲了。

这些年，夏百金越来越受到郭三爷的信赖和重用。郭三爷在东关外共有三个车行，有两个车行全部交由夏百金来打理，有一些重要的杂差也经常会安排他来处理。夏百金虽然辛苦，却享受这种感觉，他愿意去出头，愿意去出谋划策。他有时想都不敢想，一个小小的点子竟然就使他这个夏百金真的一下子得到了百金。那是几年前的事，距离徐州城不远的山东省临城发生震惊中外的劫车事件，中外旅客一百多人被掠走，在外国公使团的压力下，政界迅疾派人查处。一时间，中外人士和记者云集徐州城，经查，劫车事件是附近的青帮“大”字辈头目孙美瑶所为，可虽然知道是谁所为，政界却束手无策，驻徐州的镇守使多方奔走多方营救，始终毫无进展。有一日，夏百金在郭三爷家里听闻了此事，他急忙给郭三爷出了一计，让郭三爷去当时的徐海镇守使的府上献策，最后镇守使果然采取了计谋，邀请了徐州青帮的另一个头目高大奎去孙美瑶的据点说情，被劫持的人员即刻被释放了。事成后，镇守使大奖了郭三爷一箱珍宝，郭三爷大奖了夏百金一条金砖。

夏毓杰远行后不久，夏百金把年过二十的女儿丫丫嫁给了西门大街的一家酒坊的伙计。嫁女的喜事过罢没几天，门外墙壁上的一对"鸿喜"的大红行体字被雨水洗成了一团，夏百金撕下被雨水浸湿的红纸，丢进了院外的护城河里。他对张翠翠说要去车行，便穿了蓑衣打着黑漆油纸伞小心谨慎地出了门。按惯例，下雨天夏百金是要去苏堤私会尤小喜的，可是，他已经有三四个月没有去她那里了。如今，他不需要去那儿，他也厌倦了去那儿，自从他得了金砖有了钱，更愿意去另一个地方，一个让他流连忘返魂不守舍的地方——金谷里。

夏百金沿护城河到了南城门，向南过了吊桥又沿马市街一路向东，在临近故黄河时拐进了一个一丈高的门洞，门洞正上方镶嵌着"金谷里"三个粗笔黑漆字，他收起油纸伞脱了蓑衣钻进了一间"暗香书寓"。夏百金已经算是这里的熟客，他挑了书寓里熟悉的一位女子，躲进了后院的一间香气弥漫的待客房，他慌忙对女子又搂又亲，女子欲拒还迎陪了他一个时辰。从女子身上下来后，夏百金并不着急穿衣离去，他点了一袋大烟躺在了女子身边，手握着烟枪送入嘴中吞云吐雾了起来。激情退去后，夏百金付了嫖款出了书寓，到里街的戏院听了一场柳琴戏，恰巧从苏州来了一个昆曲的戏班，他又听完了昆曲，才心满意足地出了金谷里。

夏百金沿故黄河的岸边向北到东关的车行去了一趟，便筋疲力尽地返回了家。张翠翠做好晚饭，盛了一碗咸汤面条送到夏百金手中。夏百金恰巧正魂不守舍，一个失手，热腾腾的面条连同瓷碗竟撒落一地，热汤灌进了张翠翠的软布鞋，烫到了她的小脚。张翠翠"哎哟"连声喊叫，慌忙把布鞋甩掉，破口骂道：“你是不长眼的驴吗！想烫死我！是不是烫死了我，你就可以光明正大地把那寡妇娶回家？”夏百金回过神来，看见地上一摊汤面，急忙起身去扶妻子张翠翠。当他听见张翠翠口中说出的话后，顿时变得慌乱了起来，他盯着张翠翠的脸看，心想难道她知道了他和尤小喜的事。夏百金故作镇定，说：“我在算笔账，不是有意打翻的，你咋扯上百银媳妇了。”张翠翠跺着光滑的小脚，气愤地说：“你算什么账？要算账，得找那该死的寡妇算账，那苏堤上是毓杰的宅子，她凭什么还一直住着不走。”夏百金说：“她毕竟是毓杰亲生的娘。”说着，夏百金摇摇手指，说：“不说了，你赶紧把脚处理一下，烫伤了可不行。”张翠翠红涨着脸，说：“不行，必须说清楚，到底在算什么账！”夏百金弯腰把敞口大瓷碗捡了起来，悄声而神秘地说：“我告诉你，你可千万不要告诉别人。”张翠翠顾不得她的鞋，也顾不得她的脚，凑到夏百金跟前，问：“啥事？”夏百金说：“听说，咱这后墙的城墙要被拆啦。”张翠翠一听，愤怒道：“谁他娘的那么大的胆，敢拆我的墙，我这就找他算账去！”夏百金忙说：“咱可不敢说这话，要拆城墙的是县长，听说还有新驻扎的军长支持。”张翠翠听完，哑口无言了。夏百金说：“刚才我算了一笔账，按照谁家房墙城砖归谁的道理，咱后墙的一堵厚城砖至少能卖一百银元，假如咱们不卖钱，也够盖三间青砖瓦房的。”张翠翠欣喜若狂，说：“真的？咱可以住上青砖瓦房了？”夏百金得意地笑了笑。张翠翠欢快地收拾完地上的残羹，又盛了一碗饭端到了夏百金手中。

夏百金所说不假。徐州城所在的铜山县县长刘炳晨正在启动拆卖城墙一事。拆解城墙是有缘由的，铜山县的教育经费全凭城北的马场湖和城南的石沟湖等处湖田地租收入维持，不过近年来湖田歉收，资金便没有了着落，城里中小学教职员工已经几个月没发工资了，不少学校都组织了罢工，县长刘炳晨正为教育经费发愁时，北伐军第一军军长刘峙率部驻防徐州城，刘峙以城墙有碍现代战争兵员调动为由找到县长刘炳晨，县里随即决定拆除城墙，变卖所有砖石和城墙基地，以充作长期欠发的教育经费，为此，县里还专门成立了变卖城墙基地委员会。

不过，夏百金所说也不实。县里明确，拆卖城墙的所有收入一律充公，没有什么“谁家房墙城砖归谁”的规矩。夏百金找到郭三爷请求去县里帮忙说情，郭三爷确已前往，却无能为力。郭三爷给他回了话说，城基两侧居民甚众，靠在城墙根上盖房本来就是侵占公有资产，县里没去收取这些年侵占城墙的租金已经是仁至义尽，哪里还有白送城基白送砖石的道理。

夏百金心灰意冷地回家把情况说与了张翠翠听，张翠翠吓得嘴唇上下哆嗦：“这咋办，难道白白拆了咱家的房。”夏百金劝她别着急，他再来想办法。终于，在经历了一个未眠的夜之后，夏百金想到了一个办法。他天还没亮就叫醒张翠翠，说：“我有办法了，咱赶紧雇人在院子里盖几间土屋，不然的话，城墙一拆咱的房就得塌，到时候连住的地方都没有。”张翠翠大声质问道：“这就是你想的法子吗？咱这四间房，难道就白白塌了不成？”夏百金劝说道：“胳膊拧不过大腿，平民百姓咋能斗得过官府。”张翠翠急红了脸，说：“这可咋办？”夏百金说：“按我的办法，挖出钱罐，赶紧请人盖房。”

张翠翠拿小铲钻进床下，小心刨开了土挖出一个细口圆腰的圆形黑陶罐，把仔细数了一个晌午的钱款交给了夏百金，她含泪说：“这是咱家的全部家产了。”夏百金接过一袋子的钱，劝张翠翠不要担心，有他夏百金在，没什么可怕的。夏百金拿钱出门先去了一趟金谷里潇洒一番，继而去南关上街的一家银号把半数的纸币兑换成零钱，他把钱紧紧揣在怀里小心地去东关的车行里存在钱柜里。太阳落山的时候，他抽了几张零钞在车行外的土路旁找了三个泥瓦工，约定十天后去盖房。令夏百金意想不到的是，当十天后启动盖房的时候，连续几天去金谷里的开支使他身上的钱款捉襟见肘了。夏百金瞒着张翠翠，把原本计划盖的三间房压缩成了一间矮房。

张翠翠望着建成的低矮而简陋的草屋，惊讶至极，她瞠目结舌拦住夏百金问："这就是咱家盖的房？"夏百金微笑着回答说："如今的世道，手上的钱越来越不值钱，就咱家存的那些积蓄，能盖上这间草屋已经算是万幸了。"张翠翠突然哭出声来："这可咋办呀，以后还咋活……"夏百金打断她，说："哭什么哭，让别人看见了该笑话咱啦，咋说我也是有头有脸的人，我那两处车行还能让你饿死不成？"张翠翠说："那车行是人家郭三爷的，又不是咱家的……"夏百金听她说到郭三爷，小声呵斥道："你快进屋！再哭就休了你！"张翠翠停止了哭泣："你别休我，我明天就跟街坊邻居去请愿，老房子不能就这样白拆了。"

出了三伏天不久，闻名于世的徐州古城墙被陆续拆除了，仅留下东南一角快哉亭附近的四十余丈。张翠翠随着城墙两侧的民众多次到县里到教育局请愿，却依旧没能减缓城墙坍塌的速度。为了泄愤，张翠翠又随民众趁夜晚到富贵街砸了一家郑姓的民宅，只因这家姓郑的当铺店主准备购买南城墙的一片城基地。空折腾了一番之后，张翠翠跟着夏百金住进了院内的草屋。她不愿蜗居在这低矮而落魄的草屋内，但她又不得不住进去。

谁知，五个月后，张翠翠连低矮的草屋也住不成了。按照县教育局的最新政令，城墙基地两侧十丈都属于变卖的范围，除非缴纳特别定金，不然将拆除草屋。张翠翠听闻这一噩耗后，几乎晕厥了过去，她还是第一次体会到人在命运面前节节败退的痛苦滋味。她跑到女儿丫丫位于西关外的家中，哭诉了她心中疾苦，女婿却只说无能为力，拮据的家境帮不上钱，也无处安置岳父岳母两位老人。听完女婿的话，张翠翠心灰意冷地转身离开了女儿的家。

城墙既已拆除，城南门和西门外的护城河吊桥也跟着拆除了，取而代之的是两丈宽的小石桥。张翠翠从女儿丫丫家中出来后，过西门石桥进了没有城墙的城。须臾，她又原路折回，向西抵达苏堤头，顺着苏堤一路向南来到了尤小喜的住处。在尤小喜的房外，张翠翠绕着两间土屋把前前后后的一砖一瓦一草一木观察得淋漓尽致。虽然尤小喜的房门是敞开的，她并没有选择进门，而是急忙回家去找丈夫夏百金了。

她在家中的草屋里等了许久，直到太阳下了山月亮又升了山，才见到了疲惫的夏百金。张翠翠眉开眼笑地说：“今天我去那寡妇的家了，我四处看了看，两间敞亮的房还挺不错的，把她撵走，咱们住进去吧。”夏百金不耐烦地说：“不是跟你说过嘛，她怎么也是毓杰的亲娘，要是把她撵走，毓杰回来知道了会咋想？”张翠翠说：“那就拿这间草屋跟她换！”夏百金思忖片刻，说：“要是换了，她也不会有钱交定金，这间草屋也是会被拆的，我看只有一个好……办法。”张翠翠追问：“什么好办法，快说给我听。”夏百金说：“她有两间房，咱们去讨一间住。”张翠翠挺直脖颈，说：“好！明天我就去寡妇那儿争一间过来。”夏百金微笑道：“不需要你去吵闹，我去说说，保准能行。”张翠翠笑出声来，说：“我不去闹，但我有一个更好的主意，想办法把那寡妇嫁出去。”夏百金一听，眉头猛然一紧。

果然，尤小喜答应了夏百金的请求，她花钱雇人把里间屋朝南的窗改成了门，并将两间房子中间的通道堵上，隔成了一堵墙。就这样，两间房隔离开来，尤小喜住一间，夏百金和张翠翠住在了另一间。

夏永兴与家中仅有的小儿子夏毓彤相依为命已经有了年头。由于兵荒马乱的世道和家中劳力的稀缺，夏毓彤只读了两年私塾就辍了学，一头扎进田土里充当了种田汉子的角色，如今，不觉竟已成年。夏永兴把十亩的夏粮收到粮囤中，撵着一头新买的黄牛犁了三天的田，终于赶在大雨来临之前将秋季的玉蜀黍种子埋入土中，他嘱咐儿子夏毓彤勤到田里看看，过几天等禾苗拔出了土，缺的苗赶紧补。一切叮嘱完毕，夏永兴便背了一袋新麦朝进城的方向走去，他准备先去给尤小喜送粮，继而再去打听养子夏毓恩的消息。

夏永兴见尤小喜的两间房屋变了模样，心中有几分疑惑，他卸下肩上的粮袋，敲响了东间屋子的房门，开门人的面孔使夏永兴吓得浑身一惊，竟然是张翠翠。张翠翠揉着眼瞅了瞅夏永兴，并没说话，转身又进了屋。此时屋里传来了一个充满埋怨的声音："一大早的，是谁呀？"夏永兴听出是夏百金的口音，拉长了嗓音，回答说："百金兄弟，是我。"话音刚落，夏百金披了件短衫出了门来，盛情邀请夏永兴进屋喝茶歇息，指了指粮袋，哀叹道："永兴大哥，你这袋粮真是及时雨啊！兄弟我马上就要沦落到'饥不择食，寒不择衣，慌不择路，贫不择妻'的地步了……"接着，夏百金把近况说与了夏永兴听。夏永兴听完，悄声说："你还有些良田，为啥弄成这样。"夏百金连忙解释说，他和妻子张翠翠都是手无缚鸡之力的人，种的田是收一季荒一季，全靠在车行挣点现钱花，偏偏车行生意也不好，摊的工钱一直欠着，房子再这么一拆，简直就成了乞丐。临末，夏百金盛赞弟妹尤小喜知恩图报，分了一间房给他和张翠翠来住。夏永兴问："百银媳妇可在家？"夏百金狡黠地笑了笑，说："大哥，她在不在家，我是不知道。不过，我跟我内人琢磨了一件事，正想说给你听。"夏永兴问："什么事？"夏百金贴近夏永兴的耳边，说："你把我那弟媳妇再娶回家，咋样？"夏永兴惊讶道："胡说！"夏百金摇摇手指，说："永兴大哥，这有啥不行，小喜不是还给你当过妾吗？"夏永兴绷紧了脸部的肌肉："胡说！你不明真相……"正说着，张翠翠从一侧摇臀走来，打断了夏永兴的话："哎哟，敢做就要敢当，我不怕你打我！我劝你还是趁早把那寡妇娶回家的好，不然，哼！"夏百金拉夏永兴往外走了几步，说："永兴大哥，我内人说话难听，但也有理。如今你身边没个女人，小喜身边也没个男人，凑合一起过日子，合情合理。况且，我弟妹如今没了一分一厘的田地，她自己没法养活她自己。"

夏永兴沉默了，他清楚尤小喜生活的艰难，他也清楚尤小喜生活的苦闷，所以他总是接济些口粮给她，还帮她在户部山裴秀才家找了份烧茶做饭的糊口差事。但他还清楚，他不能娶她，他每每看到她的眼，内心深处总会有一股无名的悔恨涌出，他似乎可以从她的眼中看到他身上的罪恶，一种遥远而无名的土匪般的罪恶。夏永兴摸着手边的粮袋，对夏百金说："这袋粮，给你吧，至于你说的那事，不成。"说完，转身离去了。夏永兴身上已无粮再给尤小喜送，他只得回家再扛一袋。

张翠翠失望地叹息道："他不娶那寡妇，隔壁这间房，咱就得不到手啊。"忽然，她又眉开眼笑道："他不娶那寡妇，总会有人娶，只要把那寡妇弄走，房子自然到手。"

夏郭庄来了一队人马，个个都身着草绿色的戎装打着绑腿脚蹬长筒皮靴，个个胯下都骑着一匹骏马。

太阳正南时分，夏毓彤在田里补了些种子后扛着锄头回家吃午饭，刚好在家门口碰到了这队人马。这是夏毓彤人生第一次近距离接触一身戎装的军人，心中的胆怯使他躲在门外槐树下迟迟不敢露身。领头的人一个翻身从马背下跳了下来，径直走到槐树前，一把把夏毓彤提了出来，稍作打量后，问道："你还认得我吗？"夏毓彤吓得魂飞魄散，怎还敢回答问话，只是低头乞饶道："大爷，我，我爹出门去了……"领头人"哈哈哈哈"笑出声来，拍了拍夏毓彤的肩，小声说："我是你大哥。"夏毓彤猛然一惊，原来眼前这个人就是父亲数年来一直寻找的大哥——夏毓恩。

夏毓恩转身牵了马，对夏毓彤说："我这里有十几个弟兄，还不快请我们进去歇息。"夏毓彤恍然大悟，急忙邀请一队人马进院喝茶。顷刻间，门外的各类树干上拴满了马匹。

这些年来，夏毓恩经历了很多。他当年偷了马跟随二壮出去闯荡，二壮把他带到一片荒凉的河滩，约了五个人使了一把短刀把他的马顷刻间宰杀了，夏毓恩在火堆前分到了一块烤焦的马肉，却没能下咽。几个人吃饱喝足，把剩下的马肉装入麻袋，向南步行几十里进了一座山，顺着褊狭的半隐半现的山路，寻到了一口山洞，他们在山洞里避了一场大雨，又沿着山谷去了更远的山，终于在夏毓恩几近筋疲力尽的时候，他们拐进了一个山坳，穿过重重设防的山路，抵达了一片布满山洞的山寨。二壮带领夏毓恩和其他五人向山寨主子关爷行了跪拜之礼，便算是入寨为匪了。山寨似乎有着严密的组织，关爷自称总堂主，总堂主下设五个堂，分别为金堂、木堂、水堂、火堂、土堂。随着山寨越来越具吸引力，每年都会有些前来投靠的人，于是又新增了小金堂、小木堂、小水堂、小火堂、小土堂。依据山寨的规矩，二壮因为拉拢人头有功，被封为小水堂副堂主，而夏毓恩和其他五位同行的人被纳入原本只有两人的小水堂。入了山寨不久，小水堂九个人被安排执行一项抢劫十里外一家大户人家存粮的任务，夏毓恩年岁最小，不被小水堂堂主看好，所以被堂主留在了山寨，当夜，夏毓恩独自待在小水堂所在的山洞里。黑色的夜显得十分吝啬，不给黑色的山洞施舍一丝一毫的光亮，夏毓恩胆怯地躲在黑色的角落里，静静等待着其他人的归来。不知过了多久，他在睡意蒙胧中听见了有人在山洞口悄声说话，仔细辨别，他听出是一男一女的声音，他沉默不敢出声，直到半个时辰后一男一女出了山洞，他才如释重负点了油灯，小心把洞口处零乱的稻草铺整齐。在接下来两年的时间里，夏毓恩多次被安排留在寨里，他也多次在黑暗的洞中遇到了那一男一女，虽然不曾见过他们的面孔，但夏毓恩已经辨明了男女的身份，男的是木堂堂主刘大力，女的是四姨太，是总堂主关爷的压寨夫人。仲夏的一天傍晚，其他人外出打劫未回，夏毓恩如往日一样守在洞中，雷雨突然而至，使洞中的夜晚来得早了许多。一男一女又一次偷偷摸摸进了洞口，黑暗中，夏毓恩清楚地听到了四姨太一阵呻吟乱喊，稍许，又听到木堂堂主刘大力一声惨叫，继而是拼死的喊声——“酒中有毒”。夏毓恩小心躲在角落不敢发出任何声响，直到天亮。天亮后，雨停了，山寨里发生的疑案引起一场轩然大波，木堂堂主坠山身亡，总堂主关爷在床上中毒昏迷，整个山寨几乎都要大乱，幸而小水堂堂主从马背上请来的郎中医术高明，一天后，关爷苏醒了过来。关爷醒后，开始彻查疑案，却始终无法查明，由于木堂堂主曾被关爷训斥而平日多有狂言，最终怀疑是木堂堂主刘大力怀恨在心，对关爷下了毒手，而刘大力自己也畏罪自杀。这个推测结论看似合理，却没能使小水堂堂主龚三信服，因为龚三在小水堂所在的洞口边沿捡到了一瓶酒，他把酒倒在了洞口的一株小草上，过了一夜，草死了。趁晌午众人都在歇息，龚三小心地把夏毓恩带到山顶一块巨石后，讯问他洞口为何会有毒酒，夏毓恩看着龚三手中的瓷瓶，悄声把他知道的一切告诉了龚三，龚三叫他不要再告诉别人，拍了拍他的肩膀以示友善。半个月之后，四姨太失踪了，龚三被提升为木堂堂主，夏毓恩竟不可思议地升任了龚三的位置——小水堂堂主。夏毓恩自从当上小水堂堂主后，对龚三极度感恩，对关爷极度忠诚，他越来越表现出了少年早熟的特征，不满二十岁，就带领小水堂完成了许多艰难的抢劫任务，甚至从一支军队手中抢来了几十把枪支和几十箱弹药。他把枪支弹药全部上交关爷，得到了关爷的充分信任。有了枪支之后，这个位于乌牛山的山寨迅速发展壮大，引起了地方军阀的重视，军阀派一个身穿中山装的中年人来山寨招安，于是乎，转眼间整个山寨五百多人被编为一个团，对外称乌牛团，关爷任团长，十个堂改编为十个营，夏毓恩顺理成章成了营长。去年，北伐大军将地方军阀驱逐西去，乌牛团因为没有与北伐军交战，有幸被收编成了国民革命军，关爷仍任团长，夏毓恩仍任营长。虽然夏毓恩的一根手指缺失一节，但关爷见他年轻有为，把自己寄养在老家的年满十八的女儿嫁给了他。夏毓恩做了乘龙快婿，就更受关爷的信赖了，不到半年，他被提升为团里的参谋长，直至今日。

夏毓恩此次回夏郭庄，也算是衣锦还乡。他表明身份后，原本闭门躲在家中的乡邻们纷纷出了家门，聚集在了夏家门外的晒粮场周围观看。

夏永兴从城里回来，刚走到村头那座荒废已久的教堂就被自家门外人头攒动的人群惊到了，他疲惫的身躯陡然一颤，潜意识里以为家中出了大事，难道是儿子毓彤有了意外。他急忙跑向家门，却惊到了门外树干上的几匹马，其中一匹黑体褐鬃的马猛然一跃，双蹄竟不偏不倚踹到了夏永兴的胸前，夏永兴瞬间颠仆倒地，他挣扎着爬起身，顾不得身上的疼痛直往门里冲去，就在他冲入院子的时候，夏毓彤迎了上来，扶住即将跌倒的夏永兴，说："爹，你看谁来了，是大哥！你不用再去找他了，他回来了。"夏永兴朝里望去，一身戎装的夏毓恩从西厢房里迈了出来。虽然隔了一段距离，夏永兴只一眼就认出了他，十年未见的养子夏毓恩，那种神态那种举止依然是如此熟悉，夏永兴大声喊道："毓恩，真的是你吗？"夏毓恩迟疑了片刻，缓过神来回话说："是我。"夏永兴拼力奔向他，双手紧紧抓住他的双臂："你真的回来啦，这些年你是去哪儿啦，我四处找你……"夏毓恩捏紧了两只戴着皮革手套的手，膝盖微微向下曲躬却又慢慢挺直，转而笑出了声："叔，我回来，还你的马。"说完，他叫手下从门外牵来一匹马，正是刚才踢到夏永兴的那匹黑体褐鬃的骏马。夏永兴仔细打量着夏毓恩，和声细语地说："毓恩，听叔一句劝，你别出外闯荡了，兵荒马乱的，太危险，虽然咱家不是大富大贵的人家，但也饿不着，俗话说'子不嫌母丑，狗不嫌家贫'，你既然回来了，就别走了。"夏毓恩转头让手下都退出院子之后，低声问夏永兴："叔，你养了我几年，我很感恩。刚才你说，子不嫌母丑，我今天就想问你，我的亲生爹娘是谁？"夏永兴对突如其来的问题有些措手不及。夏毓恩呵呵笑了笑，又说："叔，如今我也算是飞黄腾达了，想见见我爹娘。"

夏永兴仍然没有答话，他的神色苍白，像是大病了一场。他垂下头不知道该怎么回答，须臾，他又抬起了头，望着养子夏毓恩的眼睛。这双熟悉的眼睛再一次在他的心中扎入了一根长针，使夏永兴心痛不已。夏毓恩追问："是谁？"一股悔罪的血液流上夏永兴的额头，内心的挣扎使他额头的青筋暴露，他努力思索到底该怎么回答，但战栗的嘴唇始终战栗着，没有发出一丝声响。夏毓恩嗖地站起了身，说：“叔，你为何不说？”夏永兴侧脸答道：“我，不认识你亲爹亲娘。”夏毓恩急切地问：“你当年是从哪里把我领回家的？快告诉我，我可记得有一栋高高的墙，到底是哪儿？”过了良久，夏永兴轻声说：“我只能告诉你，你爹姓谢。”夏毓恩问：“名字呢，叫啥？”夏永兴说：“名字，我也不知道。”夏毓恩仰头看了看天，又转身环视了院落，而后手指西厢房门，说：“这间破房子里，我在桌上搁了一个牛皮包，里面有些钱，算是我还给你的养育账。既然你已经告诉了我，那么，我夏毓恩不再姓夏，从今以后，我改姓谢，叫谢恩。”

夏永兴无神地望着眼前的养子，他无神的眼中充满了释怀的坦然，似乎养子的改姓是在了却他心头的一件大事。夏毓恩拱手说：“叔，我这就告辞，你不用再四处找我，我也不再是夏家的人。”夏永兴慌忙说：“你要去哪儿？这里还是你的家……”夏毓恩没有回答，大步流星跨出大门，骑上马就奔驰而去了。夏永兴拼尽全力去追，只远远望见了他一骑绝尘的背影。

夏毓彤牵出系在院子磨盘上的褐鬃骏马，对夏永兴说：“要不要去追？”夏永兴低头说：“追不上了。”说完，摇了摇头，长舒了一口气，这时他才意识到胸口的剧痛，不觉深深咳嗽数声，竟咳出了一口鲜血。

第十一章　乌牛

乌牛山并不远，距离徐州城也就一百多里，夏毓恩当夜就骑马返回了乌牛团。到达乌牛团不久，他公开发表声明，他夏毓恩不再叫夏毓恩，改名谢恩。他的这一突然换姓的行为，在乌牛团上上下下引来不少流言蜚语。有人说他是数典忘祖，也有人说他是知恩图报，为了感谢关爷的恩情直接改名为谢恩，只是关爷姓关，他直接改为关恩岂不更好。

流言迷惑了很多人，也迷惑了就任排长的二壮。二壮踩着厚度丈余的大雪，沿着平缓的山坡寻到了谢恩的住所。这是在山坳里新盖的四间石房，是乌牛团团部所在地，也是谢恩的日常生活所在地，石房里住着谢恩夫妇俩，还住着四名荷枪实弹的警卫兵，原本关爷也是要住在这里的，但关爷不愿离开他久居生情的山洞。

今冬，天气奇冷无比，屋檐下的冰柱足足垂了三尺多长，谢恩和妻子关盼盼吃完午饭就躲进了被窝里，即使是在被窝里，如若不依靠搂抱对方的身体来取暖，依然能体会到枕冷衾寒的滋味。警卫兵在窗口打了报告，告诉谢恩院外有二壮排长求见。谢恩轻声骂了一句“驴尾巴吊棒槌”，便穿衣出了门。二壮站在院外见谢恩出来，离几丈就大声呼喊：“贱犊，贱犊，是我……”谢恩似乎没听见二壮的呼唤，他在两名警卫兵的护送下板着脸顺手戴上棉帽，踏着厚厚的积雪款步走到院外。“贱犊！”二壮的呼喊声更加响亮。谢恩依旧不答。谢恩身后的一名警卫兵一个箭步冲到二壮跟前，制止了他的呼喊。谢恩抖了抖棉布披肩，示意两名警卫兵回去，他则瞟了一眼二壮，问："你有什么事？"二壮那张刚才在警卫兵面前略显傲慢的脸陡然增添了几分羞惭，羞惭过罢，转而又显露出一丝谄媚，说："贱犊，你咋改了姓呢，你平日里咋没跟我讲？这可是欺师灭祖呀！"谢恩看了二壮一眼，答非所问，说："你爹是咋死的？"二壮挠挠头说："贱犊，你咋问我这个……"谢恩微微笑了笑，说："我就随便问问。"二壮伸手搭在谢恩的肩膀上，说："贱犊，真是想不到，你这都当上大官了，还记得当初你整天跟在我屁股后面转悠，小毛孩一个，不过，话又说回来，多亏我带你出来，不然你咋能有今天。是不是，贱犊？"谢恩只笑不答。二壮拍拍谢恩的肩膀，说："贱犊，你得帮帮我，现在不像从前，没钱的话就可以去抢，我现在还是个小排长，我缺钱呀，你给我弄个大点的官当当。"谢恩仍旧是笑了笑，寒暄了几句便进了院回了屋。

几天之后，随着积雪渐渐融化，乌牛团开始了象征性的军事训练。山腰下的演兵场上，有的三五成群在一起摔跤，有的围成一团比赛斗鸡，有的提了几壶酒聚在一起饮酒抗寒，有的像说书先生站在硕大的石块上侃侃而谈。谢恩从关爷的山洞里请安回来路过演兵场，刚好路过"说书先生"所踩的石块处，他不经意间从山路的石阶上朝远方眺望，竟看清了近处的"说书先生"正是二壮，谢恩不经意地听了听，才知道二壮妙语连珠说的正是他。他驻足片刻，只听二壮一会儿说"贱犊变贵犊"，一会儿说"一切都是我二壮的功"，一会儿又说"别看他一双皮手套很气派，但他敢不敢把手套摘掉，他不敢，他的手是残疾，手指缺一节"，一会儿还说"他都拍胸脯打过包票了，我就快升官了，你们要趁早赶紧巴结我"，谢恩面带冷笑从山路拐个急弯走近了花岗大石块。石块周围的人一个接一个悄悄离开，当走得只剩下五个人围着二壮的时候，口若悬河的二壮竟戛然而止，脸上顿时显露出奴颜婢色。他轻轻从石块上跳了下来，以一张写满谄媚的脸迎到谢恩面前，双脚并拢给谢恩敬了个从别处偷学而来的掌面朝天的军礼，嘴里喊了声“长官”。谢恩并不理会他，撑手跳到了石块上，抬头望向天。须臾，二壮偷偷溜走了。

山上的积雪还未消融殆尽，乌牛团开展了一场大批斗活动，批斗吸食大烟、强奸民女的败类，同时还兼并进行清匪任务。关爷在演兵场正中央的高台上大声训斥，南京有密令，要整肃军队整肃队伍，真没想到咱们乌牛团招安归正后竟然还有一群异族败类，更没想到的是，咱们乌牛团的队伍里竟然进了共产党。关爷训斥结束后，十几人脖戴枷锁脚系铁镣被带到了高台上，随着关爷一声令下，一人被砍头，其余均被施以鞭刑。被砍了头的不是别人，正是二壮，都说他是共产党。

经过批斗活动后，乌牛团遭遇到了逃兵热潮，无论关爷如何安抚部下，可是每天的人数都在减少。在一个没有星光也没有月色的夜晚，关爷亲带两个步枪营去五里外的河沟组织夜间训练，谢恩带领六名警卫兵藏匿在乌牛团的下山必经路口守了一夜。第二天，五个尸体被并排放置在了演兵场的高台上，高台下沿的石头上对应着尸体的位置写着五个大字——逃兵的下场。自此之后，乌牛团再没人敢逃。

关爷躺在他的洞口的太师椅上，不紧不慢地捋着黑白相间的络腮胡，谢恩端坐在太师椅一侧静静等候着关爷开口。过了许久，关爷从太师椅上欠起身体，猛然拍大腿，说：“我看，咱乌牛团得想个出路。”谢恩洗耳恭听的样子看着关爷。关爷说：“虽说，咱从前的乌牛寨走上了正道，成了现在的乌牛团，可是，如今不能抢，兄弟们就没钱没粮，只靠山下的田地是不够养活这么多人的。依我看，咱还是回归本行的好，干我的土匪，保准有钱花。”谢恩声如洪钟，说：“爹，我有一个想法，咱不干本行，也不总是待在这山窝里，要想办法打个仗，打仗也能挣钱。”关爷面露难色，说：“打仗可是要死人的，况且咱这些兄弟从没打过仗。”谢恩说：“爹，咱乌牛团其他的营我不敢说，两个步枪营肯定能打仗的，咱有枪，不用跟人家拼大刀。”关爷神态犹豫不决，心中趑趄不前："可是，跟谁打仗呢，咱乌牛团虽说被收编了，这两年有谁管过咱们，早被人家忘到九霄云外了，咱哪一次去要钱不是'热脸贴人家冷屁股'，你说，是不是？"关爷所说确实如此，乌牛团虽说加入了国民革命军，却没有被编入任何一个军，也没有被调动执行过任何一项任务，好像一直被遗忘在了乌牛山这个角落。谢恩似乎依然坚持他自己的观点，给关爷斟了一碗茶，说："爹，咱不是拿热脸去贴冷屁股，也不用拿热脸去贴冷屁股，依我看，咱应该学那戏里唱的，'关云长投靠曹孟德——有自己打算'。"关爷十分好奇，说："你说，我听听。"谢恩放低音调，说："我昨天听那山脚下的卖盐商说，徐州城这几天来了不少南京的要客，为此我连夜派人快马去徐州城打探消息，你猜，来的是谁？"没等关爷回答，谢恩自问自答道："南京来的，来召开军事会议，又要打大仗了。"关爷疑问道："大仗，比北伐还大？"谢恩说："差不太多，是要和军阀头子打。"关爷说："他们打他们的仗，你打听这些干啥？"谢恩说："我想，我们要主动请缨，去找南京要仗打。爹，您同意不同意，只要您点头，我这就快马加鞭去徐州城。"关爷默不作声，喝完一杯茶，在洞里踱来踱去，末了，他说了句"只能给你一个步枪营"便踱步出了洞口。

当夜，谢恩果真骑马去了徐州城，三更到达住在了三民街的一家旅馆，他向店家要了一炷长香插入床头桌上的香坛里，他在香的底端系了一根缕细的尼龙绳，绳的另一端绑在了他随身携带的短刀上，短刀悬空挂在窗前，短刀的正下方摆设店家的铁盆。一炷香烧完，天色刚好见亮，他的这一精心设计的闹钟准时叫醒了他。谢恩顾不上吃点东西填饱肚子，就疾步经南门外石桥进了没有城墙的城，他几经打听，直到中午才得知，几天前南京要员已经离开徐州城，前来徐州城参加军事会议的众多人也悉数离开，他花了二十个银元追问徐州城的军队去向，铜山县政府的一名理事把他引到一处隐蔽的院落告诉了他。原来，前来开会的都是一些有名的将领，开完会后，军队就离开了，城中除了宪兵外已无重兵，当然也没有什么要员了。

谢恩来时本想直接投奔南京来的将领，得知人已经离开，便改了主意，打算投奔一名要员，现在，连要员也见不到一位，他不得不乘兴而来，败兴而回。

令谢恩万万没有料到的是，七个月之后，城中派人送来信函，邀请谢恩加入警备司令部，以助清查乱党。谢恩连忙携带信函向关爷汇报，关爷点头同意。就这样，谢恩带着一个步枪营成了专门清匪的宪兵。

裴秀才依然在学校教书，位于治平路的学校改为了江苏省立徐州中学。南京国民政府成立后，教育试行大学区制，江苏省立第十中学和江苏省第七师范学校奉令合并，成立第四中山大学区立徐州中学，翌年又相继改称国立江苏大学区立徐州中学、国立中央大学区立徐州中学，后定名为江苏省立徐州中学。裴秀才在教学之余，请了不少名医来医治儿子裴文举的疯病，在他看来，儿子裴文举哪怕身体残疾、面目残缺并不要紧，只要神志恢复正常，就是不幸中的万幸。可是，无论多少名医前来，无论开了何等珍贵的药方，裴文举的疯病却一直不见好转，始终是神志恍惚疯言疯语，无奈，裴秀才只好依旧把他反锁在西厢房里。

庆幸的是，兰儿真的给裴文举留了一个后，不过，这个后是个女儿。因为是夏天出生，裴秀才给这个呱呱坠地的孙女取名为裴夏，他不只是给她取了名，更视她为掌上明珠。在裴夏刚刚学会走路的时候，裴秀才就经常带她到他就职的学校玩耍。裴夏两岁那年，裴秀才带她去云龙山兴化寺专门求了寄名符；不满三岁，裴秀才便开始教授她四书五经；刚满六岁，就送她进入位于城南的女子中学实验小学学习。如今裴夏长至十岁，不仅容貌俊秀，而且聪明伶俐知礼懂事，裴秀才给她讲过《二十四孝图》的典故之后，裴夏便模仿“陆绩怀橘”，怀中偷偷藏了一颗红枣送到她的母亲兰儿手中。她还模仿“扇枕温衾”，在炎热的夏日靠在裴秀才的床边手握着硕大的蒲扇卖力扇凉了枕席，裴秀才看在眼里，心中十分欣慰。

夏至时节，暮色来得很迟，裴秀才从学校回到户部山的家中时，挂在山腰的太阳依然散发着耀眼的光辉。他一进院子就听到了东厢房里传来的孙女裴夏琅琅的朗诵声，听着童声，裴秀才悄悄进了自己的书房。兰儿端了一碗茶送了进来，她将茶放在茶几后并没有马上离开，而是呆呆地站在原地。裴秀才见兰儿站立不走，便立刻知晓她有话要说。兰儿每天都是如此卑躬屈膝的样子，裴秀才曾经多次告诉兰儿，他不把她当丫鬟，她是儿媳，但她始终改变不了她的一举一动，随着时间的推移，裴秀才只好默许了她的执着。裴秀才问："你有什么事要说吗？"兰儿攥紧手指，说："老爷，有个事……"裴秀才见她有些为难犹豫，低声安慰道："有什么事尽管说。"兰儿指了指窗外，说："尤姨她，她无家可归了。"裴秀才清楚，兰儿嘴中说的尤姨，是经夏永兴介绍请来帮衬家常杂事的尤小喜，家中全靠兰儿一人照料是忙不过来的，所以专门请了她来。裴秀才问："她家出了什么事了？"兰儿低声回答道："她家人要把她嫁给一个铁匠，她不愿嫁，家人就把她赶了出来。"裴秀才没有追问，他思忖片刻，对兰儿说："她要是没了地方住，就到后罩房收拾一间屋子给她住吧。"兰儿听了十分欣喜，说了声"是，老爷"，傻笑着出了书房。

尤小喜在位于后座房的厨房里无声地呜咽着。昨天一早她就被大嫂张翠翠赶出了她自己的家门，昨夜她躲在裴家门外的屋檐下熬过了一夜。张翠翠死缠烂打要把她嫁给城西的一个铁匠，但她说什么也不肯，张翠翠多次骂得她闭门痛哭。碰巧一天晚黑夏百金来宽慰她，尤小喜正扶着他的肩膀哭泣，这一场景被张翠翠透过门缝瞧见了，张翠翠破口大骂，自此，她便被赶出了家。出了家门，尤小喜最先想到的是投奔夏永兴，但张翠翠嘴中多次骂她是夏永兴的妾，多次骂她是夏永兴骑过的驴，她便不敢去了，只能尝试着去做工的裴家寻一条活路。

兰儿推门进入厨房，先是安慰了几句尤小喜，然后把她带入了正院后面的一排后罩房。兰儿把她安置在了最西边的一间杂物房，房子一角有张木床。

尤小喜一经有了安身之处，接连几个月都没有踏出裴家的大门一步，其间，除了有夏永兴前来寻找，别无他人知晓她的下落，包括夏百金。

近些日子，夏百金似乎有些焦头烂额，先是他私藏的钱款已经入不敷出，无法满足他日益增长的前往金谷里和吸食大烟的欲望，接着是他私会尤小喜竟然被妻子张翠翠发现，搞得自己措手不及。谁知一波未平一浪又起，作为商民协会主管经费的理事的他，有一天竟被几十个商民围堵在车行里，他慌忙从后门逃脱去寻找郭三爷商议。郭三爷目前是商民协会会长，郭三爷问他，是不是真的没有私吞协会的经费，夏百金心中先是一颤，而后露出一脸无奈回答说，保准没有，郭三爷出于对他的信任，没有继续盘问，只是说："罗县长就要调往浙西，还是趁他去职之前把协会经费拨清的好。"一听此话，夏百金脸上的无奈瞬间转化为计谋，他说："三爷，我有了个好主意，叫商民们去堵那罗县长，反正他要调离。"郭三爷默许了他的决计。趁夜，夏百金四处散布铜山县长即将去职离开的消息，也四处散布罗县长私吞了商民协会经费的消息。第二天，商民们再来围堵车行时，夏百金站在众人面前说，是县长罗为雄扣发了商民协会的经费，大伙要赶紧找他去讨要，迟了的话他可就跑掉了。下午时，一百多的商民联合起来，他们在城内许多街道巷张贴了"打倒罗为雄"的标语。当他们打探到县长罗为雄正准备乘坐火车秘密离开徐州时，几个年轻力壮的小伙子追到了火车上，经过一番寻找，找到了一身中山装的罗县长，小伙子们匆忙把夏百金推攘上了火车，叫他当面质问罗县长。谁知，夏百金刚刚上了火车，县长罗为雄不见了，夏百金和其他小伙子被强制赶下了火车。须臾，火车向南方开去。罗县长逃脱了，夏百金也解脱了。

夏百金如释重负般去了一趟金谷里，当他从金谷里的"暗香书寓"

出来时，天空中电闪雷鸣，暴雨即将来临。夏百金只好折返回书寓，头刚一探进书寓的木门，他便悄声对老鸨说，可不可以借身蓑衣斗篷穿一穿。老鸨嘴中嗑着瓜子手中甩出一颗瓜子皮，俏皮地说，姑娘家家哪有谁还穿蓑衣，想借蓑衣没有，假如真要借的话，有姑娘们平日里用的油纸伞，不过，那可都是绣花抹香的情物。夏百金竟面带羞赧讨了一把，手握油纸伞的他呆站在原处似乎还有什么事，老鸨问他还有何事，他羞红了脸说，书寓招不招人。老鸨一听，哈哈大笑。夏百金赶忙解释，不是他，是一个女人。老鸨接连甩出数颗瓜子皮，说了声“带来看看”，便进屋招呼客人去了。

夏百金端详着手中的油纸伞，桃花映日，玫瑰更红，他撑开油纸伞迈入无雨的风中，好像真的与书寓中哪位才貌双全的姑娘定下了鸳鸯誓言似的，心中扑通扑通跳个不停。纸伞在劲风面前显得有些单薄，夏百金不得不小心收起它，生怕伤了情物，如同在呵护着书寓里哪位香体娇颜的姑娘。他沉醉在油纸伞中，不觉天色彻底昏暗下来，空中落下了滂沱的大雨。黑暗中，有人从身后抓了夏百金一把，他从沉醉中醒来，顺势被拉进了路边的一个胡同，他惊吓了一跳，以为又是谁来找他讨商民协会的钱，没想到，耳边响起了一个熟悉的声音。“大爹。”夏毓杰悄声问，“我找了好久才找到你。”夏百金慌忙说道：“我到这里……来找个人，你咋回来了。”夏毓杰四顾了周围，说：“大爹，回头再向你解释。大爹，我娘呢？我去城墙根，发现咱的房子都没了；去了苏堤，发现房子变了样，而且门是紧锁的，你们都去哪儿住了？”夏百金眉头紧皱，说：“我带你回家。”夏百金意识到夏毓杰正端详着他手中的油纸伞，便把伞握得更紧，夹在了腋下。

跟随着雨落的节奏，夏百金带着夏毓杰且行且歇，他问夏毓杰这几年上学都学了些什么，为何这时回家，夏毓杰简单应付了几句，并没有细答，就这样，两人有一句没一句地交流着，走了两刻钟终于赶到了苏堤的家中。家门紧闭。夏百金开了锁，两人进了屋，夏毓杰问：“大爹，我娘呢？还有，大娘怎么也不在家？”夏百金双手掩面，回答说：“你娘她，出远门了。”夏毓杰急问：“去哪儿？她出什么远门，她可从来没出过远门。”夏百金说：“你娘去哪儿了，我真不知道。就是你大娘去哪儿了，我都不知道。”说完，他“唉”地长叹了一声气。夏毓杰又问：“我娘啥时候走的？”夏百金拨弄着手指头，说：“有半个多月了，就连你大娘也走了三天不见人了。”夏毓杰进屋观察了屋内的一切，对夏百金说：“大爹，有我娘和我大娘的消息要告诉我一声，几年没见，我想见我娘。”夏百金连声应是，顺手接过了夏毓杰给的一张新写的纸条，纸条上写着“地址：户部山崔家大院”。

在家中没有落座，夏毓杰就顶着暴雨离开了。

夏百金小心使用毛巾把油纸伞擦干净，又小心把它收藏在了床头的木柜里，他在馍筐里揭起两张坚硬的烙馍，卷了些盐豆，送入嘴中艰难地咀嚼起来，他似乎有些怀念妻子张翠翠在家的日子，虽然她有些跋扈，但毕竟伺候得他衣来伸手饭来张口，日子过得还算舒坦，他心中盘算妻子张翠翠也该回来了，为何都走了三天还没见人影。正当夏百金将烙馍下了肚，舀起一瓢凉水准备畅饮，张翠翠一身红绸推门进了家，浑身沾满了泥泞。两人互相看了一眼对方，便羞涩地分别避开了对方的眼。张翠翠双手在胸口一掰，红绸长袍便滑落到了脚下，夏百金向后迈了一步倚靠在藏有油纸伞的木柜前。张翠翠撩起湿漉漉的头发，说：“可算逃了出来，那铁匠守我就像守犯人。”夏百金“嘿嘿”笑了笑。

张翠翠并不知晓，夏百金笑中有愧。当初，张翠翠请了有名的张媒婆把年过四十的尤小喜许给了光棍汉铁匠，铁匠虽说有些愚笨，却是个热情的主儿。铁匠当即扛了一箱彩礼送了过来，箱子打开后，张翠翠惊呆了，里面装有满满的布匹绸缎，绸缎底下还压有几个金质和银质的镯子，张翠翠收下了彩礼，把箱子藏在了床底。第二天，夏百金趁张翠翠出门在外，把箱子里的镯子偷偷拿走当掉了，他制造家中被盗的现场迷惑了张翠翠，张翠翠信以为真。不过，眼看婚期来临，尤小喜却不见了，张翠翠和夏百金四处寻找，始终无法找到。彩礼被盗，婚约无法毁约，张翠翠急哭了，幸而夏百金想了一计，由张翠翠顶替尤小喜暂且嫁给铁匠，到时候再想办法逃婚或者伪造自杀的假象，夏百金打包票说，那铁匠是个半傻子，计谋肯定可以行通。

张翠翠按照计谋准时回了家，夏百金多少有些得意，他仔细打量了一番张翠翠，说："你是咋逃出来的，说来听听。"张翠翠扭着肥臀从床上抽了一条被单披在身上，说："先别说这个了，你还是想想万一铁匠找到家中，该咋办。"夏百金挤出笑脸，回答说："这个嘛，我早已经想好，闺女家绝不会接你进门，你得去别处躲躲，不能让铁匠识破了。"张翠翠问："说得简单，躲，去哪儿躲？"夏百金移步到了张翠翠跟前，伸手搂住她，说："我已经打探好一个地方，一个好地方。"听完，张翠翠心满意足地把头依偎在了他的肩上。

第二天黎明，暴雨不再洗礼大地。一身蓑衣的夏百金把一身蓑衣的张翠翠带到了金谷里。张翠翠猛然惊呼："百金，你带我来这种地方干啥！"夏百金伸出手掌捂住她的嘴，低声说："不要乱喊，这里安全，铁匠绝对找不到。"张翠翠幡然醒悟似的闭口不再说话。进了暗香书寓，老鸨热情地迎了上来。夏百金指着张翠翠，笑脸对老鸨说："吴妈，我给你带来了。"老鸨睁大了眼说："我瞧瞧。"张翠翠怯怯地站在墙角，不敢说话。老鸨绕着张翠翠转了大半圈，转身悄声对夏百金说："这个姑娘条件还算不错，臀大胸肥的，只不过，是个老姑娘了，就怕招不来生意，我看，你还是带回去吧，我不想花钱买个累赘。"夏百金压低声音说："吴妈，你帮帮忙，少给点钱，哪怕不给钱也行。"老鸨眉梢突然向上一挑，说："不给钱，此话当真。"夏百金说："当真，不过……"老鸨问："说，不过什么？"夏百金谄笑着说："她能干些粗活，你们得管口饭吃，以后要是真的接了客，你可要给她血汗钱。"老鸨伸手掏出衫布兜里的瓜子，送入嘴中，说："那当然，那就要看她能接多少客了。"夏百金去墙角把张翠翠引到老鸨面前，老鸨把张翠翠引到了内院，自始至终，张翠翠哑口无言。

夏永兴吐了血的当天请了郎中配了一剂汤药，第三天就离开家门采取一路打听的方式，找到了养子谢恩一队人马的去向。夏永兴在乌牛山山下静坐了一个时辰，又一路徒步返回了夏郭庄。回到家中后，夏永兴把五亩田地的契约装入帆布袋塞入马鞍，另往自己贴身的短褂里掖了一百两银票，带了水袋和烙馍咸菜骑马又去了乌牛山，他准备把占据半数家产的这些钱款和田地亲手交给养子，或许只有这样，他才能在无尽的愧疚中得到一丝慰藉。然而，夏永兴在乌牛山并没有见到谢恩，他得知谢恩已到徐州城高就去了，再也不回乌牛山。夏永兴掉转马头，直朝北边奔去。可是，直到即将抵达他才恍然明白，在十万人的徐州城中去寻人，是一件并不容易的事。他不得不牵马去户部山找裴秀才帮忙，裴秀才答应了他的请求后，向他说出了尤小喜被赶出家门的消息。在小兰的引领下，夏永兴见到了后院的尤小喜，他告诉尤小喜他要去找夏百金算账，要替她讨回公道讨回房屋。尤小喜呜咽地制止了他，她说，她在裴家活得很好，即使是当奴当婢，也不愿再去见夏百金和张翠翠两口子。就在这一刻，望着眼泪汪汪的尤小喜，夏永兴竟也落下了久违的泪，他掩面哀声无言地叹息。尤小喜用她的手帕去擦拭他的眼，他毅然躲开了手帕。夏永兴从短褂里掏出五十两银票递到尤小喜手中，向裴秀才告辞。他出了门刻意沿苏堤而过，在几丈远仔细察看坡上的两间土房，两间房门都是紧锁，他没有下马，绕夏百银的坟头转了一个大圈。

回到夏郭庄，夏永兴又一次做了那个熟悉的梦，他梦见了已亡的父亲母亲妻子儿子，也梦见了尤小喜。梦醒后，他没有选择在家里静等，他一身黑衣徒步去了西城门旧址外的石桥，这是进出城的要道。他守候在这里，观察来往行人的面孔，试图通过这样的方式找到养子谢恩。夏永兴每天都在西门外守望，整整一个月却没有效果，他便改到南门外石桥，依然无果。三个月后，夏永兴在裴秀才家中知晓了养子谢恩的下落。据说，谢恩进了宪兵队，当了一个头目，还在南城墙城基的位置买了一栋新建的宅院。夏永兴连连感谢裴秀才后，小心摸到了谢恩的住处，他惊异万分，他对谢恩的住宅所在地竟然是那么熟悉，这个位置就是当年三叔一家的住处。夏永兴拴了马，敲响大门，却一直无人开门，他一直守到日落山头，门外来了两辆黄包车。他站在马前，看见黄包车先后下来了一女一男，男女走近时，夏永兴惊得浑身猛然战栗。

他认出了那个男人，满脸络腮胡的男人。夏永兴有点不敢相信自己的眼睛，他离开马，缓缓走近络腮胡，力求再看清楚一些，或许刚才看走了眼也有可能。中年络腮胡男人厉声骂道："在我家门外鬼鬼祟祟，想早点求死不成！"夏永兴被这声音吓止了脚步，脑中努力检索这骂声的痕迹，竟很快找到了相同的声音，是他，就是他，就是当年那个云龙山脚下的络腮胡土匪。络腮胡又骂道："赶快滚！滚得越远越好！"旁边的年轻女子劝说络腮胡不要动气，又劝说络腮胡进了宅门。夏永兴心中突然有一种冲动，他想追上络腮胡去质问，当年络腮胡帮独眼龙抢夺的那个女子是生是死，生，是在哪里；死，又在哪里。不过，他的冲动没有转化为行动，他没有在门外继续等。在接下来的十几天时间里，他在这个宅院周边找寻多位乡邻打听，终于得到了答案，原来络腮胡是养子谢恩的岳丈，名叫关兴。听到这个消息，夏永兴呆痴了许久，心中充满了矛盾和惧怕，"满脸鲜血的女人、谢恩的母亲、络腮胡、独眼龙、岳父、仇恨、认贼作父、杀贼报仇、杀岳父报仇、妻离子散……"一串串词语在他眼前疯狂地滚动。

夏永兴努力使自己镇定，在门外的影壁后又静静等了一天。他再一次见到了络腮胡，也见到了年轻女子，更见到了养子谢恩。等他们全都进了宅门，夏永兴把钱票和契约悄悄通过门缝塞了进去，敲响辅首便再次躲入了影壁后面。夏永兴听到门开了，门又关了，许久后，他拖着沉重的身躯离开了影壁。自那以后，夏永兴似乎变了，变得更加忧郁，也更加沉默。他没有再去找养子，甚至也极少再进城了。

第十二章　同志

仲夏的一场大雨，淹没了城中的大街小巷，受灾的男男女女两千多人纷纷向城外高地迁移，户部山作为离城最近的一处高地，成为人们避难的首选之地，山顶一片荒草丛生崎岖不平的山石周围，聚集了数百名避难的人。这片山石的一角矗立着一块碑石，碑石上面自上而下镌刻有四个行草大字“秋风戏马”，这片区域便是两千多年前西楚霸王项羽观赏戏马的地方，经历千古的戏马台。

出于施善救急，裴秀才交代兰儿多蒸些白面馍送往山顶，帮助人们渡过劫难。兰儿与尤小喜在厨房忙活了一个晌午，在太阳雨再次出现的时候，她们挎着两个柳条筐领着裴夏出现在山顶。不一会儿工夫，两筐的救命食物分发殆尽，人们谢意连连，盛赞好人有好报，夸奖裴夏年纪轻轻就这样漂亮善良，以后一定是家中的福分。兰儿拉着裴夏的小手示意她上前问好，已有金钗之年的裴夏则腼腆地躲在了兰儿身后。须臾，兰儿牵着裴夏转身准备离开山顶的时候，却不见了尤小喜的身影，兰儿大声呼喊“尤姨”，不过，许久没有回应。尤小喜的突然失踪，使兰儿有些心慌，她急忙叫裴夏下山坡去家中看看尤姨有没有回家，她自己依旧留在山顶四处寻找，她寻遍了整个户部山，始终没能找到。庆幸的是，夜幕降临之前，当兰儿再一次寻到山腰的崔家大院门外时，找到了尤小喜，她喜极而泣，她身后的裴夏也喜极而泣。兰儿忙问：“尤姨，你这是去哪儿了？可把我们娘俩急死了。”尤小喜恍然答道：“我……该做晚饭了，赶紧回家烧柴做饭。”说完，神色匆匆先行回了裴家。尤小喜整个下午的不知所终，虽然使兰儿十分疑惑，但尤小喜不愿多说，兰儿也就没有追问。可是，接连几天，尤小喜又有多次销声匿迹，兰儿不得不尾随她，以探究竟。刚入两更时分，听到尤小喜的推门声，兰儿也悄悄出了门，她跟着尤小喜到了半山腰，眼见尤小喜在崔家大院附近没了人影，兰儿在院外等了片刻，不见有人出来，便返回家中径直进入后罩房尤小喜居住的房间，等待尤小喜的返回。兰儿不断猜想，尤小喜是不是进了崔家大院，她神神秘秘进入崔家大院到底所为何事，想着想着，兰儿不觉趴在尤小喜的床前入了梦。

吱嘎一声，生硬的木门声惊醒了黑暗中的兰儿，兰儿刚准备起身，木门处玻璃材质的葫芦状油灯照亮了整间屋子，门口站了三个人，尤小喜正瞪大了眼睛望着兰儿，尤小喜身后另有两个年轻男子。就在这一瞬间，空气似乎凝结了。尤小喜率先打开了静止的局面，她笑脸相迎，说：“少奶奶，你咋在这儿？”兰儿惊讶地望了望尤小喜，又望了望两位陌生的年轻男子，她还没来得及开口，房门被男子迅速关闭了。“嘘，低声说话。”一个男子抢先移步到兰儿面前，指着尤小喜，悄声说，“我是她儿子。”尤小喜急忙接话：“是，是，他是我儿。”兰儿舒了一口气，说：“你们咋这么晚……”尤小喜上前拉住兰儿的衣角，说：“少奶奶，我再慢慢告诉你，今儿个晚上，先叫我儿和他同事在这里度一宿吧。”兰儿缓和语气回答说：“尤姨，你不要再叫我少奶奶了，我就是一个丫鬟，受不起的。”兰儿迟疑了一下，又说：“这间房住不下，尤姨，你跟我住一屋吧。”尤小喜铺好床铺摆好尿桶，安顿好儿子夏毓杰和他的好友，悄声跟着兰儿去了前院。尤小喜在兰儿的房内说了事情的原委。

原来，那天去山顶送馍，在熙熙攘攘的人群中，有人塞了一张纸条到尤小喜手里，尤小喜虽然不识字，但纸条上的虎头图画使她一下子就认出是儿子夏毓杰的作品，虎头是儿子幼时尤小喜经常教他习画的图案，也是她绣鞋绣衣的图案。尤小喜手臂上的馍筐倏然落地，她双手掂着重于泰山的纸条，慌忙在人群中踮脚眺望，努力去寻觅儿子的身影。由于眼前人头攒动，她无法看清每个人的面孔和背影，她顾不上捡起地上的馍筐，慌忙穿插于人群之中，挤到了高处。她站在高石上继续眺望，迎着雨点也迎着阳光看到了不远处的碑石旁有人向她招手，她一眼就认出招手的人并不是儿子夏毓杰，但她依然急切地朝碑石走去。招手的是一位年轻男子，他自我介绍是夏毓杰的好友，姓拾名起。尤小喜悄悄跟着拾起下了山坡，拐了两个窄巷进了崔家大院的旁门，进崔家大院后，又接连穿了四五个小巷进了深邃的小院，在这间小院里，尤小喜见到了儿子，母子俩欣喜若狂，抱头痛哭。自那天起，尤小喜总惦记着儿子夏毓杰，偶尔会带着食物去看望，而今晚，儿子说要去她住的地方看看并住上一宿，她便带他们前来了。

兰儿听完尤小喜所述，扶着尤小喜的肩，两人一同呜咽了起来。

夏毓杰和拾起在后罩房内并没有着急休息，他们把随身携带的秘密资料埋在青砖下面，并把显示他们身份名单的牛皮纸缝在了贴身的内衣里。夏毓杰自始至终没有告诉母亲尤小喜他的身份，也没有说出这些年他求学在外的历程，他只把这些历程默默地记在心底。五年前，夏毓杰考入国民党中央军事政治学校，入学不久，他便加入了中国共产党。后来他参加了讨伐叛军夏斗寅和追击杨森部队的战斗，中央军事政治学校改编为军事教导团后，他编入了教导团，武汉政府叛变后，夏毓杰跟随教导团赶到九江。此时南昌起义的部队已经撤离，他只好按照组织安排奔赴南京从事共产党的秘密活动。再后来，他在南京的身份暴露，差点被特务机关抓住，他是在组织的精心策划下，伪装成死人藏在一口棺材里才成功逃出南京，返回徐州的。到徐州后，在秘密安排下，夏毓杰被藏匿在了崔家大院内，跟地下党员拾起共同开展秘密工作，直至今日。

尤小喜并不知晓，儿子夏毓杰来她居住的地方看看，并不只是看看，他是在转移，他是在避难。国民党徐州警备司令部召集徐州各界开会，要求彻底清查内部，而据情报人员的消息，夏毓杰在崔家大院秘密活动的地点已经暴露，他与拾起两人必须立即转移。

事实证明，情报人员的消息是可靠的。第二天清晨，一队宪兵围住了崔家大院，继而又围住了户部山上的大街小巷。出于安全的考虑，夏毓杰没有着急离开裴家，他告诉母亲，崔家大院可能出了事，他和拾起暂时回不去，还要借住在这里一宿，他还叫母亲保守秘密，不要向外人透露他和拾起的消息。夏毓杰和拾起躲在后罩房内，没有走出房门一步。

“咣咣咣咣”的敲击门环的声音传到了夏毓杰耳中，夏毓杰警觉地问：“谁？”“我。”夏毓杰听出是母亲的声音，轻轻把房门打开。尤小喜微笑着说：“我去门外看了，宪兵都撤退了。”一旁的拾起击打手掌，大声说：“太好了，这该死的宪兵终于走了，毓杰兄，我们也赶紧出发吧。”夏毓杰眼神中露出几分谨慎，说：“拾兄，虽然没人知道我们的行踪，但咱还是趁夜再走的好。”尤小喜打断说：“旁人不知道你们在这里，不过……”夏毓杰问：“不过什么？”“不过，裴少奶奶，她告诉了裴老爷。”“还告诉谁了？”“我已经叮嘱裴老爷和裴少奶奶了，他们保准不向旁人说。”拾起上前一步问：“伯母，哪个裴老爷？”尤小喜答：“裴秀才。”拾起喜形于色，说：“哇！裴秀才！是那位画界泰斗，我一定要拜会拜会！我可收藏过他的一幅画呢。”正说着，兰儿进门来请，说是裴秀才有请两位高客。拾起一听要见裴秀才，雀跃地抢出了房门，急催着夏毓杰快些走，别耽搁时间。

裴秀才在前院的正房里端坐着。拾起刚刚踏上门外的石阶，就喜出望外拱手说道：“久仰久仰，裴老果然气质非凡。”并连忙自我介绍说：“晚辈拾起，年方二十，晚辈早就想登门拜访，没想到机缘巧合今天能见到您老。”裴秀才微微点头，邀两位年轻人入座。夏毓杰和拾起坐在东边一侧的竹椅上，分别端茶杯抿了口茶。裴秀才用平缓的语气说：“近段时间，到处都在查共产党，你们知道吗？”夏毓杰和拾起两人对视了一眼，异口同声回答道："知道。"裴秀才点点头，说："警备司令手腕狠毒，千万要注意安全。"夏毓杰和拾起又面面相觑，他们都不知道裴秀才所说何意，是不是裴秀才知晓了他们的身份。夏毓杰试探着问："共产党？司令？"裴秀才微微一笑，并不说话。拾起恍然说道："难得裴老画技非凡，还关心时政，我本以为像您这样的大家，都一心归隐田园呢。"裴秀才摇摇头说："我已经辞去了学校教书先生的身份，本也想归隐乡下，但如今只能大隐隐于市，全因这个家没有顶梁柱啊。"拾起问："此话怎讲？"裴秀才指向门外西厢房的方向，叹气说："我家独子，像你们这个年龄的时候一心革命，现在成了一个废人。"拾起忙问究竟。裴秀才简单说完裴文举的人生历程后，夏毓杰站起身，音调铿锵地说："裴老，我们能见一见您的儿子吗，他是为国家大义献身的英雄呀！"裴秀才望了望门外，悄声说："我给你们说这么多，就是想告诉你们，一定要注意，此地不可久留，我家宅院在山脚，门前院外人来人往，并不安全……"

兰儿急匆匆跑进门前，气喘吁吁地说："老爷，外面，宪兵敲门，要进咱家。"拾起倏地站了起来，看着夏毓杰。裴秀才缓缓站起身，说："别急！兰儿，你把两位客人带进西厢房。"兰儿惊讶地问："西厢房，少爷的房间？"裴秀才说："是的，带进西厢房。"拾起抢到裴秀才面前，说："裴老，我们就先不见您家少爷了，我们……"裴秀才笑了笑，说："放心，我让你们去西厢房，就是帮你们躲一躲。外面的宪兵或许会给我几分薄面，即使他们要搜查，也不敢搜西厢房，放心。"大门外的呼喊声越来越响，情况似乎十分紧急，夏毓杰和拾起四目相对，他们似乎别无选择，只好小心跟随兰儿开门进了西厢房。

西厢房里的裴文举正蜷缩在后墙根，酣然熟睡中。兰儿把房门锁上后，夏毓杰走近一步，将压在裴文举脚踝上的铁链慢慢拿下搁在地上，又轻轻抽了些稻草垫在他的胯下，夏毓杰仔细打量着墙角的裴文举，他的面部几乎全毁，给人一种惊悚而悲凉的寒意，顷刻间，夏毓杰不禁打了一个寒战。拾起从青石板的地上捡了几张白纸，展示给夏毓杰看，说："毓杰兄，你看，这首诗。"夏毓杰口中默念完四句的七律，听见院内开始人声嘈杂，便机警地小声说："嘘……先别出声。"拾起点头以示明白，整齐地把手中的纸张折叠起来，装入了自己的长褂口袋里。

很快，院外的嘈杂声消失了，兰儿把西厢房的房门打开，夏毓杰和拾起两人再次回到正房，与裴秀才续谈了一刻钟，便小心躲到后罩房。当夜，两人以尤小喜为先导，万分警惕地下了户部山。在户部山下，夏毓杰与母亲尤小喜含泪道别，借着星光，夏毓杰和拾起又小心翼翼由南关转移到了北关九里山白云寺内。这座寺庙位于徐州城北五里处的九里山西麓，去年，白云寺由住持募化重修，拾起的父亲捐了一大笔钱款，寺庙为感谢拾起的父亲，在寺内给他留了一间功德房，供其带发修行使用。拾起和夏毓杰两人到白云寺，就是去那间功德房暂避。

一个月后，情报人员带来了消息，崔家大院的秘密活动地点虽然暴露了，但夏毓杰和拾起的身份并没有暴露。听到这个消息，拾起兴奋地高呼着拥抱住情报人员，转而又拥抱住夏毓杰，他大笑道："真是天助我们！"情报人员看着手舞足蹈的拾起，脸上露出忍俊不禁的笑容。

拾起带夏毓杰回到他位于九里山北边六里远的拾屯的家，向父母问了安。吃完丰盛的午餐后，带上银票和秋装，拾起拉着夏毓杰急忙向父母辞行进城了。临行前，他母亲另塞了一个圆圆的包袱给他，并拉住他的手再三交代，一定要注意身体，钱不够的话尽管回家来拿，一定要记得把包裹给妹妹疏影。拾起努力挣脱母亲的手，连连点头，连连摆手。

夏毓杰从拾起手中接过一个包袱背在身上，向拾起的父母挥手作别。拾起甩动手中略显干瘪的包袱在空中击打夏毓杰身后圆圆的包袱，傻笑着催促道："咱们走，我先带你去见见我妹妹，然后再去找组织。"夏毓杰收起扬起的手臂，微笑着跟在了拾起的身后。拾起扭头得意地对夏毓杰说："毓杰兄，我那学生妹妹可是貌若天仙，而且，只比我小两岁，今年刚好十八岁。"一路上，拾起来了兴趣，把家中琐事一一说给夏毓杰听。他的父母生有三子一女，老大老二都是子承父业，在家经营几十亩的良田，他排行老三，还有一个妹妹最小，名字叫疏影。说到妹妹的名字，拾起又得意地说："怎么样，毓杰兄，我这妹妹的名字雅不雅，这可是我给她改的名。"夏毓杰问："改的名？"拾起说："对，改的名。不光是我妹妹，就连我自己的名字，也是我后改的。我受不了原来的名字，所以我借用了东晋神仙黄初平叱咤羊起石的典故，给自己改了拾起的名，拾起，石起，哈哈。"说着说着，不觉已经过了九里山抵达故黄河北岸，两人乘摆渡过了河，小心谨慎上了统一街拐进府署街。他们停在了旧时府署所在地，如今这里是省立徐州女子中学的校址，出入校门的青年女子给这片地方增添了无比青春的气息。拾起拦住一位进入校门的中年女子，请她帮忙通知拾疏影，说是兄长来找。

不一会儿，在初秋阳光的照耀下，两位女学生携手说笑着朝校门走来，她们上身穿浅蓝色的齐腰短衫，下身着深蓝色过膝中裙，都留有齐肩的短发，远远望去，亭亭玉立，优雅脱俗。"三哥！"其中一个女学生欢快地边呼喊边小跑了过来，"三哥，什么风把你吹来啦？"拾起上前迎了两步，伸手挠了挠妹妹拾疏影的头发，说："你这个丫头，你三哥我要是有乘风破浪的本事，早就直挂云帆济沧海了。"拾疏影伸出了舌头，做了个鬼脸，说："三哥，你还是没变呀，动不动吟诗作赋的。"拾起欢笑地后撤了一步，介绍道："这是夏毓杰，我的好朋友，他可是……"没等拾起介绍完，拾疏影如小鹿一样蹦到了夏毓杰面前，伸出纤手，说道："你好，很高兴认识你，我是拾疏影。"突如其来的一双玉手使夏毓杰有些始料不及，他猝然伸出手，恍惚说："你好。"松了手，拾疏影朝后面的女学生招手，示意她快点过来，拾疏影又如小鸟一样雀跃到徐徐走过来的女学生身前，双手缠住她的手臂，对拾起说："三哥，这是我的同学，刘梦樱。"拾起似乎没有听见妹妹拾疏影的介绍，他呆看着拾疏影一旁的女同学，如痴似醉。拾疏影伸开五指在拾起眼前晃了一下，说："三哥，你发什么呆呀！"拾起瞬间笑着说道："看到你身边这位同学，我想到了一篇赋。”拾疏影问道：“赋，什么赋？说来听听。”拾起仰头望向远处，说：“不对，是两篇赋，宋玉的《神女赋》，曹植的《洛神赋》。”说完，便深情朗诵道：“西施掩面，比之无色……翩若惊鸿，婉若游龙，荣曜秋菊，华茂春松。”拾疏影嬉笑着掩嘴说道：“好了，三哥，你再吟诵下去，刘梦樱的脸可就红成太阳啦！”拾起停止了朗诵，定眼看时，女学生刘梦樱低眉垂眼两腮羞红。拾疏影拉了拉刘梦樱的衣袖，悄声笑道：“我三哥，是个随性的大文豪，你别见怪。”刘梦樱低声回答说：“我不见怪的，我也喜欢诗赋。”拾起伸出手，说：“你好，神女，幸会幸会。”刘梦樱并没有伸手去握，羞红着脸窃笑道：“我可不是什么神女。”拾疏影俏皮地拍打拾起的手背，而后搂紧刘梦樱的手臂，说：“神女才不愿跟你这个凡人握手咪！快说，来找我有何贵干？”拾起从夏毓杰手里接过包袱，对拾疏影说：“给，娘让我捎带给你的。”拾疏影摸了摸包袱，说：“这里是被子呀，三姨已经给我准备了一床，娘咋又给我带了来。”拾起笑道：“我只管送，别的不归我管。”拾疏影没有接过包袱，掩笑道：“俗话说‘送佛送到西’，三哥，你也要送包送到家，走，帮我送到三姨家，我刚好上完了课。”拾起惊讶道：“我还有正事要办呢。”拾疏影努嘴说道：“三哥，你确定不帮我送？我身边这位神女，她可跟三姨住在同一条街，而且紧挨着。”拾起顿时笑道：“我确实有正事要办，这个正事，就是送你们回家！”拾疏影朝拾起吐了吐舌头，挽着刘梦樱的手臂，说：“走，神女。”刘梦樱低着头，脸色红得如霞飞双颊，她瞪了一眼拾疏影，咬着红唇乖乖跟随拾疏影离开了校门。拾起悄声对夏毓杰说：“毓杰兄，去去无妨，并不远，就在富贵街。”夏毓杰抬头看了一眼太阳的方位，点了点头。

从府署街到富贵街的距离确实并不远，即使慢慢悠悠踱步过去，半刻钟的时间就绰绰有余，拾起一行四人蜗行牛步边走边聊，花了一刻钟的时间才抵达位于富贵街的三姨的家——广济堂药店。药店是三姨家开的，拾疏影因为在城内上学，两年多来一直借居在药店的后院内。在药店门外的青石板上，拾疏影从拾起手中抢过包袱，说："我到了，三哥，你不愿去见三姨他们，那你就别进了。"拾起微笑说："沙扬娜拉。"刘梦樱也前行几步，站在了一个"天保育银号"的招牌下，与拾疏影挥了挥手，说："再见啦，我也到家了。"拾起急忙转头向刘梦樱挥了挥手："沙扬娜拉。"刘梦樱嫣然一笑："沙扬娜拉，徐志摩。"拾起傻笑着望着刘梦樱的背影，呆站在了原地。拾疏影高声喊道："夏哥哥，你也沙扬娜拉。"夏毓杰憨笑地向两位女子挥手道别后，唤醒了拾起，说他们该起程向组织报到了。

夏毓杰和拾起二人趁太阳没有落山之前，赶到了南城的文亭街。他们一身中山装进入文亭街南口的祥和书店，在书店二楼待客间里，他们秘密与组织对接。组织上对两人重新进行了安排，拾起加入平剧的正凤社，在干杂差的同时负责上下线的联络；夏毓杰去《徐报》报社工作，主要负责从报社收集重要情报。两人从书店出来时，太阳刚好平了地平线，他们各买了一本新译的外文书，向南去了户部山，敲响了裴秀才的家门。夏毓杰见到开门的母亲，喜极而泣。

位于徐州城东南隅公园东巷的《徐报》是国民党在徐州官办的最大的报纸，先后聘用了十几名编辑和记者。夏毓杰以从南京归乡学子的身份成功进入报社，这是组织上筹划运作了一年多的成果。夏毓杰从加入之日起，成了报社里唯一的一名秘密共产党成员。

阳历九月十九日中午时分，包括夏毓杰在内的当班的几名值班编辑趴在桌上躺在椅子上歪八竖八地休息着，突然，报社的一台无线电台传来了惊天动地的消息——昨天，九月十八日夜，日本人在沈阳柳条湖发动事变，目前日本关东军已经侵占沈阳全城，战事仍在继续。夏毓杰和众人排印好当天的报纸，已经是二更，他顾不上填一填饥肠辘辘的肚子，急忙赶往祥和书店把这一消息提前告知了组织。第二天，《徐报》头版头条的消息在城内引起了不小的风波，夏毓杰没有去在意风波，他每天将更多的精力都花在急切关注电台发来的东北战事上。一个半月后，夏毓杰向组织秘密汇报了一个重要消息，东北各地接连被日军攻占的另一个真相是“不抵抗政策”。第二天，大量宣传单在街上传开了，反对不抵抗，呼吁抗日救国。

传单在徐州城引起了轩然大波，城内许多地方都展开了抗日游行。夏毓杰根据报社的安排，急速前往城中各地查看游行动向，赶在天黑之前抓紧把游行情况编排到明日报纸的要版。夏毓杰斜挎了一个褐色帆布包，装了钢笔墨水纸张，径直出了公园巷朝西去了统一街。统一街是城中南北方向的交通命脉，那里的游行队伍最为集中，夏毓杰决定先去那里。

夏毓杰的决定非常正确，统一街自北向南已经挤满了游行的人群，人群高举着“打倒日本帝国主义”“驱逐日虏，恢复中华”“反对不抵抗”的白布黑字横幅，高喊着抗日救国的口号。夏毓杰在太平街与统一街的交会路口被堵住了去路，他随即拦住一位男学生，问道：“这是哪些学校在游行？”男学生以鄙夷的眼光回答说：“全城所有的学校都在游行！只要是中华儿女，面对日寇的侵略，谁能置身事外！”夏毓杰微微点点头，一瞬间，男学生被湮没在了游行的人群中。忽然，一个身影跳跃在了夏毓杰身前，他一眼就认出了她，是拾起的妹妹，拾疏影。拾疏影手握着由厚纸折卷而成的扩音喇叭，咯咯地笑着对夏毓杰说：“夏哥哥，这么巧。”夏毓杰忙答：“你好。不过，你们女学生咋也来游行了？”拾疏影脆声说道：“我们女学生也要救国呀。对了，夏哥哥，你还记得我的名字吗？”夏毓杰回答说：“当然记得，疏影，你哥经常提起你。”拾疏影睁大了眼，问：“三哥都给你说了我的什么坏话？”夏毓杰笑道：“没有坏话，都是赞美之词。”拾疏影嫣然一笑，说：“我猜他也不敢背后说我坏话，君子坦荡荡。”说完，她羞赧地伸手递出一本薄薄的书，说：“夏哥哥，这个送给你。”夏毓杰接了过来，书是用报纸精心包了封面的，他正要打开，拾疏影伸手护住了书，她的指尖刚好碰到了他的手指，她的手又迅速从书上撤走了，拾疏影红着脸说："先别打开。"说完，她跟随游行的队伍向南而去了。

夏毓杰低头翻开书的扉页，才知道书名是《浮生六记》，书名右下方有一个倩秀的人名——疏影。夏毓杰没有再细看，他刚合书收进布包里，一队宪兵喝住了他："你是干什么的！鬼鬼祟祟！"夏毓杰答道："我是报社……""哪个报社，拿出证件来！"夏毓杰从上衣口袋中掏出工作证，一个宪兵夺了过去交给了身后戴黑皮手套的宪兵队长，宪兵队长打开工作证件，脸色露出了一丝惊异。夏毓杰不觉心中一紧，从布包中掏出一张《徐报》的报纸，说："我是《徐报》的编辑，你们看，这报纸上有我的名字。"宪兵队长似乎很关心他的名字，问道："你姓夏？"夏毓杰答道："对，姓夏。"宪兵队长下了马，又问："夏毓杰？""是的。""你家住哪里？"对于对付类似的盘问，夏毓杰平日里早有好几个预想方案，他流畅地回答道："就在城南。"其实，自打去了报社，夏毓杰就居住在了报社后院的一间杂物间里，他既没有回苏堤的大爹夏百金家里去住，也没有去户部山母亲那儿寄居。夏毓杰见宪兵队长面色迟疑，遂急忙补充道："但我一直在报社住。"宪兵队长单手合上工作证件，使用皮手套甩着证件敲了敲夏毓杰的肩，诡笑道："你，认不认识夏永兴？"夏毓杰镇定地回答说："不认识。"宪兵队长上下打量了一番夏毓杰，随手把证件扔在了他的胸前，转身飞跨上马，朝众宪兵说道："走，搜下一条街。"夏毓杰捡起掉在地上的工作证件，弹净了泥土，装进口袋，向前跟入南北方向的游行队伍。

拾起在一个飘雨的晚上去报社找了夏毓杰，夏毓杰匆忙中把他请入自己居住的杂物间。拾起瞪大了眼，愤愤地说："日军就要把东北全都占领了，下一步，可能还要侵占华北！"夏毓杰悄声说："必须抗日救国，可惜国民党政府不抵抗。"拾起说道："真是可恨，国民党仍旧把矛头对准我们共产党，'攘外必先安内'就是弃国家存亡于不顾，弃百姓生死于不顾！”夏毓杰问：“组织上安排的抗日宣传活动，你进行得如何？”拾起低声回答：“我来找你，就是为了这事。我们成立的徐州津浦铁路抗日救国会正沿着铁路进行宣传，还成立了学生抗日救国会，学生抗日救国会不单组织游行，这几天还组织了两千多人，正准备汇合北平天津的学生队伍前往南京政府请愿呢，不过，有一件事……”夏毓杰问：“什么事？”“组织上安排我秘密前往南京，有一项重要而危险的任务。”拾起从口袋中掏出一个无字的信封，边递给夏毓杰边说，“如果我不能活着回来，请替我把这封信转交给那个女孩——刘梦樱。”夏毓杰盯着拾起手中的信封，沉默了片刻，他沉重地接过信封，没有说出一句话。拾起眉欢眼笑地从口袋中又掏出了一个信封，说：“如果我活着回来，就把这封信给她。我，爱上她了。”夏毓杰接下信封，高兴地说：“好！你一定可以活着回来，我要看到你们有情人终成眷属。”拾起从椅子上起身，看着夏毓杰手中的两个信封，嬉笑叮嘱道：“你可不能打开偷看。”夏毓杰哈哈一笑，说：“说实话，我还真想打开，我要看看咱拾才子的情书到底怎样打动人的。”拾起再次叮嘱道：“你要是敢偷偷打开，我就不叫你送了。”夏毓杰边把信封收进桌子的抽屉里，边微笑回答说：“不打开，不打开。我，你还不放心……”“毓杰兄，你看的什么书？”拾起看到了床头枕下露出的书角，起步伸手要去拿，“我看着很眼熟啊。”夏毓杰还没来得及转头去制止，拾起已经从枕下把书拿到了手中翻开，并惊呼道：“啊，疏影？你怎么会有她的书，《浮生六记》。”夏毓杰有些惊慌失措，他淡淡笑着，小声回答说：“你小妹送给我看的。”拾起诙笑道：“哎呀，毓杰兄，我小妹该不是喜欢上你了吧，你快看，卷一闺房记乐。”夏毓杰脸色通红，感觉被一旁的油灯灼烧了似的。拾起抚掌大笑，说：“毓杰兄，假若我小妹真的嫁给了你，你可要管我叫三哥了，虽然你比我大一岁，哈哈哈哈……”夏毓杰打断说道：“我怕高攀不起。”拾起急问：“你这是什么话？”夏毓杰回答：“你家是富贵人家，而我只是穷苦小子，连一文钱的聘礼都拿不出来，不敢高攀。”拾起说道：“毓杰兄，我家虽是富贵人家，可是我和我小妹跟别人不一样，你是知道的。”夏毓杰没有作声，转身从桌上捡起长竹签拨弄了几下油灯芯。拾起边把书轻轻放回枕下，边抢过夏毓杰手中的竹签，说：“毓杰兄，我小妹若真是喜欢你，而且你也喜欢她的话，请你不要因为家境辜负了她。我要告诉你，她外表坚强，其实内心很脆弱的。”夏毓杰猛然抬头，望着拾起，继而回身从枕下拿出了书，又慎重而端正地放回了枕下。

拾起离开后，夏毓杰倚靠在枕上，又轻轻翻开了拾疏影赠送的书。

第十三章　书信

临近农历新年，日军进攻了上海。徐州城的各界人士也在积极筹集军饷以援助抗日，人们抗日救国的热潮一浪比一浪高。夏毓杰在报社里每天都精心收集各类信息，并定期将重要情况报告给组织，有时他恨不能上前线去真枪拼搏，去抗日救国，去驱逐万恶的日寇。一个月后，报社电台终于传来了日军被逼停战的消息，夏毓杰兴奋地一路快走进入祥和书店，把这一消息告诉了组织，恰巧，他在二楼遇到了拾起，两人激动地相拥了许久。拾起说："我这次从南方回来，带来了一个坏消息，无论日本怎么发动侵略，南京对我们的'围剿'行动还要继续。"夏毓杰斥骂道："这是弃国家民族大义于不顾。"拾起小声说："咱们以后要更加小心行动。现在，我必须马上回正凤社，有情报说从北平新来的一个丑角，是国民党的特务人员，我必须回去，不然怕社里咱们的两个同志有危险。"夏毓杰思考说："我也跟你去，打着报社采访的名义去。"拾起点头同意。

他们出了书店赶往城隍庙里的正凤社小据点时，社里只留了一个年过半百的伙夫，他们向伙夫询问其他人的去向后，便疾步向东去了两里之外的快哉亭。正凤社的男女老少正在组织一场义演，义演目的是筹措抗日经费。拾起没有着急露面，他和夏毓杰静静地坐在台下的人群中仔细观察台上的一举一动，一一打量着台上出现的每一个人。随着一场

《乐毅伐齐》和一场《四郎探母》的平剧结束，拾起悄悄去了后台，拉着一名刚刚卸妆的旦角到了快哉亭对面的荷花池，他向唱旦角的同志讲明了正凤社有特务的情报。两天后，唱旦角和另一名拉弦的同志以各自的理由暂停参加正凤社的活动，秘密转移到了乡下。

成功解除危机后，拾起在残存的城墙下对夏毓杰说："我之前给你的信，你赶紧给她，几天后我就从城北的乡下回来。"夏毓杰笑道："拾兄既然已经回来，你应当亲手把信给她才是。"拾起催促道："都说了是信，就该旁人捎去，才有味道。"

拾疏影和刘梦樱就读的徐州女子中学，在江苏省教育厅的新政下将改为省立徐州女子师范学校，为此，在学校的统一安排下，年满十八岁的高年级学生拾疏影和刘梦樱都提前毕业了。学校从城中西洋人开办的照相馆里请了西洋人专门到学校给刚刚毕业的二十二名女学生照相留念，拾疏影和刘梦樱紧挨着站在靠近中间的位置。半个月后，两人相约一同去学校，领取了毕业证书和毕业合影，准备出校门时，拾疏影因为要去一趟茅房，叫刘梦樱在学校门外等她，她很快就来会合一同回家。拾疏影从学校内的茅房出来后，一眼就看到了门口杏树下的刘梦樱，也看到了另一个人——夏毓杰。自从送了书给夏毓杰，拾疏影就没有再见过他，突然见到夏毓杰，她欣喜若狂，兴高采烈地努力向夏毓杰挥手，呼喊着迈开步子小跑了过去。

可是，夏毓杰似乎没有听到她的呼喊，他在银杏树下把拾起的一封信件送给了刘梦樱。双手持信的刘梦樱瞠目结舌问道："这是什么信？"夏毓杰回答说："有人送给你的，打开看看吧。"说完，夏毓杰便匆忙转身离开了。

这一场景，刚好被不远处的拾疏影全程看到了。拾疏影独自一人出了校门朝西返回她借住的三姨家，任由身后的刘梦樱大声呼喊，她始终没有回头，也没有停步。直至从统一街拐到了富贵街，刘梦樱才气喘吁吁地追上了她。刘梦樱把沾满汗水的短发撩到了耳后，说："你跑什么呀，你是不是打碎了醋瓶子，吃你夏哥哥的醋呢！”拾疏影努着嘴，脸色憋得通红。刘梦樱娇喘着说：“我知道你喜欢你的夏哥哥……”拾疏影说：“谁喜欢他，你才喜欢他呢！他刚才是来找你的，可不是找我！我喊他，他都不理我。”刘梦樱讥笑道：“你喊他，我咋没听到？”拾疏影说：“我亲眼看见，他送给你一封信。”刘梦樱停顿了一下，说：“不是你想的那样，是信不假，不过，不是他给我的信。”拾疏影睁大了眼，说：“不是他，那是谁？”刘梦樱低眉说道：“拾起。”拾疏影惊讶道：“啊！我三哥，快拿给我看，他消失这么久，咋不给我来信。”拾疏影伸手去抢刘梦樱的挎包，刘梦樱步步紧退，说：“别抢，别抢！”当两人挨在墙根的时候，拾疏影嬉笑着拿到了信件，并展开了信，读了起来：

梦樱神女芳鉴：

天下谁知我之快意！我得以续存于世，在我看来，全是因你而得福，老天不愿叫我失了你。自初见以来，我已见你三次，你一旦开启此信，我还要见你四次五次六次，以至亿万次……请你等我，我稍后就来相见。你说我是徐志摩，我便做一回徐志摩，也写一首新诗给你。

我愿化作一缕细雨，
轻轻抚摸你的秀发，
但我不愿淋湿了你；
只能悄悄地慢慢飘洒，
也许飘在了你的额上，
也许飘在了你的脸颊；
我不在乎哪里，
只在乎能守你到天涯。

书不尽意，我心天晓。

愚起顿首

看完信，拾疏影咯咯笑了起来。刘梦樱把信件抢了过来捏在手里，羞赧地红了脸低了头。拾疏影嗔怒道："我这个三哥，只知道给神女写信，竟然都忘了我这个凡人妹妹，等他回来，看我怎么收拾他。"刘梦樱捂住了羞得更红的脸。

一个无风的寒冷的清晨，一辆黄包车停靠在了富贵街的广济堂药店门前，拾起一袭西装从车上下来，他刚进入药店正堂，拾疏影便雀跃地从内院迎了过来。拾疏影笑着询问拾起他这些时日都去了哪里，又雀跃着到隔壁银号去叫刘梦樱。刘梦樱异常娇羞不愿出门，被拾疏影连推带拉强行拉进了药店后院，拾疏影边笑边把刘梦樱推攘到拾起身前，差一点把她推倒，幸好被拾起及时接住。"好了，这个小院交给你们了，我进屋去。"拾疏影掩嘴笑着进了她的房间。

拾起轻轻扶起刘梦樱，低声问："你可收到我写给你的信了？"刘梦樱没有回答，微微点了点头。拾起高兴地笑出声来，说："我这是第四次见你，我还要再见你亿万次，我还要做你的徐志摩……"刘梦樱仰起头伸手捂住了拾起的嘴，说："我不要你做徐志摩，报纸上说，徐志摩飞机失事已经没了命，我想让你长命百岁。"听完刘梦樱的呢喃软语，拾起深情望着她，单手捂着她冰凉的手，轻轻地把她搂在了肩上。

立夏刚过，忙里偷闲，拾起约了夏毓杰一同游览城中景色，以便放松一下压抑的心情，他还另约了双双应聘到新改建的女子师范学校附属小学当老师的刘梦樱和妹妹夏疏影。

快哉亭与奎楼在朝霞的浸染下交相辉映，荷花池里的荷叶仿佛一坛绿色的画墨泼洒在亭边，千姿百态的荷叶中间夹杂着略显羞涩的高挑的花骨朵，花骨朵随蛙声不时跳跃，就像嬉戏不停的少女模样，点头，摇头，仰头，低头。

拾疏影似乎从花骨朵中看到了自己的身影，不过，此时的她没有嬉戏的心情，只想低头不语。她心中难过，为何夏毓杰不能像三哥拾起那样，也给自己写一封情书，哪怕不写，至少表达出他的爱意也行，除非他不爱。一想到他可能不爱她，拾疏影就更加难过了，她甚至不愿走在他们身边，只远远地落在他们三个人的身后，很远。

“哎，你们看这景色多好啊！有荷，有水，有鸟，有亭。”拾起最先爬上了快哉亭，指向荷花池说，“我们何不赋诗一首，也算不枉费今日的雅兴。”说完，他吟诵了一首：

一片清水落满塘，
荷花羞面胜潇湘，
亭边飞过多情鸟，
不爱偷雨爱窃香。

夏毓杰听罢，笑道：“诗，你们作吧，我就免了。”拾起高声说：“不行，都要作诗，要像那《红楼梦》里的大观园一样，人人都要作诗。”夏毓杰说：“我可没读过《红楼梦》。”拾起扬眉说：“不读也要作，咱们幼时上的蒙学可都是教过的。难得今天有兴致，那就两位女士先来。”拾疏影低头说：“我也不作。”拾起高声说道：“我的亲妹妹，你以前可是喜欢作诗的呀，今天可不能随了你的夏哥哥，跟我作对。”一听拾起说“你的夏哥哥”，拾疏影的心中竟倏地燃起一丝暖意，脸上也不觉有了几分娇羞，仿佛他真的成了她一个人的夏哥哥，她喜欢拾起这样说，可她又不好意思听拾起这样说，不知不觉，这种矛盾的心理使她的头垂得更低了。

还是女人最懂女人，一旁的刘梦樱看懂了拾疏影的娇羞。刘梦樱后退了两步牵住拾疏影的手，说：“既然是女士优先，那就我先来吧，可是，得提前立个框框，作新诗还是作旧诗，是填词还是作赋。”拾起思忖过后，回答说：“既然你不让我去当徐志摩，那就不作新诗，只作旧诗，七言五言都行，填词也行，至于作赋就免了，篇幅太长。”刘梦樱媚笑道："好，我先想一想。"刘梦樱牵着拾疏影的手边走边想，上了亭子坐在石凳上，她诡笑着作了一首：

池中荷色亭边柳，
碧水青山映奎楼；
亭外夏君不说话，
亭中疏影总含羞。

听了刘梦樱的诗，拾起哈哈大笑，匆匆跳出快哉亭拉了夏毓杰进入亭中，说："梦樱这诗作得好，毓杰兄不说话，害得我妹妹拾疏影直害羞。"拾疏影一边红着脸娇笑着轻轻捶打身边的刘梦樱，一边挤眉嗔怒对拾起说："三哥！你别拿我开玩笑，我什么时候害羞啦。"刘梦樱侧身躲避着拾疏影的软拳，笑道："你现在就害羞了，脸都红透啦，像西红柿，我一定要摘了吃。"说着，就伸手去摸她的脸。拾疏影低头双手捂住了脸。

须臾，夏毓杰帮拾疏影，也帮自己解了围，他憨笑道："好了，好了，我来作首诗。"拾起大笑着赞道："这才是毓杰兄，好，来一首！"刘梦樱微笑着把视线从拾疏影半掩的脸上转移到了夏毓杰脸上。拾疏影也微微抬起头，双眼从双手的指缝间偷偷瞄向了夏毓杰。夏毓杰向远处眺望，不一会儿，抑扬顿挫吟诵了一首诗：

国破山河破，
家亡社稷亡；
不知仇恨蟹，
戏水荷中央。

听完夏毓杰的诗，众人脸上的笑乐之意瞬间荡然无存，纷纷呈现出哀怒之容，拾疏影捂住脸庞的手也缓缓落下。拾起厉声说：“内有厮杀，外有日寇，真不知道何时才能有和平。”夏毓杰愤愤击打亭边石桩说：“当今之世，兄弟相互拼杀，盗贼乘虚而入！”拾起一跃而起，说：“我现在就要作一首，以解心头之恨。”拾起高声诵道：

自古鹬蚌总相争，
不知豆萁煮豆羹，
昨天同父亲兄弟，
今日鱼肉血剑横。

拾疏影站起了身，说：“我恨不是男儿身，也去改一改这乱世。”拾起笑了笑，说：“我的小妹，你不必是男儿身，也可以去改变乱世。”片刻，拾疏影绽眉笑道：“我去当花木兰，化装从军。”刘梦樱起身盯着拾疏影的面孔，掩嘴笑道：“你这闭月羞花的容貌，化成男儿身，也是倾国倾城，到时，我愿意嫁给你。”拾疏影努了努嘴，微笑道：“我看你不是想嫁给我，你是想嫁给我三哥拾起吧。”刘梦樱脸上露出灿烂的笑容，反驳道：“你不要说我！你说你自己，你是不是想嫁给你的夏哥哥啊……”两人你一句我一句，时而低眉羞赧，时而颜忾心喜，惹得一旁的拾起狂笑不止，也惹得夏毓杰面红耳热。

终于，拾起提议去别处再游览一番，打断了两位年轻女子春心荡漾的争论。紧邻快哉亭的奎楼已经看罢，作为徐州城五大名楼的另外四个名楼，成为四个人商讨游览的对象。位于北城的苏轼镇水而建的黄楼已经破烂不堪，首先被众人否决，位于城东北一隅的彭祖楼也因别无景致被排除在外，位于西城的燕子楼在前些年拆解城墙时被毁，目前正在重建无法游览，只有位于城南户部山山顶戏马台内的霸王楼保存完好，而且景色甚佳，几个人达成了共识。

拾起和夏毓杰对户部山对戏马台对霸王楼再熟悉不过了，他们和其他几名同志在崔家大院秘密开展党的发展活动时已经阅遍了户部山的一砖一石一草一木。

四人沿着青石板路登上户部山顶的戏马台时，朝霞已经褪去，刘梦樱站在三层霸王楼下的石阶上，说："还有哪一位女士没有作诗，报上名来。"拾疏影说："好了，好了，我作还不行吗？"几个人沿石阶登上霸王楼时，拾疏影缓缓作了一首：

我在戏马台，
登高望鹤来；
虞姬伤霸业，
空对后人哀。

"小妹作得不错。"拾起竖起了大拇指，转身望着山下的城，说，"史书上记载北魏拓跋焘立毡屋于戏马台，可以看清彭城全貌，果真如此。不知道，楚霸王项羽每天在这霸王楼上，可曾也去看一看城中的风貌，或许他根本没有心情，该不会，每天都在借酒消愁吧。"说完，他照《天净沙》的词牌填了一首词：

青砖碧瓦红墙，
巷深街窄亭长，
映日无人戏马。
风云阁上，
霸王长饮孤伤。

须臾，拾起又作了一首诗：

隔年再上戏马台，

泪别虞姬后世哀；

两千年前吾若在，

渔人曰左我曰来！

几人都夸赞拾起诗中有骨，诗中有魂。拾起也不谦虚推辞，望着刘梦樱，紧接着又作了一首：

千古英雄多戏马，

泪挥江岸少知音；

近看虞女回眸地，

纵使今人也动心。

拾起顺着视线慢慢走到刘梦樱身前，含情脉脉地说："你就是我的知音，你就是我的虞姬。"刘梦樱羞人答答地说："有旁人在。"拾疏影大笑着扭过身子，说："我不看，我不看，就当没有我这个旁人在。"与此同时，拾疏影低声喊了一声夏毓杰："夏哥哥……"

夏毓杰站在位于一楼的三座券门的正中央，恍然回答说："哦，下雨了。"拾疏影伸手试了试空中落下的雨滴，说："夏哥哥，快进楼来，别淋湿了身子。"刘梦樱也伸出手接了几粒晶莹的雨滴。夏毓杰依然站在初雨中，大声说："我去去就来，你们等我，我去拿些雨具。"说完，沿石阶下了戏马台，下了山顶。

拾疏影望着夏毓杰远去的背影，问道："三哥，夏哥哥要去哪里拿雨具，他淋湿了怎么办？"拾起微微笑了笑，把夏毓杰家母在户部山上的一户人家做事的情况告知了拾疏影，并再三强调，夏毓杰是孝子，夏毓杰的母亲是慈母。

拾疏影徘徊于霸王楼二层的长廊里，心急如焚地等待夏毓杰的归来。

夏毓杰带了两件雨具一路跑到山顶。拾疏影欢跳着挥手高喊道："夏哥哥，夏哥哥……"刘梦樱和拾起指了指如小鹿般的拾疏影，两人相视一笑。爬上楼，夏毓杰将一把油纸伞和一件连带斗笠的蓑衣展示在众人面前，说："只借到了这两件，两位女士用油纸伞，我跟拾起兄披这件蓑衣吧。"刚说完，拾起迈前一步抢了蓑衣和斗笠，说："我要蓑衣，不过，我要跟我的知己，跟我的神女一同走。"说着，拾起撑开了蓑衣去迎接刘梦樱，刘梦樱羞涩地乖乖进了蓑衣，随拾起下了台阶。

夏毓杰站在原地木讷地握着油纸伞，温言对拾疏影说："给你，打伞，我不怕淋。"拾疏影盯着夏毓杰的眼睛定格了少许，喃喃地回答说："我要你帮我打伞。"夏毓杰稍作迟疑，面露了微笑，却仍然呆站着不动。拾疏影吐了吐舌头，说："夏哥哥，咱们还走不走，三哥他们已经下了楼。"夏毓杰连连点头，说："走，走。"夏毓杰并没有去撑伞，他把伞夹在腋下，从上衫的口袋里小心取出一个涂有桐油的帆布小包，他从包中取出一件油纸包裹着的类似书信的物件，递到拾疏影手上。拾疏影惊喜地接到手中，问："夏哥哥，这是什么？"夏毓杰回答说："书。"拾疏影表情瞬间凝重，低声缓语，问："夏哥哥，是我送你的那本书，你要还给我？"夏毓杰摸摸额头，面带愧意地回答说："你的那本，我，我改天再还你，这本是我送给你的。"拾疏影慌忙说："不要你还，那本书送给你，就是你的了。"说着，她羞赧地低头准备拆开油纸包裹的书，忽然，她的手被夏毓杰轻轻按住，她感到手指间一股暖流瞬时传遍了全身。就在拾疏影努力抬头时，夏毓杰收回手，悄声说："现在别拆开，一定要等没有别人在的时候再看，千万记住，只能你一个人看，多一个都不行。"拾疏影微微点点头，小心把书收入挎包里，双手紧抓挎包挪步进了夏毓杰撑开的油纸伞下。她在伞下，不敢与夏毓杰贴得太近，却也不愿与他隔得太远，偶然触碰一下他的手臂他的身躯，总会使她的心跳加速呼吸急促，此时，她只想一言不发，静静地徜徉在这把雨伞的世界里，去享受雨伞中那醉人的柔情蜜意。

渐渐地，雨停了，不觉他们已经下了户部山过了南门外石桥，夏毓杰收起雨伞时，已经走到了大同街正中心的钟鼓楼。拾疏影伸手指向方塔形状的钟鼓楼，说："这个望火楼，真高。自从去年建好之后，我还没有仔细欣赏过它呢。"夏毓杰抬头也看，说："钟鼓楼上面正在安装罗马时钟，到时候，这里不只能观望火情，还能报时，那就真的是钟鼓楼了。"忽然，从钟鼓楼上飘落几片落叶，恰巧落在了拾疏影的发梢。夏毓杰帮拾疏影一一摘下了落叶。拾疏影的脸红了，她的心也在悄悄融化。

陆续与其他三人作别后，拾疏影怀着融化的心返回了她的闺房，她在灯烛下小心翼翼而又激动万分地拆开了油纸，里面是一本薄薄的略显破旧的书，书既没有封面也没有扉页，仔细从痕迹中可以看出，前两张是被整齐地裁掉的，书的开首是一句话，"一个幽灵，共产主义的幽灵，在欧洲游荡"；书的第二页夹了一张纸条，纸条上用钢笔书写着几列笔力遒劲的小字。

疏影妹慧鉴：

妹送余书时间久矣，杰昧不知送妹何书为善，余再三思忖，终以此书相赠，惟愿妹知余之志，知余之意，此书名曰《共产党宣言》。

毓杰谨启

半个月之后，拾疏影在祥和书店里秘密加入中国共产党，入党介绍人是夏毓杰。

自此，拾疏影更加深深地爱上了夏毓杰，也爱上了祥和书店，她一旦闲暇下来，总会去一趟书店，在一楼看几本新书，再去二楼了解最新时政动态，不少时候她会在书店遇到夏毓杰，她会叫他"毓杰同志"，他也称呼她"疏影同志"。随着时间的推移，一声同志的称谓，在拾疏影看来，比任何的海誓山盟都更加坚不可摧，她的爱情，缱绻在了伟大的理想之上。

深秋的一个大风天，祥和书店紧闭了大门。拾疏影接连敲了数声门环，大门始终未见打开。她满腹狐疑败兴而返，刚出了文亭街拐进城隍庙街，一队宪兵凶神恶煞般从她的身边呼啸而去。心中的警觉促使她跟了上去，她站在文亭街的街口，远远看见宪兵队正疯狂地砸撞着祥和书店的木门，她顿时深知不妙，转身疾步沿街向东走去，小心翼翼到报社找到夏毓杰，悄声把刚才所见告诉了他。夏毓杰安慰她不要惊慌，快回学校隐蔽。她便告辞了夏毓杰，迅速返回位于城南的女子师范附属小学的教师寝室内。

不久，拾疏影心中的不妙应验了。徐州城内再一次掀起了清剿共产党的行动，徐州特委以及周边各地的党组织相继被破坏，损失惨重。

夏毓杰拉着拾疏影的手告诫她，千万不要泄露身份，千万要把书藏好，并对她说："待到无风无浪时，我要娶你，隆重地娶你。"话声刚落，拾疏影已轻轻依偎在夏毓杰的肩上。

第十四章　逃狱

曾经使夏百金醉生梦死的男女之情不再那么吸引他，在他看来，大烟带来的快意要胜却闺中云雨一百倍一千倍。不过，随着夏百金吸食大烟的瘾癖与日俱增，身上钱款入不敷出的节奏也日益加快。由于他负责经营的两家车行业绩变得惨淡，郭三爷削减了他的工饷，他只得找女儿女婿要钱，可是他仅仅成功要得了一回钱，第二回就吃了闭门羹。他也尝试去找夏毓杰要钱，可是夏毓杰只能几文几文地给他，他嫌少。夏百金被迫把城外的几亩田产当给了城西的一家当铺，当期已满，他无力还款，田契终被当铺收入囊中。他准备把仅有的一处小小的宅子变卖，却寻不到愿意再多给他一两银子的买家。他几次三番去金谷里的暗香书寓找张翠翠讨钱，张翠翠却拉着脸色一文不给。他甚至也伸手去拦书寓里与她擦肩而过的旧情女子借钱，却被嗤之以鼻。就在他几乎走投无路之际，他偷到了一件宝贝——车行的地契。一向聪明的他有前车之鉴，便不去当铺当钱，他把地契拿给烟馆的管家去看，烟馆答应他，尽管吃烟，赊欠记账就行。自此，囊中羞涩的夏百金，可以再一次光明正大地来到金谷里。夏百金似乎已经把这条街巷当成了自己的家，无须伪装无须胆怯，他一般会先进入烟馆过足烟瘾，转而去暗香书寓。他通常会从张翠翠手中接来一张面饼，塞入袖子，转身悠然地回家。

最初进入暗香书寓，张翠翠多数时候是被当作书寓的伙夫使唤，烧炭、做饭、打扫，样样都得她干，她那时经常趁黑偷偷跑回位于苏堤的家中，再三询问夏百金何时才能回家过自己的日子，夏百金愁眉苦脸地告诉她，他也想接她回家，但是害怕铁匠来家讨人，铁匠已经不止一次来过，她总是心灰意冷无功而返。后来，因为书寓里有一个女子私自逃跑，寓中缺人，张翠翠竟然意外地成功接了一次客，也成功拿到了一张钱票。渐渐地，她隔三岔五总能因为各种原因接客挣钱，于是乎，她渐渐恋上书寓，再不愿偷偷跑回家中，即使夏百金来找，她也只字不提回家的事了。有一次，她去里街的戏院给正在听戏的书寓老鸨送茶，驻足片刻听了一段戏，戏中刚好唱到一个姓胡的风流皇后“为后不如为娼”的趣事，张翠翠打量了一番自己身上的锦绣旗袍，会心一笑，似乎在感叹，为后确实不如为娼。

暗香书寓与其他几十所书寓一样，生意一天比一天红火，张翠翠接客的概率也大大高于从前。刚出了三九天的一个傍晚，一队宪兵再一次光顾暗香书寓，老鸨热情地迎接，卑谄足恭地问候道：“几位官老爷，你们可算有闲空，屋里的姑娘们都盼了你们好几天了。”一个宪兵把大檐帽猛然摘了重重砸在老鸨的桌上，昂头大声训斥道：“闭嘴！上次就警告过你，我们来这里不是偷闲，我们是来执行公务。”老鸨急忙轻轻赏了自己一个嘴巴，躬身致歉道：“是，是，官老爷训的是！看我这脑袋，贱人也多忘事。官老爷，后院的姑娘们，怎么给你们安排。”说着，老鸨熟练地拿出一本画册，画册里整齐地贴出了十几个美貌女子的照片。七八名宪兵一见老鸨拿出了画册，如同见了腐肉的绿头苍蝇奸笑着一拥而上，惊得老鸨赶忙松了紧捏画册的手。刚才摘了帽的宪兵大声喝道：“都给老子住手，谢队长还没发话，谁敢乱抢。”众宪兵纷纷灰溜溜退了回来。摘帽宪兵上前从老鸨的桌上拿起画册，双手捧到了坐在太师椅上的宪兵队长面前，毕恭毕敬地说：“请队长过目。”宪兵队长伸出戴有牛皮手套的手，轻抚画册，并不打开，微微笑了笑，说：“咱们宪兵一队上百号人，为啥我只带你们几个人来这么风光的地方，你们应该懂的。”摘帽宪兵显然明白了宪兵队长的意思，低声媚笑道："是，长官，小人明白！"摘帽宪兵轻轻把画册捧回了老鸨的桌上，指着画册封面说："我们长官大人，今天还叫她陪。"老鸨脸上得意地笑道："你们长官真有眼力，次次都要我这里的镇山之宝，这位苏州来的关盼盼，那可是才女，睡之前，听她弹一曲，比那做神仙的好！"正说着，老鸨婀娜多姿地上前把宪兵队长引入后院。摘帽宪兵对众宪兵说："还是老规矩，来这里是来清匪的。如果谁出去乱讲，小心丢了你的差事。"说完，几个人争先恐后去抢画册，而后又与列队前来的姑娘们你追我赶朝后院四散而去。这一回，张翠翠也陪了一位大腹便便的宪兵，不过，宪兵并未给钱，她自然也分文未得。

宪兵们事罢离开后，张翠翠既嫉妒又羡慕。她听说，关盼盼得到了宪兵队长给的一大笔小费，她还听说，关盼盼这个艺名取得好，一千多年前城西的燕子楼里就住着一个关盼盼，那可是千古名人，不仅如此，昨晚她伺候的肥胖的宪兵还向她透露说，关盼盼的艺名竟然与宪兵队长的妻子同名同姓，你说巧不巧。张翠翠思来想去，为了能接到客挣到钱，她不能就这样默默无闻，必须给自己起个艺名，除了艺名，如果能弹几曲琵琶那就更好了。于是，张翠翠趁闲在后门的茅房守了半个下午，堵住了内急的衣衫飘逸的关盼盼，她一把拉住关盼盼细嫩而纤细的手，说："关小姐，我想拜你为师。"关盼盼双手捂裙，揉搓着修长的腿，急切地回答说："我先去茅房，出来再说。"张翠翠迈开两腿，说："不行，你先答应我。"关盼盼红着脸说："好，好，我答应，你先让开，我急。"张翠翠守在茅房外，跷足以待。关盼盼红着脸一出了茅房门，张翠翠就围了上去，叫她教习琵琶，叫她帮忙起个艺名。关盼盼上下打量了张翠翠，笑了笑，说："你今年可有五十岁？"张翠翠低声答复："我才四十多，离五十还远着呢。"关盼盼微笑着说："我二十几岁的小女子，怎么能收大我两纪的徒弟，传出去，不好。这样吧，你不用拜师，我帮你就是。"关盼盼因为张翠翠的年岁，取"半老徐娘"，给她起了一个艺名“半娘”，关盼盼又花了好多工夫教她弹琵琶，不过到头来，张翠翠也是只抱琵琶不会弹。关盼盼无奈地笑了笑，把琵琶收入了自己枕边的檀香柜内。后来，宪兵队长再一次光顾，张翠翠通过关盼盼的嘴知晓了他的名字，他叫谢恩。

有了艺名，张翠翠心中生出一个奢想，若是能像关盼盼那样把谢恩这样的有钱长官收入闺中，那该是多么富有多么自豪的一件事，她有时甚至渴盼青帮的郭三爷也来光顾暗香书寓，到时她这个老相识定要与他好好叙叙旧情。

张翠翠的美梦没做多久，就被另一件近乎噩梦的事打断了。她准备将私藏的天保育银号一沓千文的庄票拿去兑钱，当她到达富贵街上的银号时，银号门前人满为患，她无法挤进人群半步，她接连去排了半个多月的队后，银号宣告停业，银票再也无法兑换。张翠翠在银号门外与其他十几个兑钱无果的人坐在街上肆意痛哭，哭声引来了警察，警察高喊着“愚民”把他们轰散。张翠翠他们试图反抗时，警察骂道：“自从前年，江苏省财政厅就禁令发行纸票，徐州各钱庄庄票停止使用，并限期回收，你们这些愚民，为何早不兑换，如今停业期限已到，你们都是活该。”张翠翠拖着疲惫的身躯，无力地回到了暗香书寓。老鸨啐了一口瓜子皮，催促她赶紧做饭去。

徐州城里城外，一系列的流血牺牲事件，迫使城里的共产党员纷纷向城外转移。为了保险起见，拾起也出城藏匿在了白云寺内，秘密开展工作。在一个大雨的夜里，拾起悄悄找到夏毓杰，叫他也出城躲避。夏毓杰拿出一张《徐报》，低声对拾起说，要把报纸上登的这个叛徒找到，以防再有同志被陷害。拾起劝他说，叛徒掌握的党员名单有限，我们不能为了一个叛徒再暴露身份。夏毓杰没有听取拾起的劝言，他坚持在城内秘密工作，理由是潜伏在《徐报》报社里这么多年十分不易，不能就这样丢掉这个可以帮助党获取更多情报消息的渠道。见夏毓杰执意不离开，拾起也不强求，他最后再三嘱咐夏毓杰注意安全，一是为了个人安危，二是为了党的事业，三是为了他小妹拾疏影，他希望小妹以后可以跟夏毓杰同甘，哪怕共苦，不希望小妹一个人在世上孤苦过活。夏毓杰点头许诺。

在一个波次接连一个波次的搜捕围剿下，夏毓杰的许诺显得有些无力。特别是城中延平路、延庆路两条新路的修筑，使元兴路、兴岭路等诸多道路接连打通，报社所在地的公园巷一下子变成四通之地，每天警察、宪兵、特务人员川流不息。夏毓杰每天在川流不息的危险中穿梭，一过就是半年。

阳历新年刚过一周，国民党徐州警备司令部联合行政督察专员公署派出重兵对全城进行了一次地毯式的大搜捕，但凡有些嫌疑的人全被抓入狱中，这一次有四十人被抓，夏毓杰也在其中。

清晨还未起床，夏毓杰听到门外咣咣咣一阵脚步声，素来的警觉使他迅速穿衣起身。就在他通过窗缝朝外观察时，几名宪兵破门而入，径直扑向他，将他死死绑住。夏毓杰质问："为何要抓我？"此刻，从宪兵身后挤出一个人，夏毓杰定神一看，竟是他熟悉的报社印刷工王奎。年岁未满三十就已秃头的王奎拿出一张信纸，说："这是我从他这里拿的纸，纸上印有反动字。"夏毓杰呵呵一笑，说："这分明是一张白纸。"王奎扬起信纸，急眼道："你们看，你们看，这上面有钢笔的印痕，很清楚，共，产，党，这就是他的字迹。"夏毓杰脸上露出了羞与哙伍的表情，轻声轻蔑地说道："王奎，你难道为了几个赏钱，就出卖陷害社里的兄弟，这三个字能说明什么，你知不知道这'共产党'三个字前面写的什么，我告诉你，前面还有一个名字。"说着，夏毓杰讥笑道："王奎。"王奎没有答话，退后一步躲在了宪兵身后。宪兵们高喊道："管他是不是，抓走再说，到监狱尝尝苦头自然能查清楚。"

最先得知夏毓杰被抓消息的是拾疏影。她当天下午教完了课，买了一包花生米去报社找夏毓杰，没想到报社的后院比往日显得冷清。秃顶印刷工王奎从夏毓杰的屋里探出头，奸笑着对她说："夏毓杰是共产党，被抓走啦，以后你可以跟我好。"拾疏影惊恐地推门去看，夏毓杰果然不在屋内。她怒视了王奎一眼，问："夏毓杰被抓到哪里去了？"王奎依旧奸笑地说："人又不是我抓的，我不知道，多半是死罪，不过你不用怕，你还可以跟我呀。"拾疏影用力甩开他意欲伸来的手臂，快步跑出了报社的院子。

缘于心中的组织纪律，拾疏影深知不能盲目蛮干，惊讶过罢，她冷静下来，返回了学校。她找到刚刚教完课准备回家的刘梦樱，她知道刘梦樱的爹除了开银庄，也在专员公署里任职，必须请她爹帮助才行。拾疏影向刘梦樱诉说了夏毓杰被抓的情况后，刘梦樱叫她少安毋躁，当即就疾步赶回了家。

家中的天保育银号已经关闭数月，银号门外的街上每天仍有不少人前来喊冤兑钱。刘梦樱悄悄从后院的随墙小门进了家，径直绕到前院推开父亲的房门。她见房中无人，又朝前进了银号店铺去找，她爹刘安正和一位陌生中年男子煮茶对饮。中年男子笑颜相迎。刘梦樱没有心情去还以笑容，只顾得请父亲借一步说话。刘梦樱在银号的柜台里侧低声说了一个同事的朋友被抓的事。父亲刘安回答道，那可谁都救不了。刘梦樱拉住父亲的衣袖说，抓错了，抓错了，那人是被诬陷的。父亲又说，你一个女孩子家的，咋管那些闲事。刘梦樱执意要求父亲一定要过问此事，并百般央求。父亲刘安勉强答应了她，笑道："快去找你娘，你娘有喜事要告诉你。"刘梦樱再三叮嘱父亲，被抓的人叫夏毓杰，要想方设法把他救出来。随后，她进后院的纺织间找到了母亲，她欢快地问母亲有啥喜事。母亲微笑回答说，有人来提亲，是一户大户人家的次子。刘梦樱惊呼道："我不嫁人！"母亲说："傻孩子，男大当婚，女大当嫁。"刘梦樱心急万分，说："我就是不嫁！即使要嫁人，我也要自己找意中人。”母亲瞠目结舌道：“父母之命，媒妁之言，哪有姑娘家自己找婆家的道理。”刘梦樱没有再听母亲的絮叨，她转身离开了母亲，离开了家。她想立刻去找她心爱的拾起，却无法寻到他的踪影。她不知道他去了哪里，他消失前只对她说了一句“等我，我爱你”。

第二天，刘梦樱专程从学校回家找父亲询问救人的消息。父亲告诉她，昨天抓的人都被关进城南回龙窝的监狱里了，如果想要救人，抓紧让家里人拿钱去找警备司令，晚了恐怕就来不及了，记住，警备司令的内室是个母老虎，所以司令只见男子不见女人。刘梦樱没来得及向父亲道一声别，就迅即跑回学校把这个消息告诉了正在等她的拾疏影。

拾疏影听刘梦樱说完，沉默了片刻，在校门外叫了一辆黄包车，匆忙去了户部山。她从山脚一路打听一路寻找，终于敲响了裴家大门。她想过千百般初次见夏毓杰母亲的场景，却不想竟然以这种方式在这种时机相见。拾疏影讲述了夏毓杰被抓的事实，也讲述了怎么能拿钱救人的方法，并安慰道：“伯母放心，钱，你不用管，我这就回家向我爹要钱。听说毓杰还有个大爹，叫他去，只有男人才能进去警备司令部的门。”拾疏影没有逗留，坐上黄包车，急速向北穿城绕山去拾屯找父亲要了一百两银子。她爹不愿给，她娘给了她。

尤小喜战栗着把儿子被抓的事最先告诉了兰儿，兰儿又告诉了裴秀才。由于与裴秀才一向要好的从要职退下的韩志正病重将终，没有人再在乎儿子裴文举革命先驱的身份，即使裴秀才的画作依然纸贵，也有些人脉，但面对狼牙虎爪的当局军政要员，他此刻似乎也没有什么办法。裴秀才拿出一百两银官印钱票给了尤小喜，告诉她就按她说的方法去救，去找孩子他大爹。尤小喜潸然泪下接过钱，连磕了三个响头。

从裴秀才的堂屋中出来，尤小喜去自己房中取出全部积蓄六十两银票。此刻，恰值拾疏影也送来了钱，尤小喜接了钱准备磕头致谢，被拾疏影拉了起来。在拾疏影的陪同下，尤小喜小心揣着钱票艰难地摸到苏堤坡上的旧日的家，在家门外不远处丈夫的坟前等了半天，终于等到了夏百金。夏百金听尤小喜说完，面有难色，当尤小喜掏出一沓钱票递到他手中的时候，他脸上露出笑意。一张一张数完钱后，夏百金忍俊不禁，拍胸脯说："包在我身上。"拾疏影和尤小喜在一旁也露出了浅浅的充满希望的笑意。

青帮的身份，使夏百金的营救行动显得十分简单。他托郭三爷给警备司令送了一百两银票，警备司令当即叫来一位副官耳语几句，当天夜里，夏毓杰就被人从监狱中拖了出来。守在监狱门外狴犴石像一侧的夏百金带着尤小喜用一辆平板木轮车把遍体鳞伤的夏毓杰拉回了苏堤的家中。尤小喜哭泣着给儿子夏毓杰喂食喂药。

身上余有一大笔钱的夏百金没有在家中逗留，又匆匆去金谷里吸食大烟了。

第二天天还没亮，城中张贴满了逃狱的通缉令。拾疏影在通缉令上看到了夏毓杰的名字，既欣喜又惊慌，她欣喜他真的逃了出来，她惊慌他还在被通缉。她第一时间赶往户部山裴家去找，无果后又快步赶到苏堤，她推门进屋直扑到床沿。拾疏影反复端详了正在熟睡的夏毓杰后，起身把门反锁，回身向伯母尤小喜问明了夏毓杰逃脱的经过。尤小喜说着就要下跪。拾疏影拼力拉起，说："伯母，起身说话。我感觉这其中有圈套，毓杰昨天分明是被人从监狱放出来的，但刚才我从城里出来时，街上却贴满了通缉令，说是越狱。"尤小喜慌忙拉住拾疏影的手，问："这可咋办，他大爹也不在，这可咋办？"拾疏影盯着夏毓杰，说："伯母，不用慌，这间屋离城太近，只有几里路，太危险，我们要赶紧带毓杰离开这里。"尤小喜忙说："好，门口有平板车，这就能走。""先不急，先想好去哪里才行。要去乡下找户知根知底的人家。"拾疏影思考完，说道，"去我家吧，过了城北九里山不远。"尤小喜面露担忧，又面露喜色，说道："姑娘，依我看，就别去你家了。去远一点，我知道一户好人家，保准收留咱。离城远，安全。"

一老一少两位女人推着一辆平板车绕道乡间小路，几经周折终于到了城西的故黄河岸边，几棵枯木拦住了狭窄的岸边小径，她们徒手去清除路障，却因树干过重没有办法移动。突然，一阵马蹄声和马鸣声由远及近渐渐传来。拾疏影拉尤小喜快速俯下身子后，弓腰将平板车推到路边一片枯萎的矮草丛中，她匍匐着轻轻滑入几乎干涸的河中，从水中薅了一怀的芦苇秆，悄悄地挣扎上了岸，用芦苇把夏毓杰连同平板车遮盖得严严实实，她自己则顺势趴下来隐没在了矮草丛中。隐蔽后不久，十几匹马从她们不远处的枯树干上腾跃而过。待一切归于安静，她们推动平板车艰难地碾过草丛，避开路上的树干，朝马蹄踏痕的另一条小路行进了。一直到深夜，她们载着浑身疼痛难忍的夏毓杰，成功抵达了夏郭庄，敲响了夏永兴家那扇略显凋零的大门。

一年来，夏毓彤承接了父亲夏永兴进城买卖以及进城接济尤小喜送粮的差事，也跨越了一代承接了祖父夏思宁保甲制度下的甲长一职。夏毓彤正式就任甲长的那一天，在门外的晒场里，他第一次站在全村的乡邻面前喊话，要拥护保长支持“围剿”，喊完，他的两只腿急速地哆嗦。

家中突然来了三个人，作为甲长的夏毓彤心中极为慌张，他当即关紧门，叫来了父亲夏永兴。

虽然许久未见，夏永兴只一眼就认出了尤小喜，他一句话都没说，扶住平板车推至堂屋口，拆卸了堂屋门板平铺在地上，叫夏毓彤一起合力把夏毓杰从平板车抬下放在门板上，又把门板抬至床上，将夏毓杰安顿在了温暖的被子里。夏永兴问尤小喜：“伤得咋样？”尤小喜哀叹说：“全身都被鞭子抽烂了。”夏永兴又问：“请了郎中看过没？”尤小喜回答：“没敢请，只擦了治跌打的药水。”夏永兴望着床上的夏毓杰，说：“不行，必须请医，你们等着，我这就去请。”夏毓彤一个侧身挡住了门，说：“爹，你这样去请医，怕是会惹麻烦的！我这兄弟一看就是共产党，这可是要杀头的，咱还是让他们走吧，不能在咱家里躲啊。”“闭嘴！你给我在这里好好看着，你一步也不能踏出门。”夏永兴边骂边用他那已经有些苍老的手推开夏毓彤，到马圈里牵出马，出了院子。他把大门从外面锁死，爬上马朝裴庄飞驰而去了。

年过半百的夏永兴许久没有骑马了。这匹曾经伤害过夏永兴的骏马，是那样通晓人性，它知道夏永兴已非矫健的青壮年，它知道夏永兴似乎十万火急，它拼尽全力极速地奔跑，它也全力以赴保持平稳的雄姿，直到夏永兴双手勒住缰绳，它才缓缓地停在了一处河沟旁。

夏永兴下了马鞍，站在河沟的岸边呆若木鸡。皎洁的月光泼洒在他那花白的鬓角上，使原本就已苍老的他更显苍老了许多。他猛然长吸了一口寒风，又把风猛然吐了出来。顺着气流飘散的方向，有几棵垂柳在寒风中轻轻地舞动，像是在向人招手。夏永兴从沉寂中苏醒，径直走近垂柳，他用力折断一根枝条，又接连折断两根三根四根五根，他把五根柔韧的柳条编织在一起，俨然成了一条新发于硎的粗鞭。他扬起手臂挥动了一下柳条鞭，鞭落处，一声脆响从上而下整齐地划破夜空。衬着明亮的月光，夏永兴把宽敞的薄棉裤从右脚脚跟撸到膝盖上，他举起柳条粗鞭对准自己的小腿，一阵疯狂地抽打，鞭子与血肉接触的声音响彻了寒冷的夜，肉上的鲜血在月光的映射下晶莹剔透。渐渐地，他无法正常地站立，身体一软倚靠在了一棵树干上，他再次挥动鞭子换了一个角度朝小腿处抽打，直到身后的骏马发出一声满含同情的嘶鸣声，他才随手扔掉锋利的柳条鞭。夏永兴拖着血淋淋的小腿挣扎着趴在了马背上。马似乎知道夏永兴的想法，载着他轻轻驶到了老郎中的家门前。

夏永兴忍痛下了马，爬到门槛敲响了大门。老郎中开门惊讶地把他扶坐在门槛里，叫他不要动，说："永兴兄弟，你坐在这里等等我，我去拿药箱，我就在这里给你治。”老郎中帮夏永兴止了血，敷了药，包扎了伤口，开了药方抓了药，说："永兴兄弟，你又不是共产党，谁会把你打那么惨。”夏永兴粗糙的脸上挤出笑意。老郎中叹了口气，不再追问，叮嘱说："汤药要熬久一些才有效果，一天喝三次，伤口的敷药隔一日到我这里换一次。”夏永兴郑重地望着老郎中，说：“老哥，敷药和汤药，你都帮我多抓一些，我自个儿在家就可以换，不必再到老哥这里来。”老郎中看了一眼夏永兴，同意了他的请求，从屋内提了一捆油纸包裹的药包出来。夏永兴接了药，又说：“老哥，再给我来一捆。”老郎中说：“你用不了这么多。”夏永兴从腰际掏钱递到老郎中手中，笑道：“我可以留些以防再伤。”老郎中接了钱，叹了口气，进屋不久又拿出一捆药包，说：“我这里的存药，都快被你拿光了。”夏永兴再三感谢。老郎中帮夏永兴把药包绑在马鞍上，又把他扶上了马。

老马识途。夏永兴胯下的这匹壮年的马也认识归途，它平稳地将夏永兴送至家中。夏永兴费力打开门锁推开了门，不禁瘫软在了门前的石阶上。夏毓彤出门见状，惊慌地背起父亲夏永兴。夏永兴指着马，说：“药，马鞍上的药。”夏毓彤连连答应着直往屋内走。夏毓彤把夏永兴安放在堂屋的竹椅上，借着油灯昏暗的光看到了夏永兴腿上的血痕，问：“爹，你这是咋了？”夏永兴指向门外，说：“快把马上的药拿来。”夏毓彤疑惑地转身出屋，大门外的马已经安静地站在了堂屋外，两捆药包静静而完好地悬挂在马鞍的一角。

马鞍上悬挂的药救了夏毓杰。拾疏影秘密向学校告了假，尤小喜偷偷向裴秀才告了假，一老一少两位女人整整在夏郭庄躲了一个月。

在这寒冷的一个月里，夏永兴小腿上的伤一经开始结疤，他就不顾旁人的劝阻毅然起身下床。为了使夏毓杰几人能够绝对安全地藏匿在家中，他把耳房西侧胡同里的地窖重新做了加工，把窖上稀疏的树枝拿掉，换作两块坚硬的石板压在窖口，他在窖上撒满了与别处相同的泥土和枯叶，又从窖中引了一根碗口大小的上下贯通的竹竿直通房后的紫花树下，竹竿的一头隐藏在了树下的一片枯竹丛里，无人知晓。

在这寒冷的一个月里，作为甲长的夏毓彤整日愁眉不展，因为他有一次进城时，清楚地看到了写有夏毓杰名字的通缉令，于是他更加明确，躺在家中那个受伤的夏毓杰，就是共产党。其间，驻守在乡里的保安中队两次来夏郭庄巡察，夏毓彤站在院子里，看着保安队的人里里外外在家中搜查，惊恐地一句话都说不出来。

夏毓彤三番五次催促父亲夏永兴，赶紧叫寄居家中的三人离开夏郭庄，如果保安中队再来的话，保不准再会搜查，即使躲在地窖里，也可能被查到。如果判个通匪藏匪的罪名，那就惨了。夏永兴只字不肯松口。

第十五章　身世

一个圆日当头的晌午，一个熟悉的身影出现在了夏郭庄。村头有人最先认出了他，说是夏家的大儿子夏毓恩。只是，村头那人并不知晓，夏毓恩已改名谢恩。

谢恩出现在夏郭庄，不为别的，只为抓人。城里接连出现了几起逃狱的情况，宪兵总队长受警备司令的命令，要全力搜捕逃犯。总队长毫不含糊地把通缉逃犯的命令传到了身为宪兵中队队长的谢恩的身上。谢恩听令照例贴通告搞排查，一个月过去了，从他的辖区内的监狱逃出的几个人，一个也没有着落。放在往日，这种徒劳无获的全城搜捕逃犯的行为，不仅不会被上头问责，甚至连提及也不会被提及。不过近几日，上一任警备司令调任别地，而新任的这位司令一副正色立朝的样子，新司令针对频繁逃狱无法追逃的现象大发雷霆，当众发了狠话，决定杀鸡儆猴先革了一批人的职，谢恩的名字就在这批人之列。谢恩在官场这几年，已经熟谙其中奥妙，他听说司令发了狠话后，当即置办了两件宋代官窑的瓷器古董，另配了银票送到司令府上。他本想，送的这些值钱的东西完全可以息事宁人，谁知令他万万没有想到的是，两天后，他送的古董和银票统统被退了回来。他半信半疑地开口问司令派来的副官，副官呵呵一笑，只字不答。谢恩只好私下四处打听，终于从南京过来的一位商贩那里得知，这位新来的警备司令是南京嫡系，清剿共产党是有了名的肯下死手，对待手下也是相当严厉，说一不二，凡事还是小心为好。

在宅院里思考了一个晚上，谢恩把古董和银票送到了司令副官的家中。副官满脸笑意假装推辞，在谢恩第三次执意要他务必收下之后，副官佯装无奈地叫丫鬟把古董一一收入里屋。古董完好无损收毕，副官叫丫鬟快去沏茶，谢恩直说不渴，以后还请副官照顾。丫鬟退身出门后，副官趁屋内没有别人，掩住一扇门，神眉鬼道似的凑到谢恩耳边压低声音说："你既然这么看得起我这个小小的副官，那你就是我的兄弟，兄弟有难，我自当倾囊相助。我告诉你，司令这次发狠，其一，自然是为了整顿'剿匪'的军纪，这其二嘛……"正说着，副官探出头看了看门外。谢恩心中焦急地等待下句，外表仍保持着端坐静听的状态。副官继续说道："其二，除了要整肃军纪，司令还另有打算，从南京跟随他而来的一批人，司令可都是准备提拔的，所以，要先革掉像你这样的人的职，才能空出位子来。"谢恩问："难道我这个位子就真的保不住了吗？"副官答道："先别急，听我说。兄弟你如果想保住位子，就得拿出真正的功绩。""功绩？""对，功绩。抓住共产党，抓住逃狱的共产党，司令一向一言九鼎，他在众人面前说过，抓住逃犯可以不予追责。放心，你只要抓住逃犯，我绝对会在司令面前替你多说好话，到时候，等司令保了你的职，你再去孝敬他老人家，保不准司令还会把你当嫡系看待，如果这样的话，兄弟你以后的荣华富贵就不可限量了呀！"

从副官家中取得真经的谢恩回家请示了关爷后，决定从留守乌牛山的乌牛团抽调六十人前来帮忙追剿逃犯。他对手中的宪兵和乌牛团的骑兵进行了任务安排，宪兵负责在城中搜查，乌牛团骑兵负责跟他定点追剿。谢恩再一次翻开从他管辖的回龙窝监狱中逃出的四个人的名单，嘴里反复默念着，李志达、顾雁林、杨庭鸿、夏毓杰……他一边念，一边手指攥拳轻轻敲打着油光灿灿的茶几，突然，他砰的一声巨响将拳头重重砸在茶几上，茶几一角的茶杯连同茶水应声摔到了他的脚上，他微笑着踢开碎瓷片，起身又连笑了几声。当即，谢恩带了二十几人的骑兵一路飞奔到了夏郭庄。

开门的是夏永兴。见到谢恩突然到来，夏永兴惊恐地差点跌倒在地。谢恩大喊了一声“叔”，说道：“我来看您啦！”一向渴望见到养子的夏永兴，在真的见到了之后，竟然有些无措，他没有答话，也没有问话，甚至连嘴唇的嚅动也丝毫没有。谢恩翻身下马，笑道：“叔，你不认得我啦？”夏永兴直愣愣地望着他。谢恩招呼身后的人掏出了写有通缉令三个大字的纸，问：“叔，你不认识我，不要紧，你看，你认识他吗？”夏永兴把目光盯向纸上的人头像，毛笔描绘的人头像左方竖排写着三个字——夏毓杰。夏永兴的脸色越发苍白。谢恩伸出戴有皮革手套的右手食指使劲弹向通缉令的纸张，纸唰地撕裂了。“叔，这个人名字叫夏毓杰，我思来想去，总感觉有些巧合，竟然同你给我起的名只差了一个字，夏毓恩，夏毓杰，呵呵……”谢恩戴着手套的双手将纸拼在了一起，直视着夏永兴，瞪眼质问，“这个人是谁，他在哪儿？”夏永兴看了看谢恩头顶的大檐帽，依旧没有答话。谢恩笑嘻嘻地将手中的纸扔在了空中，脱掉手套从上衣口袋里取出折叠整齐的另一种泛黄的纸，他拉起夏永兴的手，把纸轻轻安放到了夏永兴的手中，说：“叔，这是我家用人捡到的，对我来说就是一堆废纸，所以，今天还给失主。”夏永兴低头看，手中抓的是他送出去的田契和银票。夏永兴开口说了话，声音低沉：“这是，给你的一份财产。”谢恩哈哈笑道：“叔，这点东西也叫财产，我随便打发一个乞丐，也不止这些。”夏永兴再次沉默。谢恩边说边引夏永兴进了门过了院子入了堂屋：“叔，明人不说暗话，我其实早已经知道了一二，这城里城外姓夏的本来就没多少人，没猜错的话，夏毓杰就是你在城里的亲戚，毓字辈，该是你的侄子。你快点告诉我，他……”夏永兴屏住呼吸，问：“你找他，做什么？”“哈哈哈哈……”谢恩眉开眼笑地说道，“叔，我没记错的话，你是识字的，通缉令上写得清清楚楚。叔，你明白了吗？”夏永兴眉头一紧，坐在了竹椅上不再起身。

谢恩追问："这个夏毓杰，你最近可曾见过？"夏永兴回答："没有。"谢恩悄声说："他家中的亲人，你最近可曾见过？"夏永兴流利地回答道："你，就是他的亲人。"谢恩甩了甩手套，掸去臂上的灰尘，声音严厉说："叔，我在认真跟你说话！我谢恩，现在是堂堂的宪兵队长，不是从前跟你活命的小毛贼，你要识趣一点儿！"听谢恩如此说话，夏永兴浑身猛然一颤，不觉踢响了茶几底下的漱盂。谢恩得意地笑出了声，说："叔，我给你半盏香的工夫，好好想一想，三个问题：一、夏毓杰的家人都有谁；二、夏毓杰的家到底在哪里；三、夏毓杰目前身在何处。"说完，谢恩大声呼喊门外的随从都进来歇息。

不一会儿的工夫，一群宪兵将整个院子搜查了一遍，而后，正房的三间屋子被谢恩和他的随从占满了。他们翻出了墙角的一坛白酒，三五成群地聚在一起，一边喝酒一边玩起了划拳的游戏。

夏毓彤从田里回到家中，当他站在堂屋外看到里面众兵娱乐的场景时，两条腿开始剧烈地颤抖，瞬间，他的下肢已经无法听从内心的使唤，就如同他自己也喝多酒似的，膝盖一软，倒在了院子里的石板地上。谢恩认出了地上的夏毓彤，他起身从屋内迎了出来，说："兄弟，你总算回来了，一定还记得我吧？"夏毓彤睁大了眼，怯怯地回答："记得，是……大哥。"谢恩用力扶起夏毓彤，说："记得我就好。不要害怕，我带这么多兵来，就是想打听一个人。"夏毓彤虽然被扶起，却无法站立，身体一软又坐在了地上，他低声问："大哥，要打听什么人？"谢恩从身后叫了一人拿出通缉令，展开在了夏毓彤眼前。夏毓彤匐在冰凉的石板地上，两只手臂也开始剧烈颤抖了起来。谢恩笑道："他是谁？"夏毓彤抖动着嘴唇，回答说："他，不在我家……"谢恩说："好！他不在你家，那么，他在哪里？"夏毓彤语无伦次地回答："共产党……他是……在城里……他娘，他爹。"谢恩追问道："他爹娘在哪儿？快说！""户……部山。""胡说！户部山没有姓夏的人家！"谢恩瞪大了眼。夏毓彤结结巴巴地解释道："他没有爹……他有娘，他娘，在户部山上……的裴家。”“裴家。”谢恩满意地伸手摸了摸夏毓彤泛油的头顶。

半盏香烧尽了，一整盏香也烧尽了，夏永兴缄默不言，始终没有回答谢恩的三个问题。谢恩望着夏永兴憔悴的脸，指了指蹲在墙根的夏毓彤说：“叔，你太执拗，不如我这个兄弟。”说完，他招呼酩酊大醉的手下，出门，上马，回城。

兵马悉数走净。夏永兴出门守在夏郭庄的村口好一会儿，又围村子转了两圈，在确认真的没有宪兵之后，他回到家中，拉起浑身瘫软的夏毓彤，拍拍他的后背，叫他去把大门锁上。夏永兴则缓缓走入耳房西侧的胡同，趴在地窖口用力把石板扒开一个缝，在确认地窖里的夏毓杰、拾疏影和尤小喜三个人都安然无恙后，他扳开石板，拉三人上来透透气。夏永兴把刚才的情况简单向三人做了讲述，并叫了夏毓彤过来，他猛力朝着夏毓彤的膝盖腘窝狠狠踢去，迫使夏毓彤“哎哟”一声跪在了尤小喜的脚下。尤小喜正要欠身去扶，夏永兴也跪了下来。尤小喜惊慌失措。一旁的夏毓杰和拾疏影合力把夏永兴扶起。夏永兴眼含着泪光，说：“全都是我的过错，都是我养的孩子啊！一个六亲不认，另一个出卖亲人，都是我的过错。”拾疏影安慰说：“这又怎么能怪你，要怪，就得怪这个万恶的世道。”尤小喜在一旁连连补充说：“怪世道，怪世道。”夏毓杰打断说道：“叔，娘，快别多说了。既然毓彤说出了我娘的地址，宪兵一定会到裴家去找，裴家的人如果说出了我娘的去向，那么，他们马上又会杀回这里。所以，我认为当务之急有两件事要办：第一件，我带我娘迅速转移到别的地方；第二件，劳烦大叔把疏影送进城。”拾疏影跳到夏毓杰面前，说：“我不进城，我要跟你一起走。”夏毓杰说道：“不行。”拾疏影问：“为什么不行？”夏毓杰说：“你难道忘了昨晚我跟你说的话了吗？”拾疏影低头低声道：“我没忘，不过……”夏毓杰忙说：“就按我说的办。”拾疏影微微点了点头。站在一旁的尤小喜已经把跪在地上的夏毓彤拉了起来，她直起腰对儿子夏毓杰说：“我不跟你走了。”夏毓杰问：“为什么？”尤小喜说：“我走得慢，怕连累你，你现在差不多痊愈了，我也该回城了。”夏毓杰控制着自己的喉音，说：“娘，你不能回城，他们……”尤小喜伸手掩住了儿子夏毓杰的嘴，说：“我必须得回去，我跟裴家少奶奶说我到这里帮着闲忙，忘了叫她保密。宪兵一旦查到裴家，如果发现我没在，肯定还会找到这里，到时候怕……所以，我现在就得回去，回裴家。”

见几个人争论不定，夏永兴叫大家暂且不要再争，快些收拾行李，以防耽误了时间。拾疏影急忙答应，进屋打了三个略显干瘪的包袱出来，说：“三个人的都装好了，还带了几块馍。”夏毓杰接了两个包袱，扶住母亲尤小喜就要走。尤小喜顿时捂腹弓腰说肚子疼，叮嘱儿子夏毓杰一定要快些先走，她不能连累他，说着，她小脚踉跄地躲入了茅房。夏毓杰不愿落下母亲，他守在院子里等了许久。

突然，嗒嗒嗒嗒……一阵杂乱而响震大地的马蹄声由远而近传来。一直甄心动惧的夏永兴意识到大事不妙，他一边说：“你们快，快躲进地窖！”一边迈出跌跄的箭步冲到大门前，使用后背紧紧抵住了门栓。

夏永兴的警觉是正确的，夏毓杰的推断也是正确的。谢恩带人气势汹汹地又来了。门外响起了警愦觉聋的喊门声。

夏毓杰快步冲向茅房，拾疏影全力拉住了他，说：“快躲起来！我去叫娘。”此时，连拾疏影自己也没有意识到，她的一声“娘”喊得是那样自然。夏毓杰努力挣脱拾疏影的手，却没能挣脱。在拾疏影的推搡下，夏毓杰一步一步退到了地窖口，当他踩到地窖口一侧的石板的那一刻，身体忽然失重，一不小心踢到了另一块石板，石板顺着地窖口滑入地窖中。拾疏影看着一人多深的地窖，大惊失色，少了一块石板的窖口将无法再被掩盖，一经判断地窖已不是藏身之地，她顿时松开夏毓杰的手臂，从胡同西侧扛起两捆干柴，堆在了后墙根，说：“毓杰，翻墙！”夏毓杰咬牙切齿道：“我娘还在……可恶的宪兵！我要出去跟他们拼了！”拾疏影听后，慌忙扑到夏毓杰身前拉住了他，悄声急促地责备道：“冷静！平日里你教我遇事冷静，你现在是怎么了！”夏毓杰长吸一口气，说："我娘……"拾疏影急得几乎要哭出声来："毓杰，你冷静！现在是十万火急。你要清楚，他们抓的是你，不是你娘。"夏毓杰看着拾疏影的眼，说："那我娘咋办，万一我娘落到他们手中，为了问出我的下落，行刑逼供可是他们的惯用伎俩。"拾疏影低声啜泣开来，拼力拉住夏毓杰，说："你再不走，都得被抓！你要是被抓了，有个三长两短，我也不活了，我就投河自尽。"夏毓杰瞬间静止了。在拾疏影的帮助下，夏毓杰踩柴翻墙而出。夏毓杰伸手准备拉拾疏影一同翻墙逃走，拾疏影已经撤走墙根的干柴，转身走出胡同进了院子。

谢恩指挥着手下杀气腾腾地撞开了大门。大门被撞开的一瞬间，夏永兴应声倒地，一群兵从他的身上鱼跃似的踩踏而过。还是谢恩敏锐地注意到了人群底下的夏永兴，他挥手大喊，叫手下们都闪开。谢恩大摇大摆走到夏永兴跟前，蹲下身，冷笑道："叔，呵呵呵，你不地道，也不老实。"他朝前挥一挥手，一群兵蜂拥而入，涌入院子里开始四处搜查。谢恩站直了身，大喊道："给我搜，彻底地搜！哪怕一口老鼠洞，也要给老子搜出来！"夏永兴挣扎着要起身，却被谢恩一条靴子踩住了胸口。夏永兴不觉怒火中烧，说："你要干什么！""干什么？我带弟兄们去了户部山裴家，裴家说得很清楚，夏毓杰他娘就在夏郭庄，就在你夏永兴家中！"谢恩拿开穿有长靴的脚，再次蹲了下来，冷笑道："我干什么？我是按令搜捕！"夏永兴奋力撑起双臂，大声喊道："你敢！六亲不认的畜生！"夏永兴似乎从来没有对眼前的养子如此大声地说过狠话，从小到大，从来没有。谢恩依旧保持着冷笑的面孔，嘴凑到夏永兴耳边，低声说："叔，我怎么就六亲不认了，这不，你是我叔，我还认得，我认得。"说着，谢恩哈哈大笑了几声，起身过了影壁站在了院子中央。

"报告长官，都搜遍了，找到两个女人。"手下们连提带拽把尤小喜和拾疏影带到了谢恩面前。谢恩粗略打量了一番后，问："在哪儿找到的？"一个手下回答："报告长官，一个在茅房，另一个就站在院子里。”谢恩微微笑道：“是哪一个躲在茅房？”手下答：“是这个老家伙，她躲在茅房里正哭呢。”谢恩伸出戴有皮革手套的手，拍了拍答话的手下的肩，满意地说：“咱们要懂得礼节，你们这样贸然闯进女人的茅房，不好。”手下忙说：“这个老女人根本不是在解手，衣裳穿得整齐得很！”谢恩点了点头，手伸到了拾疏影脸前，指着她的脸，问：“你是谁？”拾疏影猛然把头扭到一边，“哼”了一声，没有答话。

“报告长官，在那边巷口找到一个地窖，里面是空的。”一个兵慌忙跑到谢恩跟前报告。这时，夏永兴连同夏毓彤也被几个兵带到了谢恩面前。谢恩白了一眼夏永兴，问：“叔，我再喊你一声叔，你老实告诉我，这两个女人是咋一回事，地窖又是咋一回事？”夏永兴用力瞪着谢恩，说：“好，我告诉你，我告诉你……”旁边的一名兵催促道：“快说！”夏永兴瞪大了的眼睛中渐渐冒出了五味杂陈的泪水，转头看了看尤小喜，又转头对谢恩说：“这个女人，是你在这世上最亲的人。”谢恩忽然一愣，忽而又大笑了起来，说：“哈哈哈哈，我谢恩在这世上最亲的人？我在这世上最亲的人，姓关。她姓啥？哈哈哈哈……”“她姓尤。”夏永兴厉声说，“和你娘是同一个姓。”谢恩的大笑戛然而止，脸色倏然凝重了许多，盯着尤小喜，说：“叔，你说这个女人跟我娘是一个姓，不对吧，我可记得小时候你说过，你不知道我的亲爹亲娘。”夏永兴仰天长叹了一口气：“我对不住你，她是你的亲姨。”谢恩冷笑着问：“呵呵，亲姨。那我娘呢？”夏永兴哀声道：“你娘可能死了，也可能没死。”谢恩再一次笑出声来：“哈哈，笑话！叔，我现在是在‘剿匪’，别拿故事搪塞我。”说完，他转头问尤小喜：“我问你，你是不是夏毓杰的娘？”尤小喜苍白着脸，看了看夏永兴，又看了看拾疏影，没敢作声。谢恩笑道：“你不回答我，我也知道了，你就是夏毓杰的娘。快说，你儿子夏毓杰藏在哪儿了？”夏永兴骂道：“你不能六亲不认啊！她和你娘，可是亲姊妹！”谢恩鄙笑着对尤小喜说：“你听，我叔说，我娘跟你是亲姊妹，真的吗？哈哈！”尤小喜温声细语地说道：“是的，我是你亲姨。”谢恩嗤笑一声："笑话！你说是就是……"没等谢恩再往下说，尤小喜指着谢恩的手，说："你的右手，大拇指……还有，你的后背有一块胎记，长条的胎记。"听尤小喜说完，谢恩愣住了，他再次仔细打量眼前这个中年女人，咽了一口吐沫，又轻轻朝地上啐出了一口，嘲笑说："这些事，都是夏永兴告诉你的吧，你们一唱一和，别以为能骗得了我！"说完，谢恩大声对手下喊道："把这个女人抓走！把年轻的女人也抓走！"喊声一落，尤小喜和拾疏影被押了直往院外拖去。

见养子要抓人，夏永兴竭尽全力挣扎，努力去挣脱被士兵紧紧反扣的双臂，可是无论他怎样拼力挣扎，却始终无法逃脱士兵们的魔爪。眼见着尤小喜声嘶力竭地也在挣扎，夏永兴心中有团火焰熊熊燃起，这团火如同火山口迸发的岩浆燃尽了他的全身，他浑身充满了异样的力量。他似乎从来没有过这种力量，这种力量使他心中刚劲，这种力量又使他即将窒息，他的呼吸越发急促，他的喉咙越发有力，忽然，他终于大吼了一声："你六亲不认！你认贼作父！姓关的，就是你娘的仇人！"谢恩猛然转身，几个大步冲到夏永兴面前，双手抓住夏永兴的上衫，勒紧的上衫卡住了他的脖子，谢恩怒视着夏永兴道："你再说一遍！"夏永兴忽然冷静了下来，缓缓回答道："姓关的，你的岳丈，是你娘的仇人，也是你的仇人。"谢恩明显露出了惊讶的表情，他暂且没有答话，慢慢松开夏永兴的衣衫，挥了挥手，示意手下先放了人，全部退出大门外等候命令。

院子里重新回归了平静，拾疏影扶着尤小喜半倚在影壁墙的石基上，谢恩手握腰际的手枪套抵着夏永兴站在影壁墙北面的磨盘旁，许久，几个人一言不发，只有夏毓彤坐在西厢房门外发出哽咽的声音。"都给我在外面看好啦！"须臾，谢恩大声朝门外大喊了一句，回头质问夏永兴道，"你今天要把话讲清楚，谁是仇人？"夏永兴看了一眼尤小喜后，便用枯涩的手捂住了自己略显枯瘦的脸，沉重地蹲在了地上，边叹气边说道："是我瞒了你，我瞒了你们所有人……"谢恩催促道："快说！”拾疏影帮衬夏永兴，朝谢恩说道：“你别催！你……”谢恩挺直了手臂指向拾疏影，吼道：“你给老子闭嘴！不然我崩了你。”尤小喜捏紧拾疏影的手，叫她不再说话。夏永兴“呵呵”笑了笑，指着脚跟一旁的磨盘，说：“都说‘倒了碾子砸了磨盘’，我今天就实打实地告诉你吧。我这些年从来没有告诉过别人，我见过你娘……”

夏永兴把当年他如何上山求子，如何遇到谢恩的娘，如何遇上土匪，如何又遇到了尤小喜，如何收养了谢恩等等，全都说与了谢恩听。说完，夏永兴朝自己的胸口用力地捶打，捶打过罢，他长舒了一口气，似乎是心灵上得到了渴盼已久的升华。

谢恩摸在腰际的手早已从手枪上脱离，他双手掩住了脸，连连摆头。不远处的尤小喜惊讶地喃喃自语。夏永兴摸着磨盘上的槽口，轻声说：“孩子，你回去问问关兴，也许你娘还活着。”谢恩摘下右手的皮手套，没有作声，他一步一步慢慢走到尤小喜面前，仔细看着她的脸，质问：“他说的，是真的？”尤小喜疑惑地点了点头。

谢恩似乎真的沉默了，他无神地仰望着天，又还魂似的低头看着地。过了好一会儿，突然，谢恩“哈哈哈哈”大笑几声，喊道：“好，好！我谢恩就来个六亲不认。来人，把他们全给我抓走！”门外守候的士兵们瞬间冲了进来。尤小喜被抓走了，拾疏影被抓走了，夏永兴也被抓走了，只留下怯怯发抖的夏毓彤孤零零地坐在了院子里。

几个人被抓走之后，没有直接被关进监狱里，而是被谢恩关入了位于宪兵队大院中的一间四面无窗的禁闭屋内。谢恩没有过多逗留，他只身返回了位于南城墙基的宅子。妻子关盼盼叫保姆给谢恩端来晚饭，谢恩并未进食，他只陪儿子玩耍了几下，就去往了后院。他在后院内的亭子里守了两个钟头，直到不远处传来一曲《杨三姐告状》的评剧，他才从亭中起身迎了出来。这曲评剧是从听戏归来的关爷嘴中哼唱出的音律，曲中丝毫听不出告状的悲苦，旁人听来，全是抑扬顿挫的胜者为王般的蛮横和霸气。关爷一进门，谢恩就迎了上来道安，关爷满意地询问谢恩妻儿是否都已安歇，谢恩只是点头并未回话。关爷似乎看出了端倪，问谢恩是否遇到了什么难事。谢恩憋肿了脸，嘴里也没有蹦出一个字来。关爷有些生气，黑下脸，说道："你今天是'徐庶进曹营，一言不发'，不说就算，我进屋去了。"关爷边往屋里走，边叫保姆端茶过来。谢恩仍旧不说话，跟在关爷身后也进了屋。关爷问："你有事快说，平日里可不是这个模样，像个娘儿们……"没等关爷的话说完，谢恩遽然一个转身将房门拴上，门栓扣紧的一瞬间，他猛然从腰际掏出了手枪，把枪口迅速指向关爷，关爷正要惊呼，谢恩又迅速将枪口抬起，指向了屋顶。关爷训斥道："你要干什么！"谢恩将枪口对准了自己的额头，慢慢地说："爹，我打听一件事。"关爷说："有话就说，有屁就放，摆弄个手枪，算什么玩意！"谢恩把手枪徐徐地放到胸前，说："你可认识一个独眼龙的兄弟？"关爷稍作迟疑，说："认得，怎么？"谢恩心中急促又问："三十年前，你是不是帮独眼龙抢过一个女人。"关爷神色自若，说道："呵呵，抢的女人多了去了，你说的哪一个？"谢恩诘问道："在城南云龙山上的那一个。"沉默了片刻，关爷回答说："你知道得太多啦，告诉我，你是从乌牛山哪一个该死的杂种嘴中听说的？"谢恩问："也就是说，确有这一回事。那么，那个女人怎么啦？是死，还是活？"关爷笑道："看来，你知道的也不多。哈哈！那个女人，跟了我。"谢恩吼道："人呢？现在在哪儿？"关爷骂道："该死的女人，早就死啦！""怎么死的？""你不需要知道得太多。"谢恩大声说："她，是我亲娘！"

突然，关爷变得屏息凝神。谢恩把枪口再一次对向关爷，连续追问到底是怎么死的，是谁杀死的。关爷面色十分镇定，用手握住枪管，说："放心，盼盼的娘不是她。"说完，关爷推开手枪，开了门栓，背手踱步出了房子，出了院子，出了城。

三天后，谢恩从昔日乌牛山归隐田园的老土匪口中打听到了消息。关爷与独眼龙当年是结拜兄弟，独眼龙居大，关爷居小，乌牛山就是他们俩共同打下的天下。最开始，两兄弟肝胆相照，后来两人不知道因为何事起了恩怨，两人各领一队人马对打了起来，独眼龙被杀，乌牛山另死了十几个兄弟。自那以后，关爷在乌牛山上一人独大，把独眼龙的女人全都霸占了过来，他还按照序列给女人们依次取了称谓，原配是大夫人，其余的女人从二姨太一直排到了九姨太。其中，数二姨太脾气最烈，她是徐州城里人，不知道因为什么，她被关爷霸占不久就跳山自杀了。那人说，谢恩打听的女人，应该就是二姨太。

一经掸开了身世的浮尘，谢恩打破砂锅问到底的意愿就如同决了堤的洪水，汹涌而来。他举着那把油得发亮的手枪走近妻子关盼盼身旁。关盼盼正趴在正堂的圆桌上，一盏明亮的玻璃翡翠油灯照亮了整间屋子。谢恩把手枪咣的一声拍在了桌子上，震得油灯冒出的火苗倏地昏暗下来，也震得关盼盼猝然站直了身。“今儿个天冷，我这给你端泡脚水来。”谢恩眼中的愤怒被妻子关盼盼的一句问候的话抚慰得消失殆尽。望着妻子的背影，看着床上横卧着的儿子，谢恩的心中如同长出了一棵参天大树，树干枯朽，树叶全无，凛冽的风霜吹打着树干，使整棵树摇摇欲坠。他拼力扶住心中的树不叫它倒下，可是似乎风力太强，大树随时都将倾倒，慢慢地，他不再去扶它，默默地观望，好像在眼睁睁地看着大树倒塌。妻子关盼盼平稳地搁下洗脚盆，轻轻脱下谢恩的靴子，扶着他的脚轻轻放入盆中。谢恩脸上的表情，早已从先前的愤怒转变为冷漠，又从冷漠转变为温情，他对妻子关盼盼说：“如果我和你爹，死了一个，你……”关盼盼慌忙握住了脚盆中谢恩的双脚，说：“我不想你们死，一个也不死。”谢恩微微笑了笑，心中不觉激淌出无形的湍流，他并不知晓这湍流是血，还是泪，只觉这湍流中满是痛与苦。

第二天，谢恩带了五十人的队伍快马杀到了乌牛山。关爷早已派出洋枪队守在了上山的入口，守卫士兵扬言，任何人不准入内，包括谢恩，倘若硬闯，格杀勿论。谢恩带队佯装返回，须臾，他又带人马来了个回马枪，使用三辆马车的火器排列成阵面朝上山的入口，又拿出十两银子摆在阵前。几个回合的喊话后，守兵弃械投降。谢恩带领四十人轻骑而上，直抵关爷的洞口，谢恩再三向手下交代要“抓活的”，万万不能取了性命，谁敢取关爷的性命，他谢恩就要了谁的狗命。不过，关爷并不在洞中，据关爷的一位老侍卫交代，关爷已经逃走，不知去向。谢恩派人绕乌牛山周边四处搜查，既没有找到关爷的身影，甚至连关爷逃脱的方向都没有打探到。谢恩徒劳而返。

回城后，谢恩下令放了拾疏影。在接下来的十天内，谢恩又下令释放了夏永兴，也释放了尤小喜。他没有再问过一句关于他亲生爹娘的事。

夏毓杰翻墙出了院子不久，兵马就在外围围住了夏永兴的整个宅院。他顺着屋后不远处的一条小沟匍匐出了夏郭庄，一路向北，边走边躲，十天后，他终于抵达徐州城北沛县的县域，幸运地成功找到了新的党组织。夏毓杰开始了在徐州城北一百里的微山湖一带的活动。

第十六章　恩怨

拾疏影在宪兵队大院后守了好几天，直到夏永兴和尤小喜也被释放出来，她才释然返回了学校。临别前，拾疏影将她的地址分别写与了他们。拾疏影走后，根据尤小喜的要求，夏永兴悄悄将尤小喜送到了裴家。裴秀才询问了究竟后，兰儿跪在尤小喜身前连连抽打自己的脸，说是自己的嘴贱，差点儿害了她。尤小喜赶忙扶起兰儿，连声说，不怨她。说完，兰儿和尤小喜主仆二人抱头痛哭了起来。

夏永兴没有在裴家过多停留，便起身告辞了。他徒步下了户部山，沿护城河南岸的小径一路向西走去，他越走步伐越沉重，当他隔着护城河有意无意间看到了养子谢恩的宅院时，已经变得举步维艰。他停止了脚步，沉重地坐在了护城河南岸的石墩上，不觉闭上了眼，陷入了沉思。没有人知晓，虽然身体被释放了出来，夏永兴的灵魂好似一下子被关进了终日暗无天日的监狱，他此刻有些后悔，后悔说出了养子的身世，这无疑是把一道背恩忘义、家庭破碎的绝世难题抛给了养子。没人知道，夏永兴的灵魂深处充满了痛楚、无奈、懊悔、自责，覆盖在他灵魂上的阴霾很重很重，近乎一种被泰山压顶的感觉。突然，他脑中一片眩晕，从石墩上滑落到了河中，河中只传来一声轻微的扑通落水声，没有呼救声，哪怕连一句呻吟声也没有。

一个男孩救了他。在夏永兴落水的一刹那，护城河北岸不远处一个正在玩耍的男孩看到了一切，男孩大声呼叫家人。不知过了多久，夏永兴在护城河北岸的枯草地上苏醒了，他睁开眼，看到了一个男孩，看到了一个看病先生，还看到了一个女人。夏永兴认出了这个女人，她，是她。夏永兴挣扎着起了身，踉踉跄跄慌忙离去。他认出了她，她是养子谢恩的妻子。

夏永兴无神地返回了夏郭庄，他进入家中，径直走入了西厢房。他呆站着盯着房梁看了好长时间，内心的痛楚似乎无法再允许他活在世上，他想自杀。最终，他取出一条长长的麻绳，费力甩到了梁上。谁知，天意弄人，在夏永兴拴紧麻绳的瞬间，房梁嘎吱一声折断了，顺着房梁一起落地的还有房顶的草块和瓦片。夏永兴被牢牢地压在了废墟下。

一旁马圈里的马发出了惨烈的嘶鸣声，嘶鸣声引来了儿子夏毓彤。夏毓彤刨开废墟，救了夏永兴。

拾疏影在学校里得到了夏毓杰的秘密来信，她欣喜地按照夏毓杰信中所讲，在一盏昏暗的油灯上把信纸烧掉了。他一切安好，她心中便恢复了晴天。

心中是晴天，心外也是晴天。春天里的晴天比夏天时显得羞赧，比秋天时显得和善，比冬天时显得温存。拾疏影在春天的晴天里正准备明日要讲的课程，刘梦樱再次来找。拾疏影欢快地迎了出去。刘梦樱惊讶地问："有你三哥的消息了？"拾疏影谨慎地回答说："还没有。"刘梦樱失望地摇了摇头。其实，拾疏影是知道三哥拾起的去向的，他仍躲藏在白云寺内，但身为共产党员的她是不能随便告诉刘梦樱的，因为她知道，多一个人知道，拾起就多一分危险。刘梦樱坐在拾疏影的床头，一言不发地擦拭起了眼泪。拾疏影忙问："咋了？"刘梦樱红润着眼，回答说："我爹他，逼我嫁人。"拾疏影急切地说："这都什么年代啦，婚姻自由！怎么还能再包办婚姻！""有你哥的消息，一定要马上告诉我。"刘梦樱忙拉住拾疏影的手，焦急地哭出了声，“也不知道他去了哪儿，我可咋办……”拾疏影犹豫了一下，忍住没有作答。

过了好一会儿，刘梦樱拿出一张报纸，说：“学校组织新生活运动，我有许多宣传单要写，可是我今天连夜也写不完，疏影，你得帮我个忙，帮我抄写一份。”拾疏影爽快答应了。两人当即就裁剪了十几张白色的纸，各自挥起笔墨，写下了新生活运动的宣传语。

宣传语尽是如何要民众坚持“礼义廉耻”，如何要坚持“生活艺术化，生活生产化，生活军事化”，以及新生活的目的“不仅是表面的市容清洁、谨守秩序，而且要改革社会，要复兴一个国家和民族”。

写完宣传单，天空已经被暮色完全遮蔽。拾疏影留下刘梦樱在她的寝室内休息了一夜。夜里，拾疏影无数次涌出把三哥拾起的消息告诉给刘梦樱的冲动，每每都是特有的警觉提醒她，不行，不行，不行……拾疏影躺在木床的这头，心劳意攘无法入眠，她通过枕上传来的微微声响意识到刘梦樱在木床的那头也没有入睡。

忽然，拾疏影睁开了眼，脑中似乎想到了一个绝妙的主意，她捋起枕边卷曲的头发撩在了耳后，小声对刘梦樱说：“梦樱，你怕死吗？”刘梦樱轻声回答说：“我还没想过这个问题。”“我不怕死。”拾疏影坐直了身子，再一次捋起发梢，说，“你知道为什么吗？”刘梦樱也坐直了身子，两人脸对着脸，静静地对话，窗外滴答响起了春雨的声音。“因为我有信仰。”拾疏影凑近刘梦樱的耳边说，“共产主义的信仰。”“啊，共……”刘梦樱惊讶地说。拾疏影迅速伸手掩住了刘梦樱的嘴，悄悄说：“小声点儿。”刘梦樱低声问：“你是说，你信共产主义？”拾疏影说：“我信。”刘梦樱问：“你是共产党？”拾疏影说：“我是。”刘梦樱猛地一颤，说：“共产党不都是匪吗？你怎么能……”拾疏影愤然说：“梦樱，你不要信那些抹黑言论，我们共产党是无产阶级的政党，是为了贫苦大众的政党，我们一定能战胜欺压百姓的强盗，我们一定能取得胜利的。不信，你可以看看苏联。”刘梦樱怯怯地说：“我爹他，是国民党，也有财富，你们是不是也会把我家……”拾疏影打断道：“梦樱，你要懂得一个道理，共产主义是美好的、平等的、幸福的。”说完，拾疏影下了床，挪开紧挨床头的书桌，小心翼翼地刨开一块青砖，她从砖底下拿出一本包了严实油纸的薄薄的书，轻轻拆去油纸把书递给刘梦樱：“给你看一本书。”刘梦樱接过了书，下床凑近拾疏影转身点燃的油灯，默念起书中的文字。

刘梦樱一口气看完了，没有停顿一分一秒。她合上书，激动地悄声说：“原来这就是《共产党宣言》！”拾疏影微笑着从刘梦樱手中要过书，重新用油纸包好，并在刘梦樱的帮助下把书藏回了原位。藏好书，拾疏影向刘梦樱详细讲解了共产党面临的困境，也讲解了作为一名共产党员的极度的危险性。她告诉刘梦樱，拾起也是共产党，而且他离徐州城不远，时机到了自然会出现。她还对刘梦樱说，她要回家找父母，叫父母替三哥拾起提亲，去刘梦樱家中提亲。就这样，两人一个讲一个听，伴着清爽的春雨，不知不觉都带着欣喜的笑容睡着了。

第二天，拾疏影与另一位教师调了一堂课，赶在一个上午把全天的课程讲完了。她在学校门外不远的治平路上的一家面馆简单吃了午餐，叫了一辆黄包车向北出城过故黄河绕九里山回到了拾屯的家。母亲见她回了家，急忙亲自下厨给她做饭，拾疏影连声说已经吃了饭，母亲依旧忙慌慌地擀起了面条。拾疏影钻进厨房对母亲说，有一户绝好的人家绝好的女子，何不赶紧找个媒婆去替三哥拾起说亲。母亲笑了笑，说：“你这个丫头，你说你有意中人了，不叫娘给你说媒，就因为这个，娘赶走了多少个来咱家给你说亲的媒婆！娘哪儿还有脸去请媒婆。”拾疏影噘嘴说道：“不请就不请，实在不行，娘你自个儿去当媒婆替三哥说亲。”母亲瞅了她一眼，微笑着说：“你咋不去？”拾疏影坐在小板凳上拉起了灶台一边的风箱，挤眼调皮地说道：“娘要是叫我去，我明个儿就去，反正就住三姨家隔壁，我知道她家。”母亲连说“好好好”，将白面面条下了锅，又说：“这事得先跟你三哥商量，可你三哥整日不着家，这可咋办？”拾疏影凑近母亲耳边，说：“娘，我去跟三哥说。”母亲瞟了她一眼，说：“你咋找，你又不知道他在哪儿，连我都不知道。”拾疏影笑了笑。

拾疏影在九里山白云寺内找到了拾起，拾起正在功德房里看书。见拾起穿着一身和尚的长袍僧衣，拾疏影“咯咯咯”笑出了声。拾起警觉地到房外看了看寺院的动静，把拾疏影从功德房带入了寺后的无人的山洞里。在洞中，拾起扬起手中的书轻轻敲打拾疏影的头，责备说：“你虽然从来没有暴露身份，但是你贸然来这里找我，也是很危险的。”拾疏影笑道：“我有反侦察的能力，毓杰教给我的。”拾起压低声音，说：“我告诉你，夏毓杰目前很安全，他跟我保持着联络。”拾疏影笑道：“我知道，他安全。”拾起郑重地说：“你来我这里是很危险的，我自己都不知道是不是被叛徒出卖了。我现在能得到的城中的情报非常少，我有种不祥的预感，有人在监视我。”拾疏影突然凝结了脸上的笑容，问：“谁在监视？”拾起回答：“不知道是谁，只是我的感觉。”拾疏影说：“三哥，你可要小心，一定要小心。”拾起说：“我知道小心，快说，你来找我有什么事？”拾疏影说：“私事。”“私事？你要找夏毓杰？”“不是。”“那是什么私事？”“刘梦樱的事，她找不到你，快急疯了。”拾起裹紧僧袍，说：“自打我藏在这里，我进城里偷偷见过她几次，当然，她没看到我，我还给她写了十几封信……”拾疏影急说：“你给她写过信，她咋没收到？”拾起惊讶地说：“没收到？怎么会没收到？”“先不管信的事了，我要告诉你，更重要的事。”拾疏影打断了拾起质疑的思绪，说道，“她爹逼她嫁人。”拾起瞬间睁大了眼睛：“什么！嫁人！”拾疏影微笑道：“你先别急，我慢慢给你说清楚。”拾起攥紧拳头听妹妹拾疏影详细诉说了事情的来龙去脉，听完后，他手中的拳头松开了。他拉下脸，严厉地说：“疏影，你为何要告诉她我是共产党，你为何要劝她也加入共产党！”拾疏影瞠目结舌，没有作答。须臾，拾起语重心长地宽慰拾疏影：“我之所以不让刘梦樱接触党的一切，就是怕她有危险，现在党面临的环境太黑暗，包括你，疏影，我从内心深处是不愿你加入共产党来冒险的。”拾疏影果断回答：“我不怕。”拾起看了看拾疏影，轻声哀叹了一声。拾疏影说：“三哥，提亲的事，你同意吗？”拾起思忖片刻，说：“先别急，等我探明究竟再说。”

利用惯用的伪装技术，拾起在两腮粘满胡子，在脸上涂了些灰土，身穿满是补丁的乞丐服，伪装成一名佝偻的乞丐，他在拾疏影离开白云寺不久，便提了一个缺口的陶瓷瓦罐进了城。黄昏下，拾起在富贵街等了近一个时辰，直到天色渐黑，他才见到了刘梦樱的身影，他悄悄跟随她绕到后墙，抢在她进入后门之前，出现在了她的面前。

刘梦樱刚要敲门，模糊地看见门旁的乞丐，吓了一跳，没等拾起开口，她温柔地说：“我进家给你取吃的，等我一下。”说完，门开了，她便迅疾进了门。拾起见门里的刘梦樱身后有一名女仆，只好不作声，没有表明身份。

刘梦樱拿了一碗精粮推门出来的时候，天色完全昏暗了下来，拾起悄声说了句“是我”，嗖的一声从狭隘的门缝侧身蹿入。刘梦樱听出了拾起的声音，配合着他的进门动作往一边撤了一步，并将手中的灯笼吹灭，待拾起进入后，她倏地关了门。拾起从刘梦樱的身后抱住了她，默默地，没有发出任何声响。刘梦樱缓缓地在他的怀中回转了身体，欲哭未哭，小声说：“你终于来了，我想你想得好苦啊。”话音刚落，她的泪水在一声呜咽声中突然决堤，瞬间声泪俱下。

“梦樱，梦樱……是谁在哭。”黑夜的空中传来了刘梦樱母亲的呼唤声。刘梦樱咽下一口泪水，回了母亲的话：“没谁，有一只猫。”“猫？哪儿来的野猫。你赶紧进屋，你爹有话要说。”“噢，知道了。”刘梦樱一边应答母亲的话，一边紧紧抓住了拾起的手，她在黑暗中牵着拾起的手，沿后墙绕到了她的闺房。进屋后，她反锁房门，紧紧抱住了拾起，再次哽咽。“快来，梦樱！”母亲的呼唤声又传来了。拾起劝说道：“你先去，我不走。”刘梦樱听劝出了屋。

当刘梦樱从父母房中返回时，拾起已经卸了伪装。刘梦樱一进门就抱紧了他，哭诉道："我爹他……他已经定了日子。"拾起疑问道："日子，什么日子？"刘梦樱把头埋在拾起的胸前，说："他逼我嫁人，已经定好了日子。"借着夜色，拾起轻轻把她拉到了凳子上，详细询问了原委。听着刘梦樱呜咽的声音，拾起轻声说："我问你，你愿不愿意？"刘梦樱急说："我不愿嫁给那个姓李的，我只愿意嫁给你。"拾起说："跟我走，怎么样？"刘梦樱柔声问："走，怎么走？"拾起说："我带你离开这里，离开徐州城。""去哪儿？""去北边。""北边？""对，你愿意吗？""我愿意。"刘梦樱点了点头，忽然又盯着拾起问，"还回来吗？"拾起回答说："也许回来，也许不回来。"

当夜，刘梦樱简单收拾了行李，悄悄随拾起逃出了家，逃出了城。拾起没有拐回白云寺，哪怕他没带任何行李，他们径直朝北去了微山湖西岸。夏毓杰安置了他们，在湖边的一条带舱的渔船上。

半个月后，一个消息传到了拾起耳中，国民党几名特务去了白云寺，查封了他所住的功德房。拾起很庆幸，庆幸带着自己爱的女人逃出了魔爪，逃出了特务组织的魔爪，逃出了家庭逼婚的魔爪。

谢恩虽然没有捉到逃犯夏毓杰，没有取得所谓的政绩，但是在警备司令的副官的暗中帮助下，他并没有被解职，不仅如此，他还加入了国民党。事后，谢恩再次送了钱款给副官以示感恩，也托副官给司令夫人送了不少礼——一些平日搜刮而来的精美首饰。

谢恩在乌牛山安插了眼线部署了兵力，一旦有关爷的消息，立马报道，立马活抓。谢恩的策略十分有效，关爷在一个大风夜回到乌牛山，那些曾经铁心追随关爷左右的人，突然有了肥狗咬主人的气魄，当即，关爷就被扣在了洞中。隔了两天，谢恩快马杀到乌牛山，命令左右端上了一桌好酒好肉。此时的关爷已经两天没有进食一颗米粒，哈哈大笑拿起肉大口啃了起来，边啃边说："临刑之前的上路酒肉，好吃，好吃！"

谢恩支开手下，手持手枪倚靠在洞中一处雕花的墙壁上，面无血色地说："我就是想知道我娘的下落，你何苦这样呢？"关爷举起一坛酒仰头痛饮。饮完，关爷使力拿起酒坛重重朝谢恩砸去，谢恩顺势低头侧身一躲，酒坛变为瓦片散落在了雕刻有裸体女人的石墙下方。谢恩敏捷地爬起身，一个飞跃举枪抵在了关爷的额头上："看在你有恩于我的分上，我不忍杀你。说，我娘……"关爷"哈哈哈哈"大笑了数声，而后逐字轻声说道："你娘不听话，被我杀了。"须臾，关爷使额头用力顶住枪口，说："我替你报仇。"说完，他抓住谢恩的手，扳动了枪机，洞中嘣的一声巨响，关爷应声，倒在了盛满酒肉的桌上。

关爷的死，似乎并未使谢恩有丝毫的报仇雪恨的快意。他怅然若失地返回城中，没有回家，而是径直去了金谷里，他在暗香书寓与艺妓关盼盼耳鬓厮磨酣畅淋漓之后，对眼前的美人说要花钱替她赎身。艺妓关盼盼欣然应允，并柔情地依偎在谢恩的怀里。

艺妓关盼盼果真是个痴情女子，一经答应了谢恩，她自个儿花钱在《徐报》的头版上打了一则广告，广告语写道"金谷里暗香书寓关盼盼声明：敝人已经从良，诸多友好自从良之日起一概谢绝关系"，以此来洗清身世隔绝旧客。

谢恩在距离城西西门旧址不远的一个无名偏巷里新买了一套宅院，虽然只有三房一院，比不上他原有的大宅院，却由于艺妓关盼盼的入住，使谢恩感到无比温馨。因为她原姓吕，名水儿，谢恩便叫她改回原来的姓名，直呼她水儿。

不知是鸳情的缘故，或是有其他的因由，吕水儿住进谢恩为她专门准备的院落后不到三个月，出现了妊娠的反应。按照城中妓女从良的一贯规矩，从良之后怀的首个胎是要打掉的，据说这是传习了史书上记载的"清肠荡世"的道理。吕水儿私底下托人从药店里抓了一服打胎的草药，正当她分了三钱的药量准备下锅煎熬时，谢恩把草药悉数倒进了粪池中，谢恩说，这个孩子不能打，这个孩子保证是个纯种。

孩子在冬天生了下来。在吕水儿的强烈要求下，接生婆洗净手，在一口干净的瓷碗中接了谢恩的血，又用针扎破了男婴的手指，当男婴的血滴落到谢恩的鲜血中不久，吕水儿释怀地笑出了声。

渐渐地，随着在吕水儿这里越来越体会到家的感觉，谢恩便越来越不愿踏入城南的宅院了，即使那里还有他的另两个孩子。

一日，谢恩照例带宪兵队在城中四处巡察。忽然，一个宪兵急匆匆跑来报告，说警备司令的副官到家中来找。谢恩骑马疾速去了阔别近两个月的位于南城的家中。副官神秘地告诉了谢恩一件大事，西安发生了事变，现在是“停止内战，联合抗日”，目前警备司令放松了要求，以后的“剿共”不必再当真了，免得徒劳，也免得再惹来祸害。谢恩再三感激副官，当场在副官的军服口袋里放入了一沓钞票。

谢恩送走了副官，转身时，见妻子关盼盼拉着两个孩子跪在了身前，他冷静地抽出一沓钞票放在了三岁的小儿子手中，没有说一个字，牵马出了院子。

第十七章　花落

夏毓杰被派往徐州城内开展党的活动，主要任务是竭力保护统一战线，共同抗日，一同被派往徐州城的还有多人，拾起和刘梦樱也在其列。

虽然重返城中，刘梦樱没敢再入家门，而是女扮男装被拾起带进了白云寺。白云寺内的功德房早已从国民党特务人员手中赎回，门牌上重新刻上了拾起爹的名字。躲入功德房不久，刘梦樱尝试着托拾疏影给家中写信，在她写下第四封信时，拾疏影悄悄带了一封回信给她。信是刘梦樱的母亲口述另请他人代写的，信中说，因为刘梦樱的逃婚，刘李两家由亲家演变成了仇家，刘梦樱的爹很生气，不止一次在酒后要与她断绝父女关系，可是刘梦樱的母亲知道，这一切都是气话，母亲希望刘梦樱尽早回家，母亲想她。看完信，刘梦樱哭了。

拾起在日常行事上颇为谨慎，在处理刘梦樱的问题上却十分大胆。他挑了一个吉祥的日子，备了一箱大礼写了一封帖子，请了两名轿夫隆重地将箱子和帖子送到了刘梦樱家中的当铺里。礼送到后两个时辰，拾起一身中山装带着一身旗袍的刘梦樱登门拜访，刘梦樱的母亲痛哭流涕地抱住刘梦樱舍不得松开手，刘梦樱的父亲分明就在家中，却始终不愿出面相见。自从这次登门之后，刘梦樱与拾起的关系似乎得到了家中的默许，这也使得刘梦樱十分欣喜，她虽然不敢见父亲，却从母亲的口中得知了父亲日渐屈服的态度。

刘梦樱重新进入徐州女子师范学校附属小学任教，一切都恢复了两年前的样子。细细想来，一切又不似两年前的样子，刘梦樱坐在学校的寝室内望着窗外的竹影，不觉遐想开来。

轰隆隆……天空传来了熟悉而又陌生的声响。聚集在快哉亭荷塘边看戏的人们在看戏之余，交头接耳指天画地热烈讨论了起来，有的人说是天要下大雨，雷声真响；有的人说是炸山挖石，火药真猛；还有人说是玉皇大帝在睡觉磨牙，玉皇大帝一向有这个小毛病。说笑间，隆隆声渐渐远去，人们便停止了议论，继续观赏戏台上《霸王别姬》的唱段。不一会儿工夫，声响再次传来，接二连三地响起。“飞机，是飞机，日本的飞机！”人群中有人在喊。看戏的人们不约而同都朝天上看去，果真有几架飞机在近空盘旋。须臾，飞机又飞走了。

不到一个月，日本飞机三番五次飞来徐州城的上空，渐渐地，飞机不只是单纯地盘旋上空，开始间歇性地向城中抛投炸弹，城中到处都可以看到被炸弹摧毁过的痕迹，最为严重的是城东的火车站，被炸弹炸得四处是断壁残垣，死伤了不少百姓。

看戏的人们不再愿意出门看戏，唱戏的班子也躲了起来。坊间传来重大的消息，日本人在卢沟桥发动了事变，扬言三个月灭亡中国，目前已经采取南北夹击的方式，北攻北平，南攻上海，北平、天津相继失陷，上海正在激战。

随着国民党高级将领入驻徐州城，坊间的传闻成了官方消息。为了阻止日军沿津浦铁路线南下，国民党重军驻扎徐州，负责指挥津浦线的对日防御作战。很快，第五战区民众总动员委员会成立，郭子化以社会名流和学者身份就任常委。不久，徐州城所在的铜山县民众动员委员会也成立。

城中一些有先见之明的富家大户和政界官员，开始加紧购买租赁马车、牛车、驴车、骡车，他们正焦急地安排家眷离开徐州城，朝西逃去。一时间，城中的牲畜和套车价格飞涨，也变得一车难求，或是一马难求。刘梦樱的爹刘安早已花重金买了七辆马车，他把家中的家当悉数装载上车，就连他起居室内的两棵盆栽也平稳地放置在了马车上。

刘梦樱被叫回了家中。她爹刘安半年多来第一次开口跟她说了话："你把学校的东西收拾一下，准备出发。"刘梦樱惊讶地望着空空如也的庭院，望着房门敞开的同样是空空如也的闺房，问："为什么要出发，我的房间怎么也空了？"母亲在一旁悉心说道："咱们要离开徐州，日本兵就要打来了。"刘梦樱说："我不走，要走你们带两个弟弟走，国民党和共产党已经在合作抗日了，为什么要怕日本？"母亲有些心急，说："你爹说了，就算日本兵打不到咱这里，可是日本的飞机整天飞来飞去，保不准哪天投个炸弹，炸到别处还好说，万一炸到咱家院子，想跑都跑不掉。"刘梦樱说："这大街小巷，不是挖了很多防空洞吗，飞机一来，躲进去不就行了。"父亲刘安敲响了马头上的铃铛，大声说："我就最后问你一次，你跟我们走，还是不走？"刘梦樱干脆地回答说："我不走。"父亲刘安转身坐上一辆马车，抽起了盒装的卷丝烟。母亲含着泪水拉着刘梦樱的手，再三劝说，刘梦樱始终不同意。母亲从怀里掏出一个袖珍的小包裹，放到刘梦樱的手里，说："这里面有一块金条和一些银票，是你爹叫我给你的，你爹他猜到你不愿意跟我们走。里面还有一张纸条，是一个地址，你爹要带全家向西去西安，西安有一处咱的家产。"刘梦樱缓缓接了包裹。随着她爹的一声大喊"出发"，一队马车沿富贵街向西行去。母亲坐在马车上，朝刘梦樱连连挥手，重复地喊道："一定要让拾起好好对待你，实在不行，你就来找我们……"望着渐行渐远的马车队，刘梦樱不觉哽咽了起来。

飞机来得越来越频繁，每次到来，都是一番肆意的轰炸。城中的各行各业都在加紧挖建防空洞，无奈防空洞数量始终无法容纳近十万的人口避难。为了确保人们的生命安全，城中新组建的共产党组织在好几所学校里都成立了自救互救宣传队，呼吁人们采取街坊合作的方式抢挖防空洞。

刘梦樱带领她班内的小学生书写了大量的宣传单，挨个街巷张贴散发，很快，自救互救的传单贴满了大街小巷。刘梦樱挥汗如雨返回学校时，恰巧遇到了准备出校门的拾疏影，刘梦樱气喘吁吁喊道："疏影，你又去哪儿？"拾疏影回头看是刘梦樱，拍了拍腰际的医疗挎包，用力招手，说："快来，去女子师范学校，一起去。"刘梦樱跑了过来，问："去干什么？"拾疏影说："出大事了，快走，救人！"说完，二人沿街朝北跑去。拾疏影边跑边说："昨天从日本的飞机上落下了一颗炸弹没有爆炸，结果刚刚爆炸了，而且是毒气弹！很多学生中了毒。"两人抄近路走，在一个小巷里不慎撞到了一辆装满行李的黄包车，黄包车里出来一个身穿旗袍的阔妇人，不停斥骂她们，说她们不懂规矩，新生活运动都明确规定了，车辆和行人靠左行走，她们偏偏靠右走，撞伤了，活该。刘梦樱扶起拾疏影，跟阔妇人道了一声歉，顾不上疼痛又快步向女子师范学校跑去。

到了女子师范学校之后，两人才意识到，自己掌握的医疗施救技能在毒气弹面前毫无用处。她们打开医疗包，跪在一个已经咽了气的学生的身前，埋头滴下了泪。

城中再次响起警报声。在滔天的罪恶面前，人们总是难有太多悲痛的机会。拾疏影和刘梦樱合力把学生的尸体抱进了近处的一间教室里，她们把尸体藏在四张拼齐的书桌下，就急忙冲出了教室。见另一间教室门外有两个弱小的女孩正蹲在地上瑟瑟发抖，她们迅速扶起两个女孩，拼力朝院墙里侧的防空洞跑去。当她们成功进入人满为患的防空洞中不久，日军的飞机再次来袭。

防空洞里的人没有看到，从天而降的炸弹自空中到地面画出无数条曲线，犹如杀人不眨眼的长蛇，在城中的街巷胡乱地交织，胡乱地撕咬。炸弹的爆炸声、建筑物的倒塌声、人们的哭喊声混杂在一起，响彻了全城。

防空洞中鸦雀无声，就连女人怀中嗷嗷待哺的婴儿也变得懂事了起来，与周围的人一样，缄口不言。所有人都在心惊胆战地倾听着洞外隐隐约约的任何一丝声响，期待着飞机早一点离去，奢求着外面平安无事。随着洞外的爆炸声渐渐消失，洞中的人们点亮了许多油灯，这时刘梦樱才看清，这个十多米长的防空洞里密密麻麻挤满了人。

泥泞的洞底黏住了她的脚，刘梦樱丝毫无法动弹，幸而她的位置在防空洞的入口，泥泞较浅，她在拾疏影的帮助下，拔动了脚。刘梦樱对拾疏影说："咱们出去吧，看看有没有需要救的人。"拾疏影点点头，两人一前一后紧挨着爬出了洞。洞中人不停地朝她们喊道："别出去！日本的飞机还要来！"两人回头对洞里的好心人道了声谢，说："我们要出去救人。"

出了防空洞，俨然进入了地狱。今天的这次轰炸是自有日本飞机出现以来最严重的一次。举目望去，到处是断壁颓垣的房屋；侧耳听去，到处是撕心裂肺的哭号。

刘梦樱只一眼就看到了院墙的墙根处躺着几个人，她大声呼喊拾疏影："快看！那里！"喊完，两人拼力朝墙根跑去。地上横着竖着躺了四个人：两个女人、一个男孩、一个男婴，一大摊的鲜血将四个人融在了一起，其中一个女人自胸口以下的肢体被炸得粉碎，零星的碎肉连坠着骨头伴随着鲜血散落了一地，一个男婴依偎在女人的怀里，男婴正用他那沾满了血的小嘴，乖巧而安静地寻找母乳。刘梦樱慌而不乱地将男婴轻轻捧在手中，拾疏影从医疗挎包中取出酒精轻轻擦拭男婴的脸和身体，在查看男婴身上并无伤口后，她把自己的上衫脱掉，裹在了男婴身上。

学生女子救援队跑了过来，配合刘梦樱和拾疏影将男婴抱到防空洞中，并尽力将另外三个人的尸体分别拼接在一起。

忽然，飞机的轰隆声又一次响起。"快！快进防空洞！"刘梦樱大声朝学生救援队喊话，见学生跑错了方向，她大步跑去，拉住一个女学生的手，喊道："这边！这边！"学生救援队的五名学生跟着刘梦樱快步跑到了防空洞口，一个一个顺着湿滑的洞口滑进了洞中。见拾疏影站在洞口外不动，正仰头眺望天空中的日军飞机，刘梦樱上前去抓她的手，叫她快快进洞。拾疏影一个踉跄滑落了下来，恰好被同样踉跄而倒的刘梦樱接住，两人一同滑入了防空洞。谁知，防空洞已经被避难的人群塞得严严实实，两人被卡在了洞口。

刘梦樱滑入洞中后才发现，由于所剩空间狭小，根本无法同时容纳两个人，她摸到洞里的一根麻绳，拉住麻绳全力爬出了洞口。拾疏影喊道："你快下来！""我从另一个洞口进去。"刘梦樱边答话边跑了起来。

女子师范学校内这个庞大的防空洞是东西方向开挖的，东边和西边各有一个入口，西边的洞口已满，东边的洞口万幸还留有空间。刘梦樱躬身跑去东入口，滑了两跤才看清了洞口的模样。头顶飞机的轰隆声此起彼伏，炸弹的落地声和爆炸声震得她的耳朵生疼，刘梦樱双手捂住耳边，正准备滑向洞口，她突然看到一个老人趴在洞口外的泥潭里，奋力地朝她招手。刘梦樱松了捂耳的手，在泥潭中拼尽全力爬到老人身前："老伯，我拖着你，进防空洞！"盘旋在空中的飞机的轰鸣声掩盖了她的声音，老人似乎没有听到她说的话，不过即使没有听见，刘梦樱依然顺利地将老人送入了洞口。看着安然无恙的老人，刘梦樱松了口气，她抹了一把额头的汗水，顺势抬头看了一眼天空中呼啸的飞机。

她看清了，一共是六架飞机，排成了长长的一队。她也看清了，飞机上抛落了许多炸弹，炸弹如同夏日里巨大的冰雹，在她的头顶上方，从天而下。不好，炸弹！刘梦樱意识到了危险。她急忙一个跃身，飞跳进了洞口，滑入了洞中。

防空洞，对于防范空中飞机的轰炸，或许是最有效的。可是，有效不等于万能，就在刘梦樱跳入洞中的后一秒，一颗炸弹不偏不倚落在了洞口。一声巨响，炸弹在洞口处爆炸，洞口瞬间被湮灭。洞中突然响起了人们的哭号声和呼喊声，声音如同海上巨大的波浪，推攘着防空洞中的人群从东边朝西边的洞口涌去。有人呼喊着："出去，快出去！"位于西边洞口的拾疏影意识到东边洞口出了事，但她听着洞外隆隆的爆炸声，清楚地意识到日军飞机仍在轰炸，她大声朝人群喊道："大家镇定，镇定！外面还在轰炸，外面危险！"她的喊声并未奏效，人群依然朝西边挤压，挤得拾疏影无法动弹，无法呼喊，甚至无法喘息。

也许是筋疲力尽的缘故，许久过后，洞里渐渐趋于平静。

洞里平静了，洞外也平静了。拾疏影仔细倾听洞外的动静，确定已经没有飞机的呼啸声，便挣扎着爬出了洞口。面对洞外的惨状，拾疏影顾不上骂一句"狗日的"，爬起身就往东边的洞口跑去。她是第一个跑过去的，洞口被血色的泥土掩埋了。她大声呼喊刘梦樱的名字，无人响应。拾疏影将医疗挎包甩在一边的土堆上，徒手去刨堵住了洞口的血色泥土。陆续有人赶来一起救援，一起刨土，终于在天黑之前刨开了洞口。一个个血泪模糊、苟延残喘的人被拉上了地面，一具具惨不忍睹的尸体也被抬了上来。

刘梦樱还活着。拾疏影从自己的裤子上撕下长长的布，紧紧包扎在了刘梦樱的手臂动脉上，努力去止住她的血。拾疏影悲楚而又激动地握紧平躺在地面上的刘梦樱的手，轻声询问："你怎么样，还疼吗？"刘梦樱露出笑容，声音微弱地回答说："我没事，你先去救别人。"拾疏影安慰道："你一定要撑住，医生马上就来，马上就来……"刘梦樱的脸越发苍白，她嚅动着嘴唇说："放心，我撑得住，死不了。我还等着让你叫我嫂子呢……"说完，刘梦樱的嘴里竟吐出了一口鲜血。拾疏影趴在刘梦樱的耳边，连喊了三声"嫂子"，慌忙用手托起了她的头，接连说："你一定要撑住，一定要撑住……"刘梦樱歪着头，缓缓伸出手指在地上画了一个共产党党徽模样的图案，她嚅动着含有鲜血的嘴，喃喃地说："我撑得住，我是党员，我还要转正……"话似乎还没说完，刘梦樱就垂下了头。拾疏影慌忙再喊她，却发现她已经没有了呼吸，没有了心跳。

天完全黑了，日本人的飞机没有再来。拾疏影搂着咽了气的刘梦樱哭红了眼，直到拾起赶来，她把刘梦樱苍白的脸擦拭得干干净净，交给了他。拾起轻轻地将心爱的刘梦樱安放在自己的腿上，一遍一遍呼喊她的名字，却得不到任何回应。

刘梦樱死了。

“啊！啊……”拾起仰头长啸了一声，突然沉默了，一言不发。过了许久，借着月色，拾起抱起刘梦樱，迈着沉重的步子将她送到她的家中，将她轻轻安放在了她空空如也的闺房里。

悲凉的月光下，拾起跪在刘梦樱的尸体面前，与她畅谈了一夜。他说，她听。他对她说，一切都是他的错，日军轰炸的时候，他不该为组建抗日武装仍在郊外发动群众，他应该留在她的身边，那样的话，她就不会死；他对她说，一切都是他的错，他早该将她娶入家中，不该叫她受尽委屈；他对她说，一切都是他的错，他应该早早带她去登云龙山，她曾说她喜欢站在云龙山上看山看水看城……他说，她听。可是，她听不见了。

深夜，在拾疏影的见证下，对着月亮，拾起与躺在地上面无血色的刘梦樱拜了堂。他，娶了她，虽然他与她已经隔世。

第二天，天空下了雨。日军的飞机没有再来。拾疏影回附属小学的教师寝室里拿了一身崭新的旗袍给刘梦樱换上，又向住在刘梦樱家隔壁仍未逃难的三姨借了一笔钱，用这些钱从城西的棺材店里订了一口棺材。棺材很快就送到了。

拾起轻轻吻了一下刘梦樱冰冷的额头作为永别，便把她抱进了棺材里。在学生救援队的帮助下，拾起在城南的云龙山山脚安葬了她。拾起跪在坟前，不止一遍地喃喃自语：“梦樱，你说你喜欢这里，喜欢这里有山有水，你睁眼看一看，看一看……”

拾起哭干了眼泪，依依不舍地离开了。

夜幕刚刚降临，夏毓杰急匆匆找到了拾起，夏毓杰告诉他，第五战区已经同意了共产党和学生团体的请求，将在徐州开办第五战区抗日青年训练班，组织上已经决定推荐拾起任政治教官。拾起苍白而僵硬的脸，微微松动了。

没过两天，日军飞机的轰炸声再次响彻全城。渐渐地，城中的人们为了活命，又有不少人陆续逃离徐州城。由于日军的飞机只在白天出现，留在城中的人们白天便躲藏起来，或是躲入防空洞，或是躲入城边的山里，只在夜晚时，才返回城中收拾残局。

组建抗日武装的计划，随着出城外逃人群的增加，比预想中要好得多。拾起和夏毓杰引导外逃人群往北走，到微山湖一带，那里没有日机轰炸，共产党组织在微山湖想方设法救助逃难的人们，并吸纳年轻力壮的年轻人自愿加入武装。

一个夜晚，拾起在城北九里山的平山口送走了外出逃难的五口之家后，疲惫地回了城，当他乘摆渡过了故黄河后，晕倒了，晕倒在了北关的牌楼下。

拾起终于晕倒了。自失去了心爱的人，他痛不欲生，他已经接连几天没有好好吃过东西，也没有好好睡过觉。拾起躺在冰凉而凄凉的青石板上，好似做了一个梦。

他梦见了一个阳光灿烂的日子，他梦见了阳光下一片温馨璀璨的花海，他很好奇，很欢喜，他仔细看去，那是一大片的樱花，樱花的海。拾起急切地飞奔到了花海，站在樱花树下。他抬头，满天都是樱花；他低头，满地也是樱花，他心中感叹，这或许可以称作“花天花地”了吧。感叹过罢，他十分惊奇，这是什么地方，他开口自问：“这是哪儿？”“这是情人坡。”“是谁？谁在说话？”拾起左右顾盼，没有见到一个人。“是我。”一个姣美的声音从他的耳边响起。拾起扭头一看，周围依旧没有人。正当他满腹狐疑地转过头来，眼前出现了一位亭亭玉立的女子。女子身着红粉相衬的长裙，头饰几片俏媚的花瓣，衣香鬓影间散发出优雅的气息。

拾起满腹狐疑问道："你是？"女子用纤细的手指撩了几缕顺滑的秀发，嫣然一笑："你猜。"拾起瞬间发动大脑，从女子的年龄入手，搜索无果，又从女子的容貌、衣着、举止、声音、气质全方位检索，最终依然无法找到答案。场面略显尴尬，拾起试图打破尴尬局面，问她："你怎么也在这里？""我在这儿等你呀。"女子的回答十分流畅。女子的回答令拾起羞赧万分，他努力控制脸上的温度，又问："我们认识吗？"女子噗地笑出声来，轻轻向拾起身上撒来几片樱花瓣。花瓣未落，她又从脚边的花丛里捧出一把，再一次撒向他的身上。他想躲，却没忍心躲开。

拾起羞涩又警觉，四周望了望，周围的人群来回穿梭，他们似乎没看到他，也没注意女子，他们只顾行走，不顾其他。

女子见拾起有些迟疑，从一侧雀跃到他的面前，轻轻拍了一下他的肩头："嘿，愣什么呢？"他恍然一惊，微笑道："不好意思，我们好像素不相识吧。"女子挂满笑容的双腮突然凝固了，缓缓收回放在拾起肩头的手，不再作声。拾起抖了抖肩膀，郑重说道："不好意思，素不相识，我还有事，先走了。"说完，他转身要走。"等一下。"女子从后面牵住了他的上衣衣角，"我告诉你，我是谁。"拾起转身凝视她。

"可是……"她有些迟疑。

拾起问："可是什么？"

"可是，我害怕，告诉你以后……"

"怕？"拾起双眼睁得更大。

"因为，告诉你，我就必须回家了。"她说。

"难道你离家出走了？"拾起质问道，带有责备的语气。

"我是这棵树上的樱花，我在等你。"她的眼中噙了泪珠。

突然，一阵春风吹过，飘起了一片花雨，女子不见了。

拾起静静站在原地，沉默了许久，他有些懊悔，本不应问明她的身份，害得她消失了。许久，他依然站在这棵樱花树下，看花，也在寻她，默念着发自心灵深处的诗话。

樱花园里观樱树，
樱花树上看樱花；
樱花飞落樱花雨，
樱雨丛中去寻她。

有情雨下花赏人，
无情树下人赏花；
此生不恨多情雨，
只恨花落看落花。

忽然，又一阵风吹来。拾起揉了揉被风吹涩的眼，再次睁开眼时，眼前的樱花树化作一座新坟。

拾起哭了，这是他亲手掩埋刘梦樱的坟。他趴在坟上，哭了很久。突然，他站直了身，咬牙切齿说道：“我一定要替你报仇！”

“醒醒，醒醒！”一个声音在拾起的耳边唤响。拾起真的睁开了眼，原来是一场梦。“你醒啦。”一个陌生的人影出现在了拾起的眼前。没等拾起开口说话，陌生人急说：“你晕倒了，是我们把你救到这里的，这是女子师范学校。”听到说是女子师范学校，拾起打了一下冷战，这可是他心爱的女人殒命的地方，拾起惊讶道：“女子师范……”陌生人说：“是的，我是这里的学生，我叫裴夏。”拾起定眼去看，才意识到眼前的这名陌生人是一名女学生。“我怎么在这里？”拾起问。裴夏把他如何在牌楼晕倒，如何被女子医务班救下，都讲给了他听，临末，她说：“我是我们学校的医务班班长。”拾起点点头。裴夏询问拾起，为何会在牌楼。拾起回答说：“动员群众，抗日。”裴夏激动地说：“我也是宣传队的，我还参演了话剧《兄弟从军》。”拾起再次点点头，说：“谢谢你救了我。”裴夏憨笑道：“这是我应该做的。”拾起又说：“谢谢你，学生，你叫什么名字？”裴夏回答：“我叫裴夏，非衣，裴，夏天的夏。”拾起缓缓自语道：“裴秀才的裴……”

“裴秀才是我爷爷。”裴夏欢快地回答。拾起挤出笑容：“我认得你爷爷。”瞬时，裴夏打开了话匣子，说了很多。

在日军疯狂的进攻下，南面，上海失守，南京失守；北面，北平失守，天津失守，济南失守。为了打通津浦路，日军出重兵以津浦路南段为主攻，以北段为辅攻，正加紧向津浦沿线的重要枢纽徐州城发动进攻。战火硝烟正一步步紧逼徐州。

为期两个月的第五战区抗日青年训练班结业后，作为政治教官的拾起决定向组织上申请带领部分青年参加新招募的第五战区青年军，夏毓杰很惊讶也很反对，说：“我们自从与国民党建立抗日民族统一战线，陕北的中央红军改编成国民革命军第八路军，南方的红军改编成国民革命军新编第四军，我们还在各地建立了自己的游击队，你为什么还要加入国民党的青年军团？”拾起微笑道：“参加青年军团，也是响应组织上的统一战线号召，况且，这样年轻的抗日团体里，应该有我们党的存在。”夏毓杰说：“留下来，跟我一起抗战吧。”拾起思忖了片刻，从上衣口袋里拿出一张纸，说：“这是梦樱的遗物。”夏毓杰接过纸张来看，纸上写着“第五战区抗敌青年军团”几个大字，下方空白处署有刘梦樱的名字。

拾起的请求得到了组织的许可，组织上给他提出了一个要求，要绝对隐藏共产党员身份，以免不测。拾起先与妹妹拾疏影道别，又一同返回城北拾屯家中与父母亲告别。拾起再三叮嘱拾疏影，如果徐州面临失守，要赶紧让家中父母向西逃难。拾疏影答应了他。

三天后，拾起作为第五战区五千多名青年军的一员，参加了对日作战军事训练，在经过短暂的军事训练后，他们有一批人将被分配到第五战区一线作战部队。在五千多名青年军中，拾起看到了一个人——曾经救过他的女学生裴夏。一次操枪训练后，女学生裴夏认出了拾起，她主动挥手跑过来，兴奋地说："拾大哥，你怎么也在这里？"拾起反问："你一个女学生怎么也来参加青年军？"裴夏拍胸昂首说："青年军团的口号是坚决抗日到底，而我，是军中花木兰！"拾起笑了笑。

第十八章　魔鬼

中国军队在距离徐州城只有一百多里的台儿庄打了一场大胜仗。消息迅速传到了徐州城。“日本兵被打败了，日本国被打败了……”在城中，到处都可以看到人们欢呼的场景。户部山也是如此。

可是，在户部山的裴家，气氛显得十分沉寂。年近七旬的裴秀才站在院子中央，边咳边问道：“还没有裴夏的消息吗？”“没有消息，我该打听的人都打听了。”兰儿忧郁地回答，不觉哭了起来，“一个女孩子，非要去参军，要是有个三长两短，该咋办呀？”裴秀才摘下了头顶的毡帽，他那油亮的头顶在初春阳光的照射下，布满了许多褶影，他站在关禁儿子裴文举的房外驻足观看了很久，终于在转身时说：“这个孩子，随她爹。”

兰儿给裴秀才备好午饭，拉上尤小喜又出了门下了户部山。每每听说有从前线入城的部队，兰儿都会在尤小喜的陪伴下赶去询问女儿裴夏的消息，可是接连找了十天也没有人知道裴夏这个人。听说城北又有部队到来，年岁都已接近半百的她们打算去一趟远点儿的地方撞撞运气。下午她们便沿统一街一路向北出了城，小心踩浮桥过了故黄河，到了城北的九里山。

九里山东西方向横跨九里之远，她们沿山脚往东走到山的尽头，却没有见到一兵一卒，她们又折返回来沿山脚朝西走，依然没见到部队，幸好在她们大汗淋漓小脚酸痛即将绝望的时候，遇到一个上山砍柴的老汉。兰儿喊住老汉，问他有没有见到部队。老汉佝偻着指向西边说：“再往西走，苏山头，苏山头有很多兵。”尤小喜胆怯地追问：“大哥，很多兵？是咱自家的兵，还是日本兵？”老汉说：“我不认得字，我不知道是哪里的兵。”兰儿向老汉道了一声谢，拉住尤小喜急忙向西走去，边走边说：“不管是日本兵，还是哪儿的兵，看看就知道了。”

苏山头位于九里山最西端，她们躲在山脚一个荒废的磨坊朝苏山头观望，的确看到熙熙攘攘很多的兵。兰儿急于冲上前去打听女儿的消息，被尤小喜挽住胳膊劝阻了。为了确定眼前的兵不是日本兵，尤小喜叫兰儿在磨坊等候，自己则顺着狭隘的山路朝山顶爬去，她准备从山顶居高临下仔细观察山坳里面的兵到底是什么模样，她之前听儿子夏毓杰说过，日本兵个子矮，头戴猪耳朵帽子。

小脚的女人从来不适合攀爬。尤小喜在山腰一处裸露的石块上滑倒了，庆幸的是，在她倒下着地的一瞬间，一个人接住了她。尤小喜正想向好心接她的好人道谢时，却被那人缚住了双臂，按压在了地上。“你鬼鬼祟祟是干什么的？”一个男人在问她，是外地人的口音。尤小喜使劲扭头去看，是一名国民党士兵，她认识这身衣服。“我不是鬼鬼祟祟，我是找人。”尤小喜回答说。士兵打量着她，说：“看你这副模样，也不像是间谍。我松了你，你快走吧，不能再上这山！”“为啥？”尤小喜问。士兵说：“附近这几座山被我们封锁了，现在，这里是部队的军事重地。”说完，士兵给尤小喜松了绑。

尤小喜下了山找到磨坊时，并没有见到兰儿的身影，她大声呼喊“少奶奶”，许久没有人回答。尤小喜朝着山坳寻找，她呼喊“少奶奶”的音量随着距离熙熙攘攘的兵越来越近而变得越来越小，直到她的干喉化作一只苍老的哑雀，没有了声响。警卫的兵阻止了尤小喜，任由她如何解释，警卫兵绝不允许她进入山坳半步。无奈，尤小喜只好在山坳外围去找寻少奶奶兰儿，但直到天黑，仍未找到。

尤小喜很惊慌，她知道，在如今这个世道，无论是谁走丢，走丢就走丢了，别想指望报官。她别无他法，只得回了户部山去告知裴秀才。裴秀才挑了一盏油灯，立马锁门跟尤小喜向九里山寻去，他们寻了一夜，直到第二天中午回城时，依然没有兰儿的身影。

尤小喜搀扶着已显颤颤巍巍的裴秀才从老西门外石桥进了城。或许是过于疲劳，或许是年迈体衰，走着走着，裴秀才双腿一软，摔倒在地。连带着尤小喜也无力地一起倒地。尤小喜挣扎着爬起身，费力去扶裴秀才，却无法扶起。“给我点水，喝。我、渴……”裴秀才嚅动着嘴唇向尤小喜要水喝。尤小喜此刻才意识到，他们已经许久滴水未进了。尤小喜朝四周眺望，不远处恰有一口井，她急忙去井边舀水，到了井边才知道，井沿上空无一物可用，她舀不出一滴水来。正巧有一个年轻女子来打水，尤小喜向好心的女子要了一碗水，送给了裴秀才喝。裴秀才喝完，尤小喜又从女子的木桶里舀出一碗端给裴秀才，裴秀才再次一饮而尽。尤小喜也喝了一碗，谢了女子：“好心人，谢谢你，这井水真好喝，真甜。”女子操着外乡的口音笑道：“这倒马井，水就是甜，好喝。”说完，提了满满一桶水准备离开。女子单薄的身体随着木桶里水面上的水浪来回颠簸。尤小喜上前想去帮她，女子婉言谢绝了。

一匹快马在尤小喜面前飞驰而过，惊得她浑身猛然一颤。尤小喜定眼去看时，马停了，马背上下来一个宪兵，喊住了提水的女子。尤小喜距离女子并不远，可以清楚听到士兵与女子的对话。

“谢队长带话，叫你去一趟。”

“他回来了？他在哪儿？”

“在东关的营地医院。”

“医院？他怎么了？”

“放心，谢队长已经醒了，不会有事。”

“他到底怎么了？”

“按照上头命令，谢队长带领我们宪兵队去支援台儿庄前线，被日本鬼子的炸弹伤到了。”

“伤到？伤得怎么样？”

“伤到了腿，两条腿，可能要截掉。”

尤小喜不觉凑到了宪兵跟前，问：“你说的谢队长，是不是叫谢恩。”宪兵看了看尤小喜，朝她点点头。

女子把水桶扔到一边，上了宪兵的马，飞驰向东去了。须臾，马又折返了回来，女子推开不远处的一扇房门，抱了一个婴儿出来，再次跟宪兵上了马。

尤小喜望着快马消失后，悄声将刚才听到的对话告诉了裴秀才。“你刚才听到的谢恩，很可能就是以前你说过的谢恩，你亲姊妹的孩子。”裴秀才撑起身，低声说，“你该去看看。”尤小喜思忖了片刻，说：“还是不去了，找少奶奶要紧。”

尤小喜搀扶着裴秀才返回户部山进了家门时，兰儿正从裴文举房中出来，手里端了两个空碗。尤小喜大声惊呼道：“少奶奶，你回来啦！”“回来了。”兰儿面无表情地回答。裴秀才问：“出什么事了？”兰儿搁下手里的碗，向裴秀才和尤小喜讲述了她为何会短暂失踪。

原来，躲在磨坊里的兰儿，没能抑制住内心深处寻找女儿的那份急切，她慢慢朝山坳的部队靠近，被警卫兵当场抓获。经过盘问后，警卫兵知道了兰儿此行的目的，怀有同情地对她说：“你过去问问吧，看一看阵亡名单上，有没有你闺女的名字。”兰儿一听“阵亡”两个字，脑子瞬间蒙了，女儿裴夏难道真的阵亡了？忽然，兰儿不觉竟晕倒了。等她醒来时，天色已经全黑，她发现自己身处一片树荫下，身旁还站着一名士兵。士兵告诉她，刚才国民党第五战区在这里召开了追悼大会，追悼在台儿庄阵亡的将军、师长以及所有将士。兰儿问士兵：“阵亡名单有没有裴夏？”士兵摇头表示并不知晓。也许是兰儿跪在地上给士兵磕头打动了士兵，士兵带着她去了一处新扎的营地，在她的面前摆了一本厚厚的册子，说：“这是阵亡名单，你自己看吧，不过，这些名单也是九牛一毛，死的人比这上面登记的要多得多。”兰儿胆战心惊地翻开册子，一列一列地仔细察看，虽然她几乎不认字，但她识得女儿的名字，裴夏。裴夏，裴夏……她心中默念着，眼中寻找着，终于，整整一夜过去，她看完了册子，里面没有裴夏的名字。兰儿如释重负，飘忽地回了家。回到家中时，除了裴文举仍然被关在西厢房内，裴秀才和尤小喜都不在家。

听完，尤小喜安慰道：“裴夏不会有事的。”

两人继续寻找了半个多月，依然没有裴夏的任何消息。尤小喜还让儿子夏毓杰帮忙寻找，也是杳无音信。看着正准备离开的夏毓杰，尤小喜喊住了他：“孩子，你等一下。”夏毓杰回头止住了脚步。“你怪他吗？”尤小喜问。夏毓杰回答：“谁？”“他，谢恩，你的表兄。”夏毓杰看了看后窗外，说：“不怪。”尤小喜说：“几年前，他四处抓你，还……”夏毓杰打断了母亲的话，说：“都过去了。”尤小喜说：“他出事了。”“出事？”“是的。”“出什么事？”“两条腿，都残了。”夏毓杰问明了究竟后，说：“他不能再住在城里了，必须去乡下。”尤小喜问：“为啥？”夏毓杰说：“现在不走，万一日军杀来，他的腿，恐怕会很麻烦。”

夏毓杰的话音落了没多久，天空中响起了飞机的轰鸣声，轰鸣声刚过，炸弹的呼啸声和爆炸声接连而至。“日军飞机又来了。”夏毓杰惊慌地说，迅疾拉住母亲尤小喜往屋外跑，边跑边喊：“快进防空洞！”夏毓杰是清楚的，在户部山上没有防空洞，石质的山体是很难挖出洞体的，防空洞在山下。夏毓杰迅速拉着母亲尤小喜从后院朝前院跑去。当他们跑到前院时，裴秀才正站在西厢房外盯着天上的飞机看。夏毓杰大声呼喊裴秀才，让他赶紧进防空洞。裴秀才仰头看天，站在原地并不动弹。夏毓杰急忙上前背起裴秀才，一路小跑出了门。

裴家门外的下山小径上挤满了户部山西面的百姓，人们争先恐后朝山下跑去。夏毓杰跟随奔跑的队伍送裴秀才下山进了防空洞后，又爬出防空洞逆行而上，去迎他的母亲。母亲尤小喜气喘吁吁地说："你去接少奶奶和少爷，我自己能下山。"夏毓杰连连答应，沿坡迅速回到了裴家，将裴文举和兰儿也接下山。当所有人都躲进了几个不同的防空洞中，天空的飞机越来越多，从天而降的炸弹也越来越多。人们意识到，如今的轰炸，显然比几个月前要严重得多。

的确如此。日军在台儿庄遭到惨败后，丧心病狂的程度与日俱增，在短短十天的时间内，使用了大量的飞机对徐州城进行狂轰滥炸。炸弹如同暴雨一般，从飞机上倾泻到津浦铁路沿线，倾泻到东西两个火车站，倾泻到城里的角角落落。炸弹炸毁了建筑，引发了熊熊大火，数以千计的房屋化为焦土，大街小巷遍地是死伤的百姓。

日军并不满足于空中轰炸，邪恶的爪牙正一步步逼近，多路重兵正合围徐州城。就在日军抵近徐州前夕，集兵于徐州城附近的国民党第五战区的军队全部撤离了。

部队的撤离引发了百姓的逃难潮。特别是一些人听说了南京沦陷时日本兵屠城的耸人听闻的行径，更加加速了外逃。人们逃得或远或近。一些健壮舍家的百姓和城内官员大多跟随部队向西南的方向逃离了，逃得很远很远。更多的百姓则逃得很近，他们或者向北过了故黄河过了九里山，或者向东过了故黄河过了子房山，或者向南过了云龙山过了泉山，或者向西过了卧牛山过了霸王山，躲进稀疏的村庄里，躲进贫瘠的山丛里，躲进偏远的河湖边。这座数面围山的徐州城，随着人们的出逃，向外释放着恐慌、饥饿、痛楚和仇恨。

尤小喜没有跟儿子夏毓杰一同转移，她选择了与裴秀才一家一起出城，因为她清楚，光靠少奶奶兰儿是无法承载这个家的出逃的，裴秀才老矣暂且不说，只是疯疯癫癫的裴文举一个人，兰儿就无法照顾得过来。

户部山上的许多大户人家卖了房，举家全迁。而裴秀才不愿卖房，年轻时经历过逃亡的他，对于重返家园是怀有希望的。裴秀才不仅不愿卖房，对于出逃他也有自己的想法，他不愿走远。裴秀才对兰儿说："去裴庄吧，那里离城也够远了，等日本人走后，我们还要回来的。"兰儿点头答应了。转过身，裴秀才望着宅院里的青竹砖瓦，喃喃自语道："我们还要回来的，我要在这里闭眼。"

夜里，兰儿费力拉着僵硬而倔强的裴文举，尤小喜轻轻搀扶着步履蹒跚的裴秀才，没有月光，没有马车，只有黑暗，只有徒步。他们点亮一盏起夜油灯，沿着街道上的焦土和残垣，跌跌撞撞抵达了城北的故黄河，河上的浮桥已经坍塌，摆渡过河的船也不见了踪影。幸而时节未到小满，雨季还没有到来，他们沿着故黄河南岸走了不到一刻钟，到了一处较窄的河段，河面十分淤塞，满满的都是杂木杂草，尤小喜首先尝试着涉水过岸，成功后，她又拐回来迎了裴家三人一一到达北岸。他们沿着故黄河北岸的河滩一路行走，途中遇到了几家跟他们一样出城逃难的人，他们没有与陌生人同行，也没有与陌生人搭话，只是沿着故黄河徐徐地行走，直到黎明。

黎明，四人到达了裴庄，裴秀才的一个族弟将他们拒之门外。族弟施舍了半袋杂面馍，对裴秀才说："家中存粮不多，家中寒舍不足，怕是接济不了你们一家老小，你们还是另寻别处吧。"须臾，族弟媳妇扯着剽悍的嗓门破口大骂："别想抢回这处宅子，能给你们点吃的东西，就算不错的了，识相点儿，还不快滚！"裴秀才叹气道："我不是来抢宅院的，当年搬走后，我就没打算再要这块宅子，今天，要不是被逼无奈，我们也不会来这儿。放心，我们不白吃不白住，我给钱。""给钱也不行！"弟媳强拉着族弟，关了大门。

裴秀才哑口无言呆站在门外，场面既尴尬，又悲凉。疯癫的裴文举挣脱兰儿的手臂，径直朝门前的河沟跑去，兰儿在身后紧追不舍。裴文举趴在河沟里，双手捧起浑浊的沟水，埋头就喝，当他污手垢面傻笑着向兰儿挥手时，几个人才意识到，大家都已经好久滴水未进了。尤小喜敲响了一户陌生人家的铺首，讨了几碗干净的井水，端给了裴秀才，端给了裴文举，又端给了兰儿，最后，她自己也痛饮了一碗。“到夏郭庄，去找永兴大哥，他保准收留咱们！”尤小喜还了碗，大声喊道。裴秀才同意了尤小喜的主张。

夏郭庄比裴庄显得苍凉了许多，往昔村头的西式教堂早已化为一堆废墟，废墟里没有一砖一瓦，只有过腰的高草和斜卧的杂木。曾经遥相辉映的夏永兴家的大门，也凋零了大半的漆迹，门前的晒场更是少了从前的人气，虽然天气晴好，晒场背面的三棵槐树底下，没有一个人影，这在从前是少有的场景。

景的凋落令人嗟叹，人的凋零更是如此。尤小喜从门缝里见到夏永兴的第一眼，就因为他那消瘦的面孔和无神的眼睑，吃了一惊。一年多没见，夏永兴像变了一个人，脸上挂满了稀疏的白黄相间的胡须，头发也已接近全白，脸上没有血色，如同苍老的敷粉何郎，身上的长袍又大又肥，一阵微风吹来，长袍似乎可以飞得起来。这张无神的面孔凝结了好久，也使门外的空气变得凝结。没有人说话，没有人吭声，就连一向疯癫无稽的裴文举也选择了坐地沉默。终于，门缝开得更大了些，憔悴得无以复加的夏永兴，竟然努力露出了笑容，嘴里自言自语嘟囔着旁人无法听到的话语。

夏永兴挪着艰难的步子，迎了出去。夏永兴费尽全力收留了他们。只是，作为甲长的夏毓彤脸上露出了难色。

人们的出逃，使徐州城成了半个空城。城内低价卖房的热潮渐渐地发展成为大批人的弃房而去。包括青帮大佬郭三爷在内的许多“有识之士”，使出了“空手套白狼”的绝招，他们先是低价买宅，后来便直接强行占有了，随着日本飞机轰炸的加剧，但凡是城中地段的优质空房，无论是否完好，统统被“有识之士”收入囊中。鉴于城内的青帮势力一下子找到了丧失已久的存在感，夏百金也浑水摸鱼，找到了他渴盼已久的存在感。在帮助郭三爷拿下十几处上好的宅院后，夏百金也精心为自己拿下了两处：一处位于南城墙根老址，另一处位于金谷里。南城墙根的宅院是个两进的大宅，恰巧是在他以前老宅的位置上建造的；金谷里的宅子不是别处，正是他熟悉的暗香书寓。

听说日本兵就要进城了，夏百金多少有些惊恐，他曾经想过要逃出城去，不过，听了郭三爷的一计之后，惊恐的情绪就从他心中消失了。一天夜晚，郭三爷在幸存的车行里，给夏百金看了一样东西。郭三爷说，这东西是从天而降的日本画，飞机上落下来的。夏百金看时，只见画中有四个人，一个日本兵，三个国民党兵，几个兵围在满是佳肴的方桌前正有吃有喝有说有笑，画上配有文字，文字写的是国民党兵说话的内容：我们在前线的时候，没有吃的，饿得不得了啦，向日军投降以后，每天给我们吃饱、大米饭、馒头、鱼肉，咱们应该早一天投降好啦。夏百金刚看完，郭三爷又从怀中拿出一张纸，上面赫然写着三个大字“投降票”。郭三爷说：“有了这个投降票，我们就不怕日本兵了。”夏百金问：“这又是哪里来的？”郭三爷笑道：“这是我托天津的青帮兄弟弄来的，除了这个，我还弄了它。”说着，郭三爷又从怀里掏出一卷白色布料，布料展开后，上面是一个一个红色的圆形图案。夏百金问道：“这又是什么图？”郭三爷奸笑道：“哈哈，宝贝。这叫日本旗，只要把这个东西插在门前，日本兵就不敢进咱家门。”夏百金连连惊叹。郭三爷交代说：“你赶快去插日本旗，把我名下的宅子全插上，一个也不能漏。”夏百金连连点头，送郭三爷出了车行，远远望着郭三爷搂抱着新纳的小妾徐徐而去。

夏百金按照郭三爷的意思，绕城转了一大圈，把日本旗一个一个插在了各个宅子的门楔里，当然，他也给自己的两处宅院插了旗。暗香书寓里，见夏百金在门旁挂了一块奇怪的布，张翠翠出门看了一眼，抚掌大笑道：“你这是从哪里捡来的布，就这块布，能吓住日本兵？”夏百金拨弄着依旧灵巧的手指，说：“你不懂，这是日本的国旗，管用得很！”张翠翠面有忧虑，说：“我听说，日本兵都是饿鬼化身，杀人不眨眼的，咱还是别指望这块布能驱鬼了，咱逃到城外去吧，城里的人都快走完啦。”夏百金脸上露出轻蔑的表情，说：“果然是妇道人家，头发长见识短。这些日本旗可都是从外地千辛万苦弄来的，可都是咱郭三爷的妙计。”“郭三爷？”“对，他说的，这旗，管用。”夏百金指着门楔里的布，昂头看着天。

“不好！不好！飞机又来啦！”夏百金捂住头直往屋里窜。张翠翠听说飞机来了，拉住夏百金朝后院跑去，两人一前一后躲进了厨房旁边的一口地窖里。两人在黑暗的地窖中，不声不吭，倾听着地窖外面的声响。许久，夏百金低声说：“这里咱还有个防空洞，我那车行里也该挖一个。”张翠翠洋洋自得地“嘻嘻”笑了声。

这个作为防空洞使用的地窖，可以说，是张翠翠的功劳。最初，张翠翠为了给书寓的姑娘们储存过冬的蔬菜，费了好大工夫挖了一口很小的地窖。半年多以前，日本飞机出现在了徐州城上空，为了逃生，老鸨找了两个劳力帮助张翠翠将地窖扩大，挖出了一口可以容纳十几个人的防空洞。防空洞上不仅铺了厚石板，还覆了一层土，张翠翠在土上种了不少的应季青菜，老鸨为了此事，还夸赞了她。后来，每每有飞机飞来，老鸨第一个钻进洞去，张翠翠和书寓里的姑娘们也会紧随其后躲入洞中。再后来，日本飞机轰炸得越来越厉害，书寓再没有客人来光顾了。没了生意，也为了逃命，老鸨租了三辆驴车，载着书寓里值钱的物件和一大箱金银珠宝向西逃出了城，去了很远很远的地方。老鸨逃了，书寓里的姑娘们也争相逃走，只剩下张翠翠一个人。张翠翠本来也想逃走，夏百金听说了书寓逃空的消息，便当即决定把暗香书寓据为己有。于是，张翠翠便守在了书寓里，替丈夫夏百金，也替自己。

夏百金说：“这个防空洞里，真香。”张翠翠疑问道：“香，我咋没闻到什么味儿？”夏百金说：“都是年轻姑娘身上搽脂抹粉的香味儿。”张翠翠沉默片刻，厉声说道："你别再指望向我要钱，去拈花惹草，我可是分文没有了。"夏百金笑道："放心，等咱躲过了战乱，我去买些姑娘，往咱这暗香书寓一搁，到时候，银子哗哗地往你口袋里一个劲儿地进。"张翠翠咯咯笑出了声："你说话算数，到时候我当鸨母，一定要买个关盼盼那样儿的镇店之宝。"夏百金听外面许久没有了爆炸声，深咳了几声，爬出了洞。

张翠翠跟随夏百金出来到达门外的时候，被眼前的场景吓住了。书寓门前青砖辅就的小径被飞机上落下来的炸弹炸出了一个大坑，残碎的砖块飞溅到了周边几丈远的地域，砸得小径一侧的青砖墙壁像涂了鸦，涂鸦上沾满了鲜血，她沿着鲜血的方向看去，一个女人趴在地上。

夏百金从女人身上捡了一沓纸币，跑了回来。"可惜了，人死了。"夏百金气喘吁吁地笑出声来，说，"不过，这些钱不可惜。"张翠翠看到夏百金手中除了钱，还握了一块白布，这时，她抬头才意识到书寓的门框被炸掉了大半，原本悬挂在门上的那块日本国旗不见了。张翠翠诧异地对夏百金说道："布，咋也掉了呢。依我看，你说的这块布不管用，咱还是逃出城吧，还是走吧。"夏百金数完钱把钱塞进口袋，展开手中的日本国旗，插在了另一边的门框上，说："不走。"张翠翠着急地说："要是被飞机炸个三长两短，你说咋办？我还不想死。"夏百金迈入门槛，坐在门堂仅有的一把竹椅上，环视了屋里屋外，说："你看这间书寓，既然这里是咱自家的产业了，就要从长计议。咱们要是跑了，兴许有人把它占了，咋办。"张翠翠支支吾吾还想说话。夏百金从竹椅上站起身，从怀中掏出他的袖珍算盘，指尖拨弄着，说："你可不能学那'光腚女人坐磨盘，因小失大'，逃跑是小，家产是大。"张翠翠低头不语。

头顶有飞机的日子，时间过得很慢，度日如年。不过张翠翠更甚，似乎是度辰如年。看着留在城中的人越来越少，终于有一天，张翠翠实在受不了心里那一股渴盼逃命的煎熬，她趁刚刚落幕的夜色，小脚快步跑到了车行，恰巧夏百金在。一见面，张翠翠就惊慌地说："百金，逃吧！实在不行，咱们逃得近一点儿，日本兵走了咱再回来。”夏百金搁下手中的烟枪，从太师藤椅上缓缓起身，扭了扭鼻子，咂了咂嘴里尚余的大烟烟霭，说：“要走，你走。我不走。”张翠翠问：“我听说，就连郭三爷都走了，你为啥还不走？”夏百金走到吧台，拿出两张纸，说：“我有这个，不怕。”张翠翠问：“这又是啥？”夏百金笑道：“你不识字，这是免死金牌。”张翠翠急忙要抢。夏百金倏地收回。张翠翠谄笑着说：“给我一张。”夏百金思忖了稍许，递给了她一张，说：“看在我们夫妻一场，给你，这叫‘投降票’。”说完，夏百金撵张翠翠赶紧回书寓去，以防被旁人抢了家业。

两天后，虽说有了所谓的免死金牌，但听闻日本人在南京城中杀人无数的消息后，张翠翠还是逃出了城，她去了女儿丫丫一家的藏身之处，夏百金也逃到了那里。这是徐州城东边的一个村庄，是女婿的老家，名叫阎窝，在此地藏身，大约是绝佳的选择。这个村庄距离徐州城有三四十里远，南临故黄河，背靠低矮的阎山，周边有广阔的良田。夏百金和张翠翠一进入村庄，丫丫便带着两个孩子迎了上来。女婿在家中的老酒坊里给夏百金打了一坛陈年老酒，夏百金配着下酒菜喝了好几碗，整个人喝得烂醉如泥。张翠翠也喝了一杯酿酒，睡了一个长觉，睡了一个好觉。

张翠翠是在夏百金之前醒来的，一个陌生士兵的枪口抵在了她的胸口。张翠翠惊呼着夏百金的名字，龟缩在了墙的一角。矮个子士兵嘴中呵斥着什么，张翠翠听不懂，她只能意识到，眼前的兵是日本兵。张翠翠的惧怕和退缩，好像激怒了日本兵，日本兵挥舞着枪口上的刺刀直向她插来。张翠翠紧闭了双眼“啊啊”大喊，似乎在挣扎着等待死亡的到来。突然，她听到日本兵发出奸邪的笑声，她睁眼看时，日本兵的刺刀停在了她胸前短褂的一粒纽扣上，刀尖随即一挑，她的短褂连同胸上的皮肉和鲜血瞬间绽开了。

夏百金醒了，大喊一声，把日本兵和刺刀一同吸引了过去。谁知，日本兵突然一个踉跄，驴打滚似的跌倒了。夏百金神奇地跳到张翠翠身前，拉起她就往外跑，跑出屋门，躲在了一堆麦穰垛里。

张翠翠捂着胸口，有些疼痛，却不敢发出一丝一毫的声响，她听到日本兵在大呼小叫着什么，大约很愤怒的样子，须臾，日本兵停止了喊叫，她的耳边也没了日本兵的脚步声，却传来了女儿丫丫大喊救命的呼救声。张翠翠急切地扒开麦穰想要出去救，被夏百金制止了。

过了好久，夏百金小心拉着张翠翠沿着无人的后墙，且行且躲，藏进了村子南边的芦苇丛中。途中，他们听见村子里到处弥漫着嘶喊声和枪弹声。夏百金用力止住了张翠翠伤口流出的血，发现她双腿不停地颤抖。

芦苇丛很广阔，生长在千余亩的故黄河浅滩里。夏百金躲进芦苇丛里时，遇到了好几个同样在躲避日本兵的村民，他们在阴湿的芦苇间，静静地坐卧着，等待着生的希望。

正当人们静得就要窒息的时候，芦苇丛里有了声音，有人大喊："乡亲们，不要躲啦，快出来吧，出来领取良民证，谁不领良民证，谁就不是良民，谁就要被杀头！"领取良民证的消息在更大范围的芦苇丛里不胫而走。包括夏百金夫妇在内的几百号人纷纷从芦苇丛里出来，被持枪的日本兵驱赶到了村头的一块空旷的晒场上。不一会儿的工夫，晒场里聚集了成千的百姓。

人们焦急而惊恐地等待着领取良民证，却等来了死亡的噩梦。

在几百名日本士兵刺刀的威胁下，凡是晒场里的青壮男子统统被逼进了一家草房的四合院。险隘的四合院里挤得水泄不通。

"日本兵要干什么？"年近花甲的夏百金站在四合院不远的晒场上，喃喃地说，"难道是要屠杀？"张翠翠虚弱地问："咱家女婿在不在里面？"夏百金小声说："在。"张翠翠又急问："那咱闺女呢，在哪儿？"夏百金小声回答："没见到，小孩也没见到。"张翠翠一惊，眩晕了，跌倒在地。

夏百金所猜不错，日本兵正是要屠杀。日本士兵在四合院周围堆满了芦苇，又抬了十几桶汽油，浇在了芦苇上，浇在了草屋顶上，浇在了人群中。院子里的青壮年也意识到了噩梦的到来，拥挤的人们刹那间爆发了，就在两个日本兵准备关闭四合院大门的一瞬间，一个手持汽油桶的士兵被青壮年们拖进了门里，日本兵很快被暴打毙命。与此同时，熊熊大火在四合院突然燃起，四合院门外的几挺机枪开始了疯狂扫射。青壮年们拼命地通过大门、通过院墙、通过屋顶向四合院外逃命，但是在魔鬼般的日本兵的魔爪下，青壮年们很难逃命，他们一个一个倒在了门前，倒在了墙外，倒在了屋顶，葬命于子弹之下，葬命于大火之中。

丧心病狂的日本兵不满足于对村里青壮年的虐杀，没过多久，晒场上的老弱病残也成了日本兵虐杀的新的对象。夏百金扶住刚刚苏醒的张翠翠，眼见几个面目狰狞的日本兵在晒场上架起了机枪。基于在城里躲避飞机炸弹的经验，枪声刚一响起，夏百金搂着张翠翠扑倒在地。

在数百个日本兵的一阵狂笑和数百名百姓的一阵哭喊之后，晒场归于平静。夏百金趴在地上丝毫没敢动弹，直到天黑。

日本兵走了，离开了村子。夏百金在确认了这一点之后，扶起了张翠翠，就在他俩同步向前迈出第一步的时候，有人绊倒了他们。借着昏暗的星光，夏百金去看，脚下的人，他不认得，他起身再往前看时，晒场上横七竖八躺着趴着，有很多很多的人。夏百金使用脚尖朝脚下一圈的人轻轻踢了踢，试探是生还是死，踢了一圈，他不禁双腿猛然一颤，都是死尸。张翠翠低声哀求道："去找咱闺女，去找咱闺女……"夏百金停止了脚下的动作，搀扶起张翠翠，觅着地上死人之间的缝隙，走出了晒场。刚出晒场，他们就遇到了两个黑影，是两个人，还好不是日本兵。夏百金拦住两人，询问闺女的下落。两人有气无力地说，没看见。夏百金又问两人从哪里来。两个人一瘸一拐迈着步子，说："我们是从滕家屋顶逃出来的，跳出了火坑，其他人都死啦，都被烧死啦。"说完，两人就走了。

夏百金扶着张翠翠到了女婿的老宅子，他们找到了女儿丫丫。女儿丫丫光着身体躺在正屋的土炕上，满身是血，死了。另一间屋子里，躺着两个孩子，也死了。张翠翠哀号了起来。夏百金哀叹着安葬了他们，将他们埋在女婿家的宅院里。第二天黎明，夏百金去了滕家的四合院，他准备寻找女婿的踪迹，却在堆积如山的死尸和黑骨面前无所适从。

张翠翠的再一次晕倒，警醒了夏百金，他们已经好久没有吃饭了，而且她身上还有伤口，伤口需要医治。阎窝村已经被日军血洗，夏百金必须到别处去找郎中。可是，他出了阎窝才看到，周边几个村庄同样被日军血洗了。到了夜幕降临的时刻，夏百金别无他法，只好把张翠翠带到一个陌生的山坡下，他在一户空荡荡的人家里找到了厨房，烧了一锅开水，他把炙热的柴灰抹到了张翠翠的伤口上。他听说，这样可以消毒。

令夏百金万万没有想到的是，他们竟然被日本兵发现了。两个日本兵踹开了厨房门，大声呵斥着，如魔鬼一般挥舞着细长的军刀。张翠翠被吓得发不出任何声音，怯怯地望着眼前的魔鬼。夏百金连声求饶无果，忽然，他掏出了一张纸，央求道：“我有这个，投降票，投降票……”

两名日本兵哈哈大笑了起来，用刺刀插向投降票，把投降票伸进了炉灶里，炉灶倏地燃起了一道光。火光下，日本兵甩出了长长一根麻绳，夏百金和张翠翠被麻绳拴住了手脚，被日本兵驱赶进了徐州城。一同被麻绳拴系着的，还有成百上千手无寸铁的人。

第十九章　诀别

灭绝人性的日军，不仅在徐州城东边的阎窝一带制造了惨绝人寰的惨案，他们还在城南三十里的汉王一带同样进行了烧杀奸淫的恶行，城北城南的郊区也是如此，到处是死尸，到处是火海。城中更甚。城里的一场大火，从东城烧到了南城，烧到了北城，烧到了西城，满城的建筑再一次被摧毁了一遍，日本士兵挨家挨户搜查仍居城中的百姓，奸淫女人，枪杀男人，虐杀孩童，搜罗钱财珠宝，宰杀鸡犬牲畜，城中的百姓但凡有腹泻症状，都要被日本士兵强行拉走，聚坑焚烧，活活地被烧死。

城西二十里外的夏郭庄幸免于难，至今还没有日本兵在此出现。不过，即便如此，日本兵就要来了的消息不绝于耳。每每有“日本鬼子来啦”的传言传到村民的耳中，村民们会立刻奋不顾身向村西的一大片树林中逃去，树林的尽头是一眼望不到边的芦苇滩，夏永兴一家每次都要藏到芦苇滩里。

天空飘起了小雨，芦苇浅滩显得十分寒冷。尤小喜打了好几个冷战，说：“当年受灾，我跟我娘逃难，就逃到了这片芦苇地里，每天只靠吃芦苇根活命，多亏遇到了永兴大哥，不然，我可能早就饿死啦。”夏永兴听到了尤小喜的话，记忆似乎一下子回到了从前，他还能清楚地记得，当年那个衣衫褴褛的尤小喜的模样，还能清楚地记得葬身于瘟疫的妻儿老小的模样，也能清楚地记得养子贱犊的模样，以及那个凄惨的女人的模样。他不觉挖开了一簇芦苇根，仔细端详了起来，眼中竟流下了一行泪。尤小喜悄声问："你咋了，永兴大哥？"夏永兴在浑水中涮净了根上的泥土，叹气说："我对不住贱犊这孩子。""他命苦。"尤小喜沉默片刻，说，"现在，也不知道他咋样呢，他的腿……"夏永兴盯着尤小喜问："他的腿怎么啦？"尤小喜说："我听说，可能断了，他的两条腿。"

从尤小喜口中得知了谢恩的遭遇，夏永兴扔掉手中的芦苇根，不顾众人的极力反对，说："我要进城。"夏毓彤抢到夏永兴身前，说："爹，你不想活命了呀，日本鬼子可是杀人不眨眼。"夏永兴轻轻拨开儿子夏毓杰："我要进城看看，我想去看看贱犊。"夏毓彤又喊："说不定，他早就不在城里了！"夏永兴没有作答，脸上焕发出了罕见的矍铄，他沿着芦苇滩向东走去了。

夏永兴的身躯显然失去了年轻时的矫健，他从芦苇滩摸到故黄河，又沿着故黄河北岸一路走了十里远的时候，身体已经疲惫不堪，他饮了几口河水，卖力地继续前行。他选择绕道行走，尽可能避免走大路，避免遇到日本兵。他成功走到了近城的九里山，正当他绕过山准备再绕道前往城南的时候，几个身着军服的人拦住了他："站住！不准动！动一步，小心脑袋！"夏永兴平稳地止住了脚步，他对途中遭遇日本兵是有心理预期的，他甚至对途中就没了命也是有心理预期的。

"干什么的？"身着军服的年轻汉子问。夏永兴转过身来，回答说："进城。""进城？"一个汉子哈哈笑了两声，上前拍了夏永兴的肩膀，说，"你知道我们是谁吗？"夏永兴看了看几个人，说："不知道。"汉子又笑了几声，说："不知道不怕，我现在就告诉你，我们是日本皇军治安维持会的老爷，新成立的保命组织，你要是识相的话，快拿保护费来！"夏永兴摸摸口袋，说："我没带钱。"汉子嗔怒道："没带钱？没带钱进什么城！不交保护费，小心没命！"夏永兴望着汉子，说："日本老爷，我回头再交给你们，可以吗？"汉子再一次哈哈大笑："我们哥儿几个可不是什么日本老爷，我们是地地道道的中国人。老乡，咱们都是中国人，所以我们才保护你。不过，要先交保护费，哈哈……”

“我有急事，几位老爷可不可以通融一下？”夏永兴说。

“急事，什么急事！赶着去死吗！”

“我真的没带钱。”

“没带钱，不怕。我们可以跟你去拿。实在不行的话，写张欠条也可以。不过，我们不要新法币，只要老银元。我们要的不多，两个银元。”

“为啥不要法币？”

“现在是日本人的天下，法币就是一张废纸，我们当然要银元，银元那可是沉甸甸的银子。”

“欠条？好。”夏永兴伸出手，说，“有笔墨没有？”

“当然有！”维持会的汉子们早已准备了笔和纸，当即拿给了夏永兴。夏永兴写了欠条捺了指印，汉子们放了他走。夏永兴问：“你们咋保护我进城？”一位汉子笑道：“笑话！我们哥儿几个不抓你见日本人，就是保护你，你还叫我们咋样保护！”

夏永兴没有在治安维持会的汉子们面前逗留，他迈开疲软的腿，蹚过了故黄河一段狭窄的浅滩，绕道迂回到了南城的护城河沿岸，途中又写了两张欠条。夏永兴找到了养子谢恩的宅院，除了门前的影壁被炸得坍塌，宅院整体似乎依然完好。他急匆匆去敲门。突然，大门被人从里侧推开了，里面出来一个人，一个矮个子，头戴猪耳帽的日本士兵模样的人。夏永兴隐约感觉不妙，他从这个人的神态中看到了杀气，不觉往后撤了几步。猪耳帽士兵将手中吃剩的鸡骨头狠狠地砸在了夏永兴的脸上，嘴里破口大骂。夏永兴听不懂他在骂些什么，只听着“八嘎，八嘎……”喊个不停。猪耳帽士兵似乎被夏永兴的无动于衷惹怒了，从腰上拔出细长的军刀，凶神恶煞般砍向夏永兴。

正当夏永兴下意识地闭上眼睛抬手去挡时，一阵轰隆隆的巨大声音响起。猪耳帽日本士兵停止了手中的劈砍动作，慌忙收起军刀入鞘，双腿并立笔直地靠墙根站立。夏永兴睁开眼睛，一辆布满铁孔的坦克行驶而来，他并不知道这是坦克，不知道这个庞大的铁疙瘩究竟是什么物件。

轰隆的声响消失了，坦克停止了。从坦克上下来一个同样头戴猪耳帽的日本兵，这个日本兵嘴上留有一撮八字胡，他走到夏永兴身前，只看了一眼，一脚把夏永兴踹倒在地。

坚硬的皮靴鞋底令夏永兴疼痛难忍，他不禁在地上翻了一个滚，顺着湿滑的草丛滑进了臭气熏天的护城河，河水已经淤堵，漂着几具浮尸。岸上的日本兵前仰后合地大笑了起来。

一个身穿盘扣短褂的中年男子从坦克后面气喘吁吁跑到了日本兵面前，躬首哈腰后，转而朝向夏永兴大喊："看你是不中用的老头子，饶了你的小命，赶紧滚吧！"夏永兴挣扎出水面，说："我找人，我找儿子。"中年男子喊道："找儿子到别处找去，这里只有皇军大老爷。""这是我儿子的家。"夏永兴艰难爬上了岸，指着正前方的宅院。中年男子声音更大了："不管以前这里住的是谁，现在，不想死，快点滚！"夏永兴意识到了此间宅院已经被日军霸占，养子谢恩并不在此，他心中充满了失落和无奈，趴在岸边呆若木鸡，许久才起身，神魂恍惚地沿着来时的路返回了夏郭庄。途中治安维持会的汉子们再一次催促他赶紧按欠还钱，期限三天。

尤小喜最先见到夏永兴回来了，她匆忙问："永兴大哥，有没有遇到日本鬼子，日本鬼子没把你咋样吧？"夏永兴倚靠在门前的槐树上看着尤小喜，有气无力地说："弟妹，贱犊不在。"尤小喜安慰道："估计逃出城了吧，我们不是也逃到你这里来了。"夏永兴连声叹气，只字不言。兰儿出门叫尤小喜吃晚饭，见夏永兴也在，便大声朝里屋喊道："回来了，回来了……"夏毓彤小跑了过来，兴高采烈地说："爹，你可算回来了，我要去裴庄提亲。"尤小喜愣了一下，转而讪笑道："你是看上了哪家闺女，说来听听，要不要我去当媒婆？"夏毓彤说："裴四贵的二闺女，雪莲。”“裴四贵？”尤小喜听了不由一惊，“是裴庄的裴四贵？”夏毓彤点头说道：“嗯。你认识？”尤小喜恍然说：“哦，我不认得，裴秀才认得他。”夏永兴从槐树干上站直了身，缓缓地说：“毓彤，他家二闺女回来了？”“回来了，我听说，回来了！”夏毓彤匆忙说。夏永兴说：“好，提亲。等我明个儿从城里回来。”夏毓彤惊讶道：“啥！爹，你还要进城。”

第二天一大早，夏永兴又进城了。昨天他细问了尤小喜，尤小喜一一告诉了他当初在倒马井附近的所见所闻，为此，他今天的进城，除了还钱取欠条，还有另一番打算，他要去另一处地方寻找养子，这个地方就是倒马井。夏永兴沿着故黄河徒步到了九里山，按照昨天行走的路线，他逐一偿还了治安维持会人员的银元，尔后，顺着护城河到了西门外石桥。

昔日的石拱桥已经被日军夷为平地。坍塌的石桥废墟外，几个治安维持会的人员拦住了夏永兴。不出夏永兴所料，他识趣地掏出了两块银元，维持会的人放他向东进了城。幸而，夏永兴要去的地方距离石桥废墟并不远，他无须再上交银元，也没有遭遇到日本兵，便依照尤小喜所说，顺利找到了倒马井东边的一片宅院，不过，宅院均已空空荡荡，根本无法找到一个活人。夏永兴站在倒马井井台下方的路口准备找人打听，半晌的时间却只拦到了一个人，这个人竟还是治安维持会的成员。夏永兴失望地爬上只有两个台阶的井台，坐在了倒马井的井沿上，他无力地看了看远处的废墟，又看了看眼前的井，心中猛然一颤。井里填满了熏人的死尸。夏永兴心中一阵冰凉，须臾，他艰难地撑起身，出了城。

夏毓彤所说不假，雪莲的确回来了。当初，为了躲避日本入侵，雪莲跟随她大哥、二哥离开了裴庄，一走就是半年多，最近，雪莲跟着大哥回了家，而她二哥却在西逃的途中饿死了。

至于为何逃了还要回来，夏毓彤也去打听过了，雪莲他们跟着逃难的队伍一直往西走，他们最初并不知道到底要去哪里，直到听了一曲童谣：

> 要活命，到西安，西安城外有潼关；
> 潼关能挡兵百万，气得日寇把家还。

按照童谣所唱，他们知道了逃命目的地，去西安。不过，他们走到半路的时候，黄河在开封附近的花园口决堤了，大水不仅挡住了去路，也卷走了他们的粮食，二哥饿死后，雪莲央求大哥返程回家，他们便一路乞讨回来了。

日军的残暴笼罩下的平民命运，只有悲惨，对于夏毓彤来说，提亲结婚这种喜事不仅是奢想，更是妄想。雪莲虽然回来了，却无法成就夏毓彤的妄想。很不幸，雪莲被日军抓走了。夏毓彤的妄想化为了虚有。

当初攻打徐州的日本军队虽然大部都已经离开了徐州城，却也留下了重兵驻守徐州。天气入伏，驻徐的日军自城内到郊外开展了一次大规模的扫荡，但凡是抓到的年轻劳力，统统要验明身份，若是农民，一部分留下来负责收割田里成熟的小麦充公，其余则被抓入城中充当苦力，若非农民，当场砍头，而验明身份的方法非常简单，观察手掌老茧，有茧则是，无茧则非；但凡是年轻女子，则无须验明身份，统统抓入城中，充入日本兵营；除了年轻男女，老弱病残百姓的命运，则完全取决于日本魔鬼般士兵的心情，或杀或留，皆是未知。

这一次，夏郭庄西边有大片的树林和芦苇滩，人们自以为是逃命的避难所，并没有逃过日本人的魔爪。日军先是四面放起了大火，而后手持刺刀向内合围。夏毓彤第一个被日本兵抓到，日本兵用枪托狠狠地砸向夏毓彤的脑袋，他当场晕倒，一头栽进了浓密而苍凉的芦苇丛。紧接着，夏永兴被抓了出来，裴秀才被抓了出来，尤小喜被抓了出来，兰儿被抓了出来，裴文举也被抓了出来。

片刻后，日本兵如同驱赶鸭子似的，将近百名的人赶到了夏郭庄。在村西头的一片平坦的晒场上，日本兵按照类别分割了男女老弱不同人群，并一一鉴别身份。几近苍老的裴秀才太过疲惫，颤颤巍巍软坐在了地上，瞬时，一个日本兵凶狠地踢向他。站在裴秀才旁边的夏永兴急忙去挡，却被另一名日本兵用枪杆拦住了。几丈之外的兰儿看到了这一场景，她挣扎着挤出日本兵的包围圈，全力朝裴秀才跑去，就在她距离裴秀才几步之远时，一名日本兵冲上去扑倒了她，抓住了她的脚，日本兵狂笑着手提兰儿的小脚，将她拖到了人群前方的一片空地，兰儿的脸和头在干涸的黄土上画出了一道长长的瘢痕，痕印中夹杂着血迹，她的脸上沾满了血，眼中也沾满了泪。日本兵狂笑，不止。

突然，人群中的裴文举冲了出来，他朝着兰儿的方向，发了疯地冲向狂笑的日本兵，嘴里怒吼着，充满仇恨地怒吼。眼前的一幕是日本兵始料未及的，在裴文举的怒吼声中，日本兵松开了兰儿的脚，转身从肩上握住步枪，朝着迎面扑来的裴文举刺了过去。面对枪和刺刀，裴文举没有丝毫的躲闪，刺刀正正地插进了他的胸膛，他怒吼着，任由胸前的鲜血顺着枪杆往下流。他双手青筋暴露狠狠地抓向日本兵，抓住了日本兵的猪耳帽，帽子被他撕开后，他又抓住了日本兵的脸。“啊”的一声尖叫，日本兵的双眼流下了两行血，原来裴文举的指尖死死地挖进了日本兵的眼珠。日本兵砰的一声开了枪，子弹顺着血红的枪刺搅入了裴文举的胸膛。裴文举应声倒地了，瞪大着双眼倒地了，眼中充满了仇恨。

失去了双眼的日本兵疯狂地呼喊着，举起枪，对着天连续扫射，直至枪中没了子弹。

因为这一突发事件，带队的日军长官发怒了，他下令将所有的男青年全部处死，一个不剩。瞬间，魔鬼般的日本士兵们举起长长的军刀，砍死了晒场上二十多名青年男子。青年男子们在女人和孩子们的哀号痛哭声中，一个一个倒下，头颅滚落了一地。

对于儿子裴文举和其他青年的死亡，裴秀才悲痛欲绝地咬掉了一颗牙齿。没等裴秀才有再多悲伤的机会，跟随在日军长官身边的身着中山装的翻译官走到了裴秀才面前，拱手笑道：“裴老，是你，我没认错吧？”裴秀才怒视了一眼，恶狠狠地朝翻译官吐了一口干涩的吐沫。翻译官狎笑着抹去脸上的吐沫，再次拱手笑道：“裴老，您是咱城中有名的人物，皇军特别关照像您这样的遗老，正请你们回城高就呢。”裴秀才啐了一口翻译官，骂道：“呸！”翻译官依旧笑道：“裴老，您还是识趣一些，跟皇军进城去吧，您要是听我的劝，我就去跟皇军老爷说说好话，叫皇军放了您的命。您看，内海长官很生气，怕是要杀了这里所有的人。”裴秀才含泪看着地上已亡的裴文举，又看着哀号着的兰儿和其他女人，紧紧地咬住了牙，咔的一声又掉了一颗牙齿。翻译官拍了拍裴秀才的手臂，笑道：“裴老，走吧，跟我走吧。”裴秀才指向晒场上的人们，恨恨地对翻译官说：“放了他们！放了他们所有人！”翻译官笑道：“当然！只要你听我劝，跟我走，我就去跟皇军说情。”裴秀才付之一叹，厉声说道：“我跟你走！”“好！”翻译官心满意足地颔首笑了笑，走到日军长官身边耳语了一番。

随后，随着日军长官的一声命令，日本士兵撤走了，带走了裴秀才，带走了包括兰儿在内的年轻女子和看似年轻的女子，也带走了村里所有的牲畜家禽，留下了老弱病残的乡亲们，还留下了一片血海浸泡下的年轻男子们的头颅和身躯。

夏郭庄的老弱病残们哭喊着招魂腔一一辨认了遍地的残尸，哭号着将自家的男劳力拼接在一起，葬到了坟里。鲜血淋淋的裴文举被夏永兴安葬了，尤小喜在裴文举的坟上哭肿了眼。

夏毓彤躺在芦苇丛醒了过来，他幸存了下来，万万没有想到，他被日本士兵早早地遗忘在了芦苇丛里，成了夏郭庄仅存的两名年轻男子之一，另一名因为藏在了自家的地窖里也幸免于难。

一个月后，夏郭庄周边的麦田被日本士兵监视下的外来年轻劳力收割殆尽，听说收的粮全都交给了城里的日本人。自此，庄稼地里的粮食消失了，日军扫荡的风声也消失了。夏永兴把儿子夏毓彤偷偷藏在家中的这一个月里，在尤小喜的帮助下，他晚出早归，竟然成功抢收了一些新粮，他家尚存的五亩麦田，被他抢收了一亩。锁上家门，夏永兴疲惫地倚靠在大门的门栓上，亲眼看着儿子夏毓彤把这些新麦与原本藏匿在地窖里隐约发芽的陈粮一起，偷偷晒在院子里，连续晒了多天，晒干后，新粮陈粮一同又被埋入地窖。又一个月后，夏毓彤出了家门，重新拾掇起家里的田地。

马回了圈，这是出乎夏永兴意料的，就如同儿子夏毓彤安然无恙地回了家一样。日本士兵扫荡时，夏永兴把作为家中唯一牲畜的马也藏在了芦苇丛中，在他被日本兵抓到前夕，夏永兴将这匹马赶跑了，最终使马幸免于难。

夏永兴给马圈的料槽里添满了湿漉的草料，又往水槽里舀满新打的井水，他像是对待亲人一样，小心伺候它吃饱喝足，小心梳理它杂乱的马鬃，小心对它说悄悄话，他说："你能平安回家，真好。"

一个雷雨天，夏永兴披着蓑笠艰难而斗胆去了一趟城，晚上归来时，尤小喜急问裴秀才的音讯。夏永兴说，他到户部山去找裴秀才，却被治安维持会的看守挡在了山下，不过，他找人打听了，裴秀才安然无恙。没等夏永兴说完，尤小喜又慌忙询问兰儿是否安好。夏永兴迟疑了刹那，安慰道，兰儿也不会有事的。听完，尤小喜如释重负帮夏永兴解下了蓑衣。

其实尤小喜并不知晓，夏永兴进城不仅去户部山打听了裴秀才的消息，他还去了他能够去到的十几个地方，努力寻找关于养子谢恩的线索，他甚至冒雨向城南爬上了云龙山，他站在山顶，竭力眺望着远方，心中呼唤着养子的小名。夏永兴企望能找到谢恩的下落，他企望谢恩还活着，哪怕他不肯认他，他远远地看他一眼，心亦足矣。然而，夏永兴在城中的寻找徒劳无获，城中尚存的人们没有人认识谢恩，他站在山顶的眺望也没有引出谢恩的身影。

第二天，天刚见亮，夏永兴就守在了尤小喜住的东耳房门外的小巷里，徘徊不定。尤小喜一推门，差点撞到夏永兴。夏永兴说有事找她商量。尤小喜欣然说："夏大哥，进屋说话。"夏永兴不肯，犹豫了好久还是进了屋。夏永兴一经踩到了东耳房的青砖门槛，便说："弟妹，我决定了，我要去找贱犊。"尤小喜疑问道："咋找？"夏永兴用力挪开了紧靠东墙的方柜，小心扒出墙里的一块青砖，从青砖背后的空隙里掏出一个布袋，说："用钱找。"尤小喜愣了少许，问："钱，咋找？"夏永兴把青砖塞进墙里，挪好柜子，站直了身子，说："有钱能使鬼推磨，日本鬼子，也是鬼。我这次出一趟远门，兴许两三天，兴许十来天。毓彤处事欠动脑，我走这些天，你多帮衬些他。"说完，夏永兴交代尤小喜，他走了之后，别出家门也别进城，万一有日本鬼子来扫荡，别再进芦苇滩，要躲就躲进家中的地窖里。尤小喜默默听他讲，嘴里默念着什么，等夏永兴说完后，尤小喜拉住夏永兴的衣角，哀求道："夏大哥，你一定要活着回来。"

夏永兴是骑马出的家门。他一路迂回向南，多数情况下走的是乡村中田与田之间稍显宽缓的地垄，他极少走宽敞的大路，只在无路可走时，才选择在夜间偶尔拐到大路上牵马谨慎前行一段，一经发现有小径可走，他会立即掉转马头，沿无人的小路行进。从夏郭庄到乌牛山一百多里的路程，夏永兴骑马走了两天两夜。前行的速度虽然慢了点儿，可是他成功躲避了日军的魔爪，也成功躲避了新兴的土匪以及治安维持会的搜查。

夏永兴不敢把马拴在乌牛山下，即使这匹老马通晓人性一路喑默不鸣，他还是怕它被人掠走或是宰杀。夏永兴牵着马绳围绕乌牛山转了一大圈，但凡是能看到的房屋，他一个一个去敲门打听养子谢恩的消息，却没有遇到任何一个活人的影子，只在一处草屋里看到了两具女尸。夏永兴哀叹着用草席把女尸遮盖住，便牵马上了山。

夏永兴曾经来过乌牛山，来过两次，他清楚地知道山上曾经是土匪的寨子，而他的养子，曾经就在这山寨上当土匪。

山不高，却很陡，一条崎岖的山间小路在好几处巨大的山石面前拐了许多个急弯，夏永兴牵马艰难地踩踏着湿滑的石块，迈一脚滑一脚，马也跟着他不停地踉跄。终于，在一块巨大的形如观音头像的石头下，夏永兴筋疲力尽地瘫坐了下来。他抬头望了望阴郁的天，伸手摸了摸身下的磐石，这一场景似乎是那样熟悉，他闭目思忖了好一会儿，突然站了起来，浑身充满了力量，他牵着马一口气爬到了山腰。

夏永兴站在山腰往山顶看，看见了一组十几个山洞，他欣喜若狂像是看到了希望，无暇顾及身后的马，抛下手中的缰绳，匆忙爬进了最近的一个山洞，洞里空荡荡的，只有一堆残余的柴灰。夏永兴略显失落，但没有灰心，他出了山洞又爬入另一个山洞，就这样，他接连进了十个山洞，却没有任何收获，山洞里大多是空的，即使个别洞里有些杂物，也仅仅是杂物而已。

一无所获的夏永兴远远望着他的马，马依然站在原地不动，马在等候他。夏永兴收回了视线，转而把视线投向了山顶，他不甘放弃，他要去山顶看看，那里或许还有山洞，或许能有人烟。他怀揣着这一奢想，艰难地往山顶爬，山路越发崎岖，石缝里挤出的松柏使前行的道路异常逼仄，松柏也遮住了他的视线，他顺着若隐若现的山径边歇边爬，十分艰难，十分痛楚，就在他几近筋疲力尽的时候，一棵干枯的松柏出现在了他的面前，他透过枯竭的枝干望去，竟然看到了一块石雕，石雕一侧竟然藏有一个山洞，他顾不了系好脚上那只脱落松散的草鞋，匆忙冲到平坦的洞口，冲入了洞中。

夏永兴惊呆了。这口山洞绝不与山腰上的其他山洞一样，这个洞里的石壁上刻有各式各样的画像，有山有水有人有物，洞主人俨然有城中富家大户的雅致，但又胜过城中大户，这里更有世外桃源的味道。夏永兴朝洞里喊了几声，没有人应答，他借着从洞口渗入的微弱光线，慢慢向山洞深处走去，看到了一片狼藉的场景。桌椅板凳四处翻倒，地上散落的满是打碎的瓷片，碎瓷片上沾有许许多多条干糙的血痕，一条条血痕沿着地上的瓷片汇聚到了一个硕大的石桌周围，他往石桌看去，石桌上零乱地摆放着笔墨纸砚。夏永兴用他仅有的一只草鞋拨开如同刀利般的碎瓷，小心翼翼地摸到石桌前。他看到桌子上铺有一张大纸，纸上隐约写着密密麻麻的字，他轻轻拿起纸，沿着他刚刚拨开的瓷片空隙，挪身到了靠近洞口的光亮位置。他展开沾满血迹的纸，看清了纸上的字。他认了出来，这是养子谢恩的字迹，他看着看着，激动地颤抖了起来。

叔：

我猜测，你一定会来乌牛山找我，我从小到大，你总是喜欢四处找我，所以我猜，如果你还活着，肯定会来找我。叔，不对，我该喊你一声，爹，当你看到此诀别书的时候，也许，我谢恩，我夏毓恩已经不在人世了。感谢你，养育了我。在这间山洞里，我报了仇，亲手解决了我的岳父关爷，替我未曾谋面的亲娘报了仇。可是，报了仇，我并没有快感，我对不住我的妻子，你的儿媳，她姓关，名盼盼，还有我的两个儿子，大的叫谢关，今年九岁；小的叫谢云，今年六岁。我对不住他们，昨天，他们就是在这间山洞里，被日本军队抓走了，我对不住他们。

爹，我恳求，如果他们还活着，你能帮我找到他们，救他们。我别无他人可求，曾经跟着我的弟兄们，他们把我一家藏在乌牛山里之后，就随大部队往西南撤退了，我只能求你，如果你能看到我的这封诀别书。

另，还有一个女人，名叫吕水儿，她替我生有一子，名叫谢飞，今年三岁。

不孝　恩

看完，夏永兴紧捏纸张的手已经颤抖得不能自已，他哆嗦着收起纸张塞入自己的怀中，战栗地进入洞中仔细搜寻洞里的一切。在洞中，他没有找到养子的踪影，也没有再找到其他有用的信息。随着几声瓷片碰击石头的声响，夏永兴光裸的脚掌被划伤了，流了血，他从地上捡起一把枯草按压在伤处止住了血。忽然，他看到脚下大片枯草上竟然有干涸凝结的血迹，血迹向洞外延伸。这是谁流的血？夏永兴毅然起身，沿着血迹出了洞，一直寻到了洞外十几丈远的绝人之路的悬崖，悬崖有两丈高，悬崖下方是几具尸骨。他擦眼仔细看，隐约看到了养子谢恩的面孔。夏永兴顺着一棵半垂的松树，滚下了悬崖，他惊慌失色爬到了尸骨跟前。

是贱犊，真的是他。夏永兴捧起养子的头，揽在了怀里。他战栗地摸了他的脸，摸了他的手，摸了他干瘪的双腿。夏永兴摸了左腿摸右腿，反反复复很多次，才意识到并没有摸到腿，有的只是空空荡荡的裤筒。从头到无腿的腿，夏永兴凝视了许久，直到眼中流下一滴带血的泪。

夏永兴解下自己的上衫披在了养子的身上，颤颤巍巍地抱起养子，艰辛地找到了停在山腰的马，马仍在原处等候。走走停停，跌跌撞撞，夏永兴抱着养子牵着马下到山下的时候，已是黑夜。他没有停留，抱养子骑上马，摸黑向北赶回了夏郭庄。黎明，路经徐州城西的霸王山时，夏永兴遇到了一辆满载日本士兵的汽车，日本汽车拦住了他。夏永兴把装满银元的钱袋递到了汉人翻译官的手中，翻译官心满意足地说："算你走运，这些皇军老爷都是郝寨的守兵，他们赶着进城潇洒去呢，没工夫理会你。"说完，汽车开走了。

回到家中，夏永兴含泪翻查皇历，当天下午就安葬了养子，他用蒲叶编织了两条假肢续在了养子断失的双腿上，还用蒲叶补齐了养子缺失的拇指。夏永兴对抽泣着的尤小喜说，给贱犊留个全尸，来世托生个好人家。说完，他蹲在新坟前，对着一堆老坟，疯狂地抽起了旱烟，烟枪里冒出的缕缕云烟，弥漫了整个祖坟地。

第二十章　香画

张翠翠点了一炷香。她万万没有想到，落入了日本兵手中，自己还能活命，她嘴里默念着观音慈悲老天保佑，小心翼翼地将其余的香用纸包好，收到了伙房后壁的窗台上。虽然是在谢天谢神，但张翠翠心中清楚，她之所以能够安然无事，得益于一个人——青帮郭三爷。

郭三爷作为徐州城有名的青帮大佬，得到了日本军队的青睐。徐州城被日军攻陷时，日本特务通过线人第一时间在城南云龙山顶的兴化寺里找到了郭三爷，请郭三爷回城为日本人效力，郭三爷爽快答应了。进城后，日本人成立了治安维持会，郭三爷被委以重任，任维持会副会长。一经高就，郭三爷便第一时间向日本人讨要了他的老牌手下夏百金。夏百金当时正与张翠翠绑在一起，被日本士兵押解入城，他们刚过老东门，就被释放了。郭三爷悯笑着迎了上来，握住了夏百金的手。张翠翠见是郭三爷救了他们，一下子扑倒在了郭三爷膝下，痛哭流涕。进了城，郭三爷在自家的宅院里收留了夏百金和张翠翠。

一炷香燃尽，张翠翠把新鲜的香灰倒入敞口瓷碗里，兑了一瓢温开水，分次喝了好几口，终于喝净。她这些日子每天都做噩梦，或是梦见一群魔鬼追杀自己，或是梦见恶鬼压身，为了除去梦中的鬼，她按照道听途说的法子，喝起了香灰，她已经连喝了半个多月，不过，这香灰的味道着实令人作呕，她越喝越难以下咽。

喝完香灰，张翠翠出了伙房，她准备去找夏百金询问究竟。当初，从日本人手中获救进入郭三爷家中的时候，夏百金曾向她许诺过，过些时日，他要把暗香书寓和南城的一处宅院重新弄到手，到时候，就可以搬到新宅去住，还可以好好经营书寓，可是，她已经在郭三爷家中的伙房打了七八个月的杂差，也没见夏百金兑现承诺。巧的是，张翠翠刚出了伙房的门，就碰到了夏百金，夏百金正匆匆从院子东边的长廊里穿过，张翠翠边喊边跑，拦住了他。夏百金焦急地拨开挡在身前的张翠翠，说："回头再说，有急事。"张翠翠准备再次拦住夏百金时，听到了郭三爷逗鸟的口哨声从身后传来，她乖巧地停在原地，久久地躬身，直到郭三爷穿过长廊进了前院。

接下来五六天的时间里，张翠翠每天都看见夏百金在郭三爷的后院来也匆匆去也匆匆，她每每想去截住他，夏百金总是夺步而走。张翠翠很是疑惑，却又不敢张扬，她甚至猜想，夏百金是不是有了新欢而忘了她，她有好几次想溜出郭三爷的家门，到金谷里看一看，也到南城老址看一看，她想弄清楚，这两处家产是否握在夏百金的新欢手中。张翠翠猜得越多，晚上的噩梦就越多，每天一碗的香灰俨然无法满足她的梦量，渐渐地，她加大了剂量，改为一天三碗。香灰喝得多了，香就显得捉襟见肘，张翠翠平日里攒下来的那些存货，很快就用光了。逼不得已，张翠翠停了一天的香灰，可是，这么猛然一停，她心慌了，似乎梦中的魔鬼真的要跑出来抓她一样，她竟不敢合眼睡觉。

掌管郭三爷后厨的刘一勺见张翠翠大白天的魂不守舍，几次三番催促她洗菜、切菜、拿料、拿碗，刘一勺大声吆喝道："今天郭三爷宴请贵宾，你可得用心点儿，别耽误了大事儿。"张翠翠连声"好好"答应着，却依然无精打采。刘一勺嫌灶台里的火太弱，抢过张翠翠手中的风箱推杆，自己大劲儿推拉了起来，不料，用力过猛，风箱的推杆断成了两截，刘一勺看了看炉中的火，对张翠翠说："你去前院的库房，拿把蒲扇过来，风箱坏了，来不及修理，得用蒲扇。"张翠翠伸手问刘一勺要钥匙。刘一勺顺手从腰带上取出钥匙递到张翠翠手中，张翠翠去抓钥匙，却一不小心抓住了刘一勺的手指。刘一勺甩开了张翠翠的手，小声说道："我知道你在窑子里做过事，可是，我不是那种人。"张翠翠突然脸色一红，不知道该说什么好，她捡起掉在地上的钥匙，乖乖到了前院库房。她在库房里翻了许久，终于找到了一把布满灰尘的蒲扇，她缓缓地拿起蒲扇，却见蒲扇下面压了一个老旧的香坛，香坛里满是香灰，还夹杂着几根尚未燃尽的竹香，在这一瞬间，张翠翠兴奋极了，她急忙用手去抓香坛里的香灰和残香，一个劲地往自己的裤兜里塞，塞满了左兜又塞右兜，直到香坛里涤地无类，如同被清理干净了似的，她才志得意满地拿起蒲扇出了库房，她顾不上把蒲扇上面的灰尘吹掸干净，就急匆匆赶到了伙房。

刘一勺此刻不在伙房。张翠翠窃喜，她把蒲扇随手搁在风箱上，抓紧时间褪掉了自己身上的棉裤，小心把裤兜里的香灰倒入一个空陶盆里，她在地上铺开几张大纸，轻轻地将陶盆里的香灰抖落到纸上，用大纸精心包好香灰。张翠翠把香灰的纸包放在后墙的窗台上才意识到，她的两条裸露的腿已经冻得瑟瑟发抖，才意识到她只穿了一条棉裤，脱了棉裤她就光了下身。张翠翠打了一个寒战，凑到灶台前，靠近炉内的柴火取暖，火的温度使她的腿温上升了不少，她很满足，也很惬意，竟不觉沉寂了片刻，忘记了提上褪落膝盖的裤子。

伙房的门被推开了。张翠翠心中一急，以为是刘一勺来了，匆忙站直了身。令张翠翠意想不到的是，推门的不是刘一勺，竟是郭三爷。郭三爷见她光着下身露出肥臀，不禁淫笑了起来，嘴里咂味说道："好个刘一勺，做饭也忘不了办女人。不过吧，可惜了，是个老女人。"张翠翠慌乱间穿上棉裤，提着裤带，急忙解释道："郭三爷，不是你说的那样，我跟刘一勺没那回事儿。"刚说完，刘一勺进了伙房门，躬身连声向郭三爷说："两桌菜保准做好，绝对不会耽误宴席。""不耽误就好，我专程过来看看你准备得咋样了，我跟你讲，客人就快到了，这可都是贵客，咱惹不起的。所以要再加一桌，给贵客的下人们也准备着，有句话说得好，阎王好见，小鬼难缠。”郭三爷扫视了伙房里的菜肴，又指了指张翠翠，小声奸笑着对刘一勺说，“你这家伙，色胆真大。”刘一勺明白了郭三爷所说何意，匆忙跟了出去，再三解释。刘一勺再次进门时，张翠翠已经系好裤带，手拿蒲扇坐在了炉灶前的小板凳上。刘一勺拿起水瓢舀了一瓢水添到锅中，喃喃地说：“我知道你是夏总管的内人，我无意跟你好，你还是找别人吧。”张翠翠听刘一勺说完，脸唰的一下变得通红，好像她真的要跟他好似的。她嘴里想嘟囔点什么，终究没有发出任何声响。

张翠翠默默地在伙房里帮下手，直到饿得心中发慌，她才想起来啃上一口馒头。张翠翠只啃了一口，刘一勺大笑着进了伙房，说：“妹子，恭喜你，你的窑子快开张了。”张翠翠脸红着，满头雾水说：“大哥，我刚才不是那个意思，我不是要跟你……现在，我不做那事了。”刘一勺喝了一碗白酒，笑道：“到时候，你自然就知道了。”

后来，张翠翠果然知道了，她被郭三爷点名去金谷里慰安所充当理事。郭三爷对她说：“这里不适合你，我给你找了一个再适合不过的差事。”张翠翠所不知道的是，她之所以被送去金谷里，全是刘一勺背后使的劲，刘一勺在郭三爷面前说了她很多“厨艺不行，不安分”的坏话，也说了她很多“生性风骚，离不开男人”的好话。

说到金谷里慰安所，就要从郭三爷的那场宴会说起。原来，郭三爷在家中宴请的，都是一些新任职的政要。日本侵占中国腹地后，南京国民政府撤守重庆，日本在沦陷区北平和南京两地，分别组建了伪中华民国临时政府和伪中华民国维新政府。徐州城的行政隶属也有变化，伪江苏省公署徐州办事处成立，原本的第九行政监察区铜山县改称铜山县公署，原铜山县辖的第一区析置徐州市，成立了徐州市政公署，每个公署都有日本人当顾问。新政府机构的成立，使治安维持会的地位骤减，甚至一度传言，治安维持会即将撤销，作为治安维持会的副会长，郭三爷同会长一样焦急。这个日本人给的职务，不仅是个捞钱的差事，更是个叱咤风云的角色，郭三爷不甘坐以待毙，遂花重金通过日本特务内海正吉买通了日军高官，这一举动收到了一定效果，维持会虽然权力大大消减，却保留了下来。作为副会长的郭三爷为了争取更大的权力，开始疏通与新政要的关系，所以他在家中设宴，广待宾客。出乎意料的是，三个月后，伪江苏省公署徐州办事处改组为伪苏北行政专员公署，治安维持会难逃被取缔的命运。不过，郭三爷在日本顾问的极力推荐下，成了公署的一名知事，比之原来的治安维持会副会长，他的地位和权力顷刻间得到了极大提升。伪苏北行政专员公署可是下辖了一个市和十一个县，其中包括徐州市政公署和铜山县政公署。有了省级公署知事的身份，郭三爷同日本顾问多方合作，在徐州城里城外增添了不少产业，原本的车行建成了国际运输公司，还在富贵街和统一街建立了多家鸦片馆和赌场，在太平街口、金谷里和户部山北巷等多处建立了妓院，而且，他还在城外几百亩良田里帮助日本人种植了大烟，除去交给日本人的半数税款，仍然是一本万利。不过，很快，郭三爷没有了妓院的收入来源，他的多家妓院被日军征收为慰安所，原本每个妓院只有两名妓女，成为慰安所后，每个妓院都一下子扩充了十几个女人，这些女人有了新的称谓——慰安妇，全是日本士兵掠夺来的军营放不下的年轻女子，有两人还是被日军从朝鲜、东北一路掠来的。

张翠翠听说要当理事，激动得一夜没睡，她万万没有想到郭三爷能够这样重用她，她把这个消息告诉丈夫夏百金时，连夏百金都大吃了一惊。张翠翠心想，郭三爷真重情，年轻时的一夜风流情，现在竟然还生根发芽了。第二天，张翠翠心花怒放地跟随总管丈夫夏百金去了金谷里慰安所时，她才明白，哪儿有什么理事的官位，不过是与另一个老妈子一起给其中一家书寓的慰安妇做饭。还好，张翠翠熟悉这个差事，也熟悉这个地理位置，因为这家书寓的横匾上写着四个字：暗香书寓。又过了半个月，跟她一起做饭的身患重病的老妈子死了，老妈子亲口对她说："我终于可以死了。"对于老妈子的话，张翠翠琢磨了许久。

包括张翠翠在内的十三个女人被囚禁在这个残破的四合院内，时间一久，张翠翠渐渐有了今非昔比的感受。往日的暗香书寓虽是妓院，却不是地狱，此时的暗香书寓简直比地狱还要残酷。

张翠翠想逃离地狱，可日本士兵严密把守，她连金谷里的街口大门都出不去。她托送口粮的人给郭三爷带句话，想回去，不想当理事，却没有得到回话。她也托人给丈夫夏百金捎话，夏百金同样给她也捎了一句话："日本人，咱惹不起。"

夏百金目前算是郭三爷身边最大的红人，他每日忙得不亦乐乎，无暇顾及妻子张翠翠的境遇。夏百金不仅在外帮助郭三爷经营运输公司、鸦片馆和赌场，还在内帮助郭三爷发展壮大青帮势力，如今徐州城的青帮在郭三爷的主持下，得到了日本人公开结社的许可，改称安清道德会，人数也比以往有了大大的增加。

近日，郭三爷给夏百金交代了一个小差事。郭三爷从日本合作伙伴那里得知了一个消息，闻名徐州的画师裴秀才跟着日本人回了城，日本合作伙伴想得到裴秀才的一幅画，便叫郭三爷设法去劝服裴秀才，郭三爷把这件事交给了夏百金。

对于郭三爷交代的涉及日本人的差事，夏百金向来无比重视，这一次更不例外。他在位于统一街南端的鸦片馆吸足了大烟，便连忙带了一份拜望的帖子去了户部山，他早已打听了裴秀才的住址。一路经过了两个由日本士兵驻守的关卡，夏百金掏出新式的良民证，顺利到达了户部山脚下。按住址，夏百金敲响了裴秀才家的残垣大门，未承想吃了闭门羹，他没有高喊，只是敲门，却始终没人来开门。见大门一侧的高墙塌了一截，夏百金停止了敲门，他从墙角搬了几块残损的青砖，垒在了墙的缺口，小心踩着青砖翻过了墙头。当他缓缓滑下了墙，转身拍打上衫的尘土时，吓了一跳，一个花白胡子的老头儿正坐在院子中央，盯着他看。夏百金一个踉跄差点跌倒，他慌忙控制身体的平衡，人是站住了，褂兜里的东西却甩到了地上，他的帖子被他自己一脚踩中，而他的袖珍小算盘恰巧滚到了老头的椅边。夏百金的脸上看不出丝毫的尴尬，他微笑着落落大方地捡起帖子，一步一步慢慢踱到了老头跟前，他通过老头的胡须、年龄、神态判断出来，此人正是裴秀才。夏百金递上帖子，鞠躬笑道："您老，就是裴秀才吧？久仰久仰。"裴秀才坐定在椅子上，纹丝不动。夏百金见状，以为裴秀才对于自己的翻墙行为心存不满，急忙道歉："鄙人有罪，不该越墙而入，不过呢，您可得要原谅我，我是想拜见您，心切，我在门外可敲了半天的门，您……"夏百金见裴秀才依然面无血色，口中的话戛然而止，他疑惑地提高了嗓门，说："您是裴老吗？您听得见吗？我是青帮郭三爷的总管，今天专程来拜访。"裴秀才依然不动。夏百金围着裴秀才绕了一个整圈，仔细打量完，喃喃自语道："既聋，又哑。"说完，夏百金弯腰去捡椅边的小算盘。没想到，算盘突然被裴秀才的脚死死地踩住，夏百金怯怯地缩回了手，只听裴秀才开了口："你是来讨画的吧？"夏百金笑逐颜开，连连点头称是。裴秀才缓缓地扶着手中的藤木拐杖起身朝正堂走去。夏百金捡起袖珍小算盘塞入褂兜，尾随裴秀才也进了正堂堂屋。夏百金不请自入，坐在了客座上，口若悬河地对裴秀才说了很多恭维的话，大赞日本人如何赏识他的画作，大赞青帮郭三爷如何仰慕他的英名。沉默了近一刻钟后，裴秀才终于开口说了话："你走吧。"夏百金倏然站起了身，惊讶道："裴老，我好生尊重您，您不能这样待客吧，我这说了半天，已经口干舌燥，您一口茶水也不请我喝，就这样赶我走，不太合适吧。"裴秀才并不理睬，坐在主座上闭上了眼睛。夏百金心中既有愤怒也有焦虑，他愤怒裴秀才竟然是个如此顽固的老朽，他焦虑如何才能从裴秀才手中拿到画作，正当他百思不得其解的时候，他通过眼睛的余光瞟了一眼，有了惊人的发现，紧挨正堂的西间房门半掩着，里面悬挂了很多画作，满满的一墙。夏百金意欲推门进去，却犹豫了一下，当即向裴秀才告辞，离开了裴家。

当天下午，夏百金带了两个青帮“悟”字辈的徒侄，早早地守在了户部山裴家的墙外，天刚落暮，三人就翻墙进了裴家院子，躲在了后院的窄巷里。夏百金紧盯着前院正房的东间屋子那扇高高悬挂的后窗，后窗透出来的微弱的灯光刚一熄灭，夏百金立即低声命令两名徒侄：“上！”两名徒侄蹑手蹑脚摸到了前院，他们蒙住鼻孔点燃了两把特制的迷昏熏香，一把由门槛插入了正堂，另一把由朝阳的窗户插入了东间屋内，过了不一会儿，一名徒侄娴熟地打开了正堂大门的门栓，另一名徒侄到后院请了夏百金前往。夏百金兴奋地穿过正堂进入西间房屋，点亮了一根随身携带的蜡烛，见到满屋子的画作，他激动得差点儿叫出声来。夏百金在两个徒侄的帮助下，把墙上带有画轴的画作一一摘了下来，另把桌上画纸下的几卷画轴也抽了出来。一名徒侄抱着满怀的画轴，悄声对夏百金说：“夏爷，够了，一共十五卷。”另一名徒侄见夏百金站在画桌前发愣，忙催促道：“夏爷，咱走吧，不能在此久留。”夏百金点了点头，却没有移步，仍然站在画桌前，盯着桌上的一幅画看，片刻后说：“这幅好，这是一幅彩色的画。”身边的徒侄听夏百金说完，迅即伸手要去收画。夏百金说：“只可惜，这幅新作的画，没有盖裴秀才的印。”夏百金刚一说完，两名徒侄熟练地翻开了桌子柜子，捧了六七枚印章呈现在夏百金眼前。夏百金笑道：“我没有看错你们，果然是神偷！”

夏百金囊获了十六幅画作，都是裴秀才的真迹。他挑了一幅装裱精美的山水画呈到了郭三爷面前，说是给内海长官精心挑选的画作，郭三爷很满意，夸赞夏百金办事得力，夏百金谄笑道：“三爷见外了，裴秀才还答应，要专门给三爷您画一幅好画咪，我过几天就去取。”话声刚落，郭三爷对夏百金又是一番夸赞。

为了付给两名神偷徒侄应得的酬金，夏百金私下卖掉了两幅画，得到了两沓新钞，一沓是日本人印制的法币，另外一沓是伪中华民国维新政府新发行的华兴商业银行券。除去酬金，他还剩了不少钱。夏百金到城北的富贵街找了一家日本人新开的当铺，当铺经营古董文玩，他花钱装裱了那幅彩画，不过日本店铺不收新纸币，只收旧银元，他只好回烟馆的账房换了银元，拿回了彩画。夏百金把装裱的彩画送到郭三爷府上的时候，郭三爷急不可待地展开了画作。

只见，这是一幅彩墨的人物山水画，印有裴秀才的雅号“静松闲人”的方章，画面上，逶迤的山峦郁郁葱葱，山下的清河里横跨一座小桥，桥的正中央背手站立着一位一袭长衫的官人，官人仰头望山，视线停在了半山腰，山腰处镶嵌着一座庄严的府衙，府衙金碧辉煌，映射得整幅画绚丽多彩，画的两端写有题跋，右侧题了四个大字“山中板桥”，左侧题了一对七言的联子：

雅闻素默堂前坐，
尔佳起敬人上飞。

郭三爷读完题跋上的对联，得意地大笑了起来，当场赏了夏百金一杆烟枪，郭三爷说：“这个烟斗，是银子打的，哈哈哈，只要你干得好，以后还有金的赏给你。”夏百金感激涕零，不觉双膝着地，跪了下来，连磕了好几个响头。

夏百金偷画的那天，裴秀才已经绝食两天了。

自从儿子裴文举死后，裴秀才便被困在了户部山的家中，因为裴秀才的字画的影响力，日本人先后派了多人来家中请裴秀才作画题字，来人总是以救人救难作为要挟，裴秀才不得不应允。直到有一次，来人并不要画，只请裴秀才写几个大字，说是悬挂在钟鼓楼上的垂幅，那是给全城人看的脸面，必须是名人亲笔书法才好，说着，那人展开一条长长的白布，铺在了裴秀才的画桌上，另铺了一张小纸条，压在了桌角的石砚底下，小纸上写着“欢迎正义皇军击溃蓝鬼赤魔”一行字。裴秀才一看纸上的字，愤然拍案拒绝了。那人好说歹说，裴秀才始终不同意，不仅没同意，他还把小纸条撕得粉碎。第二天，那人带了两名日本士兵闯进了裴家的院子，说是日本宪兵队长后滕少佐很生气，今天必须带字回去，不然的话，就取了裴秀才的人头。不过，昨晚裴秀才用铁锤废了自己的右手，再也无法拿笔，当那人和日本士兵看见裴秀才右臂垂落的手腕时，嚣张的气焰转化为了一顿打砸，院子里的花坛树木被砍得稀烂，裴秀才被枪托击打倒地，满脸涂有锅灰的兰儿也被踹得吐了好几口鲜血。几天后，位于城中心鼓楼街的钟鼓楼上，还是悬挂了一条硕大的垂幅，尽管垂幅上的笔迹不是出于裴秀才之手。从那以后，虽然自废了作画的手，但前来索画的人依旧不少，裴秀才就这样近乎惊恐地度过了半年。入夏后，裴秀才闭门花三天的时间用左手作了一幅彩墨画，画成的那天下午，他把兰儿叫到屋里，对她说：“打现在起，不要给我端饭了，我不再吃饭。”兰儿疑惑不解。裴秀才说：“留些粮，你自个儿吃吧，我活不了几天了。”兰儿不听，照例端饭给裴秀才，哭泣着劝裴秀才吃下饭食，裴秀才始终不语，也不吃。

裴秀才是在绝食第四天黄昏死的，他死前，坐在正屋西间零乱的书房里，眼睛紧闭着，面色凝重而含笑。兰儿第一时间发现了裴秀才的死，她眼看着裴秀才几天都不进食，就默默地在暗处守着他。当她在书房外的窗口听不到屋内粗重的呼吸声时，便急匆匆去敲门，敲门没有响应，她又高喊老爷开门，喊声没有响应，她才鼓足勇气推门进了她从来不敢贸然进入的书房。她进去的时候，裴秀才已经闭了气。兰儿哀号着把裴秀才抱到他的卧室，安放在他的床上。兰儿扶在床沿，痛哭了近两个时辰，直到天空中电闪雷鸣大雨倾盆而下，她才恍如初醒般翻开裴秀才的衣柜，翻出一身崭新的寿衣，穿在了裴秀才身上。她守在裴秀才身边，也守在雨前，静静地，仿佛是在陪伴裴秀才听雨，她清楚，裴秀才向来有听雨的喜好。

渐渐地，天空中的雷声消失了，雨也变得小了许多。兰儿轻轻走出房门，到后院拿了一把锈迹斑斑的小镐，她迈动小脚借着雨光出了大门，去了后山纵深处的一片竹林。她挥动小镐奋力挖掘，终于在天空中再一次出现闪电时，挖出了一个五尺长的土坑，她没有停歇，继续拼力地挖，在黎明前，又在坡下挖了一个浅坑，与刚才的土坑有几步之隔。兰儿放下镐，精疲力竭地返回裴秀才的床边，她跪在地上，给裴秀才磕了十几个头，喃喃地说："老爷，我的命是您给的，我说过，我要伺候您一辈子，您为什么就这样走了呢。不过，您不用担心，我在竹林旁边挖了一口坟坑，这都是按照您的意思。您说，您不想再回裴庄的祖坟了，您喜欢这片竹子，您要安葬在这里，永远住在户部山上，我不知道这是不是您的遗愿，我一定照办。还有，老爷，您叫我活下去，叫我等夏儿回家，可是，我真的办不到，您都不在人世了，我根本活不下去。您一个人孤苦伶仃地躺在竹林里，不能没人照顾，不能没人做个伴，您不要嫌弃我，我，兰儿，做鬼也是您的丫鬟。"说完，兰儿拿了一把菜刀抱了一卷蒲席送到了竹林，回来后，她用尽全力扛起裴秀才瘦弱干瘪的身躯，一步一步缓缓到达了土坑的位置，她把裴秀才用蒲席裹好安放入坑后，痛哭着起了湿淋淋的泥土，一捧一捧覆盖在了蒲席上，直到蒲席被泥土覆盖，形成了一座坟。

雨又大了起来，兰儿手握紧菜刀起身走到了另一个土坑，她轻轻地躺在坑里，闭上眼睛任由雨水冲刷着泥土慢慢淹没自己。突然，兰儿睁开了眼，她抬头看了一眼坡上的坟，尔后举起手中的菜刀朝自己的手腕猛力砍去。刀落了下来，血染满了泥坑，兰儿又静静地闭上了眼。

在日本统治下的徐州城内外，保甲制度得到了空前的加强，比之几年前更为森严。在失去了大部分年轻劳力的夏郭庄，夏毓彤再次被选定为甲长。甲长一职似乎与日本到来之前没有太大差别，却又有很大的差异。现如今，作为一名甲长，不单要保住一方乡民身份的纯净，还要帮助日本人收取各类赋税，征收粮食牲禽，为日本人提供劳役的男人，也要为日本人提供美貌的女人。甲长的权力不容小觑。

不过，在身为甲长的夏毓彤看来，权力事小，性命事大，这是一个危险的职务。前些日子，就因为一件小事，他差点丢了性命。乡里的保长逐个村子下令，每甲必须上交一位年轻女性，三天期限，延期不交的话，拿甲长人头来见。夏毓彤掰着手指算了算，整个夏郭庄四十岁以下的年轻女子还剩不过五人，且都是逃难返乡的有夫之妇，他挨家挨户上门劝说，说是城中的少佐家中需要奶娘和丫鬟，是个肥差，吃得饱，穿得暖。可是，尽管他劝说再三，五个女人没有一个愿意进城。眼看还有一天期限，夏毓彤逼不得已，带着赶牲口的条鞭，杀到了村里张寡妇的家中，他对张寡妇呵斥道："好不容易有这么好的美差，你竟然不愿去，不过，我可要丑话说在前头，我是甲长，要保一甲平安无事，而你是咱夏郭庄辈分最低年岁最小的一个妇女，论理，你该去，如果你不去，日本人可是要来杀人的！"张寡妇拉着两个三四岁孩子不停地哀求，说家中还有一个年近七十的老娘，这上有老下有小，全靠她孤家寡人一个，她跪在了夏毓彤脚下，求他放过她。"不是我不放你，是日本人不肯放你，你要是不去，日本人就要灭了你全家老小！"说完，夏毓彤手扬条鞭击打在舂米的石槽壁上，条鞭传出的巨大声响，吓得两个孩子哇哇直号，也吓得张寡妇不得不同意了进城。看着两腿哆嗦的张寡妇，夏毓彤长舒了一口气。

过了不多久，保长又来下令，每甲要出一名劳力，进城给日本人服劳役，离开时，留下了一张纸，上面写着三个大字——人头契。这一回，对于夏毓彤来说，略显简单，夏郭庄的青壮年加上他一共还剩两人，他是甲长，当然不用亲自去服劳役，至于该派谁去，似乎显而易见了。可是，当他胸有成竹，准备拿人头契去找刘二保时，他却发现，父亲夏永兴早在人头契上签了名字摁了手印，他惊讶地跑去问："爹，你一把年纪，这是捣乱！"夏永兴神态凝重地回答说："我去，好事。"说完，夏永兴点燃了手中的旱烟。

其实，夏永兴要进城服劳役，缘于那份诀别书。多个昼夜，夏永兴望着养子的诀别书，内心始终无法平静，纸上的每一字每一句，都是那样钻心刺骨。夏永兴早已下定决心要去找人，去找诀别书中的女人和孩子，而且他心里清楚，要找人就要进城，毕竟日本兵抓获的百姓，如果还活着，都被关进了徐州城里。可是，找人谈何容易，城中已经被封锁得越发严实，他连续去了几次，都被卡口拦在了封锁线以外，他没有新的良民证，是很难进入城中的。他焦急而忧愁，整个人再一次消瘦了不少。现在，夏永兴见有服劳役进城的机会，他当然要去。

夏毓彤无助地伸手指向人头契，说："爹，这可是卖命的契，要干一年的苦力。"夏永兴笑了笑，又吸了一口烟，说："你婶子现在无家可归，她在咱家，你可要照料好。"夏毓彤看了一眼年过半百的尤小喜，尤小喜站在一旁，默默地一言不发。

第二十一章　囚笼

夏永兴进城出苦力是带了铁锹去的，上头明确要求，可以不带衣物，可以不带被褥，但铁锹铁镐必须携带一件。被保安队押解入城的途中，年近六旬的夏永兴走在一群苦力中间十分显眼，这种显眼并不是他老朽的身躯与众不同，而是他焕发的精神令人不解，以至于许多人投来蔑视的目光。

数百名苦力被赶到了徐州城北九里山一带，在一处日本兵营外停留了片刻，便在专人的指令下，在平地上挖起了沟壕。夏永兴焕发的精神依然不减，与其他苦力一起刨坑、挖土、扛土、拖车，他干活的速度丝毫不落后于年轻的劳力。在周围人看来，这样一个单薄瘦弱的老头竟然有这样的干劲儿，简直是匪夷所思，毕竟无论怎样卖力地劳作，他一文钱的报酬都得不到，得到的只有勉强糊口的粗粮，其余全无。渐渐地，这样一个傻老头成了苦力们寻找乐子的对象，但凡夏永兴操起铁锹，苦力们总会送上一阵夸赞，夸他力气大会干活，三锹就能挖一筐土。后来，夏永兴简直成了传奇人物，“三锹一筐土”的夸赞词竟然演变成了“一锹三筐土”的传说，苦力们晚上收工躺在简陋的草棚里总会因为夏永兴的传说笑出声来，直到相继有几个病得严重的人被活活掩埋，又有几人因为劳累多歇息了片刻被皮鞭活活抽死，苦力们在自身生死的考验面前，对夏永兴的传说才失去了兴致。

夏永兴除了卖力干活，他也在卖力打听。他利用一切非劳作的时间，向身边人打听消息，他悄悄地问，有没有人认识一个女人，有没有人认识两个孩子，他用碎瓦块把关盼盼和两个孩子的名字写在自己的手臂上，伸展给旁人看，旁人总是摇头。他连续打听了两个月，直到秋霜变化为冬雨，第一份劳役结束的那一天，他也没有任何收获。

随着苦力们第一份劳役的结束，日本人在徐州城边的封锁线工程完工了。此时，夏永兴虽然没有打听到女人孩子的消息，却得知了一条信息，他们挖的壕沟，是日本人用来封锁徐州城的阻绝壕。原来，日本侵略军为了对徐州城实施囚笼政策，指令伪警察局专门强征劳工开挖阻绝壕，阻绝壕围绕徐州城一周长达三十里，北临九里山，东括子房山，南据云龙山，西抵段庄，阻绝壕的宽度和深度都达到了七米，壕中的积水可以淹没成年人的头顶，除了开挖的深壕，逢山还架设了铁丝网。此项工程一经完成，围绕全城只有九个卡口可以进出，徐州城瞬间成了囚笼。

伪警察局的领头并没有给苦力们休整的时间，新的劳役又将开始，这一次不是挖土壕，而是搬石头修公路，日本人决定在九里山一脉的平山打通一条公路，平山山口将要被铲平。夏永兴跟在由苦力们组成的人群后面，望着熟悉的面孔，心中有些低落，他找了那么多人去打听，却没人知晓他要找的人。夏永兴不觉喃喃自语道：“啥时能找到他们，啥时能找到他们……”说着说着，苦力人群中又有两人晕倒了，两人很快被拖到一旁，扔在了枯草里。

父亲夏永兴的离家，使甲长夏毓彤得到了保长的大肆表扬，保长夸赞夏毓彤在大局面前识大体，一心为公，铁面无私。这样的表扬，是夏毓彤从来没有获得过的，他激动万分，又有些飘飘欲仙。夏毓彤回家躺在床上辗转反侧，始终无法入睡，他在想，保长这么器重他，是保长对他的信任，他必须按照保长所说，真的一心为公才行，可是，他现在似乎并没有做到这一点，这一切都缘于家中的中年女人，尤婶。

这天早晨，尤小喜与往日一样做好饭菜叫夏毓彤来吃，夏毓彤却不吃桌上现成的饭食，他自个儿点了灶火烧水下了一碗面疙瘩。尤小喜迟疑了下，转而笑道：“你喜欢吃面疙瘩呀，赶明儿我给你做，我会做，好吃得很。”夏毓彤三下五除二扒完了碗里的疙瘩饭，说：“婶儿，不用你做，我自己会做，以后呀，你也不用再做饭了。”尤小喜稍作迟疑，眉开眼笑说道：“哎呀，你又要娶媳妇了吗，是哪户人家？”说完，尤小喜意识到了所言欠妥，急忙带着歉意又说：“你看我，不会说话，你还没娶过媳妇儿……”夏毓彤打断道：“你猜错啦，我不是娶媳妇。”尤小喜一脸迷茫，说：“那咋不叫我做饭了呢，我一个妇道人家，本来就该洗衣烧柴做饭，况且，我现在还借住在你们家，怎么能不干活，白吃白喝。”夏毓彤冷笑道：“婶儿，你别怪做侄子的狠心，你呀，不能再住在我家啦。”尤小喜的脸色突然苍白，嘴里本想说的客套话一下子也化为了乌有，只剩下上下两片干枯的嘴唇在微微地颤抖。夏毓彤哀叹了一声，说：“婶儿，你可不要怪我，我也是没办法，谁叫毓杰是共产党呢，而你，又是毓杰的亲娘。所以，你还是走吧，离开我家，别连累我。”尤小喜瞬时明白了夏毓彤的真实想法，她站在东厢房的炉灶旁显得十分拘束，为了缓解尴尬，她挣扎着脸上的皮肉挤出了一丝笑意，许久过后，她轻声地说：“婶子不怨你。”

未到晌午，尤小喜背着两个饱满的包袱离开了夏家的大门，她沿着门外蜿蜒的土路，迂缓地边走边停，走着走着，停步在了村头的一片荒草淹没的废墟边。她熟悉这片区域，这里以往是一处旧教堂，早年与母亲一起来夏郭庄乞讨的时候，她就在这座破烂的教堂里连躲了几个夜晚。而且，前些日子夏永兴进城参加劳役时也在这片废墟边嘱咐她，让她就住在家中，等他回来，千万不要进城。

尤小喜驻足思考了好长时间，不觉竟踏入了废墟，踩着枯黄的高草走到了废墟尽头的一间草房，她蹲在草房门前的土包上，摘下双肩的包袱，凝视着东边城里的方向。

离开夏家，该去哪儿，尤小喜反复琢磨着这个问题。去自个儿的家？哪儿还有家可回。去城里裴家？她不敢，夏永兴专门给她交代，城中危险，不能进城，况且日本兵像魔鬼一样吓人，她绝不敢进城。去找夏永兴？也不行，听说他就是进城干的苦力，进城，不行。去找儿子夏毓杰？似乎也不行，她并不知晓儿子的具体去处，只知道是去了微山湖，况且听说微山湖有一百里远，一百里对于小脚的她来说，太远了，她从来没有走过那么远的路程。去哪儿，去哪儿？尤小喜不停地问自己，渐渐地，她陷入了深思。

一个熟悉声音扰乱了她的思绪，“你咋还不走！快走！快走！”她睁开眼看时，夏毓彤站在废墟的另一端正扯着嗓门朝她吼。尤小喜慌忙捡起两团包袱抱在怀里，挪动着小脚步履蹒跚地离开草屋，走出了废墟。尤小喜漫无目的地沿着乡间小路行走，直到离开夏郭庄三里远，她才恍然抬头看了一眼脚下的路，路的方向是朝东的，是进城的方向。尤小喜停了下来，须臾改变了方向，她改向北走，去微山湖，必须朝北走。她现在似乎别无选择，只能去找儿子了。

尤小喜向北走，一路十分荒凉，她连续经过了三个村子，从村外朝村子里望去，很少能看到人的踪影，唯有坍塌的草屋触目皆是。风很大也很冷，吹得她瑟瑟发抖，一路上，在她心中有个声音不停回响，“你儿子是共产党，你是共产党员的娘”，这个声音使她越发小心和警觉，她想找处地方避避风寒，却因为警觉，始终没敢靠近任何一个村子，直至黄昏时走到一片荒芜的庄稼地，她才有勇气躲进一间孑立的半壁草棚。尤小喜轻轻卸下包袱，已经一天没有吃饭的她，这时才感觉到了饥饿，她取出一张烙馍放到嘴中，就着凉风，她一口一口咀嚼着干硬的食物，整个人蜷缩成了一小团。

“给我也吃口。”有人说话。尤小喜大吃一惊，突然站起了身子，问：“谁！”“好心人，给我一口吃的吧，我两天没吃饭了。”是个女人在回答。尤小喜环顾四周，问：“你在谁，你在哪儿？”一个身影徐徐从墙根爬了起来，是一个满头散发的瘦弱女人。尤小喜赶忙拎起包袱，后退了两步，说：“你怎么在这里？你是谁？”女人扑通一声跪在了尤小喜的身前，憔悴地低声说道：“我不是坏人，我不是坏人。”尤小喜见女人怀中抱着一个孩子模样的包裹，顿时心中生怜，急忙去扶：“快起来，你怀里还抱着孩子，我给你馍吃，你快起来。”瘦女人并没有起身，她低头盯着怀里的包裹，边看边哭道：“呵呵，我的孩子，淹死啦，呵呵，我的孩子……”尤小喜惊讶地问：“咋回事？”瘦女人哽咽着将怀中的包裹小心地拆开，伸到了尤小喜眼前。尤小喜仔细一看，更为惊讶，包裹里只有几件衣物，并没有小孩，她疑惑地问：“孩子呢？”瘦女人没有再答，趴在地上痛哭了起来。尤小喜一边蹲下身来安慰瘦女人节哀，一边拿出两张烙馍递到了她的手中。片刻后，瘦女人哭完，咽下烙馍，再次跪倒在了尤小喜脚下。尤小喜问：“你家在哪儿？咋一个女人家的在这个地方躲着。”瘦女人起了身，说：“谢谢你，好心人，谢谢你，好心人。”说完，她包好包裹，小心抱着离开了草棚，消失在了尤小喜的视线里。

尤小喜看着消失的人影，发了一会儿呆，直到她打了一个喷嚏，才意识到初冬的夜晚冷得刺骨。她拆开包袱取出一件薄袄披在了身上，躺在了瘦女人刚才躺过的墙根。尤小喜刚一躺下，瞬间有一种无名的罪恶感涌上她的心头，她惊觉地坐了起来，自言自语道：“是我赶走了她。”她突然从瘦女人身上依稀看见了自己的影子，当年，她正是这样一步一步被妯娌大嫂赶离了家。

尤小喜收起包袱，离开了半壁草棚，沿着瘦女人消失的方向追去。她小心谨慎地前行，借着月光不断张望，努力去寻找瘦女人的身影，也许是天佑于她，在两里远的一条小溪前，她看见了瘦女人，瘦女人正对着溪水发愣。尤小喜匆忙喊她：“哎。”可是，她一张口，竟然忘记了要对瘦女人说些什么。

是呀，她想对她说什么呢，她一路尾随她追了过来，到底有何话要说，又有何事要做呢？既然什么都没有，那么，为什么要来追她呢？尤小喜站立原地自我发问，却没有找到答案。还好，瘦女人似乎没有听见她的声音，兀自发呆，旁若无人。

尤小喜望着瘦女人单薄的后背，不禁感到自己的后背一阵冰凉，瞬时打了一个喷嚏。喷嚏声惊醒了瘦女人，瘦女人回过头，看着她。尤小喜用袖口擦拭了一把粘连的鼻液，与瘦女人四目相对。措手不及的尴尬迫使尤小喜挤出了两睑的微笑，说："我想跟你说一句掏心的话，刚才的草棚，你回去吧，我不是要跟你抢地盘。"瘦女人没有作答，只是微微朝她笑了笑，转过了头。

尤小喜越发显得尴尬，为了打破尴尬，她开口问道："妹子，你也挺可怜的，你的孩子咋了？"瘦女人转过身，双手捧出包裹，说："这个，本来是我的孩子。"尤小喜盯着包裹，问："这里装的是衣服，咋是孩子？"瘦女人苦笑道："我裹了两个包，这是其中一个。"尤小喜疑问："还有一个包呢？"瘦女人轻抚着手中的包裹，说："另一个裹的是我的孩子，我把孩子扔进了井里。"尤小喜大惊："咋！你咋能……"瘦女人双手捂住了脸，哽咽了起来。稍许，瘦女人向尤小喜讲述了事情的来龙去脉。

瘦女人本是徐州城内的女子，住在西城附近，日本军打进徐州的时候，瘦女人已有了两个孩子，大儿子两岁多，小儿子刚出生不满两个月，尚处襁褓之中。突然有一天，坊间传开了日本人就快进城的消息，人们争先往城外逃，瘦女人领着大儿子抱着小儿子跟随街坊也往城外逃。有人劝她，一个女人家带两个小孩子还背着一个大包袱，走得太慢了，日本人马上就要到了，快把包袱丢掉。慌乱间，瘦女人把装有衣物首饰的包袱扔进了井里，在她看来，扔进井里，以后还有机会打捞，比随手扔在路边要安全。瘦女人向城外走了几里远，躲在了一处石头后面，她解开了褂子，想给襁褓之中的小儿子哺乳，可是，当她低头去看孩子时，发现手中抱着的不是孩子的裹被，只是一团装有衣物的包袱。

瘦女人惊慌失色，她意识到大事不好，她刚才扔进井里的不是衣物，而是她的孩子。她瞬时发了疯似的往回城的方向跑，边跑边喊。两岁大的大儿子在她的身后也边跑边喊，她转身去抱大儿子，可是她抱了大儿子，就无法迈动小脚快速地跑动了，此时，她恰巧遇到了一个熟人，瘦女人委托熟人暂时帮忙照管大儿子，她稍后再来会合。瘦女人孤身一人逆人流而行，当她到达井边时，她看见了井中的孩子，可是，无论她怎样哭喊，孩子始终没有发出任何声响，孩子死了。瘦女人在井口哭了很长时间，直到日本兵真的进城了，她才趁夜出了城，去找大儿子。

听着瘦女人说话，尤小喜的双眼睁得越来越大，这个瘦女人的口音是那样似曾相识，她好像在哪里听过，尤小喜焦急地试探："我以前好像见过你，你叫什么名字？"瘦女人抬头看了一眼尤小喜，平淡地说："我已经撇清身份了。"尤小喜一头雾水，问："跟谁撇清身份？"瘦女人笑而不答。尤小喜追问："你说的井，是哪里的井，什么井？"瘦女人回答说："倒马井。""倒马井？"尤小喜惊恸地浑身一紧，一个大步迈到瘦女人跟前，双手撩开瘦女人脸上的散发，说："快让我看看。"瘦女人任由尤小喜捧着脸看。尤小喜放下散发，说："是你，没错，就是你，贱犊，贱犊。"瘦女人不解，疑惑地望着尤小喜。尤小喜深喘了一口气："谢恩，你认不认识谢恩？"瘦女人顿时惊呼道："大姐，谢恩在哪儿？谢恩在哪儿？"说着，瘦女人紧紧握住了尤小喜的手。尤小喜感觉到双手被抓得生疼，这种疼痛顷刻间传递到了她的心里，她心中痛楚地答道："他，死啦。"瘦女人听完，瞬间晕厥了过去。

尤小喜慌忙卖力地摇晃瘦女人，并从小溪里捧了水浇在了瘦女人的脸上，好一会儿，瘦女人终于醒了。瘦女人刚一睁开眼，就问谢恩到底是怎么死的。尤小喜并不知晓缘由，夏永兴牵马托着谢恩的尸体回到夏郭庄之后，并没有给她说过一字一句的缘由，她只能如实告诉瘦女人："我也不知道。"瘦女人又追问。尤小喜把谢恩的安葬地点告诉了瘦女人。尤小喜问："他埋在夏郭庄，你要我带你去看看他吗？"瘦女人摇摇头："我现在没脸见他，孩子死了，他一面也没见过的孩子，死了。"尤小喜此时才想起，瘦女人还有一个大儿子，便问："大的孩子呢，怎么不在你身边？"瘦女人掩面答道："找了一年多了，没找到。"尤小喜安慰说："再找，一定能找到。"

瘦女人看着尤小喜，问她怎么会认识谢恩。尤小喜把谢恩的身世告诉了她。瘦女人惭愧地爬起身，嘴里喊着"姨娘"，急忙给尤小喜磕头。尤小喜轻轻扶起她，问她叫什么名字。瘦女人回答说："我姓吕，名叫水儿。"

当夜，尤小喜与吕水儿为伴，重回半壁草棚度过了一个奇寒的夜晚。第二天，无家可归的娘俩再次为伴，向北走去。尤小喜说，你找儿子，我也找儿子，一起去找。

希望就像一盏藏在心底的灯，引领着两个女人只花了三天的时间就找寻到了一条重要的线索。不过，对于这条线索，尤小喜心中十分忐忑，她从这条线索中看到了隐含其中的痛楚和惊恐。这条线索很悲惨，是她们在田间老农口中听说的，老农说，再往北不远的千里井发生了一件大事，国民党派人袭击了共产党的队伍，上千人被杀害，血洗了千里井整个村子。说完，老农又感叹道："刚开始以为是日本人来了，谁知道是国民党。"

尤小喜没来得及跟老农道一声谢，便疾步向北冲去，吕水儿紧随其后。她们到达千里井的时候，惨烈的场面已经被一片血红色的雨水洗刷，尸体早已被填埋。尤小喜焦急地四处打听有没有人认识夏毓杰。不过，周边的村落里并没有人认识他，她哭喊着追问，却引来了一队带枪的人马。

这队人马抓走了尤小喜，也抓走了吕水儿。

千里井发生的惨案，完全出乎意料，震惊了徐州周边的共产党人。

当初，日军占领徐州后，在徐州周边不仅有共产党在开辟根据地，还有一些国民党残余势力趁机发展扩大武装势力，这些势力并不抗日，只在发展自己，其中以活动在微山湖西岸一带的耿聋子势力最强，这一次发生在千里井的惨绝人寰的罪恶行径，就是耿聋子联合其他反共力量制造的。

夏毓杰得知千里井发生惨案的消息，是在一天后。他当时正在密谋截击一股正在微山湖东岸一带扫荡的日军，当从情报人员那里得知这个消息后，他愤怒地拍案而起，对于自己曾经战斗过的湖西发生了如此惊人事件，他是无法容忍的。夏毓杰当即派一队精干的队员乘船横渡微山湖，去接应幸存的同志，成功后，他握住一名幸存同志的手，流下了泪水。

一个月后，夏毓杰再次落了泪，不过这是激动的泪水，他所在的运河大队与好几支倾向于共产党的民间武装力量合编为八路军运河支队。自己的武装力量，能加入八路军的序列，是夏毓杰做梦都没有想到的，当晚，他激动得彻夜未眠。当初，徐州城沦陷后，夏毓杰按照指示，和同志们在微山湖以东地区组建了一支武装队伍，因为队伍活动在沿京杭大运河一线，被称为运河大队。运河大队跟驻扎在徐州城外围的日本军发生了多次交战，凭靠着游击战术取得了很多小规模的胜利，也缴获了不少日军武器装备。后来，队伍越来越大，引起了日军的重视，日军多次进行扫荡，幸运的是，运河大队采取灵活转移的战术成功躲避了日军的扫荡，生存了下来。

扩编成运河支队后，部队的人数也大大地增加了，武器装备的数量规模显得捉襟见肘。为了进一步打击日军，充实自己，支队决定再趁机向日军讨些人头和武器。

一个大雨的夜里，夏毓杰率领支队下属的一大队五十多人来到徐州城外，他们埋伏在九里山东北余脉靠近京杭运河的交汇口，准备伺机袭击小股日军，守了一夜，却没有见到一个日本士兵的影子。夏毓杰叫来一大队长，小声说："情报可能有误，你带同志们继续守着，我带一个人到近城的地方探一探。"一大队长惊讶地说："咱们撤吧，情报不准，你这样贸然进城，太危险啦。"夏毓杰说："你放心，我对徐州城很熟。"说完，夏毓杰叫了一名通信兵，两人各自在腰际别了一把手枪和匕首，迅疾爬上九里山，沿着山向西南靠近城内的方向探去。夜雨下得很大，即使在突兀的山顶上行走，视线也被雨水遮住了不少，夏毓杰低声嘱咐通信兵一定要注意敌情。两人边走边藏，不觉迂回过了好几个山头。突然，山脚下发出了一道亮光，夏毓杰拉着通信兵迅速埋下头，低声说："是探照灯，可能是日本人的军营。"正说着，灯光扫射到了半空的山石上，通过山石折射到了夏毓杰和通信兵身上，两人匐在石头上一点不敢动弹。这时，伴杂着雨水滴落到石块的声响，不远处传来了人的声音，好像是两个男兵在对话。

"他娘的！日本人都是大爷。下着雨还叫咱们上山巡逻，他们躺在床上睡大觉！"

"兄弟，你小点声，隔墙有耳，万一叫人听见了，咱们哥俩吃不了兜着走。"

"嘿嘿，老哥，我也就是这么一说，你可别当真。日本皇军好着咧，他们管我们吃，管我们穿，你看，这一身军服，多气派！嘿嘿。"

"我说，兄弟你真叫人佩服，上一句还在骂娘，下一句就改认了亲爹啦，哈哈！"

"不过，话又说回来，老哥，当初咱哥俩还不如跟着去利国驿站呢，这档子工夫，生奎那弟俩也该到地方了，到了那儿，日本皇军少，就那么几个，弟兄们好伺候。"

两个伪军的对话，夏毓杰听得清清楚楚，他悄悄地给通信兵做了个手势，示意通信兵做好袭击擒获准备。当说话的两人走近时，匍匐在石头上的夏毓杰一个飞身，死死勒住了其中一人的脖子，另一个人被通信兵用石块击中了脑袋，晕倒在地。夏毓杰双臂稍稍松了松，说："敢出声，就要了你的命。”伪军士兵点点头表示同意配合。夏毓杰小声问：“你刚才说的去利国驿站，是咋一回事，老实说清楚。”伪军双腿颤抖着说：“大爷，我说，我说。”接着，伪军把日本人在利国驿站开挖铁矿的情况和盘托出。原来，日本人在徐州城北八十里远的旧时的利国驿站开挖铁矿，为了保护开采，在利国驿车站驻有日军的一个小队，一共只有十个日本兵，其余二十多人都是伪军，今天下午，又有十个伪军前去支援，带了很多弹药，算算时辰，现在也该到利国驿了。

刚一交代完结，通信兵从身后用石块砸晕了这名伪军。通信兵问：“要不要把这两个人解决掉？”夏毓杰摇摇头，低声说：“都是同胞，留条性命。”说着，他在两名伪军身上搜到了两支步枪和几十发子弹，带上缴获的枪弹，迅疾叫上通信兵沿原路返回了。

一大队长带领着五十多名同志仍旧在原处守着，见夏毓杰平安返回，还缴获了两支步枪，激动得笑出声来。夏毓杰当即命令一大队长带队返回，防止日本军营发现异常前来追击。

队伍是在天亮前赶回微山湖东岸大本营的，休整一个白天后，当夜，夏毓杰带领一大队的原班人马再次展开行动。他们悄悄杀到了利国驿。利国驿在微山湖的南岸，距离运河支队的大本营其实并不算远，只有一二十里的路程，也是运河支队经常活动的区域，夏毓杰带队半个时辰就抵达了预定位置。日军开掘的铁矿位于利国驿火车站西侧百余米，一大队长带人首先活捉了一个伪军，从伪军口中探明详细兵力部署后，夏毓杰命令迅速展开战斗。不到半个钟头，车站里的十个日军和五个伪军被击毙，其余伪军悉数四散逃跑无果后，选择了投降。矿内的两百多名中国矿工被释放。这次行动缴获了一挺轻机枪、八支步枪和大批的子弹，填补了运河支队武器装备的缺口。因为是夜间袭击，敌人防备松懈，这次行动相当成功，一大队除了两名战士腿部中枪受伤，其余人员均安然无恙。

运河支队这次奇袭利国驿的行动，引起了徐州城日军的高度重视。两天后，日军出动装甲车辆对微山湖一带进行了大扫荡，得益于夏毓杰的高度警觉，队伍提前转移到了鲁南山区，躲避了日军的扫荡。

在鲁南山区的一个营地里，夏毓杰遇到了一个人，他万万没有想到在这里能够遇到他——拾起。夏毓杰惊喜地紧紧握住拾起的手，久久没有松开。拾起高兴地笑道："毓杰兄，没想到会在这里遇到你，我妹妹可好？"夏毓杰回答说："这事怪我，忘了向大舅爷报喜，我跟疏影已经结了婚，是在党旗的见证下结的婚。如今，我们已经有了一个孩子，是个女儿，疏影和孩子现在都寄居在一个老乡家里呢。"拾起忙说："这可是天大的喜事啊，快，让我见见孩子，在哪里，孩子起名字了吗，要不要我起个好名。"说着，拾起哈哈笑了起来。夏毓杰婉言说："起过了，叫夏培，还不满一岁。不过，疏影带着孩子住在沂蒙深山呢，离这里还有点远。"拾起似乎猛然一惊，呆坐在石堆上，一言不发。夏毓杰恍然笑道："哦，你看我，又忘了一件事，咱爹咱娘和咱哥嫂他们也躲在沂蒙深山呢，当年徐州还没失陷，就逃了出来。"拾起缓缓抬头说："你说你起的啥名，裴夏？"夏毓杰笑道："咱是中国人，不是英国人，姓氏当然要放前面，叫夏培，不叫培夏，哈哈哈哈……"拾起喃喃地"哦"了一声，再次陷入了沉默。夏毓杰不解，问道："拾兄，你这是咋了，有啥心事不成？"拾起微微笑了笑，说："没事，只是一时感慨。"夏毓杰又问："说了半天，我还没问你，你咋会在这里？"拾起凝视了片刻脚下的碎石子，回答了夏毓杰的问题。

当初，拾起加入第五战区抗敌青年军团，一定程度上是为了完成他爱的人刘梦樱的遗愿。这个青年军团最初建立是为了一致抗日，招收的条件简单直白，不限年龄性别，不问学历与信仰，不管职业与资历，只有一个重要条件，就是坚决抗日到底。由于招收条件振奋人心，很短的时间，青年军团的人数就达到五千多人，军事训练很是正规，内部群情激昂。后来，军统特务到来，对进步青年虎视眈眈，为此，拾起不得不转入地下开展进步活动。再后来，青年军团提前结业，全部被编入作战部队。当时按照来源省份被分成江苏、山东、安徽和河南四个大队，拾起所在的江苏大队进入鲁苏战区国民党韩德勤的部队，在参加抵抗日军发动的“卜号作战”之后，韩德勤竟开展了肃清青年军团共产党员的行动，为了安全起见，拾起被迫转移，到鲁南山区找到了党组织，因为他懂得日本人说话，现在是特别情报人员。

夏毓杰惋惜道：“抗日民族统一战线，名存实亡啊！”拾起无奈地连连捶打着身下的石头，手面上沾了几丝血迹。须臾，拾起问：“你进过徐州城没有？”夏毓杰说：“现在的徐州城戒备森严，日军实行了牢笼封锁，进不去。”拾起轻声说：“我想见见梦樱……”夏毓杰连忙说：“云龙山也被封锁在内，不好进，去了等于送命。”见夏毓杰表情严肃，拾起微笑道：“说说而已。”

正说着，远处跑来了一名通信兵，边跑边从通信挎包里掏出了一封信，对夏毓杰说：“报告首长，有您的一封信。”“拾兄，疏影来信了。”夏毓杰笑着接过信，对拾起说，“她可有一个月没来信了。”拾起微笑着对通信兵点点头，转头对夏毓杰说：“在如今的乱世里，家书抵万金。”夏毓杰一边连连点头，一边拆开信封默念了起来，他很快看完了信，说：“拾兄，疏影信中报了平安，爹娘也平安。”拾起想去接信，却又收回了手，说：“我这里有一封信，是给我爹娘的，还得劳烦毓杰派人帮我送去。”夏毓杰干脆利落地回答道：“不在话下，乐意效劳。”

没等夏毓杰的话音落地，通信兵又一次跑了过来，手里拿着一封信：“首长，这儿还有一封信，是刚刚快马送到的。”夏毓杰惊恐地接过信来，急忙拆开，看完，脸上的表情更加惊恐。拾起在一旁紧张地问：“出事了吗？疏影咋了？”夏毓杰轻声说：“不是疏影。”“那是谁？”“是我娘。”说完，夏毓杰把信拿给拾起看。

夏兄：

久仰大名。鄙人于乡野之间找寻到一人，此人自言是你母亲大人……若想救母，烦请携带五十支步枪和千发子弹来湖西相见，鄙人见枪自然释放令尊。记住，只可带枪，不可带人。

耿继勋

拾起看完，大惊道："耿聋子！"夏毓杰深吸了一口气，说："不知道是真是假，不过，无论真假，其中一定有诈。"拾起从口袋里掏出一个簿子，凑到夏毓杰的耳边，悄声说："这个簿子里记的人名，有他，耿继勋，是徐州周边的国民党极右派势力。"稍许，拾起问："毓杰，你有何打算？"夏毓杰掩面思忖了片刻，说："静观其变吧。我不能因为个人恩怨，拖累运河支队。"

拾起盯着夏毓杰眼中噙含的泪珠，默不作声。直到夏毓杰的泪珠化作一条长痕挂在沾满汗水的脸上，拾起轻轻合上手中的簿子，站起了身，说："夏毓杰同志，我要帮你！以后，你要好好对待我妹妹，替我照看好爹娘。"说完，拾起留下一封信，转身离开了。信封上写着"父亲大人亲启"六个楷体的好字。

第二十二章　稚童

一场大雪淹没了半个世界，只留有河沟里尚未冻结的冰水在不停地拨动着雪片。拾起裹着厚棉袄坐在了耿聋子的书桌前，身后站着两个人，一个是拾起本家的拾姓堂哥，另一个是耿聋子本人。拾起将书桌上的一张日文的贴文翻译成了标准的汉字，并用正楷的字体书写在了白纸上。拾姓堂哥满意地笑出了声，耿聋子似乎也满意地努了努嘴。

就在几个月前，拾起主动请缨前往微山湖西岸一带开展地下情报活动，获准后，他为了想方设法接近耿聋子，寻到了迁往沛县郊外的一个拾姓堂哥。这位堂哥是耿聋子的连襟，在耿聋子手下当差，拾起拿出一枚银镯子，堂哥爽快同意把他引见给耿聋子。由于拾起懂得日语，正是耿聋子急需的人才，耿聋子考验了之后，把拾起收入麾下。

耿聋子并不十分放心拾起，在暗处安插了许多眼线整日观察拾起的一举一动。拾起早就察觉到了这一点，为了避免暴露，他暂时只与拾姓堂哥有些来往，其余人等一概远离，他平日里除了翻译些耿聋子交代的日本字报，剩余时间就是喝酒睡觉。这样时间一久，耿聋子以为拾起只是个酒鬼，排除了他是日本特务或是共产党员的可能，便慢慢放松了对他的戒备。

雪化了，寒风越发刺骨。拾起特意从五里外乡民的窖中买了一坛白酒，请拾姓堂哥喝酒御寒解乏，他一碗一碗给堂哥倒酒，堂哥一碗一碗一饮而尽。拾起手搭堂哥的肩膀，笑谑地说道：“弟弟我请你帮我说的亲事，有没有一点儿着落？”堂哥打了一个酒嗝，说：“这档子事，哥哥我最在行，不过呢，你可不要怪我，现如今，年轻的姑娘不太好找呀。”拾起说：“弟弟我不是给你说过吗，实在找不着正经人家的黄花闺女，你给我从咱自家的牢里挑一个也成。”堂哥接着又打了一个酒嗝，继而表情激动地拍打大腿，说：“你可得谢谢哥哥我，为了你这事，我还真是进了一次牢，挨个女人瞅了一遍，可就是没找到合意的！”拾起脸色一惊，笑道：“哥哥你眼光高，你不合意，不代表我不合意呀！”堂哥眉头皱了皱，说：“哎哟，哥哥我以为你是个才子，怎么也得找个佳人啥的来配，没想到，哥哥误解你啦。”拾起又端了一碗酒送到堂哥嘴前，说：“下次带我去瞧瞧，保不准能看中一个呢。”堂哥连说“成成成”，不一会儿醉倒在了土炕上。拾起也喝了一碗酒，装作酩酊大醉出了屋子，躺在了村口的土寨围墙上，他眯缝着眼，观察着人来人往的动静，不放过一丝一毫。

同姓堂哥第二天一早，领着拾起去了牢房。说是牢房，其实不过是另一个村子的村尾靠湖的四间砖瓦房。同姓堂哥向拾起介绍，其中两间稍大一点的房间关的全是男人，这些男人大致分为两类：一类是通共分子，另一类是抗捐不愿给耿聋子交粮的民众。另两间小屋子共关了七名女人，至于为何要关押这些女人，同姓堂哥也不清楚，只知道是耿聋子的命令。同姓堂哥指着牢房，小声对拾起说：“关进牢房的人，无论是男人还是女人，绝不会超过七天，不是被杀了，就是被放了，唯独有两个女人，关了有半年多的时间，我实在是搞不懂我这个连襟是咋个用意。”拾起暗自心喜，哈哈大笑道：“用意，用意就是留着给我当媳妇呀。”同姓堂哥也哈哈哈大笑了起来。

看牢的两人不叫拾起进牢，只允许他扒着窗槛朝里看。拾起踩着两块青砖踮起脚尖向牢内看去，只一眼就认出了夏毓杰的母亲，她的身边还紧紧依偎着一个瘦弱的年轻女人。拾起故作镇定地移步到另一间牢房，依旧脚踩青砖仔细朝牢里打量。同姓堂哥抽着旱烟对着拾起的后背，说：“咋样，看中了哪个？”拾起挑起眉头，说：“还真得谢谢哥哥，看中了一个。”同姓堂哥眉开眼笑道：“哪一个，快叫我瞧瞧。”拾起从青砖上跳了下来，说：“不在这个牢里，在刚才那个牢。”同姓堂哥催促着拾起指给他看，拾起悄声说：“不用指，是那个瘦的，跟她娘搂在一起的那个，俊，真是俊。”说完，拾起的脸上露出了回味无穷的表情。同姓堂哥骄傲地拍了拍胸脯：“好！既然你看中了，剩下的事，包在我身上，我去找老耿说情。”

当天晚上，同姓堂哥心灰意冷地找到了拾起，说是拾起真有眼光，选中的女人不偏不倚正是关押半年的女人之一，耿聋子不同意。拾起心中有些失落，看来此计不行，还要盘算其他计策。就在这时，有人传话来，耿聋子召见同姓堂哥，让他速速前去。拾起随机应变拉着同姓堂哥的枪带，说：“我也跟你去，当面你再给说说情。”同姓堂哥转头看了一眼拾起，随口说了声“走吧”，两人便匆匆去了耿聋子戒备森严的宅院。

这是拾起第二次进耿聋子的宅院，没有同姓堂哥的带领，他是万万不可能进来的。刚一进宅门，就听见耿聋子在屋内哈哈笑出了声。同姓堂哥小声对拾起说：“看来不是好事，我的这个连襟，是有了名的‘不笑不杀人，一笑必杀人’。”正说着耿聋子从屋里夺步而出。“你知道，我为啥叫你过来吗？”耿聋子大声喊道。同姓堂哥疑惑地回答说：“为啥？”耿聋子大声说：“咱爹死啦！”同姓堂哥问：“咋死的？”耿聋子笑道：“被人杀了，肯定又是姓籍的干的。”同姓堂哥问：“啥时候的事？刚才我来，还没听说有这事儿。”耿聋子说：“我才知道，所以也跟你说一声，你准备准备葬礼。”说着，耿聋子把手中的长刀扔在了地上，骂道：“做几个人，报报仇！”此时的耿聋子才刚刚看见拾起也在院子里，骂道：“你来干什么？谁叫你来的！军令如山，你不请自来，这是违抗军令！”同姓堂哥慌忙帮助拾起说情解释。

拾起慢慢蹲下，仔细观察地上的长刀，说："这是日本人的军刀。"耿聋子说："废话，老子也知道。"拾起又说："刀柄上刻了四个字，内海正吉。"耿聋子说："废话，老子也知道。"拾起缓缓起身，说："我要是没有说错的话，这个内海正吉，是徐州城里的日本特务。"耿聋子脸上瞬时显现出惊讶的表情，却依然面色严肃，说道："你怎么知道他？"拾起回答说："我会日语，日文的报纸看多了，当然知道。"耿聋子弯身拿起长刀，在空中划出了几道光痕，说："这把刀，是从金啸虎那里得来的，听说是内海正吉送给他的，被我的手下偷来了。这几年，姓籍的跟我抢地盘，他抢不过我，就把伪军头子金啸虎请来灭我，幸亏我命大，幸亏我命好，才又有了今天。"同姓堂哥说："那金啸虎收编咱们的事，还谈不谈？"耿聋子说："说到这里，我左右为难呀，如今国民党给了我铜山县三区区长的职务来干，假如投靠了日本人，我怕丢了乌纱帽。但是如果我不投靠日本人，日本人还有那个金啸虎的部下姓籍的狗日的，老是来找我的事。"同姓堂哥说："咱不怕他！"耿聋子不再回同姓堂哥的话，盯着拾起端详了片刻，说："你想啥呢？"拾起恍然初醒，左右盼顾了周围，说："耿爷，我有一计。""一计，什么计？""我的这计，进屋说才好。"

拾起随耿聋子进了屋，同姓堂哥被隔在了屋外。关上门的一瞬间，拾起悄声对耿聋子说："抢军火。有了枪炮，就什么都有了。"耿聋子问："抢谁的？"拾起回答说："日本人。"耿聋子猛然一惊，说："我不惹日本人。"拾起说："耿爷，我知道日本人的一个军火库。"耿聋子匆忙说："别说了！我不打日本人的主意，那样只会惹火上身。"拾起放缓了语速，说："耿爷，你听我细说。城北的九里山有一个白云寺，白云寺里有一个白云洞，日本人利用白云洞建了一个军火库。"耿聋子问："你怎么知道这么多？"拾起微笑道："堂哥他知道，当年的白云寺是我爹捐建的。寺里的情况，我当然清楚。"耿聋子思忖稍许，说："不行，惹日本人，只会叫我全军覆灭。"拾起解释说："耿爷，别急，听我说完。咱不惹日本人，只惹姓籍的。”耿聋子忙问：“咋惹？你要是能帮我做了那个姓籍的狗日的，就是给我报了深仇大恨。”拾起叫耿聋子少安毋躁，听他慢慢说来。接着，拾起将如何伪装、如何潜入白云洞周围、如何观察军火动态、如何尾随截获枪弹、如何嫁祸于籍兴科的计策说与了耿聋子听。末了，拾起说：“你不用出动大部队，只要给我两个人就行。”耿聋子疑惑地说：“我凭什么信你？”拾起信誓旦旦说：“此计如果不成，我提头来见。”耿聋子大声说道：“好！给你两个人！”拾起微笑着补充道：“耿爷，我有一个请求。”耿聋子盯着拾起，说：“你不用说，我猜到了，你向我要女人。”拾起恭维道：“果然瞒不过耿爷。”耿聋子咬牙愤愤地说：“好！等你事成回来，那个女人，给你！”拾起说：“耿爷，你不要怪我心急，我事前就想得到那个女人。”耿聋子迟疑了一下，说：“好！给你，只要你帮我办成事，什么都好说！”

同姓堂哥专门给拾起预备了一间独居的房间，第二天晚黑从牢里把瘦女人接了去。瘦女人哭喊着被强行抬进房间的那一刻，拾起装作酒疯愤怒地臭骂了一顿抬人的壮汉：“她是耿爷赏给我的媳妇，不是给你们用来宰杀的猪！”说完，拾起关了门，立刻摒去了醉酒异状，示意瘦女人不要出声，伸手解开了瘦女人身上包裹着的红料被子。拾起低声说：“我是好人，来救你的。”没等瘦女人回答，拾起紧接着又说：“你是不是叫吕水儿？”瘦女人激动地连连点头。拾起又问：“和你关在一起的，有个年过五十的大娘，她儿子是不是姓夏？”瘦女人吕水儿又是连连点头。拾起微笑道：“配合我，演一出戏，我救你们，我是她儿子派来救你们的。”吕水儿仍是连连点头。

去九里山劫持军火的行动是在三天后实施的。拾起带领两个年轻的壮汉沿河沟走夜路到达了一处杂草丛生的路段，他们事先在土路的两边堆满了干草，并在路的北端挖了一个深沟。清晨，天色刚刚亮起，一辆日本汽车远远地行驶而来，拾起迅速令两人点起大火。就在路的两边燃起熊熊烈火时，日本汽车停了下来，日军和伪军的士兵们纷纷跳下了车。拾起对准一人开了一枪，刹那间，枪声和手榴弹的声音不断地在四周响起，射向了日军和伪军。拾起带领的两名手下，手端步枪纹丝不动，直到一切归于平静，两人才疑惑地匍匐到拾起跟前，询问究竟，说："咋一回事，我俩还没开枪……"拾起小声说："不要动，抢军火的还有另一伙人。"突然，两名手下被人打晕，拖走了。两人并不知晓，另一伙人是拾起秘密联络的共产党的游击队。

耿聋子做梦都没有想到，拾起竟然驾驶了一辆日本军车回来了。耿聋子看着日本军车，大惊失色，问："你咋把日本人的车弄回来了，有没有人看见？日本人会不会追来？"拾起微笑道："车上有枪。"耿聋子匆忙说："快把车开走，不能让人看见日本军车在咱们这里。"拾起跳下车，指了指，说："这辆车，没油了，开不动。"耿聋子迅速命令身边的随从，说："你找人把枪卸下来，再找人去油坊提一桶油过来，速度要快，要快！"耿聋子把拾起叫到他的宅院，询问事情原委。拾起简单叙述了他偷袭成功的情况，并没提及共产党，而后谎称："我让一个弟兄在现场周边的村子散布了姓籍的劫持日本汽车的消息，约定今晚回来，另一个弟兄死了。"耿聋子并不关心死了人，直说："一定要嫁祸成功，千万不能引火烧身。"汽车缺少的油，并不是油坊里榨出来的豆油，汽车开不动，停在了村寨里。耿聋子别无他法，只得命人把汽车推到村寨后面的沟里，用土填埋了。

晚上，在油灯下，拾起拿出了刘梦樱生前的照片，喃喃地说："梦樱，我今天又杀了一个日本兵，又为你报了一次仇。"他看着照片里刘梦樱的模样，眼中渐渐噙满了泪珠。一直以来，他每晚只能在照片里见到她，只能在梦里遇到她，而他，是多么希望能再次见到她的真容，不是在梦里，也不是在照片里。油灯下的拾起，不觉拿起了桌上的毛笔，他蘸了蘸砚台中即将干涸的墨，写下了一首词，把心中的情感吐露无遗，《卜算子·梦里人》：

我在梦外寻，你在梦里守，夜夜梦中来相会，相依怎开口？

秋梦已冬深，冬梦化春酒，有梦只恨无梦夜，夜夜相思愁。

写完，拾起拿出床下的一坛酒，对着坛口痛饮了起来，直到酒坛砰然落地，碎得稀烂，他才伸手抹了抹嘴上的余酒，趴在床上，入了梦。

抢劫的枪支虽不算多，但拾起已经令耿聋子刮目相看了。随着谈话次数的增多，耿聋子认为拾起不仅有才华还很睿智有谋，便把他留在身边充当参谋，再后来，耿聋子更加信任他，竟然公开称他为“军师”。

一个下了雨的夜晚，在确定耿聋子出门在外之后，拾起装作酒后无德，对独居室的吕水儿又打又骂，吕水儿哭着喊着向外跑，拾起提着酒壶向外追。刚开始，村寨里的多处守卫人员严令阻止，过了一会儿，守卫们看了这般场景，便笑着忙于调侃，也就不管不问了。直到村寨尽头的一片茂密的林子，拾起躲过守卫，把一封信和一把枪交到吕水儿手中，又把吕水儿交到一位陌生男子的手中，拾起对吕水儿说：“这是共产党的同志，跟他走，他会救你出去。”

吕水儿起步要走时，看到了男子身边站着一个熟悉的身影。原来，拾起秘密挖了一条地道通到了牢房，早在半个时辰前，他就已经从牢中悄悄带着夏毓杰的母亲到达了这片林子。

第二天，村寨里传开了牢中被盗的消息，也传开了拾起被媳妇杀害未遂的消息。拾起捂着脸上的血痕，躺在炕上，对同姓堂哥说：“这个该死的女人，真他娘的厉害，我昨天晚上发现她挖了地道，抡起板凳就教训她，结果我喝得太多了，他娘的，她竟然差点杀了我！”

完成了修建平山路的劳役之后，夏永兴被遣返回了家。虽然没有找到他要找的人，但夏永兴在劳役期间得知了重要的信息，这些信息对于他找人至关重要。他把重要信息铭记在了脑海里，每天不停地默念思索：其一，要找女人，去妓院和日本兵营，被抓的女人但凡没死，都在那里；其二，要找男孩，去日本学校，日本人这一年抓了很多男童进去。

踏入家门的那一刻，夏永兴没有出声说话，他静静地踩在院子里的青石板上，环顾四周端详了许久。夏毓彤伸着懒腰推开堂屋的木门，见到父亲夏永兴衣衫褴褛站在院子里，慌忙跳过门槛，冲到夏永兴跟前，帮助接下父亲夏永兴肩上肮脏的被褥。当他近看夏永兴污手垢面的模样后，又急忙进堂屋拿出一个脸盆，舀了半盆清水端到夏永兴面前。夏永兴并没有急于洗脸，看着夏毓彤，问道："怎么没见你尤姨？"夏毓彤脸上露出难色，说："尤姨，她说要去找她的儿子，我拦着她，不叫她走，她硬是不听。"夏永兴问："走了多久？"夏毓彤说："你离开家没一个月，她就走啦。"夏永兴不再吭声，洗了一把脸，进屋把口袋里养子的诀别书小心取出，轻轻放置在了木柜里。夏毓彤端了一碗面疙瘩放在了木柜上面，说："爹，趁热吃。"夏永兴把碗从木柜上拿走，搁在了一旁的方桌上，问夏毓彤："听说，咱乡下人也能办良民证了？"夏毓彤憨笑道："爹，你咋知道的？只要甲长担保，送十斤粮食给保长，保长签个字盖个印就行。"夏永兴说："你肯不肯给我担保？"夏毓彤愁眉，说："爹，看你说的啥话，我咋能不给你担保。只是……""只是什么？""只是，你要良民证有啥用，白白浪费了十斤粮食。"夏永兴深咳了几声，说："十斤粮食，我给你。"

半个月后，夏永兴拿到了良民证。他之所以要取得良民证，是因为没有它就进不了城，而他深知，要想找到他要找的人，就必须得进城，毕竟无论是妓院，还是日本兵营，抑或是日本学校，都在城内。

一天清晨，夏永兴小心裹好良民证徒步向东朝进城的方向走去，任由夏毓彤在身后百般劝阻，他始终没有停下东行的脚步。由于参加劳役，夏永兴熟知了徐州城周边的新变化。他清楚，徐州城周围一圈的阻绝壕只有九个入口可以进入城中。他还听说，城南的黄茅冈关卡是九个关卡中最容易进城的一个，原因是把守黄茅冈关卡的只有三个日本兵，而其他关卡的日本兵比较多。日本兵越多，风险就越大，稍有不慎就会被认定为“通八路”而抓入牢中。

夏永兴绕道从云龙山一角寻到了黄茅冈的进城关卡，他从很远就看到了两个全副武装的日本兵正盘查着往来的几个行人，他手摸良民证慢慢向关卡走近，当他离关卡只有咫尺之远时，听到了日本兵大声呵斥的声音。夏永兴止住了脚步，日本兵的呵斥声戛然而止，夏永兴又向前迈了一步，日本兵的骂声迅速响起，比之先前更加震耳。夏永兴仔细看时，日本兵犹如狰狞的凶煞正对着他亮出噬人的牙齿，随着一道反光闪过，夏永兴突然缓过神来，噬人的牙齿化作日本人手中闪亮而尖锐的刺刀。“八嘎！”一个日本兵嘴里骂着，手里的刺刀抵到了夏永兴的大腿上，只差一点就刺出了血。另一个日本兵指着关卡一侧铁丝网上悬挂的木质字牌，也在大骂“八嘎”。夏永兴朝木质字牌看去，上面写着几个歪七扭八的汉字——傍晚之后，不准进城。手端步枪刺刀的日本兵掉转枪头，使用枪托猛力推倒了夏永兴。夏永兴手捂着良民证趴在了泥泞的土坑里。

夏永兴从泥坑里爬出来时，口袋里的良民证已经浸透。他小心取出掸净粘连的泥土，回头望了一眼日本兵，日本兵用“八嘎”的骂声转而呵斥其他人去了。夏永兴看了一眼西边山头的太阳，阳光很是明媚，他对傍晚的含义产生了不小的怀疑，却不敢有任何不满的表情显现出来，他只得乖乖地起身离开了关卡。

刚走了没多远，有人从身后拍了一下他的肩膀，他转头去看，却没有看到人影，他再一回头，看见了一个熟悉的面孔。

“咋这么不小心，一身都是湿泥。”是夏百金的声音。夏永兴有些惊讶，更有些惊喜，说：“不碍事，不碍事，你咋在这里？”夏百金捏了捏自己油亮的鼻尖，说：“以后啊，要在上午进城，你这个时候来，是进不去的。”夏永兴点了点头，又说：“你咋在这里，许久没见，你还好吧？”夏百金微笑道：“我呀，不好不坏，饿不着，也撑不死。这不，我出城来看看庄稼，看完还得回城。”夏永兴惊讶地问：“回城，进城？”夏百金得意地掏出一个小黄本，在夏永兴面前晃了几下，说：“我有这个，特别通行证，想啥时进城，就啥时进城。”夏永兴会意地笑了笑，没有再答话，弯腰摘掉了脚上的布鞋。

夏百金好像忽然想到了什么似的：“啊，对了，永兴大哥，你的马车，还在不在？”夏永兴把布鞋里的泥水倾倒出来，又把布鞋穿上，叹气道：“马车，还能有啥用处，就等着劈柴烧火啦。”“那么，马，还在不在？”“我的那匹马，跟我一样，命大。不像我家毓恩，命苦。”夏百金稍作迟疑，急忙帮夏永兴拍了拍泥泞的上衫，激动地说：“你的意思，马和车都在，太好啦！太好啦！”夏永兴疑惑地看着夏百金。夏百金“嘿嘿”笑了几声，说：“我在城外帮东家打理了一片庄稼地，土里头没什么肥料，长出的庄稼不成行，我准备往庄稼地里施点大肥，所以，想弄辆马车，从城里把肥料拉出来，方便，省劲。不然，我那两个长工得一担一担往城外挑，既费时又费力，怕误了庄稼的收成。”夏百金见夏永兴迟疑不答，忙说：“你看我，只顾得说自个儿的事儿了，忘了问了。永兴大哥，你进城干啥去？要不要我帮忙？”夏永兴淡然说道：“找人。”“找人？那你遇到我，算是遇对了人，”夏百金拍打着自己的胸脯，自信地说，“你说，找谁！”夏永兴愣怔着双手攥紧拳头，额头冒出了汗珠，几次张嘴，却没有发出声音。夏百金着急地催促道：“快说，找谁。只要还活着，我就能帮你。”夏永兴回答说：“找我的儿媳和孙子。”夏百金抓了抓七分的头发，为难地说：“你儿媳妇，你孙子，我以前也没听你说过呀，叫啥名，长啥样？我可以帮你去城里的学校里瞧一瞧。”夏永兴急问：“学校？你可以去学校？”夏百金说：“那当然，我怎么也是有身份的大人物。”夏永兴问：“我能进学校找吗？”夏百金自信地笑道：“那当然，只要你帮我赶马车拉大肥，随便进。”少顷，夏永兴点头答应了。

隔了一天，按照约定的时间地点，夏永兴赶着老马车停在了离黄茅冈不远的一处山坡。夏百金手拿一张盖有红章的黄纸递到了夏永兴手中，说："这是良马证，有了这个证，马就可以进城了。"说完，夏百金带着夏永兴通过了黄茅冈的日本兵关卡，一同通过卡的还有马和车。

夏百金一路边走边给夏永兴介绍城中的变化，他说，日本人刚进城的一年多时间里，城里的人口并不是很多，满大街见得最多的是日本兵，后来，日本在徐州建了一个领事馆，之后就有大批大批的日本人和朝鲜人搬进了徐州城，听说有一两万人之多，所以现在大街上见得最多的，就是些日本人和朝鲜人，咱自个儿的百姓因为怕日本兵，很多是不敢随意出门的。

他们由礼义街向东拐入南关上街，而后一路向北走，过护城河石桥，过回龙窝，上了南门大街。走着走着，一个高塔出现在了眼前，夏永兴疑问，这是建的什么，比那钟鼓楼还要高。夏百金环顾了周围后，小声告诉夏永兴，这是日本人建的纪念碑，上面刻有"建设东亚新秩序纪念碑"的字样。除了这个碑，日本人还在北城建了两样东西——"忠魂塔"和"神社"，都是埋葬日本兵的地方，平日里千万别去这两个地方，日本人不叫中国人靠近，小心没命。夏永兴顺着夏百金手指着的方向，看到了北边不远处有个圆筒式的高碑。夏百金说，就是那个，"忠魂塔"，上面刻着字，"兴亚建设之先驱"。

正说着，两人即将走到南门大街的尽头，不远处，一条陌生的道路沿着东西方向横在了面前，夏百金驻足牵马停了下来，他以前好像没见过这条路。迟疑之间，夏百金饶有兴致地对夏永兴说，这是日本兵新修的启明路，直通城东的火车站，这条路在故黄河上架了一座桥，名叫济众桥，为了修这条路，日本人拆了不少房屋，还打死过不少人，咱尽量不要走这条路，日本汽车在这条路上开得快，撞死了人，也不停车看一眼的。

听夏百金说完，夏永兴向东掉转了马头，牵着马，跟随夏百金的指引，沿大同街向东去了。他们拐进了一个胡同，又拐进了一间大门，走进院内拐进偏房的时候，夏百金说，这里是市立中学，这两间大茅房攒下了不少大肥料。说完，夏百金进门房叫出了看门老汉，与他言语了一番，算是说定了允许夏永兴使用马车拉粪的事宜。

夏百金坐在门房里，从上身的袖筒里拿出大烟枪，抽起了大烟，直到夏永兴在茅房里铲了三大桶的大粪，并把茅房地上散落的粪渣打扫干净，他才悠然走出门房。夏百金捏着鼻子叫夏永兴赶紧把木桶的盖子盖上，之后，帮夏永兴将三个大木桶抬到了门外的马车上。马车出城依旧过黄茅冈的日本关卡，由于马车上的木桶中传出的恶臭难闻的气味，日本兵举枪大骂不止，夏百金连连屈身鞠躬，拿出通行证摇尾乞怜，终于获得了日本兵的许可。马车快速过了关卡，向南绕云龙山的西山脚停在了石沟湖南岸的一片田地边。夏永兴按照夏百金指定的地点，将大粪卸下，又返回城中进入另一家小学校，再次拉了三大桶大粪。

马车的效率的确比人力要高出不少，四天后，夏永兴从五所中小学校的茅房里运出的大粪，堆积成了十几座小山丘，地里的两名长工连连说，够了，够了，叫夏永兴停止运肥。夏永兴哪肯停止，他在去过的五所中小学校没有打听到名叫谢关、谢云的孩子，他还想去其他的学校里打听，于是乎，夏永兴找到了夏百金，劝说夏百金让他再多运几趟。夏百金同意了。

在接下来一个月的时间里，夏永兴寻遍了城中的五所中学校以及二十所小学校，却没有寻找到他要找的男孩。不过，虽然没有找到人，他却对城中的学校有了详细的了解。这些学校都是在日本人的主持下新立的，设施简陋，教室狭窄，远不如日本人进城之前的学校的模样，以前那些学校，在日本攻陷徐州城后，不是停办就是迁出城去了，大量的学校旧址被日军占领，或充当马厩，或充当兵营，如今老学校的旧址上，早已失去了原有的气息。

一天，夏永兴同往日一样，驾着空空如也的马车进了城，同往日一样，小心谨慎地躲避着日本人。他沿着偏僻的小巷找到了位于马市街的一个暗胡同里的马市街小学。城中共计有二十一所小学校，他已经寻过了其他二十所，这是他要去的最后一所。

夏永兴将马车停靠在胡同的最里端，把马拴在了地上的一块布满了青苔的拴马石上。他先是进去给守门的一位老太婆说明了来意，便提了木桶径直朝茅房走去了。他刚走了没几步，看门的老太婆远远地朝他喊道："提桶的那人，你是干啥子的？"夏永兴疑惑地回头朝老太婆喊道："捞粪池，刚才给你说过了的。"老太婆恍然初醒似的，喊道："哦，看我这双眼，老眼昏花的，你去吧！"夏永兴叹了口气，将左手拿的木桶换到了右手来提，转头又朝茅房走去。突然，不远处老太婆的喊声再一次响起："小兔崽子！快进屋去，小心教书先生打你的手！"夏永兴听见老太婆的喊声，转过身去看究竟，只见一个小男孩手拿一个拨浪鼓正往门外跑，被老太婆训斥着堵在了门内。男孩双手抱着失去甩动木球的突兀的拨浪鼓折返身子躲开了老太婆，尔后，一个扭头朝院子另一角跑去。老太婆站在门旁仍在喊着，叫男孩快快进入教室。夏永兴不经意间朝男孩跑动的方向多看了一眼，就是这一眼，夏永兴惊得松掉了手中的木桶。

这个男孩的面孔是那样熟悉，好像在哪里见过一样，夏永兴呆站在原地，不停地寻觅着大脑中残存的记忆。忽然，他张大了嘴，惊讶得差点叫出声来，是他。对，就是他，眼前的这个男孩的模样跟他太像了，太像了，简直跟二十多年前贱犊的面孔一模一样。夏永兴心中惊呼着养子谢恩的小名，双脚不觉充满了力量，他不由自主地朝墙角的男孩跑去，步履不再蹒跚。男孩并没看他，正埋头玩耍着手里的拨浪鼓。夏永兴蹲下身子，一把抓住男孩的两个手臂，死死地盯着男孩的面庞看个不停，看着看着，眼中噙满了激动的泪水。

"快松开孩子！你浑身又臭又脏，快松开孩子！"有人在严词制止他，夏永兴抬头去看，原来是夏百金。夏百金冲了过来，把男孩拉到一边，说："永兴大哥，你抓这个孩子干吗，看你把他吓的！你知道这个孩子是谁的吗？"夏永兴含着泪水，问："谁？"夏百金一边哄孩子不要害怕，一边回答说：“这是我东家的孙子。”夏永兴问：“你东家是谁？”夏百金抱起男孩，说：“青帮的郭三爷，如今是苏北行政公署的官老爷。你可别吓到了他的孙子。”夏永兴始终盯着男孩的身影，视线一刻也没有离开，看着他被夏百金抱上了门外的黄包车，看着黄包车缓缓驶离。夏永兴挣扎着跑出了门外，大声喊道：“百金，你带孩子去哪儿？”“哈哈哈，我奉郭三爷的命令，要带孩子回家，三爷要过大寿。”从黄包车里传出了夏百金得意的笑声。

第二十三章　罂粟

这一年春夏之交，驻徐州的日军派出三千多人的兵力对北面的运河支队进行了围攻，运河支队遭受重大伤亡，仅剩下三百余人，最终被迫转移，支队也被迫整编。好在一个月之后，趁日军撤走，运河支队重新返回了微山湖东岸一带的根据地。

夏毓杰心中充满了悲痛，却也充满了信心。他悲痛，是因为千余人的队伍，死伤了很多，也叛变了很多，损失异常惨重，这是支队从来没有过的失败。他有信心，是因为他对队伍的重新发展壮大充满信心，是有历史经验可循的，一年半以前，支队所属的大部一度编入了八路军一一五师教导二旅五团，同样是在仅剩二百多人的基础上，支队就发展成了千余人的队伍。

在这次遭受日军围攻之后，临危受命的支队长胡大勋专门召开会议分析研究失败的原因，会议一直开到了三更过罢才结束。夏毓杰提出了三点看法：其一，要加大发展党员和团员队伍，几名叛变的大队长，都不是党员团员，党要指挥枪才行；其二，这次失败的直接原因是情报联络不畅，运河支队隶属于八路军一一五师领导，可是，支队活动在微山湖东岸的京杭运河一带，离一一五师根据地有一百六十多里，中间隔了好几道日军的封锁线，联络不便，但与新四军的淮北三军分区只有五十多里，建议向上级请示，将支队划归新四军领导；其三，在直接对抗日伪军，确保巩固根据地的同时，也要防范周边国民党顽固派武装力量的侵犯。夏毓杰的建议，得到了参会人员的一致认同。

会后的一个阴雨天，夏毓杰驾船驶到了微山湖中央的湖心岛，拾起已经早早在小岛上等候了。这几年，耿聋子的势力越来越大，引起了重庆国民政府的注意，为了拉拢敌后势力，重庆的国民政府委任耿继勋为铜山县县长，耿继勋成为县长之后，依旧活动在微山湖西岸一带，不过活动的范围越来越大，耿聋子对待日军，仍然坚持不抵抗的政策，对待共产党，则坚持着清剿的手段，经常妄图侵扰袭击吞并。作为安插在国民党耿聋子部队里的地下共产党员，拾起秘密与微山湖西岸的共产党湖西革命根据地取得了联系，并成功帮助共产党沛县党委传递了不少情报，使湖西革命根据地的游击队伍多次免遭耿聋子部队的袭击，这一次微山湖湖心岛的秘密约见，拾起有重要的情报要向夏毓杰透露。

拾起独自一个人静坐在湖心岛西岸边的一个悬挂有粗布衣衫的小舟上，他用斗笠遮住了脸，手持一根竹竿，偶尔提竿，也偶尔抛竿，离远处乍看便以为是在垂钓，仿佛有种“孤舟蓑笠翁，独钓寒江雪”的意味。夏毓杰手撑竹桨围绕湖心岛慢慢划动着船，小心谨慎地寻找着拾起的船只上的标记，当两只小船上的粗布衣衫在疾风的劲吹下遥相呼应时，两人不约而同地站立在船舱上。两船相依，夏毓杰和拾起纷纷摘掉自己船上悬挂的衣衫。

摘掉衣衫，也摘掉斗笠后，拾起大步迈上了夏毓杰的船，两人紧紧握住了手。拾起伸左手拍了拍夏毓杰的肩膀，激动地说：“毓杰兄，很庆幸，你还活着，我听说日军攻陷运河支队的情报时，一直担心你的安危。”“不用担心，我现在很安全。虽然我们运河支队损失很厉害，不过，现在我们又进行了重新组建。”夏毓杰回答完拾起的关切，疑问道，“拾兄，你秘密捎信约我来，有什么要事？”拾起用手指在船板上画了一条曲线，小声说：“你看，我画的这条线，是咱们党由南方的盱眙经微山湖，西去北上的一条秘密交通线。”拾起停顿了一下，看着夏毓杰，示意他看不看得懂。夏毓杰点点头，说："接着说。"拾起继续在船板上比画着，说："上个月，咱们党中央的领导，也就是新四军的政委，前往延安的时候途经了微山湖，在船上接见了沛县县委书记，政委专门指示，要加强对微山湖水上交通的控制，保护好这条通往延安的交通线。我从沛县县委听到这个情况后，思来想去了好长时间，我感到，湖西根据地受耿聋子的干扰太频繁，要想保护好这条交通线，就要与微山湖东岸的根据地通力合作才行。这条交通线很重要，是新四军联络延安党中央的命脉。"夏毓杰问："你的意思？"拾起在船板上另画了一条线，回答道："我的意思是，你们运河支队最好能加入保护这条交通线的任务当中，在微山湖东岸运河一带，建立一条交通副线。"夏毓杰仔细思考着，频频点头，说："拾兄，你的想法很好，交通副线，我回去就向支队汇报，向上级汇报。"拾起喜笑颜开，说："只顾谈事，我忘记问了，疏影最近怎么样？"夏毓杰笑道："疏影母女安然无恙，岳丈岳母也都很好，鲁南沂蒙山区的根据地很安全。"说完，夏毓杰又补充道："我今天要当面感谢拾兄，家母全靠拾兄，才能安全从耿聋子那里逃出来。"拾起连忙推辞说："同志之间，不言谢。不过……"夏毓杰疑问地说："不过什么？"拾起说："那个……女人，吕水儿，不知道是否安好。"夏毓杰微笑道："她也很安全，整日跟着疏影纺布种地，过得挺好。"拾起问："她的孩子，找到了吗？"夏毓杰疑惑地笑了笑，说："这个我还不是很了解，下次我问清楚告诉你。"拾起叹气说道："这个可怜的女人，真是可怜，一个孩子死了，另一个孩子丢了，可怜的女人。"说完，拾起用力攥紧了拳头。为了防止夜长梦多，两人在船上没有过多停留，急匆匆告别了。

拾起撑船从湖心岛返回到微山湖西岸时，提了一个箩筐上了岸，箩筐里装有半筐的鱼，他把筐拴在了马背上，骑马回了营。

耿聋子已在兵营最外层的关卡处等候了。拾起见他面无表情，脸上没有丝毫的笑意，便放了心，毕竟拾起清楚，耿聋子不笑是不杀人的。

拾起悠哉地下了马，摘下箩筐，提到了耿聋子跟前，笑道："县长，您看我钓的鱼，各式各样的都有，晚上烧鱼汤，炖鱼肉，烤鱼片，再配上一壶烈酒……"没等拾起说完，耿聋子打断道："闭嘴！你不要说了！我问你，这封信是咋回事？"说道，耿聋子身后的随从递上一封信，信封上面写着：铜山县，拾起亲启。

拾起心中十分泰然，多年从事情报工作的他，一看信上的字便知道不是党内的来文。拾起伸手去接信，怡然地说："这年头，家书抵万金，我要看看，有谁还念想着我。"耿聋子抢先接了随从手中的信，说："这封信，我已经看过了，说，共产党为啥要给你写信！"拾起故作惊讶，说："共产党？"耿聋子瞥眼看了看拾起，说："老实交代！"拾起说："我要看了信，才知道共产党为啥要给我写信。"耿聋子大声训斥道："为啥！因为，你就是共产党！"拾起弯腰放下手中提在半空的箩筐，双腿立正，战栗着给耿聋子敬了一个军礼，说："报告县长，小的不敢！"耿聋子背手踱步围绕拾起转了一圈，仔细打量后，把手中的信甩到随从身上，转身离开了。拾起见耿聋子走了，意识到自己的表演蒙混过了关，便缓缓放下了行军礼的手。耿聋子的随从在拾起的耳边喃喃说道："这是县长考验你咪！共产党并没有给你写信。不过呢，这封信确实是写给你的。"拾起心中猜疑，谁会给他写信。正疑惑着，耿聋子的随从把信递到了拾起面前。拾起刚接了信，随从就走了。

拾起并没有急于打开信件，他返回村里把半箩筐的鱼交与了营区伙房，专门交代，耿县长晚上要喝酒，多做些好菜送去，耿县长今儿个想吃鱼肉。从伙房出来后，拾起优哉游哉牵了马把马还给了拾姓堂哥，尔后踱步回了他的独居房，他把独居房的房门敞开着，坐在藤椅上，拆开了信。

这封信，显然已经被人拆过了，也显然已经被人看过了，信封是撕裂的，信笺纸是褶皱的，而且，信纸的背页盖有耿聋子的名章。耿聋子定的规矩，凡是外来的信件，都要由耿聋子查验，只有盖了章的信，才能交给本人。拾起并没有理会耿聋子的章印，他打开对折的信笺纸，急于查看这封信的落款人，他没有想到，落款人竟然是她，是那个自称军中花木兰的裴夏。

拾起兄长：

我今天给你写信，人已经在西南边境了。如今，日军占领了我国大部分地域，从东北到广西，所有的沿海通道都被日军封锁了，为了反封锁，我在的部队被调往缅甸，这是党国与世界其他国家唯一的联络通道，必须死死保住。我今天给你写信，其实是遗书，每个战士都要写，我是医务兵，当然也要写。当初，在青年军团，我想与你同行回乡，你执意不肯，你可能并不知道，当时的我，心中有无数个痛。那时候，我一直无法理解的是，你孤身，我也是孤身，我愿嫁给你，你为何不肯……现在，我终于明白了，你的心早已被别的女人占据了，无法容纳我，就如同现在的我一样，我的心早已被你占据了，无法容纳其他的人……我希望你能看到我的信，我的遗书。不为别的，就为了让你知道，我还愿意嫁给你，即使你不肯，我仍然愿意。如果我还活着，如果你还活着。

妹夏

读完了满是娟秀字体的书信，拾起刻意看了一眼落款的日期，这封信已经是八个月之前写的了。

拾起把信笺轻轻地折叠好，使用手指蘸了些吐沫，把信纸背面耿聋子的章印抹去了。他将信收到枕头下方的牛皮包囊里，躺下身子，头枕在枕头上，闭上眼睛沉思了起来。他在沉思国家的危亡，也在沉思裴夏的安危，即使他曾经拒绝了裴夏的一厢情愿，如今的他在裴夏的遗书信件面前，心中难免会涌生波澜。不知不觉间，他的思绪回到了几年前那个星光明媚的夜晚。

那是在第五战区青年军团结业后不久的一次行军露营。作为青年军团江苏大队几十名成员的一分子，拾起带领青年们走了三天两夜的急行军，迂回到了安徽境内的大别山区。大家都筋疲力尽，决定当晚在一片山林里宿营，第二天一大早再过安徽境进入江苏，进而投奔到抗日的军队中去。拾起按照正规行军宿营的规定，安排青年们就地利用树木植被搭设了简易床，并在可以通视山林的高处设置了观察哨和游动哨。为保证人人都能得到睡眠休整，观察哨和游动哨由所有男同志轮流充当，五名女同志则不必担任。入夜到了三更，拾起替换充当了山岗上的观察哨，他站在山石上向宿营地的外围仔细观察，月光下的山林十分安静，除了蛙声和虫声，其他一片寂寥。拾起听着蛙声，心中不禁吟诵了辛弃疾的那句“稻花香里说丰年，听取蛙声一片”，他一向喜欢辛弃疾的词，他曾对别人说，辛弃疾的词就像一把剑，而读他的词就像舞剑，刚柔相济，给人以力量。不觉间，从宿营地点传来了轻轻的脚步声，拾起借着月光看见一个人影走来，他很熟悉这个身影，是裴夏。拾起向前迎了几步，轻声说：“你起来干什么，快回去睡觉。”裴夏说：“我不累，你这几天伤了风寒，还是你去睡吧，我来替你站哨。”拾起没有同意裴夏的请求，执意让裴夏回去休息。裴夏依依不舍离开了拾起脚下的山石，离开时，嘴里小声吟诵了一句“梦里吹角连营”。拾起心中明白，这是裴夏故意吟给他听的，裴夏知道他喜爱辛弃疾的词。过了三更，一名男青年来替换观察哨，拾起给男青年交代好注意事项，便拖着疲惫的身躯回到了宿营地点。他的简易床铺设在一块巨石的最边缘的位置，这块巨石上还躺有其他十几名同志，傍晚安营扎寨时，拾起在巨石的那片属于自己的区域撒满了枯树叶，在树叶上面铺好了被子。此时，月光依然皎洁，山林里的寒风在月光的照耀下没有丝毫的暖意，只会显得越发寒冷，拾起下了观察哨回到巨石旁边时，浑身冷得直打哆嗦，他近几日感染风寒，整日头晕眼花，多亏了裴夏煎的草药，难忍的症状才多少有些缓解。为防止惊扰到其他人，拾起轻轻摸到自己的床铺躺了下来，这一刻，他陡然有些不解，铺在巨石上的被子竟然是暖和的，好似有人刚刚起床留有的体温余热，头脑的晕眩没有容他多想，他合了眼，睡了。后来，拾起从韩德勤部队不辞而别，就再也没见过裴夏。

拾起收回思绪，出屋找到了耿聋子的通信兵，他向通信兵询问，今天的信是从哪里得到的。通信兵笑着对他说，信是从死人身上搜到的，他真幸运，这封信没写地址也能寄到他手里。拾起追问，从哪个死人身上搜的。通信兵摇摇头说，不知道。拾起追问，是男是女。通信兵再次摇摇头说，不知道。拾起又追问，是谁搜到的。通信兵仍然摇摇头说，不知道。

拾起还想追问些什么，通信兵面有怒色地转身离开了。

在日本统治下的苏北行政专员公署被撤销了，成立了苏淮特别行政长官公署，下属的徐州市政公署也改组为徐州市政府。对于徐州城内苟活的和快活的人们来说，公署名称的改变，仅仅是名称上的改变，其他似乎并无多大影响，就连苏淮特别行政公署的行政长官也还是郝鹏。可是对于青帮郭三爷来说，意义似乎非凡。通过与日本特务内海正吉的合力运作，郭三爷辞去了公署知事的职务，改为在公署下设的一个机构里任职，这个新成立的机构名称叫禁烟总局，郭三爷就任副局长，局长另有其人。虽说只是区区一个副局长的职务，却使郭三爷如鱼得水，钱财珠宝鱼贯而入，毕竟他在城南拥有百余亩种植大烟的庄稼地，自任禁烟总局副局长以后，他可以大肆禁止他人经销的大烟，只允许自己一家独大，进而使大烟生意如日中天。

日本人攻陷徐州城那年，郭三爷的两个孙子被日本人活活烧死了，为了郭家不从此绝后，郭三爷在逃难出城的百姓手中花钱买了一个男孩，作为嫡孙来养，如今已有六七岁的模样。郭三爷的这个嫡孙，取名郭荣，据说是日本人赏脸，专门为他取的名，寓意是“东亚共荣”。郭荣很小就被送到位于马市街的小学读书了，由于生性好玩，年纪偏小，加上郭三爷与日本要员的关系密切，所以，郭荣在日本人主持的马市街小学校里无人管束。

夏百金在郭三爷的这个嫡孙身上格外用心，好吃的、好穿的、好玩的，经常当着郭三爷的面亲手拿给他，时间一久，郭荣也开始管夏百金叫“夏爷爷”了。刚开始，夏百金不准他这样称呼，可是，郭三爷依允嫡孙这样称呼夏百金，说叫夏爷爷比叫夏管家来得亲切，自那以后，夏百金便不再推辞了。

作为郭三爷经营大烟生意的得力干将，夏百金越来越成为郭三爷的左膀右臂，特别是郭三爷唯一的儿子患重病逝世之后，夏百金在郭家的地位，更是“一人之下，百人之上”了，就连夏百金自个儿都没有想到，自己年已六旬，竟然还能有这番作为和地位。

去年城南外的一百多亩大烟，长得很好，卖得更好。郭三爷不止一次夸赞夏百金精明能干。夏百金得意地暗自欣喜，决定今年的那一百多亩田地还按去年的法子来种，施大肥。正当夏百金心中思忖着施肥一事时，夏永兴再一次找了过来。

夏百金已经记不清这是夏永兴第多少次来找了，这一次，他一改打发了事的做法，笑着迎了上去，把夏永兴引到了屋里来坐。夏百金客套地问了问夏永兴家中情况，尔后说：“永兴大哥，马车拉粪，今年还得你来。”夏永兴张口答应后，脸上露出企盼的表情，说：“那个男孩，长得太像我家贱犊了，太像了，你能叫我再见见孩子吗？”夏百金不耐烦地说：“我都跟你讲过多少遍了，人家那孩子是郭三爷的亲孙子，三代单传的嫡孙，怎么能像你家贱犊。再说了，贱犊小的时候我是见过的，一点也不像！”夏永兴失落地垂下了头。

夏永兴重新操起拉大肥的行当，俨然失去了去年时的热情。夏永兴自己清楚，这种热情的丧失，缘于他进城寻人的徒劳无获，也缘于他知晓了一样庄稼，一种特殊的庄稼——罂粟，他无意间得知了夏百金种植的大片庄稼，就是这种罂粟。夏永兴嘴里嘟囔着：“咋能种大烟呢，害人。”为此，他专门又找到了夏百金，想去劝阻种植这种罪恶贯盈的罂粟。夏百金听完夏永兴的劝言，把手中的袖珍小算盘轻轻摆在了桌上，饶有兴致地拨弄了几个算珠，诡笑道："咱种这个东西，不是害人，是帮人。永兴大哥，你想啊，假如咱不种它，让吸大烟的百姓可怎么活呀，岂不是把他们活活难受死！"夏永兴再想规劝时，夏百金已经起身告辞了。

夏永兴心事重重地徒步出了位于马市街的夏百金经营的赌场，不觉走到了三民街，他无意间看到了木质路牌写着"正大街"三个大字，十分不解，问了一个路人才知道，当年的三民街，如今早已改为正大街了，据说是日本人改的，在日本人统治下，绝不允许存在三民主义的街道。往南走了不远，夏永兴到达户部山脚下时想到了裴秀才，当年跟着裴秀才读书的时候，裴秀才亲口讲述过清朝大员林则徐虎门销烟的故事，如今他被种植大烟所惑，或许可以找裴秀才请求指点。可是，走上户部山的青石小径后，夏永兴变得怅然若失了，他这时才意识到，他或许根本无法找到裴秀才，毕竟在近半年的时间里，他去过十几次户部山的裴家宅院，那里没有人烟，唯有高草和鼠虫。

果然，不出所料，裴家院子里依然荒芜，夏永兴守在门外找了不少路人打听，没有人知晓裴秀才一家的下落。他很失落，裴秀才不知身在何处；他很失魂，罂粟鸦片大烟的字样在他的脑中不停闪烁。夏永兴从户部山的青石小径下了山，渐渐地，他脑海中闪烁的罂粟鸦片大烟的字样幻化成一块无形的山石，坠在他的心中，无法移除。夏永兴感到浑身无力，无法喘息，为了给自己在灵魂深处找寻一丝残喘的空隙，他下了户部山后，原路折返，又回到了夏百金的赌场，夏百金在。夏永兴进门就说："百金兄弟，粪，我不拉了，拉不了。"夏百金匆忙站起身，急说："咋能说不拉就不拉了呢！再说了，拉粪不耽误你找孙子找儿媳，况且还能钱挣。你是不是嫌钱少？少不怕，我给你加钱。"夏永兴哀叹了一声，说："不是钱的事。"夏百金问："那是为啥，你说！"夏永兴抬头看着夏百金，说："我身体不行了，老了，干不动了。"夏百金笑道："你这是啥话，你这身板硬朗得很！快别说了，明天开始，给你加钱。”说着，夏百金推搡着夏永兴，叫他赶紧回去，回家歇息，明个儿才有力气干活。夏永兴执拗着身子不动，终于忍不住，说：“你种的是大烟，我不干害人的勾当，我不干，真不干！”夏百金停止了手中的动作，回转身子坐在了椅子上，手中拨弄着桌上的算盘，冷然地笑了笑，说：“永兴大哥，咱都是上了岁数的人了，有些话，我一说，你就懂。你别看我现如今挺威风，其实呀，我心里难受。为啥难受，我没后呀！”夏百金掩面显出一副伤心的样子，接着说：“虽说毓杰名义上过继给我夏百金了，但我清楚，他不认我这个爹，他只是把我当他伯父。我没后，可是你有后呀！就说拉粪，你现在要是撂挑子不干了，万一传到郭三爷耳朵里，传到日本人耳朵里，对你不好呀！往轻了说，被打一顿了事；要是往重了说，不止你遭殃，还要连累儿孙！”突然，夏永兴眼前一阵昏花，幸亏倚在了墙上，勉强没有摔倒。“你好好想一想啊，永兴大哥！”夏百金说完，得意地笑出了声。许久过后，夏永兴脸色暗淡无神地出了屋。

张翠翠封裹香灰而使用的一张报纸，引来了一场风波。

那是旧年的除夕夜，蜗居在暗香书寓柴房里的张翠翠为了祈福为了驱魔，拆了一包陈年香灰，这包香灰可谓是张翠翠压箱底的宝贝，当年从郭三爷家里好容易才攒获的。张翠翠小心取开包装纸张，伸出指尖轻轻捏了一撮香灰撒入了碗中，又从陶罐中舀出一勺温水倒入碗里，用熏黑的筷子把香灰搅匀，端起碗仰头把香灰水一饮而尽。她喝完后，把香灰再次封裹好，刚准备收藏起来的时候，突然，柴房的房门被人从外面踹开，进来两个酩酊大醉的日本人。日本人二话没说，进屋后就是一顿搜罗，把柴堆草席衣物翻了个遍，最后臭骂着带走了一个半损的磨刀石，还带走了张翠翠的那包香灰。两天后，徐州市警察局一个身着警服的警员找到了张翠翠，他手中拿着一张纸，问张翠翠，这是哪儿得来的，到底是怎么回事。张翠翠揉了眼仔细去看，发现警员手里拿的竟然是她封裹香灰用的纸，她惊慌地解释道，她不是小偷，她没有偷东西，那些香灰都是在郭三爷家当差时打扫香炉时留下的，并不是偷的。警员不屑地笑了笑，对张翠翠说，问的是报纸，不是香灰，傻子才去偷香灰，报纸是哪里来的。张翠翠一连长舒了几口气，说了报纸的来历。原来，在日本人进城之前，暗香书寓的招牌名妓关盼盼为了从良，在报纸上打了一则广告，那时，打了广告的报纸印了很多份，在暗香书寓俯拾皆是，张翠翠见报纸的纸张不错，便存了不少以备他用，后来，日本人进城时，她贴身的包袱里依然藏了几张，直到去了郭三爷家当差，因为没有东西封裹香灰，便拿了报纸来用。警员摊开报纸问张翠翠，报纸上的关盼盼，人在哪里，日本皇军要招那名妓唱一曲。张翠翠目不识丁，并不认得报纸上写的什么，她睁大了眼盯着报纸上一堆乱七八糟的字直看，仿佛想从字体中寻找到关盼盼的下落似的。警员念了一遍报纸上的广告词，“金谷里暗香书寓关盼盼声明，敝人已经从良，诸多友好自从良之日起一概谢绝关系”，念完后，催问名妓关盼盼的下落。张翠翠瞠目结舌回答说：“不、不知道。”张翠翠的回答，气得警员暴跳如雷，上前扇了张翠翠一巴掌。张翠翠吓得跪在了地上，连喊官老爷求饶，片刻后，她察觉周围没了动静，抬头偷瞄了一眼，警员已经离开了。

三天后，一个年轻的女人被一队警员带进了暗香书寓。那位来过的警员，把张翠翠拉到院子中央，问：“报纸上的女人，是不是她，你给我看清楚了！”张翠翠伸出颤颤巍巍的手臂，怯怯地拨开年轻女人脸上垂落的散发，当她看清了女人的面容时，失落地对警员说：“不是她。”警员大声训斥了几句，说：“一定要看清楚，如若有假，拿你的人头是问！”张翠翠连忙软跪在地上，连声说：“不敢，不敢……”警员踢了张翠翠几脚，让她描述报纸上女人的长相特点。张翠翠结结巴巴老老实实做了描述，描述完，张翠翠满头大汗淋漓。不过，即使带来的女人不是报纸上的关盼盼，还是被警员们强行关进了暗香书寓一间狭窄的半露天的房里。

在接下来一段时间里，警察局在大街小巷张贴了寻人告示，悬赏寻找苏州籍名妓关盼盼。一场寻人的风波开始了。警察局的警员们隔三岔五都会带领一位陌生的年轻女人到暗香书寓来，让张翠翠指认是不是要找的名妓，张翠翠不敢撒谎，只好实话实说。结果令警员们很不满，凡是带来的女人，一个都不是。警员们很生气，把一个一个的女人统统关进了那间半露天的房间里，很快，房间被塞满了五名女人，房间满员后，新带来的女人又被塞进了紧挨的另一间房子。

暗香书寓人数的突然增加，给张翠翠这个伙夫身份的原住民增添了不少麻烦，最大的麻烦就是原本定量的粮食很难糊住所有女人的口，饥一顿饱一顿的状况使书寓里的女人们个个显得十分瘦弱，唯有张翠翠一个人，老当亦肥。

一天晌午，天气异常炎热，苟活于院内西北角石井边的一棵银杏树被日光灼烤得冒出了缕缕轻烟，轻烟顺着树干往上攀爬，消失在了一簇绿得发亮的树叶丛中。在微风的拂动下，这簇树叶丛左右轻轻摇摆，化作一片晃动的阴影，遮住了露天的房屋顶棚。张翠翠手提盛有半桶稀粥的木桶站在阴影下，一人一瓢给这间房屋里的五个女人分着羹。张翠翠扭动着的肥臀，在这间屋子里消瘦的女人们面前显得十分不和谐，她的肥臀，使原本就狭窄的屋子越发逼仄。当张翠翠挤到最后一个女人跟前时，她把木桶搁在了一脚大小的空地上，喘了一口粗气后，舀了一瓢稀粥倒入了女人的碗里。稀粥确实是稀粥，落到碗里立刻就能见到碗底，不过，张翠翠收起瓢的一瞬间，发现了一些异样，这个女人的粥里漂了满满一层芝麻。张翠翠十分吃惊，小声问道："你哪里来的芝麻？"女人坐在铺有枯草的地上没有回答，只是把碗端到脚跟，低着头，默默地在忖量着什么似的。张翠翠疑惑地盯着女人去看，意识到，这个女人是最早被警员带进书寓的那个女人。张翠翠把手里的瓢挂在木桶的柄上，蹲下身子，疑问道："你的碗里，是芝麻吗？"女人喝了一口碗里的稀粥，微微抬头，无神地回答说："不是。""不是？那是什么？"张翠翠一边自言自语，一边凑近女人的碗，看清了之后，浑身吓得一颤，说，"虱子，身上的虱子！”女人面无表情地看着张翠翠。张翠翠低声问：“你咋吃这东西？”说完，她有些后悔，她看了看清澈见底的稀粥，连叹了好几口气。过了片刻，张翠翠伸瓢从木桶的最底部舀了半瓢稍稠一点的粥，倒进了女人已经喝得精光的碗里。其他女人见状，也纷纷伸来了碗，张翠翠哀叹着，每人都给舀了半瓢。张翠翠再次把木桶放在墙根，凑到刚才的女人跟前，轻声说：“我知道，你是最早被带进咱暗香书寓的，可是，你是咋被警察抓进来的，他们找的是关盼盼……”也许是张翠翠添粥的行为使女人少了一丝戒备，刚才还漠然的脸，渐渐显现出几分释然。

女人弱声说：“我的名字，就叫关盼盼。”张翠翠吃了一惊，张大了嘴，说：“咋？你也叫关盼盼？那，这屋子里的人都叫关盼盼吗？”女人扫了一眼其他的女人，对张翠翠说：“她们不是，只有我是。”张翠翠仔细打量了一番眼前的关盼盼，与记忆中传授自己犹抱琵琶半遮面的那个关盼盼竟然还有几分相似，她起身拍了拍眼前关盼盼的肩，说了句“你不该起这个名”，便提着木桶出去了。

出了屋，烈日晒得厉害，为了躲避炙热的阳光，张翠翠在银杏树下的石井边坐下了。她掰开手指头掐算了好一会儿，心里默念着：暗香书寓新来了十个人，加上原来的六个，再加上自己，现在一共有十七个人，十七个人吃原来七个人的供量，确实有些拮据，没有粮食，怕是会饿死人的。想着想着，张翠翠心中产生了一丝怜悯的情绪，缘于怜悯的情绪，她起身小心翼翼溜到马市街的赌场找到了丈夫夏百金，希望他能够请郭三爷帮帮忙。

等了一个多月，张翠翠的求援取得了一定效果，虽然没有得到更多的粮食供应量，却减少了暗香书寓人数，警员们挑了六名面容姣好较为年轻的女人带走了。自此以后，书寓的人数从十七个人减少到了十一个人，粮食供应虽依然不足，却没有了饿死人的可能。张翠翠暗自笑出了声。

第二十四章　鲤鱼

整个冬季都是农闲的日子，夏永兴无须进城拉粪，也无须顾虑自家的几亩早已拔出了青苗的麦田，他静静地坐在堂屋望着满院的白雪，白雪覆盖了院里院外的一切，也覆盖了他五味杂陈的心灵。俗语说，瑞雪兆丰年，对于庄稼人来讲，寒冬里的一场雪，总能给人带来几分悠闲和喜悦，可是夏永兴心中却没能生出丝毫的喜悦。他非但没有完成养子的遗愿，竟然还被夏百金绑缚在了种植罂粟的勾当之中。不仅如此，近些时日，同村张寡妇的婆婆张岳氏领着两个孙子多次找上门来，向他讨还儿媳，有一次，张岳氏差点就吊死在了他家门前的槐树底下，多亏他及时救下，才抢回一条人命。为了张岳氏的事，夏永兴三番两次催促儿子夏毓彤想方法把张寡妇从城里领回来，刚开始，夏毓彤执意不肯，后来怕在自家门口惹出人命，就勉为其难答应了。可是，时间一晃，从秋分到了小寒，夏毓彤始终没能把张寡妇找回来。

雪停了，夏永兴出了堂屋到东厢房里取了半袋的大米，他迈着雪路把大米扛到了张岳氏的家里，这已经是夏永兴第三次送粮给张寡妇一家了，看着骨瘦如柴的张岳氏和她的两个孙子，夏永兴心中满是辛酸。返回家中时，夏毓彤伸着懒腰刚出了院子，夏永兴见面又催了张寡妇的事情，夏毓彤不耐烦地说："送出去的女人，泼出去的水，我是没办法把张寡妇弄回来，那个老太婆如果再来咱家闹，大不了看着她死。咱，怕她干啥！”听了儿子夏毓彤的一番变色之言，夏永兴赫然而怒，他离得老远就伸出手臂愤愤地要抽到夏毓彤的脸上，可是当他的脚才踏了两摊雪泥就废然而返了，夏永兴突然无力地软坐在了雪地里。夏毓彤漫不经心抬头看了看天上露出的太阳，搓着两只手，说：“爹，你要是想把张寡妇弄回来，你就去弄，我是不去，我不进城，我害怕进城。人家说‘天上青天，地上青帮’，我给你指条门路，去找青帮。你不是说过，百金叔就是青帮的人吗？也许，他能帮你。”

只扭头看了一眼夏毓彤，夏永兴便从雪泥里撑起身站了起来，他回堂屋取了良民证塞进裤兜里，不辞而别，朝东边方向踩雪而去了。即使白雪淹没了道路，凭借着熟得不能再熟的记忆，夏永兴也成功抵达了位于城西的段庄关卡和位于城南的黄茅冈关卡，两个关卡铁丝大门都紧紧关闭着，夏永兴见无法进城，便又踏雪绕到城东绕到城北，终于发现位于城北故黄河北岸的西阁街关卡是有人通行的。夏永兴拿出良民证，在日本兵的训斥下进了城。他摸到马市街，却没有在赌场的账房里找到夏百金，他等了很久，直到太阳将要落山，依然没有见到夏百金的身影。夏永兴问赌场的看管，赌场什么时候关门，看管说：“三更过后。”夏永兴又问：“我百金兄弟今个儿保准能回来吗？”看管说：“保准回来，他每天都在这里过夜，自从郭三爷的少爷死后，他就搬了出来，不再在郭三爷的院子里住了。”夏永兴喃喃自语道：“怕是等到了他，我今天出不了城，回不成家了。”

太阳落了山，夏百金还是没有回到赌场。夏永兴拦住门旁正忙于迎客送客的看管，再次询问夏百金何时能回来。看管有些不耐烦，甩手不理。过了片刻，在赌场的院角，看管客套地对夏永兴说：“刚才多有得罪，我刚听说，掌柜的今晚要晚一点回来，郭三爷在家中摆宴给孙子庆祝生日，掌柜的要操办完事才回来。”没等夏永兴说话，看管又得意地说：“郭爷捡来的这个孙子，夏掌柜对他特别好，掌柜的以后肯定能得他的好。”

“捡来的孙子?”夏永兴惊讶地喊出了声。突如其来的喊声吓得看管浑身一颤。夏永兴急说:“你说郭三爷的孙子是捡来的,不是亲生的。他是从哪里捡来的,求求你,快告诉我!”说着,夏永兴双手紧紧拽住了看管的棉袄,恰好撕开了原本就已开裂的棉布,瞬时露出了很多黢黑的棉絮。看管“哎哟”一声,捂住了袄上的棉絮,说:“你咋撕了我的袄!”夏永兴松开了手,仍问:“孙子是从哪里捡的?”看管一边往屋里走,一边神态慌慌地说:“什么孙子,我不懂你说的啥,我刚才可是啥都没说呀!”夏永兴再想追问时,看管已经缩头探脑进了赌房。

夏永兴思忖着看管刚才的话,嘴里默念着,郭三爷的孙子是捡来的,怪不得和贱犊长得那么像,一定是贱犊的亲生儿子,一定是贱犊的亲生儿子,一定是。想着想着,他的心中如同悬了十五个吊桶七上八下地搅扰着他的五脏六腑,激动不已,也聒噪不已。他在积雪重重的狭窄的院子里来回踱步,虽然夜色落了幕,寒风挥舞着冰刮割在了他的脸上,他却丝毫没有察觉到任何的寒意。直到赌房里的赌徒们统统走掉,夏百金在看管的搀扶下回了账房,夏永兴才恍然初醒般停止了踱步,尾随进了账房。

账房由两间屋子组成,外间是待客办公的场地,摆设了柜台桌椅茶几,内间是夏百金平日里就寝的住所,摆有床榻衣柜,还摆了一个藤做的躺椅,躺椅顶头的青砖墙壁上挂有一大一小两盏烟枪,烟枪的正下方,生了一个直筒的炉子。看管把夏百金扶到躺椅上躺下,便出去了。烂醉如泥的夏百金躺在躺椅上,晕晕乎乎从墙壁上摘下一盏小烟枪,划了三根火柴才点燃了烟锅里的大烟,他尽情地吐纳,没有意识到躺椅一旁还站立着一个人。

一旁的夏永兴站立了许久,他心中的思绪完全停留在那个孩子身上,忽然,夏永兴推攘了一下夏百金的腿,问:“我问你,你得告诉我,郭三爷的孙子是从哪里捡来的?”夏百金晕头晕脑地回答说:“郭三爷那个孙子,就是我的福星,我现在对他好,他以后肯定就对我好,我夏百金的荣华富贵全指望他啦，郭荣，郭荣……”夏永兴用力去拧掐夏百金的手，试图让他清醒一些说话。而夏百金似乎察觉不到丝毫的疼痛，依旧躺在躺椅上顾盼自豪，嘴里说着美梦般的大话。再过了一会儿，夏百金睡着了，任由夏永兴如何喊他，始终没有醒。

看管进来了，从床上拿了两床被子帮夏百金盖在身上，又在藤椅一边的炉中加了两块炭。把夏百金安顿完，看管将夏永兴请了出来，引到了两墙之隔的赌房。赌房的两张方桌并在了一起，上面铺好了稻草软席，还搁了一床焦黑的被子，看管递了一碗热开水给夏永兴，说：“老伯，你姑且将就一晚吧，出了咱这个赌场，你是找不着睡觉的地方的。”对于看管的热情，夏永兴很是感动，说了好些谢意的话。看管红着脸，对他说：“老伯，你不要谢我，只是有一件事，你得答应我。”还没说完，看管伸手自扇了一个巴掌，压低了音量，继续说：“郭三爷孙子的事情，我今天嘴贱，说漏了嘴，我求你，千万不能对别人讲是听我说的，不然的话，我的小命说没就没啦！”夏永兴静静地坐在板凳上，咂摸着看管说的话，一时愣住了。看管扑通一声跪在了夏永兴面前，句句求饶。夏永兴轻轻扶着看管的肩膀，说：“我不会害你，放心吧，孩子。”看管爬起了身，赧然而笑，出门时替夏永兴关紧了房门。

第二天天一亮，夏永兴就进了账房的外间屋子，坐在椅上安静地等待夏百金。夏百金打着哈欠掀帘出来看见夏永兴的时候，十分惊讶，说：“这大雪天的，你一大早咋来啦？”夏永兴缓缓撑起僵硬冰冷的身体，脸上挤出笑意，说：“无事不登三宝殿，有件事还望麻烦兄弟。”夏百金趴在柜台上，眯缝着眼，道：“说。”“村里有个女人，是个寡妇，被征进城已经有三四年了，家里上有老，下有小，眼看就活不下去了。家里想叫她回去。”夏百金漫不经心地问道：“叫啥名？”夏永兴回答了姓名，求他帮帮忙。夏百金睁大了眼，问：“就这件小事？”夏永兴点点头。

他没有向夏百金追问郭三爷孙子的事，只说了张寡妇的事，是昨夜思考了一整夜的结果，他知道夏百金无论如何也不会承认郭三爷的孙子是捡来的，那毕竟是夏百金的小靠山。夏百金“哈哈”笑出了声，说：“女人的事情，好办，包在我身上，两天之后来我这里领人。不过，话又说回来，现如今，尽是女人惹事。”说完，夏百金从柜台里掏出一张纸，举在了头顶，又说：“我家老婆子藏的一张破报纸，闹出了那么大的动静，就为了找一个窑子女人！”夏永兴倚在柜台上，迎合夏百金的话，笑了笑，谁知，他无意之间竟然看见了夏百金头顶的纸上写了三个字，三个敏感的字——关盼盼。

夏永兴激动地伸手去拿夏百金头顶的纸：“快给我看看。”夏百金倏地把纸收进了柜台的抽屉里，邪笑道：“老哥，没想到你一大把年纪还对这个感兴趣，你要想看这个，街头的告示多的是，随便你看。”夏永兴怯怯地缩回了手，没有说话。沉默的氛围维持了片刻，夏百金客套地邀请夏永兴一同到街头吃早餐，夏永兴婉拒了。夏百金没有执意再邀，便只身出了赌场的院落。

看管拿了两个粗面馒头给夏永兴，夏永兴感谢了一番，攥着馒头也出了赌场的院子。夏永兴沿着赌场外的马市街向西上了南关上街，转而向北过南门外石桥到了回龙窝，他在雪地里一路寻找街角的告示，却没有发现任何一张是夏百金口中说的寻找窑子女人的贴文。夏永兴站在回龙窝的拐角盯着石墙上的告示直看，惊奇地发现墙上的贴文其实是一层遮蔽一层，他轻轻揭开最上面一层被雪水浸湿的贴文，露出了下面一张浸得更湿的纸，他揉了揉两只干涸的眼，看清了纸上的字，上面分明写着“关盼盼”，他欣喜若狂，假若能年轻几十岁，他定能高兴地雀跃起来。夏永兴高兴过罢，小心把第二层贴文揭了下来，嘴里嘟囔着上面的文字：“寻人启事，重金悬赏，关盼盼……”

突然，一阵恶犬的吠声传入了夏永兴的耳朵，紧接着，有人朝他大喊大叫：“站住！不准动！站住！”夏永兴回身看见两名身装警服的警察牵着一条黑毛狼狗正向他跑来。夏永兴听了警察的指令，没敢动弹。头戴绒帽的矮个子警察大声对他说："你刚才揭了通缉榜文，快说，共产党藏在哪里！"夏永兴大惑不解地看了看脚下刚刚扔下的第一层贴文，而后恍然大悟说："你们说的是这个？"矮个子警察捡起了地上的贴文，大声说："对，就是这个！"另一个高个子警察见夏永兴呆若木鸡地站在原地，问道："你这个臭老头，知不知道共产党藏哪儿？如果不知道，你乱撕榜文干啥子，想找死不成！"说着，起脚去踹夏永兴，岂料地上的冰雪太滑，高个子警察骤然滑倒在了雪泥里，连声痛嚷了起来。见状，矮个子警察手里牵着的狼狗奋力朝夏永兴扑来，一个跟头把夏永兴甩倒在地，狗嘴死死咬住了夏永兴的胳膊。倒在雪地里的夏永兴无力地喘息着，无法做出任何的反抗。片刻后，矮个子警察把狼狗喊住，拉起高个子警察走了。两人边走边骂，留下夏永兴独自躺在了雪泥里。

十分万幸，虽然被狗撕咬了很长时间，由于身穿了两件厚棉袄，夏永兴的胳膊并没有露出血肉，只有一团团的棉絮散落在雪泥里。夏永兴挣扎着爬起身，把脚旁的贴文捡起揣入怀中，踉踉跄跄移步到了无人的小巷深处。他取出贴文小心展平，赓续刚才的默念："寻人启事，重金悬赏，关盼盼，金谷里暗香书寓，名妓……"

金谷里？金谷里。夏永兴默默地自问自答，他知道这个地名，他知道它是什么地方，他知道它就在户部山东边靠近故黄河一带。夏永兴原路返回到马市街，尔后一直向东到达了一个青砖铸造的门洞，门洞正上方赫然写着三个大字——金谷里。门洞里侧站有一个警察。警察见夏永兴要过门洞，扬鞭呵斥道："这里是什么地方，你个臭老头敢来这里！"夏永兴笑脸迎道："官老爷，我来找人。""找人？"警察不屑地再次扬起了鞭，"这里不准找人，不准进。这是皇军的慰安所，你不知道？"夏永兴还欲说话，身后突如其来一个日本兵，日本兵用枪托猛力将他砸倒在了墙根。夏永兴下意识地伸手扶墙，手接触到墙面的一瞬间，他那干枯的手臂砰然折断了，他来不及感受骨头深处传来的剧痛，又砰然倒在了墙根的雪地里，一瞬间，他的头不偏不倚撞在了一块粗糙而坚硬的石块上。他晕倒了，不省人事。

夏永兴醒来的时候，天色早已变得暗黑。他睁眼看了一下四周的环境，陌生而又熟悉，他隐约看见了铁丝网，也隐约看见一条黑黑的河。他挤了挤眼，卖力去辨别，意识到这里是他曾经做苦力的地方，西关外的阻绝壕，西关外这一带曾经是一片死人坑。夏永兴躺在冰凉的雪地里，雪已经结成了冰，冰得他浑身僵硬，好似他自己也成了冰块一样。他用力去撑手臂，试图离开冰冷的雪面，却怎样都无法动弹，他再三用力，手臂依然不听使唤。突然，他感觉到手臂深处传来一股剧痛，他清楚地意识到，他的手臂断了。夏永兴咬牙爬起身，用左手托扶着折断的右臂，透着雪夜微弱的夜光，一步一步摸回了夏郭庄，他敲响自家门环时，已经是第二天的黎明了。

夏永兴在家中躺了两个整天，其间夏毓彤从裴庄找了郎中来，可是郎中对于骨头折断束手无策，只能开些草药。第三天临近晌午，夏永兴绑缚着折断的右臂，出门要进城，夏毓彤拦住了他。夏永兴执意要去：“我要进城领人。”夏毓彤喊道：“爹，为了一个烂寡妇，你的手已经成这样啦！你万一再送了命，值不值啊，不值！”夏永兴轻声说：“值。”夏毓彤气恼地关紧大门，倚靠在门栓上，寸步不离。夏永兴执意要夏毓彤开门，夏毓彤执意不肯，两人僵持了片刻，谁都不愿退让。终于，僵持的局面被门外响起的咣咣咣急促的敲门声打断了。

夏毓彤朝门外喊话问明来人身份，却不见有人应答，开门时见到了一个骨瘦如柴的女人站在门外，女人身后站着一个男人。夏毓彤登时笑脸迎了出去：“百金大叔，你是贵客，快快，请进屋。”夏百金站在原地不动，指着身前的女人说：“叫你们昨天来我那里领人，你们没来，所以，今个儿我亲自给送来了。”夏毓彤此时才看清，骨瘦如柴的女人竟然就是经他的手送进城的张寡妇。夏永兴托着受伤的手臂走到了跟前，对夏百金说：“百金兄弟，真是麻烦你啦。”夏百金摆摆手，说：“不麻烦，不麻烦。”说完，夏百金站在槐树下，朝南边一片覆盖了白雪的田野望去。夏永兴叫夏毓彤把张寡妇送回家，便走到夏百金跟前，邀夏百金进家中歇息。夏百金不肯进屋，只拿出一张纸交到了夏永兴手里，笑了笑，出门坐上停在村头的人力车走了。夏永兴用尚好的手抖开折叠的纸张，发现这是一张收据，上面写着三列小楷的汉字：

> 今收夏百金掌柜金麒麟一只，计足金十两重量，作为委托办事之报酬……

一个月后，夏百金再次来到了夏郭庄，他坐在院子中央对夏永兴说："请人办事，花钱送礼，这是古往今来的规矩，为了找那寡妇，我自然也得花钱送礼，不然，日本皇军咋肯放人。收据你们早就看到了，我可是花了一只金麒麟，这可是一笔不小的数目。"夏百金抿了一口夏毓彤端来的温开水，继而又说："我呢，是自家亲人，知道你们拿不出钱来还我，我也不会向你们要钱。只是，我也不是长在地里就能生财的摇钱树，我也得靠双手挣钱，也得糊口吃饭，所以，我想在你们夏郭庄买点田地，我估算了一下，一只金麒麟能买五十亩地，我不要五十亩，只要四十亩就行。"夏永兴托着残臂，说："你买地做啥？"夏百金只笑不答。夏永兴说："买地种大烟可不行，咱夏郭庄的地都是种粮食活命的，没有地卖给你。"夏百金板着脸说："没地？那好！我的金麒麟得还给我！十天之内必须还给我！"夏毓彤谄笑地说："百金叔，金麒麟我们哪里还得起，实在不行，把那张寡妇还给你，你再送回去，咋样？"夏百金愤然起身，说："你是在耍我不成！把那寡妇再还回去可以，得再要一只金麒麟！"说完，夏百金满身怒气出了院子。夏毓彤慌忙去追，在门外东西方向的土路上拦住了他，夏毓彤说："叔，你别跟我这个晚辈生气，我不懂事，不会讲话。不过，这金麒麟我只是听过，见都没见过，咋还……"夏百金打断道："不还也可以，到时候别怪我公事公办，抓你进警察局里尝尝刑。"夏毓彤非常惊讶，浑身僵硬，一时无语。夏百金轻轻拍了拍夏毓彤的肩，狎笑道："叔咋能抓你呢，都是至亲的人。我都说过了，金麒麟不用还，用田地来抵，四十亩。"夏毓彤呆滞地张了张嘴，没有说出话来。

一刻钟过后，身为甲长的夏毓彤坐在夏百金的人力车上，签了一个契约，契约上，村南头一片三十五亩的坡地被卖给了夏百金。这片坡地本来归夏郭庄的五户人家所有，前些年日本人来了后，这五户人家外逃了，这片地也就被村里的其他人家耕种了。第二天，夏毓彤在村南坡地的一棵大槐树上贴了一张告示，告示声称，根据法令，这片坡地被上头官爷收归公有，收回期限为今年夏天的小暑当日。

半年后，时节过了小暑，坡里的小麦收割完毕，夏百金从城南雇用了两名长工，长工重新耕犁了三十五亩的坡地，平了沟垄，除了杂草，还在四周一圈插满了荆棘。过了秋分，在夏百金的偶尔监督下，长工在坡地里种满了罂粟幼苗，种完幼苗，留了一名长工住在夏郭庄负责打理。长工就住在夏永兴的宅院里。

对于儿子夏毓彤签约卖地、收留长工等等行为，夏永兴一一看在眼里，他心中颇有不愿，又有无奈。带着这种无奈，夏永兴答应了夏百金的恳求，依旧帮夏百金驾车拉粪。不过，看着夏永兴残废的手臂，夏百金只叫他驾驶马车，另外给他配了一个出力的下手。就这样，夏百金驱使马车，往来于城里与城南关外，更往来于城里与夏郭庄。在往来城中的日子里，夏永兴时而不忘去打探关盼盼的消息，也时而不忘观望几眼郭三爷的孙子。

日本统治下的苏淮特别区升级，成立了淮海省，省会徐州城，郝鹏举任省长兼驻徐绥靖公署主任。郝鹏举升任省长后，积极扩充其政治实力，创办《大陆新报》《淮海月刊》，成立淮海学院和中央青年干部分校，灌输亲日奴化教育，与此同时，他更加注重扩充军事实力，训练扩建伪军，并与日本军队主动合作，针对徐州城周边的反日势力开展了多次“剿匪”扫荡行动。由于新任与旧任公署长官的姓名只有一字之差，徐州城里有人讽刺道：“去郝鹏，来郝鹏举，多此一举。”

为应对郝鹏举配合日军开展的小股扫荡行动，城北的运河支队采取水陆并用的方式成功躲避了好几次。他们一旦有了日伪军来袭的消息，便立即沿着运河两岸的水滩地，迅速转移到微山湖东岸一带的水域，他们登上早已备好的船只秘密行驶到微山湖当中的湖心岛，尔后根据日伪军的具体敌情，或者在湖心岛暂避数日，或者驾船离开湖心岛向北驶入微山湖北面靠近山东的狭长水域。最近的这一回，他们没有在湖心岛躲避，为了安全起见，一百多人驾了多艘船只朝北驶去了。

夏毓杰站在北去的小船上，望着汪洋的微山湖面，心中充满了笃定。他的笃定源自他脚下船只行驶的这条特殊水路，这是一条经过了实践检验的安全而又隐蔽的秘密交通线。这条交通线由徐州南面的盱眙经微山湖向西，可护送八路军和新四军的人员前赴延安。交通线确立不久，就成功护送了重要人物通过，当时，夏毓杰全程陪同护送了一百多里的路程。

虽然心中充满笃定，夏毓杰却也有几分担忧，他担忧的是拾疏影。半年前，为了更好地开展敌后根据地的妇女群众工作，身在八路军鲁南山区的拾疏影主动来到了运河支队所在地，她抱着三岁的女儿夏培，与夏毓杰重新战斗在了一起。就在十天前，拾疏影在周边村庄开展妇女宣传工作的时候，遇到了一个一岁大的男孩，因为男孩没有父亲，而男孩的母亲又患病刚刚离世，拾疏影可怜这个孤儿，就悄悄地抱来哺育。这一次，在应对突如其来的日伪军扫荡中，夏毓杰带领着女儿夏培随队伍转移到了微山湖，而拾疏影为了医治正在发高烧的小男孩，选择了留在附近一个位于山坳里的村庄，只因那个村庄里有一位郎中。

小船漂泊在平静的湖面上。夏毓杰不时蹲下身来，轻轻地抚慰船舱板上熟睡着的幼小的女儿，微风偶尔从远处的湖面吹来缕缕柔婉的涟漪，涟漪带动着船只左右晃动，使船只犹如一只舒适的摇篮，也使得女儿夏培睡得更香了。夏毓杰坐了下来，坐在女儿身旁，不觉打了个盹，他太累了，一天一夜没有合眼，此时确实应该休息一下了。

女儿夏培提前醒了，她一醒来就哭喊着要找娘。夏毓杰百般哄劝，终于在一条活蹦乱跳的小鱼的引诱下，女儿才得以乖巧地玩耍了起来。船头撑篙的同志，拿起长篙把船撑到了一片水中芦苇的边缘，环顾四周后，谨慎地向湖水里撒下两只小网，顷刻间就捞到了好几条又大又肥的鱼，还捞到了十几只大钳的螃蟹。见到鱼和螃蟹，女儿夏培欢快地又蹦又跳，夏毓杰急忙把她揽在怀里，防止她一不小心掉入湖里。另一名同志从船的底舱里捞出一条鲤鱼放在了陶罐里，并把陶罐搁在夏培身边，让她嬉戏，夏培抱紧陶罐，盯着鲤鱼一直看，过了好一会儿，她娇声对夏毓杰说："爹，我要把这条鱼给娘带回去。"夏毓杰轻声问："为啥要给娘带回去呀？"女儿夏培手拿一根水草，郑重其事地回答说："这条鱼能吃草，我娘一定没见过能吃草的鱼。"船上的其他几名同志，哄然大笑道："好！好！把鲤鱼给你娘带去，也让你娘见见世面。"夏毓杰淡然地露出笑意，轻轻搂着女儿的后背，说："夏培真乖，爹答应你，一定把这条鱼带回去。这是你的鱼。"女儿夏培高兴地"嘻嘻嘻"笑个不停。

两天后，漂泊在微山湖中的运河支队成员得到了日伪军扫荡撤离的情报，他们便驾船沿秘密交通线离开微山湖，返回了根据地。根据地周围的几个村庄俨然是被扫荡过了的，疮痍满目，回来的支队成员们急忙帮助村民们收拾残局。

将女儿夏培从怀中放下，又把盛有鲤鱼的陶罐放在女儿身旁，叫她在一边乖乖地玩耍，夏毓杰便帮助村民们修起了草屋。他趴在屋顶上，不时朝周围张望，寻找妻子拾疏影的身影，直到他修葺了三间草屋的顶，也没有见到妻子。突然，女儿身边的陶罐打翻在地，罐子里的水连同鲤鱼都洒了出来，急得女儿夏培哇哇直哭。夏毓杰跑了过去，把鲤鱼捡起搁进陶罐，又在村民的破损的水缸舀了两瓢水倒入罐子中，看着鲤鱼在罐子里再次游动，女儿夏培才止住了哭泣，转而呜咽地说："我要找娘，我要找娘……”

正在这时，一名负责通信的同志急匆匆跑了过来，对夏毓杰耳语道：“五里之外的丁母山一带出事了，日本鬼子杀了三四十口人。”夏毓杰顿时攥紧了拳头，悲怒地猛力敲打着地面。通信同志压低音量喃喃地补充说道：“副支队长，你要做好心理准备，嫂子她，她牺牲了。”夏毓杰顿时睁大了双眼，呼吸变得急促，搂抱着女儿的手臂也开始不觉地颤抖。夏毓杰轻轻拍打着女儿的后背，小声安慰说：“不要怕，不要怕。”说完，他抱起女儿跟着同志朝东疾步走去。女儿再三叫嚷要带鲤鱼一起走，夏毓杰仿佛变了聋人一样，始终没有听见，直到女儿“哇哇哇”哭出声来，他才快步返回把陶罐也抱上了。

五里的路程，似乎非常遥远，对于夏毓杰来说，恍惚间已经走了半生，他的脑海中满是想象中拾疏影牺牲的景象，他的每一个脚步似乎都在丈量着噩梦的长短。越是临近目的地丁母山，夏毓杰的心中越是忐忑不安，而他怀里的女儿却变得十分乖巧，静静地趴在他的肩上，不再发出任何的声响。夏毓杰努力保持着镇定，渐渐地看见了这座山。

丁母山很小，只是一个几十米高的小山头，山头上异常突兀，除了偶尔能见到几株矮草外，其余全是石头。丁母山的四周是一大片的平地，平地里种满了庄稼，这些庄稼以水稻居多，稻穗已经结了籽，一阵风吹来，总能掀起一片稻田的浪花。伴着稻海浪花，夏毓杰沿着隐没在稻秧下的田间小路，站在了丁母山的脚下。这一刻，他惊呆了。

平坦的山坡上，架有一口黝黑的铁锅，铁锅的一侧倒卧了很多的死人。跟在同志身后，夏毓杰加紧了脚步朝铁锅冲去。同志指着离铁锅只有咫尺之远的一条草席，悲痛地低声说：“这下面，就是嫂子。”夏毓杰颤颤巍巍地伸手掀开了草席，他不敢看，却又急切地去看，他看清了，草席下遮盖着的，确实是他的妻子，妻子拾疏影苍白的脸沾满了血迹，她的眼是睁开着，深邃的瞳孔里充满了愤怒。

夏毓杰怀中的女儿一边高兴地喊“娘，娘……”一边努力挣脱夏毓杰的怀抱。夏毓杰想去抱紧女儿，不叫她挣脱自己的怀抱，无奈他浑身无力，似乎连喘息的气力也丧失殆尽。女儿夏培从旁边的同志叔叔手中要来陶罐，她拉住母亲拾疏影的手，使劲摇晃，边摇边喊："娘，我和爹回来了，你快点起来呀。我还带了鲤鱼，这个鲤鱼可厉害啦，它能吃草。娘，你快点起来呀，起来看看鱼，起来抱抱我……"旁边的同志十分不忍，哄骗道："你娘睡着了，等她睡醒了，就会抱抱你的，叔叔先抱你去玩。"说着，一手抱起陶罐，另一只手抱起了夏培。年幼的夏培不肯离开，哭号的声音很响，周围的支队同志们纷纷落了泪。

夏毓杰无力地再次掀开草席，只见妻子拾疏影的肚子被剖开了，沾满血的肠子散落了一地，夏毓杰突然眼前一阵眩晕，整个人仰翻了过去。身边的同志急忙扶起夏毓杰，并用草席盖住了拾疏影的身体，只露出她那张苍白而坚毅的面庞。

一刻钟后，支队的同志们在丁母山山背面选择了一处高地，把拾疏影安葬在了那里。夏毓杰伏在拾疏影的坟前，久久没有起身。运河支队的同志们四处寻找知情人，想进一步弄清拾疏影的死，不过，丁母山周边十几个村子的人们，无人知晓。知情的人，全都死在了丁母山的那片血海之中。当天夜里，天空下起了大雨。女儿夏培趴在陶罐沿口，不停地哭喊："鲤鱼死了，我娘见不到它吃草了，鲤鱼死了……"夏毓杰眼噙着泪水，再三安慰幼小的女儿，直到她哭累了，伏在他的肩膀上睡着了，他才让眼中噙着的泪水，肆意地流淌开来。

深夜，夏毓杰做了一个梦。梦里，拾疏影抱着捡来的一岁大小的孩子，站在人群之中，人群的对面架设着一口烧满滚烫开水的大铁锅，铁锅的两侧站满了凶神恶煞的日军和奴颜婢膝的伪军。忽然，伪军中有一个人认出了拾疏影，那名伪军高喊着"她是共产党"，便冲进人群把拾疏影拉拽了出来。夏毓杰见那伪军有些面熟，定眼一看，果然是旧日的相识，竟是当年在报社里陷害过自己的印刷工王奎。王奎拿军刀架在拾疏影的脖子上，以砍头逼迫，叫她说出其他共产党员的下落。拾疏影微微笑了笑，并没有回话，只是狠狠地朝脸前的军刀上啐了一口唾沫。王奎突然抢过了拾疏影怀里的孩子，掐住孩子的身躯放在铁锅的上方，再次要挟拾疏影。拾疏影瞬间爆发出力量，拼命地冲到铁锅前去抢夺王奎手里的孩子。这时，站在一旁虎视眈眈的日本兵露出了饕恶般的嘴脸，日本兵举起手中的刺刀直直地插入孩子的身体，并用刺刀挑起孩子，猛力地扔进了热水滚滚的铁锅里，孩子只喊叫了一声就没了声音。拾疏影拼了命地撕扯日本兵的军服，挣脱日本兵的阻拦，伸手要去救铁锅里的孩子，不料，另一名日本兵挥舞着军刀，一刀就砍断了她的手臂，她那被斩断的手臂落入铁锅中，漂浮在了孩子的身体旁，铁锅里满是血红的水。拾疏影顾不了手臂的疼痛，她又伸出另一只手要去救孩子，突然，日本兵用刺刀刺中了她的肚子，狂笑着绞动着刺刀，绞出了她的肠子，肠子连带着血，散落了一地。身体上的血不断地迸流，拾疏影似乎并没有感觉到疼痛，她努力站直身体，目光如炬……直到她断了气，直直的身躯才轰然倒地。拾疏影死后，在场的百姓被五人一组排成一排，供日军的新兵进行刺杀训练，片刻后，血流成河。

第二十五章　悲喜

清明过后，罂粟陆续开了花，虽然只有三十多亩的面积，但是花开得异常妖艳，十分夺目，远远望去，宛如一片艳红的花海。夏百金对这片罂粟田非常用心，隔三岔五亲自督导长工打理罂粟苗，他曾在一次酒后对夏永兴说，他以前都是替日本人种罂粟，替郭三爷发财，这一回，他是为自己发财，这三十多亩大烟卖的钱，足足能抵上郭三爷给他开的五年的工钱。

一个晴天，夏永兴按照事先约定，驾着马车载着长工进了城。赌场的看管在街上拦住了夏永兴，引着夏永兴的马车停在了统一街北端的一户宅院的后门外。夏永兴不解地问看管："今天咋到这里拉粪，咋不去学校了呢？"看管悄声说："今天不拉粪。""不拉粪，那拉啥？"夏永兴扭身指了指马车上的两个粪桶，说："拉粪的桶都带来了。"正说着，看管敲了敲后门，有人把单扇的木门打开了，看管倏然进入门中。片刻，看管扛了一个麻袋蹑手蹑脚地出了门，他把封了口的麻袋放在马车上，又进了门接连扛了五个麻袋出来。夏永兴对看管说："粪桶脏，别把麻袋给沾脏啦。"看管并不理会夏永兴的话，只是叫长工帮忙，把六个饱瘪不一的麻袋连同两个干涸的粪桶捆在了马车上，捆好之后，夏百金从后门探头探脑地出来了。夏百金一挥手，说："你们先走，我抄近道，自个儿走。"看管明白地点了点头，紧挨着长工坐在了马车上，对夏永兴说：

“走，走西关，出城。”夏永兴问：“咱们这是要去哪儿？”看管摇了摇头，示意夏永兴不要多问。

夏百金先一步到达了西关的段庄日军关卡，他提前做通了守卫关卡的日本兵的工作，载有麻袋的马车顺利被放行出关。出了关刚走了两里的路途，夏百金命令看管把麻袋卸下，扔到了一个靠近山头的乱石岗里。夏永兴不解地再次问夏百金：“扔的啥东西？”夏百金不叫夏永兴多问，徒步返回了城。

夏永兴问大汗淋漓的赌场看管，到底扔的啥。看管思虑了片刻，把夏永兴拉到一边，躲开长工，悄声说：“还记得我叫你保密的那件事吗？”夏永兴点点头：“记得，我没往外说。”看管说：“这次扔的，就是那个秘密。”接着，看管把事情的来龙去脉说给了夏永兴听。

原来，这次扔的六个麻袋里，装有一个人，这个人就是郭三爷的那个孙子——年仅八九岁的郭荣。由于在新成立的伪淮海省里没有谋求到任何官职，加之合作伙伴日本人内海正吉调往东南亚，郭三爷的多数生意受到了潜在的威胁，为了使赌场、大烟、妓院的生意得以维系，郭三爷花重金去买通各路官员，特别是利用伪淮海省被表彰为“模范省”之机，郭三爷特地给伪淮海省长郝鹏举送了一份大礼。郝鹏举收了郭三爷的古董字画很是高兴，专门派人返赠了厚礼给郭三爷，这批厚礼都是些山珍蔬果，郭三爷很感激也很高兴，他的孙子郭荣更高兴，因为厚礼中有好几捆甘蔗，是孩童郭荣的至爱。郭荣很爱吃甘蔗，一连个把月的时间里，他每天都在吃。令人意想不到的是，临近清明节的一个晚上，郭荣突然开始不停地呕吐，进而一阵一阵地浑身抽搐，郭三爷见状立即派人找来医生。医生到来的时候，郭荣停止了抽搐，裤筒里满是屎尿。医生说，这个孩子是吃了红芯甘蔗中了剧毒，“清明蔗，毒过蛇”，红芯甘蔗的毒性比毒蛇还要厉害。医生开了两服草药，便拿了酬金离开了。一天后，虽然被救活了一条命，小小年纪的郭荣却瘫痪了，四肢变得畸形，连话也说不清楚。因为怜爱的孙子变成了废人，郭三爷悲痛万分，接连数天茶饭不思，过了十余天，夏百金帮他在城里的一户人家手里新买了一个男婴，自此，郭三爷才渐渐面露笑容。有了新孙替代旧孙，郭三爷越发认为瘫痪在床的郭荣是个累赘，于是就安排夏百金将郭荣扔出城外。

听完看管的讲述，夏永兴惊得瞠目结舌，反问道："麻袋里的孩子，是活是死？"看管漠然地回答说："谁知道是死还是活，终究不是自家的骨肉，说扔就扔，和扔一条家犬有啥区别！如果说，孩子流的真的是郭家的血，郭三爷肯定不会那么狠心。"深深咽了口气，看管补充道："谁都不会那么狠心！"没等看管说完，夏永兴已经甩着断残手臂迈着踉跄的脚步朝乱石岗冲了过去。看管大声呼喊，叫夏永兴停止脚步，见夏永兴不听，看管也朝乱石岗跑了过去。

夏永兴一眼就看见一只隐藏在草丛中的麻袋，他一只手抓住麻袋的束口，用牙齿咬住束绳，试图将麻袋解开，嘴里咬出了血，却也没有成功。看管气喘吁吁跑了过来，伸手按住夏永兴的手，说："你干啥呢！"夏永兴依旧不停地嚼咬着束绳，嘴里呜呜咽咽蹦出几个字："我要找孩子……"见夏永兴不肯停止，看管双手抱住麻袋，大喊道："你这是干啥，你找孩子干啥！"看管毕竟年轻力壮，一个拖拽就把麻袋抢了过去，麻袋的束口处沾满了鲜血，看管抬头看时，只见夏永兴满嘴的鲜血正在直流，嘴里的两颗门牙也不翼而飞了。夏永兴并不管嘴里的血，伸手去抢麻袋，边抢边说："你快给我，我要找孩子，我要看他是死还是活……""给你，给你，这个袋子里没有孩子，都是小孩的衣服。"看管颇为无奈地松开了手里的麻袋，伸手指向另一处的草丛，说："那个袋子里才是小孩。"夏永兴顺着看管指的方向爬了过去，他用那只完好的手扒开草丛，手和牙并用，解开了麻袋的束绳，束口处，一个佝偻的小孩露出了后背。夏永兴伸出手指，颤颤巍巍地伸到了小孩的脸上，去察觉孩子的鼻息。突然，夏永兴激动地露出了惊喜的笑容，大声喊道："孩子还活着，孩子还活着！"夏永兴边喊边褪去孩子身上的麻袋，盯着孩子的面孔，激动地流出了泪来。

赌场看管催促夏永兴赶快走，就让孩子自生自灭吧。夏永兴不肯，执意要把孩子救回家。在争执了许久之后，看管同情地对夏永兴说："你非要救这孩子的话，等我走了你再救，我就当作不知道。"说完，看管转身疾步向东进城去了。夏永兴在长工的帮助下，将孩子抱到了马车上，而后另捡了两个麻袋的衣物也装在了车上，驾驶马车返回了夏郭庄。

家中突然出现了一个瘫痪的孩子，夏毓彤十分不解，他多次埋怨父亲夏永兴，不往家捡什么好东西，偏偏捡个负担，甚至有一次，他趁黑夜偷偷要把孩子扔掉，幸亏夏永兴及时从裴庄的郎中那里回到家中，才制止了夏毓彤的行为。

有了前车之鉴，夏永兴不敢再留孩子独自在家中，他每每去郎中那里给孩子看病拿药，都会把孩子携在马车上，驾马车前往。郎中给孩子开了好几服药，吃了一个多月，孩子的瘫痪病症却没有太大的改观。不过，夏永兴并没有放弃，他依然坚持给孩子喂药，坚持给孩子细心按摩活通全身的脉络。他每天看着孩子的面孔，似乎看到了他的养子贱犊的面孔一样，即使夏永兴并不知晓，这个瘫痪的孩子到底是不是养子的亲生骨肉。

暑夏的一天，窗外不时电闪雷鸣，天空下起了暴雨，天色也十分暗淡。给孩子喂完面汤，把孩子放在床上之后，夏永兴把瓷碗里剩下的残羹吃得精光。窗外的风忽然变得很大，不时掀起木窗，木窗张张合合一直不停，吱吱咣咣的声响吓得孩子"啊啊啊"地直喊。夏永兴把瓷碗放置在靠窗的破旧的木桌上，尔后从墙壁上抽了一根麻绳，用他那只健全的手费力地将破损的木窗捆绑在木桌的桌腿上。木窗不再随风动弹，吱吱咣咣的声音也消失了。

木窗的声响消失了，孩子的喊声却并未停止。夏永兴急忙挪步到床边坐下，悉心地安慰孩子，叫他不要怕，不要急。不过，孩子嘴里"啊啊啊”仍在喊叫，佝偻而萎缩的身躯也在猛力地颤抖。夏永兴一边安慰一边安抚，试图去平息孩子激动而惧怕的心情。突然，伴着窗外的一道闪电，夏永兴惊奇地看见孩子右手的食指在规律地画动。

孩子的手指可以动弹了，孩子的手指可以动弹了！一股热流倏地涌上心头，夏永兴匆忙点亮了油灯，仔细查看孩子的手指，他惊喜地发现孩子的手指分明在比画着什么，像是在写着什么字。夏永兴恍然大悟似的从隔壁正堂的八仙桌上拿来了纸和砚台，见砚台里残余的墨几近干涸，他又松开窗上的麻绳，将砚台伸出窗外淋了些雨水。残墨被雨水稀释后，夏永兴用手指将墨水搅匀，把盛有墨水的砚台颤颤巍巍地端到了孩子那根动弹的手指前。

果然不出夏永兴所料，孩子用指尖蘸了墨水，一抖一抖在纸上写了一行字。夏永兴把纸拿到了油灯下，聚精会神仔细辨认。字写得很乱，犹如画蚓涂鸦一般，夏永兴费了好大工夫，只能模糊认出寥寥三个字：私，怖，家。带着不解，夏永兴再一次把砚台拿到孩子身前，让孩子再写一遍。孩子蘸了墨水写完后，夏永兴放到油灯下去辨认，字体凌乱得依然如故，他还是仅仅能辨认出其中的三个字。

夏永兴把纸和砚台收到一边，伸手抚慰孩子的身躯，小声安慰着孩子，直到窗外的暴雨渐渐收停，孩子在夏永兴的怀中睡着了。

夏永兴把窗户打开，将油灯吹灭，透着窗外的光，他再一次拿起孩子写的字，仔细地甄别，正当他再次陷入不解的时候，窗外传来了一个熟悉的声音。

“刘二，刘二……”夏百金大声呼喊着长工的名字，继而又呼喊夏永兴的名字，“永兴大哥，永兴大哥……”夏永兴急忙放下手中的纸，一个箭步冲出了堂屋，差一点就摔倒在了门槛上。他不知道夏百金下雨天来家里所为何事，他偷偷收养郭三爷孙子的事是刻意瞒着夏百金的，难道夏百金知道这件事，下雨天专程来讨要孩子不成。夏永兴出了屋时，谨慎地把堂屋的房门紧紧关闭。

刘二从西耳房出来，给夏百金开了大门。夏百金一身蓑笠急匆匆地迈进院子里，喊道："快，快，快……"刘二尾随在夏百金身后，说道："老爷，你先喘口气，喘口气再说。"夏百金把蓑衣甩到一旁的石磨上，长喘了一口气，说："快收罂粟，别被雨淋坏了。这季的大烟，涨价啦！快，快，这可是我的第一个收成。"夏毓彤从西厢房伸着懒腰也出来了，他听了夏百金的话，立马迎合说道："百金叔，你别怕，我这就帮你去收。"说完，夏毓彤腰上别了一把镰刀，拥着夏百金就往罂粟田去了，边走边回头催促长工刘二快点跟上，且连声骂道，别懒驴上磨屎尿多。

夏永兴并没有跟去罂粟田，甚至连院子都没有出，他返回了正房的西间屋子里，拿起锯子和锤子改造起了那只老旧的躺椅。他要把躺椅改造成一个带有木轮可以移动的轮椅，这样的话，孩子就不用每天躺在床上，就偶然可以出门透透风了。

夏永兴一边实施着手中的改造工程，一边思虑着孩子写的令人不解的字。时间不知过了多久，夏永兴的脑中突然闪现了一道光，他清楚地意识到，孩子写的字并不是汉字，可能是日本字，他曾经在城里的贴文见过这种潦草的书写方式。夏永兴顿时搁下手中的锯齿，掀门帘出了西间屋转而进了东间屋，他拿起了孩子写的字，再次观察发现，孩子写的两遍的字体基本相同，都有类似的一串符号："私は怖い""わたしは家に帰る"。

这时，院子里，夏毓彤呼喊道："爹，快出来赶马车，趁这会儿没有雨，得赶紧把庄稼收回家。"夏永兴缓缓走出堂屋时，夏毓彤已经拴好了马缰。夏永兴走近夏毓彤身边，窃窃私语道："我领孩子回家的事，你没向夏百金说吧？"夏毓彤不耐烦地回答说："嗯，我是要说，不过他不愿听，人家百金叔现在等着挣大钱呢，谁会在意你那点小事。"夏永兴如释重负地喃喃自语道："那就好，那就好……"

夏百金托夏毓彤另雇了十名劳力，只花了半天的时间，三十多亩的罂粟就被收进了满满的一间屋子里。夏百金站在东耳房外，指着满满一屋子的罂粟对夏毓彤和长工刘二说："一定要记住，只要有晴天，马上拉出去晒，千万不能让它发霉啦！"夏毓彤和长工刘二连连点头答应。夏百金再次进屋看了一遍，再次问明了屋子防雨的情况，才方兴未艾地卷起蓑衣坐上人力车回城去了。

晚黑，吃完晚饭，安顿好床上焦躁不安的孩子，夏永兴悄悄推门进了西厢房。夏永兴之前听儿子夏毓彤说过，如今的甲长保长比以前难干得多，不光干活，还要学习日语，他进西厢房就是想找夏毓彤帮帮忙，看他能不能读懂孩子写的什么字。

夏毓彤正坐在床沿，独自就着煮花生喝着小酒，见父亲夏永兴到来，他只瞟了一眼，依旧喝酒如故。夏永兴把手里的纸展开，开门见山问："这上面的字，你认不认识？"夏毓彤瞟了一眼纸上的字，轻声笑道："这明显是日本字，我不认识。"说着，夏毓彤从床垫底下翻出一本小书，补充道："这是日本字的字典，你自己去查。"夏永兴接过小书，简单翻看后，说："我不会查。"夏毓彤抿了口酒，说："那我也没办法，除非你去学校问，现在的学校都得学日语。不过呢，学校都在城内，城外可没啥学校。"夏永兴听完，把小书还给了夏毓彤。他出西厢房刚一踏入堂屋，又拐了出来，进了长工刘二住的西耳房。

刘二点着油灯，正趴在床上捉头顶的虱子。夏永兴打断了刘二，悄悄说："过几天，得劳烦你件事儿。"刘二捏了一个虱子放到嘴里，用牙咯嘣一声咬死扔掉，问："客家老爷，有啥事儿，尽管说。"夏永兴说："过几天，我得进趟城，你帮我看着点孩子，一呢，别叫毓彤给扔了；二呢，劳烦你照顾半天，半天我就回来。"刘二爽快地答应了。

三天后，天彻底放晴了。夏永兴把孩子写了字的纸装入裤兜，徒步进城去了。他在城北的西阁街日本关卡亮出良民证顺利进了城，进城后，他就近去了西阁街小学校。多年拉粪的经历，使他与学校的看门人已经很熟，他委托看门人找了一位先生翻译了纸上的字。原来，孩子写的字是：我害怕，我要回家。

夏永兴谢过看门人，把纸折叠好装入裤兜，便离开了学校。他没有急于出城，而是向南拐到了统一街北端的郭三爷的宅院，他在宅院外的小巷里徘徊了好久，直到宅院里走出一群人，他才躲避众人离开了小巷。夏永兴心事重重地沿街行走，不觉到了城西的段庄日本关卡。守卫关卡的日本士兵呵斥制止了低头走路的夏永兴。夏永兴恍然拿出良民证，不料，日本兵并不放行，在夏永兴身上搜查了一番，他们将写有日本字的纸张搜了出来。

日本士兵高扬着纸张，嘴里训斥着什么。夏永兴虽然听不懂日本士兵说的什么，但大约知道日本士兵在质问纸张的来历，夏永兴连忙解释说，这是孩子写的字。不过，日本士兵不愿听夏永兴解释，从远处喊来两名警察，警察听日本士兵指令，把夏永兴反绑了双手蒙住了头，押送上了汽车。

夏永兴再次睁开眼时才得知，他被关进了位于北关故黄河北岸的警察局特高课的监狱。当晚，一名监狱警察客套地对他说，日本兵在他身上搜出了不明信笺，怀疑他通敌，所以被关进监狱审查，不过呢，也不用害怕，如果是被冤枉的，三天之内让家中拿钱来赎。说完，警察问明了夏永兴的姓名和家庭地址，把他关进了一间暗无天日的长筒子房里。

长筒房里密密麻麻关了三四十人，人人都是遍体鳞伤。夏永兴蜷缩在靠墙的角落里，无力地发着呆，不知道过了多久，旁边躺在地上杂草上的一名男子凑到了他的身边，小声对他说："日本宪兵队抓了抗日分子，都会往这里送，这里是警察局的特高课，俗话说，'大风刮到特高课，没事也得三年多'，老头，你就好好在这里待着等死吧。"夏永兴低声问道："拿钱不是可以赎人吗？"男子窃笑道："拿钱？笑话，谁家拿得起钱，我来这里一个多月了，只听说有一家卖了儿女被赎了出去，其他人，没一个活着出去的。我，也活不了多久了……"

夏永兴看着男子脸上的伤口处的血和脓，说不出话来。夏永兴静静地蜷缩在角落里，心中信马由缰一般激动地思虑着许多事情，他在思虑着养子贱犊的遗愿该如何完成，思虑着家中瘫痪的孩子该如何照料，思虑着很多很多，唯独没有思虑自己的生与死。

与往日一样，监狱的长筒子房的大门打开了，钻进了许多的光亮。与往日又不一样，大门打开了却没有再关闭。

有人在门口大声喊道："都走吧，回家吧。"喊声过了许久，长筒子房里的几十号人浑然不动，没有一个起身移动半步。须臾，又有人在门口喊道："都回家吧，日本人投降啦，没人再要你们的命啦，都回家吧。"渐渐地，长筒子房里有人挣扎着起身，有人徐徐出了大门。

夏永兴做梦都没有想到，他被关在监狱里半个多月之后，竟然被释放了出来。夏永兴拖着满是伤痕的身躯，步履蹒跚地走出了长筒房。这是夏永兴第一次走出长筒房，也是他第一次看清监狱的全貌。监狱地处一片荒凉之地，前临故黄河的一片河滩，四周用铁丝网围拢着，几大间长筒子的牢房像是几具死尸躺在监狱的正中央，牢房周围杂草丛生，监狱的大门朝南开着，门前西侧有一座两丈多高的焚尸炉，大门一端还矗立了一座更高的岗楼。夏永兴一路缓缓走出监狱的大门，没有遇到一名日军和伪军士兵，他长舒一口气，咬牙忍痛缓缓走回了二十里之外的夏郭庄。

夏永兴蓬头垢面衣衫褴褛出现在自家院子里的时候，正蹲在树荫下斗蛐蛐的夏毓彤吃了一惊。夏毓彤先是僵硬地站了起来，尔后拉着哭腔冲夏永兴扑了过去，边扑边哭号道："我的亲爹，你还活着，你还活着……"夏永兴摆了摆那只健全的手，示意他不要再哭了。夏毓彤却哭得更厉害，干枯的眼睛挤成了一条线，边哭边说："我四处凑钱去赎你，可就是借不到钱……"夏永兴打断他的哭喊，问道："孩子呢，在哪儿？"夏毓彤伸手抹了一把无泪的眼，说："孩子，在家，在家。"说着，夏毓彤高声喊道："刘二，刘二……"

在刘二的搀扶下，夏永兴进了堂屋，孩子正躺在床上熟睡。夏永兴对刘二说了一些感谢之言，也说了一些歉意之词。刘二憨厚地说：“客家老爷，你这是说哪儿的话，我本来就是客居在你家，该我谢你才对。”夏永兴说：“刘家兄弟，你以后不要叫我老爷，我不是什么老爷。”刘二挠挠头，支支吾吾地说：“我，我……”夏永兴疑问道：“有什么话，尽管说。”刘二说：“你走了之后，夏百金老爷前些日子来过一趟，他说他要避避风头，大烟暂且不卖了，也不种了，他还说，他不再收我做长工。我想求求你，你收我做长工吧，收下我吧，我全靠挣点苦力钱养活全家。”没等夏永兴回话，刘二已经跪在了地上。夏永兴忍着身体的疼痛，下床扶起了刘二，答应了他的请求。刘二高兴得脸上笑开了花。

翌日，天气格外晴朗。夏永兴叫刘二把东耳房里满屋子的罂粟拿到晒场去晾晒。刘二二话没说，甩开膀子就背起箩筐，一筐一筐把罂粟均匀地撒在了门外的晒场上。晌午时分，趁刘二和夏毓彤在屋内睡午觉，夏永兴拿起耙子，独自一人将晒场里的罂粟搂成了十几个小堆，他背着风划燃了火柴。一根根火柴陆续被抛入罂粟堆里，不一会儿的工夫，晒场上燃起了熊熊大火。

夏毓彤高喊着“救火”朝晒场冲了过来，当他临近晒场时，意识到救火已经无济于事，满场的罂粟几乎化为灰烬。夏毓彤冲到父亲夏永兴面前，高喊着质问道：“你这是要干啥呀！这都是卖钱的宝贝，百金叔早就给我打过包票啦，卖的钱一半都是咱家的！一半都是咱家的呀！”夏永兴埋头看着余火，说：“日本人投降了，这些害人的东西，也该烧掉了。”“什么？投降！”夏毓彤面带绝望地瘫坐在了地上，嘴里嘟囔着，“百金叔给我打过包票，打过包票……”

日本真的投降了。投降的那一天，徐州城中曾经用来发出防空警报的播音机播放了日本天皇的投降诏书，平日里飞扬跋扈的日本人纷纷低头静听，从那天之后，徐州城的大街小巷上极少能见到日本士兵和日本民众了。

曾经作为日本傀儡爪牙的伪军部队，旗帜一换，纷纷变身为国民党的正规军。其中，以伪淮海省省长郝鹏举最为抢眼，他手下的伪军部队被改编为了国民革命军新编第六军，郝鹏举任总司令。郝鹏举之所以能够摇身一变，刷新了自己的身份，也缘于他舍得发钱贿赂国民党高官，伪淮海省自动瓦解后，曾经的省内官员纷纷花重金攀拉来自重庆的国民党的关系，几乎人人找到了靠山，郝鹏举更不例外。

国民党接收徐州城之后，在行政区划上沿用了日本攻陷之前的区划，铜山县仍隶属江苏省第九行政督察区，铜山县政府还治徐州城，此外，将原来的铜山县第一区划出，成立了徐州市，治所也在徐州城。

对于白手起家的铜山县县长耿继勋来说，幸福来得多少有些突然。多年来，虽然拥有铜山县县长的身份，却一直只能盘踞在徐州城西北偏远一带，这次得以进城为官，耿继勋自然高兴。不过，进城之后，耿继勋失落了，原来，他的县长一职纯属摆设，根本没人理会，也没人认同。城中有徐州绥靖公署坐镇，绥靖公署下辖多个绥靖区，而铜山县被划入了第三绥靖区，绥靖区司令官统一指挥全区的党政军民，所以，耿继勋引以为豪的县长身份瞬间变得分文不值。不过，他也因此越来越清楚，手握重兵才是硬道理，他庆幸麾下拥有保安团的武装力量，而且保安团已经扩建为保安旅。耿继勋不愿寄居城中，回到了位于徐州城西北一带的保安旅大本营。

作为军事参谋的拾起听说耿聋子的返回，急忙赶到围寨里，与拾姓堂哥一起去见耿聋子。耿聋子见面就问拾起："行动计划咋样啦？"拾起一听，心中不觉猛然一紧，耿聋子所说的行动计划，是耿聋子几天前下达给拾起的任务，耿聋子为了保住和扩充自身的军事实力，准备向北进攻共产党控制的根据地。拾起转头看了看拾姓堂哥，又转身看着耿聋子，回答说："计划是有了，只是……"耿聋子皱眉道："不要吞吞吐吐。"拾起说："只是，兄弟们都不想打仗。"耿聋子即刻怒火冲天，骂道："他娘的，老子给吃给喝给女人，竟然他娘的不想跟我打仗！”拾姓堂哥急忙安慰道：“你别着急，别生气，这也不能怪咱兄弟们，现在日本鬼子都投降啦，咱谁不想过安稳日子。”耿聋子瞪大了眼：“我们本来就是靠打仗起家的，现在还得靠打仗发家，等发了家再过好日子，不是更好吗？”拾姓堂哥说：“好是好，可是，老是打打杀杀，啥时候是个头，共产党也是咱自家人。”耿聋子的眼睛瞪得更大了，指着拾姓堂哥说：“你给我滚出去！”拾姓堂哥怯怯地出了屋。

拾起给耿聋子点了一锅烟，把行动计划简单讲述了一遍，又把保安旅的兵力情况和兵心士气也做了讲述，讲完，拾起悄悄拿出一封信交到了耿聋子的手中。

信上的内容是拾起伪造的。组织上下达给拾起一项任务，策反耿继勋。拾起清楚耿聋子此人狡诈十足，反共的思想根深蒂固，他在耿聋子身边虽然阻止了不少针对共产党的军事行动，可是这些都靠拾起的秘密活动，耿聋子本人并不知晓。为了安全起见，这次的策反任务，拾起没有直接表明自己的共产党员身份，只能假以他人的信笺来实施。

耿聋子看完信，先是沉默了片刻，尔后对拾起笑了笑，扔掉了信，走出了屋子。

根据对耿聋子的了解，拾起判断，耿聋子并不愿意与共产党合作，不仅不肯，拾起从他的笑中感觉到了杀气，因为他知道，耿聋子一向是“不笑不杀人，一笑必杀人”。

当天夜里，拾起逃出了围寨，再也没有回来。他还说服拾姓堂哥一同逃走了，他对拾姓堂哥说：“耿聋子自己是保安旅旅长，你是他的连襟，他却只给你一个排长来当，你别干了，回家得了，过安稳日子。”拾姓堂哥愤愤地答应了。

三更时分，耿聋子派人去捉拿拾起，拾起已经不在，耿聋子的手下在拾起的住处搜到了一封信，信上只写有一首诗：

我见青山多奇峻，
青山见我应如何？
纵使青山漠视我，
他山又能奈我何！

耿聋子读完信后，大发雷霆，把信撕得粉碎。

拾起乘坐小船穿过微山湖去了运河支队所在地，却没有找到夏毓杰。他从旁人口中得知，日本投降后，运河支队被改编为鲁南军区十八团，治病归来的胡大勋任团长，夏毓杰已经调往别处，也担任了团长一职。按照线索，拾起在鲁南的山区里找到了夏毓杰，夏毓杰把拾疏影牺牲的噩耗告诉了拾起，拾起悲痛万分。他在夏毓杰的陪同下骑马到拾疏影的坟前烧了纸钱，燃烧的纸片在一阵轻风的吹拂下飘荡在了坟冢的上空，纸片随风起舞，仿佛是儿时兄妹俩嬉戏的景象。

火燃尽，纸片散落到了坟土四周。拾起骑上马，跟夏毓杰去了山的深处，他要去见父母，还要去见党组织，他一直秘密联系着的党组织。

第二十六章　抓阄

为了纪念抗日战争的胜利，国民党徐州当局把日伪时期建造的位于统一街中段的“建设东亚新秩序纪念碑”上的碑文清除殆尽，用“抗日战争胜利纪念碑”几个大字取而代之。日本修筑的“忠魂塔”和“神社”也被炸掉拆除，曾经矗立在城中的日军恶魂终于消失，徐州城里的百姓欢呼着争相涌上街头去观看坍塌的场景。

“忠魂塔”和“神社”被拆除的时候，夏百金刚好路经拆除地点附近，不过，他并没有跟随人群前去观看，他着急要去见郭三爷。国民党进城后，国民党在徐州的军统特务组织秘密清查通日汉奸，青帮郭三爷的名字也在其列，特别是郭三爷与日本人合作开办鸦片馆贩卖大烟残杀百姓的性质尤为恶劣，听说性命难保。郭三爷为了保命，当即带着几处地契和几箱金银财宝找到了军统特务的头目，军统头目接受了钱财，在通日汉奸簿划掉了郭三爷的名字。摆平了军统后，郭三爷又花钱财珠宝买通了徐州绥靖公署和第三绥靖区的国民党官员，由此，郭三爷不仅保住了性命，还保住了他的半壁家产，除去妓院和大烟馆送给了国民党官员外，他保住了赌场和老车行的生意。

夏百金急于去找郭三爷，是有一件要事禀报，他凭借敏锐的生意嗅觉，寻到了一个商机——经营布匹买卖。在日本投降前的一个月，位于南关三民街南头莲花井附近的买卖布匹的小布市，被一架印有青天白日徽标的飞机扔了一颗炸弹，小布市霎时血肉横飞，死伤一百多人，自那以后，城中布匹的买卖趋于紧张，直到如今，布匹的价格涨幅很大，夏百金看在眼里，馋在心里。

夏百金沿着统一街一路向北朝着郭三爷的宅院走去，路上已经看不到面目狰狞的日本士兵，也看不到身着和服的日本女人，只能看到中国的衣衫褴褛的平民百姓，以及国民党军队吆五喝六的士兵们。他走到十字路口时，被由西向东行驶在中正路上的一队国民党军大卡车挡住了去路，眼前的中正路其实就是日本强迫劳工修建的启明路，国民党徐州当局为了表忠，所以把路名改成中正路了。夏百金足足被挡了一刻钟，才得以通行。其实，改变路名的不仅是中正路，还有很多，日本人修建的纵贯徐州城南北的庆云路改称中山路，顺黄河故道而建的白云路改称民主路，位于城东的崇文路改称文化路。

夏百金进入郭三爷的宅院时，郭三爷正在后院的烟茶房里吸大烟，郭三爷邀夏百金也躺在榻上吸了一阵。吸完大烟，夏百金把经营布匹买卖的打算说给郭三爷听，郭三爷连连点头称是后，脸上却露出了难色，似乎并不愿意同意他的计策。夏百金再次询问意见，郭三爷以布匹买卖利润太低而拒绝了，夏百金心灰意冷地返回了赌场。

与往日一样，夏百金依旧往返于几家店铺，日复一日地打点赌场和车行的生意，月复一月地领取郭三爷发放的酬饷。

位于金谷里的受苦受难的女人们，隐约看见了一线生机。

日本投降后，作为日军慰安所之一的金谷里再也没了日本士兵的蹂躏和杀戮，金谷里近百名女人告别了猪狗不如的生活，特别是国民党徐州当局把金谷里的名称改为新生里，恍然间，好像真的给女人们带来了新的生机和希望。

不过，令人几乎绝望的是，女人们眼中的生机似乎是水中的月，又似镜中的花，新生里的女人们只能远远地观望，仅此而已。

原来，虽然日本慰安所被取缔，不过，摇身一身，慰安所又变回了妓院，纷纷被徐州国民党的官员和大佬们占据经营，身无分文、手无缚鸡之力的女人们依旧被迫卖身，始终无法逃离命运的魔爪。

暗香书寓的伙房里，身为伙夫的张翠翠炖了一大锅的菜，她心中默默盛赞着伙食的改善，也在感恩着书寓的新主人——绥靖公署一名姓侯的官爷。张翠翠趁炖菜的闲余工夫冲了一碗香灰水，她趁热喝完后，把炖好的菜舀入木桶，手提木桶走到了对面的几间房，她要给房内的女人们分发晚餐食物，保证女人们吃饱喝足，晚上好有力气接待客人。

几年来，在日本人欺凌下的暗香书寓的女人，换了一波又一波，死了一个又一个，书寓里现存的七个负责卖身接客的女人，多数是近一年才进来的，她们或是被抓，或是被卖，或是被骗，很是可怜。不过，在张翠翠看来，这些女人的怜楚根本不值一提，或许只有经历过日本侵占时期的女人，在她眼里才能称得上可怜一词。而这七个女人当中，有一个人是可以进入张翠翠的法眼的，她就是最早被日本人抓进书寓的关盼盼，与苏州籍名妓同名的关盼盼。在日本人侵占下的暗香书寓里，能存活下来的接客女人，仅此一人。在张翠翠的印象中，关盼盼已经不知死了多少回，然而，她的生命力似乎格外顽强，每一回都能从阎王爷手中逃脱，死而复生。最严重的一次，关盼盼遍体鳞伤昏厥了两天两夜，张翠翠拆了门板正准备把她抬出去扔掉的时候，她竟然神奇地苏醒了。

末暑的天气依然很热，张翠翠冒汗提着木桶最先进了关盼盼住的那间房。推开门的一瞬间，张翠翠猛然吃了一惊，狭小的房间里满屋子竟然都是人。张翠翠定住神，仔细看了看才弄清，原来暗香书寓的七个妓女全都在这间屋子里，挤坐在了靠门的两只长条凳上。

张翠翠的到来，使屋里的七个女人也吃了一惊，女人们纷纷站了起来。氛围僵硬了片刻后，张翠翠搁下手里的饭桶，说："该吃饭了。吃了饭，晚黑还得接客，这大伏天，晚上也热得心慌，就是躺在床上不动弹也流汗，况且你们一会儿还得接生意，晚上不吃饭可不行，不吃饭经不起客人折腾。”听张翠翠说完，女人们依次离开了关盼盼的屋子，也顺手带走了长条凳。

经过半年前的修葺，暗香书寓的房间不再像以前那样破烂，也不像以前住得那样拥挤，此间屋子只住有关盼盼一个人。不过，虽说屋子里只住一个人，却依然给人一种逼仄的感觉。屋很小，屋里靠后墙横摆着一张红漆红帐红帘红衾的木床，床头垫砖放了一个红漆的方木柜，木柜上面摆了一打红色的毛巾，关盼盼身着一件半透明的红袍，倚靠在木柜一侧，满屋子似乎都是红色，唯有关盼盼的脸色是苍白的。

张翠翠伸脚踢开了横在脚底下的一个小板凳，叫关盼盼把碗拿出来，舀了满满一大勺炖菜拿了两个馒头给她。张翠翠正欲转身离开，被关盼盼低声喊住了："张婶儿……"张翠翠扭过身子，果断地伸出了瓢又要给关盼盼的碗里舀菜。"张婶儿，我不是这个意思，我够吃了。"关盼盼把苍白的手掌捂在了碗沿上，清脆地说，"我想托你打听打听，打上一针，得多少个钱？"张翠翠疑问道："打针，打什么针？"关盼盼回答说："张婶儿前几天打过的那个针。"张翠翠恍然大悟说："哦，那个呀，两百万。""果然得那么多钱。"关盼盼喃喃自语说道，脸上露出了失落的表情。张翠翠问："你问这个干啥？"关盼盼勉强笑道："随口问问。"

张翠翠挨着房间给书寓里所有的女人分完晚饭后，便回到伙房，用托盘端了炖菜和一个专门精炒的炒菜给书寓的前台送去了。看管前台的是一个中年女人，中年女人见张翠翠端来饭菜，随口品尝了一口炒菜，突然朝张翠翠的脸上啐了一口，说是菜已经半凉了，喂狗还是喂人，尔后像打发奴婢似的命令张翠翠回去弄热了再端过来。张翠翠满肚子的怒火，却不得不忍气吞声老老实实把托盘端回了伙房。她点了炉灶，把菜倒入锅中，一边拉着风箱一边默默怒骂着前台的中年女人，她把中年女人与日本人到来之前的书寓老鸨做了对比，越发感到中年女人令人愤怒令人作呕，想着想着，她站起身，狠狠地朝锅里的菜接连啐了好几口吐沫。啐完之后，张翠翠又有些懊悔，中年女人虽然可恨，但是要比日本人强得多，至少这个女人不会打她，而日本人占领书寓的时候，她是要经常挨鞭子的。锅里的菜冒出了腾腾热气，张翠翠急忙趁热端给了前台的中年女人。送完饭菜回到伙房，天空已经有了晚霞，张翠翠关紧伙房的门，反插了门栓，她为了解暑，脱光了衣服，用湿了水的毛巾擦遍了全身，尔后躺在凉席上，手拿蒲扇缓缓扇动了起来。渐渐地，门缝外的天色一点点暗淡了下来，门缝外传来了几个陌生男人的声音，进而也传来了熟悉的女人们的低吟的声音。

第二天，张翠翠起得很早，天一亮就醒了。她一般起得都很早，至少在暗香书寓里，每天都是第一个起床。张翠翠轻手轻脚打开后墙的铁窗，从窗口里掏出一个麻袋，麻袋里装的是全天的蔬菜，今天，是十几根茄子。这个开在半墙上的铁窗，原本是院子的后门，为了防止人员逃跑，日本人把后门封堵了，后来为了方便投递食物，在原来后门的位置开了一个狭窄的铁窗，日本人走后，书寓改回妓院的时候保留了这个铁窗，一直沿用至今。张翠翠炖了茄子作为书寓的早餐，另炒了一盘茄子丝作为前台中年女人的早餐，做好饭菜后，她给中年女人送了去。由于接客的妓女们一般起得要晚很多，早餐是不用张翠翠来分发的，妓女们起床自然会到伙房找她讨要，所以张翠翠并不着急。

夏日的早晨最适合纳凉，张翠翠坐在院子一角的银杏下仔细感受着缕缕的微风，不知不觉，竟倚靠在银杏树的树干上睡着了。醒来的时候，她隐约听到了女人们说话的声音。好奇心驱使她想听听到底说的啥，张翠翠伸了一个懒腰，朝女人说话的方向慢慢走了过去。

声音是从银杏树紧挨着的屋子里传来的，这间住的是关盼盼。张翠翠十分疑惑，昨天一伙妓女就鬼鬼祟祟地聚集在关盼盼的屋子里，难道今天一早又聚在了一起，她们到底想干什么。罢工，造反，抗议？一个个平日里极少在脑海里逗留的名词出现在了张翠翠的眼前。带着疑惑，张翠翠悄悄地移步到了窗前，她通过窗户边缘的缝隙，仔细观察屋里的一切。

狭窄的屋子里挤满了人，张翠翠心中默数了一遍，七个人，暗香书寓的七个妓女都在里面。只见关盼盼坐在床边，手里拿了一个袖珍的小木箱，另外六个女人依次到木箱里捏出了一撮纸团，拿了纸团女人们脸上流露出焦急而心慌的表情，只有关盼盼抱着小木箱，苍白的脸上略显沉着冷静。关盼盼待所有人都拿了纸团，她才双手拿起小木箱把剩余的一张纸团倒了出来，纸团刚好顺着她的长袍滚落到了她的光裸的小脚上，关盼盼捡起了纸团，环视了眼前的六个女人，说："咱拆开看吧。"女人们一个一个拆开了纸团，一个一个失望地瘫坐在了长条凳上。关盼盼最后一个拆开了纸团，她面无表情地说："在我这了。"突然，长条凳上的一个女人愤然站起了身，说："这次抓阄不算数！你拿着箱子，谁知道你做没做什么手脚！"说着，女人抢过了小木箱，另撕了七张纸片，在其中的一张纸片中画一个圈，尔后把纸片折叠成纸团塞入了木箱里，重新组织了一次抓阄。很快，第二次抓阄的结果出来了，依然是关盼盼拿到了画了圈的纸团，在座的女人们哑口无言，纷纷失落地走出了屋。

张翠翠趁女人们出屋之前，已经恢复了她刚才的睡觉状，倚靠在了银杏树下。过了片刻，张翠翠疑惑地起身敲响了关盼盼的房门，轻声地佯装问道："起床了没有？"关盼盼在屋里开了门。没等关盼盼开口说话，张翠翠说："你今个儿起得也挺早，啊，那啥，我刚好路过你这，就想提醒你一下，吃早饭，饭菜都在伙房了。"关盼盼苍白的脸上挤出了笑意："张婶儿，你今天是咋啦，咋还来提醒吃早饭，平常不都是这样吗。一会儿我自个儿去吃，你忙你的吧。"张翠翠探头往屋里瞅了瞅，问："你在干啥？"关盼盼回答说："没干啥？"张翠翠挤身进了房门，手指地上的纸片，说："这些是啥？"关盼盼勉强笑了笑。张翠翠伸手又指向小木箱，再次询问究竟，关盼盼思虑了片刻，终于告诉了她事情的原委。

原来，入暑以来，徐州城内外霍乱的疫情特别严重，已经死了近百人，暗香书寓所在的新生里，也有好几个妓女因为霍乱病情死掉了。霍乱疫情像魔鬼一样笼罩在城里城外，为了活命，有钱的人纷纷花钱到西医那里注射了霍乱疫苗，没钱的穷人无法注射疫苗，只有整日祈求老天爷眷顾的份儿，祈求霍乱病情摊不到自己身上。前几天，夏百金掏钱给张翠翠打了一针疫苗，张翠翠回到书寓后大肆宣传，众人听说后，暗香书寓里的好几个妓女也打算注射疫苗，不过，当问明疫苗的价钱后，妓女们望而却步了，两百万法币的数额没一个人拿得出来。后来，住在关盼盼隔壁的一个妓女想到了一个好主意——凑钱，先保证其中一个人活命。于是乎，昨天七个妓女聚在关盼盼的房间里，每人拿出三十万法币，七个人凑了二百一十万。今天一早，最后一个嫖客一经出了书寓，七个女人又聚集在了一起，采取抓阄的方式抽出了得以活命的幸运儿。

关盼盼摊开紧攥的手掌，露出了一张纸片，轻声地说："阄，被我抓到啦。"张翠翠看了看关盼盼手中的纸片，恍然大悟点了点头，没再说话，转身离开了。

中午时分，关盼盼把两百万元的法币交到前台中年女人的手中，中年女人耻笑了几声后，从门外的加建草房里叫来了一名负责看守书寓的壮汉。壮汉拿了钱，带领关盼盼走出书寓走出了新生里，他们进了位于富贵街的一家门店，在门店里，关盼盼接受了疫苗注射。

当天下午，关盼盼躺在暗香书寓的房间里小憩了一会儿，隔壁的女人敲开了她的门。一进入门中，隔壁的女人就啜泣了起来，祈求关盼盼能救她一命，恳求关盼盼能把疫苗分一半给她。关盼盼站直了身子，缓慢地说："钱，已经花了，我已经打了针。"隔壁女人突然大声哀号道："这可咋办，万一我要是死啦，我就回不了家啦，就见不了我爹娘啦！"突然，关盼盼砰的一声跪在了隔壁女人的膝盖前，悲泣地说："我也不想死……"

夏郭庄南，曾经种植罂粟的三十多亩坡地，被逃难归来的几户人家收复了，收复的过程十分凄惨而且暴力。

去年冬天，几年前外逃的五户人家纷纷回到了夏郭庄，回来之后，争相跑到村南的坡地，凭借记忆去挖地垄埋地标。夏毓彤听说后，暴跳如雷，说这是城中老爷的地，不允许别人霸占，于是，他每天都在夜里把别人埋好的地标挖掉。这样的局面僵持了一个多月后，一天的两更时分，五户人家的男女老少全都守在了坡地里，各自守卫着自家的地标。夏毓彤如期出现了，他强行拖走了一个抱在地标上的妇女，扔到了地垄里。众人见状，像疯马一样拿着铁锹铁镐向夏毓彤冲了过来。夏毓彤大喊，我是一甲之长，看你们谁敢动手。夏毓彤的喊声刚落，众人的拳脚争相朝他的全身击打而来，只一会儿的工夫，夏毓彤就哀号着瘫软在了田头干涸的水沟里。夏毓彤连滚带爬回到家中后，立即拿了菜刀拉着长工刘二就往外冲，长工刘二听说是要去杀人报仇，吓得急忙逃了回来，夏毓彤大骂刘二是窝囊废，是孬种，并举着菜刀要杀刘二，刘二只好把自己反锁在西耳房，才算逃过一劫。第二天，夏毓彤还要拉着长工刘二去杀人报仇，刘二别无他法，把夏毓彤反锁在了西厢房里。刘二找到夏永兴，说是要辞工回家，夏永兴挽留了一番，无果后，便多付给刘二一个月的工饷，又多给了一袋新粮，亲自驾马车送刘二回了十里之外的家。回来后，夏永兴用布袋装了五袋稻米，分别送给五户人家，并当面作揖道歉，请求五户人家放过儿子夏毓彤，以免事态激化惹出人命，五户人家收了稻米答应了他。夏永兴回到家里打开西厢房，劝夏毓彤不要再去讨要原本就不属于自己的坡地，见夏毓彤不肯，夏永兴拿出了家中的两张地契就要撕掉以做威胁，夏毓彤依旧不肯屈服。

使夏毓彤得以屈服的，是从城中传来的消息。有人告诉他，去年成立的徐州绥靖公署审判日本战犯军事法庭，对关押在战俘集中营的二百三十六名日本兵结束了审查和审判，八名日本战犯被判处死刑，另有三人被判处无期徒刑，十一人被判有期徒刑，那人亲眼见了两名日本兵被枪毙的场景。那人还对他说，听说有好几个跟过日本干活的甲长和保长也被枪毙了。

从此，夏毓彤再也不以甲长自居，渐渐地，甲长的身份真的消失了，夏郭庄再也没有甲长一职。

没有了坡地的纷争，夏郭庄归于平静，也貌似归于和谐。初春的一天清晨，夏永兴推着自制木轮车椅载着瘫痪的男孩出了院子，到门外的晒场上晒太阳，晒场上早已有几个老人带着孩童在享受温和的阳光。夏永兴跟其他几个几乎同龄的老人打了招呼后，艰难地把瘫痪的男孩从木轮车椅抱到了大槐树下。一年多来，虽然夏永兴没有放弃治疗，男孩的瘫痪状况却没有丝毫的好转，唯一好转的，只有男孩用手指书写的文字，男孩已不再书写日语，改为书写汉字了。男孩倚靠在夏永兴铺设好的褥子上，眼睛直盯着不远处正在玩耍的孩童，手指在比画着什么，夏永兴察觉到孩子有话要说有字要写，便展开了掌面，放在孩子的手指前，他仔细查看字体的笔画，知道了孩子想跟另外几个孩童一起玩耍。夏永兴喊来了两个孩童，一个女童问："他叫什么名字？"夏永兴轻声回答说："他叫郭荣。"女童又问："他怎么不动？"夏永兴迟钝了一下，说："他以前跟你一样，可以跑，也可以跳。"女童挠头说："我知道啦，他肯定是不听话，被他娘打断了腿。"女童刚一说完，就被她娘叫走了。

女童走后，佝偻成一团的男孩郭荣"啊啊啊……"喊个不停，夏永兴急忙蹲下来安慰。男孩用他那只手指在夏永兴的掌面上写了几个字——我要找娘。夏永兴一边安抚着孩子，一边陷入了沉思。

自从被救回夏郭庄，孩子就再也没有进过城，再也没有见过他曾经见过的任何人，哪怕是一个仆人也没有，孩子不止一次要回家，不止一次要见他的爷爷和他的娘，夏永兴从来没有去帮他如愿，因为夏永兴知道，孩子心中的爷爷郭三爷，是不允许孩子再活着出现的，哪怕是看一眼，也是绝不允许的，至于孩子心中的娘亲，郭三爷的儿媳，当然也不例外。很多时候，夏永兴越看孩子的面孔，越像养子贱犊儿时的模样，有时，竟迷迷糊糊把孩子当作儿时的贱犊，喊他"贱犊"，喊他"毓恩”，不过，他却不答应他的呼喊，有时候，夏永兴也会在梦里对着他呼喊“贱犊”的名字，只是，夏永兴每每都会被一个满是鲜血的女人的面孔惊吓而醒。一直以来，为了诠释梦里的惊魂，夏永兴很想确认瘫痪孩子的身份，他多次到城中的新生里去打听名叫“关盼盼”的女人，但是新生里的打手壮汉不允许他进入街中半步，以至于他始终没能遂愿。

片刻的沉思后，夏永兴的内心燃起了莫名的冲动，他当即又做出了一个决定，要再次进城，寻找孩子的娘，他心中坚信着的孩子的亲娘。

夏永兴选择了一个风和日丽的艳阳天进城去了。由于不放心夏毓彤，他在进城之前，把孩子送到了长工刘二的家中，并送了半袋稻米给刘二，刘二欣然答应了夏永兴帮忙照顾孩子的请求。

六旬有余的年龄，使他步行的速度很慢很慢，夏永兴花了两个多时辰才算到达了徐州城的西关外。西关外的场景依然是那样熟悉，与日本人占领徐州城的时候几乎别无二致，数丈深的阻绝壕和数米高的铁丝网像一堵带牙的城墙，将人们挡在了城外，只有几米宽的关卡可以通行。夏永兴在关卡接受了国民党士兵的搜查后，顺利进了城。他先是沿着泥泞的街巷缓缓地摸到了户部山的裴家院子，见裴家大门上贴有一副春联，夏永兴激动万分，他以为失踪多年的裴秀才终于回了家，不过当辅首大门打开的时候，瞬间又失望了，开门的人大声呵斥他说，这里不是什么裴秀才的家，这个院子已经是国军张营长的，以后再来滋扰，别怪张家的几条烈犬咬人不眨眼，说着，开门人嘴里发出一声口哨，从院子深处唤来了两条狂吠不止的狼狗。夏永兴匆匆从门缝处闪离了身体。他本想从裴秀才这里寻求帮助，没想到这一奢求瞬间就破灭了。

寻求不到别人的帮助，还得靠自己。下了户部山，夏永兴鼓起勇气朝东一直走到了新生里的街口，这时已是傍晚时分，街口来回穿梭着不少男人的身影。夏永兴远远望着来往的人群，没敢轻举妄动，因为他清楚，街口里面有很多壮汉在守卫，他一身穷酸的老朽味，守卫是绝不会放他进去的。

这一回，夏永兴并不直接进入街口，他顺着西墙的墙根绕到了一条无人的小巷，当他迂回到小巷的时候惊奇地发现，这条巷子连接着新生里许多书寓的后院，有好几家书寓的后门直通着巷子。夏永兴悄悄地躲在小巷里的一棵枣树下，静静地等待着经过的路人，他只等了半刻钟，巷子里就出现了一个人影，夏永兴小声喊住了路人，询问认不认识一个叫“关盼盼”的女人，路人不耐烦地摇头走了。

枣树的树枝垂落在半空中，树枝上布满了荆棘。夏永兴不经意间一抬头，不小心被荆棘刺伤了脸，脸上松弛的皮肤渗出了滴滴的鲜血。夏永兴没有在意脸上的鲜血，也没有在意脸上的疼痛，他的全部注意力都集中在了位于枣树树干一侧的铁窗上。狗洞大小的铁窗里，隐隐约约出现了一个面孔。夏永兴用他那只健全的手臂扒开遮蔽在眼前的树枝，小心移步到了铁窗前。突然，铁窗里传来了女人“啊”的一声惊叫，夏永兴被女人的惊叫声吓得猛然一哆嗦，哆嗦过罢，他的脑海中出现了一个人的名字——张翠翠。夏永兴把头凑到铁窗前正准备说话，不料，里面的女人先开了口：“我说，你想吓死人啊！”果然是张翠翠的声音，夏永兴悄声说：“弟妹，我是夏永兴。”稍许，张翠翠在铁窗里头说：“原来是你，我说，你一把年纪，竟然还来这种地方，可笑！呵呵……”夏永兴把声音压得更低：“我来找人，是一个女子，你能帮帮我吗？”张翠翠谑笑道：“呵呵呵，来这种地方找女人，你不嫌害臊。”夏永兴急忙问：“关盼盼，她叫关盼盼。”张翠翠先是一愣，继而平静地说：“你找她干啥？”“你认识她？”“认识不假，不过你找她干啥？如果你想嫖她，你可以从正门进来。”刹那间，铁窗里传来了张翠翠咯咯咯咯的笑声。夏永兴义正词严地说：“弟妹，她是，我儿媳。”张翠翠的笑声戛然而止。紧接着，夏永兴将养子被杀关盼盼被日本人拐走的情况说给张翠翠听，末了，夏永兴恳求道：“弟妹，如果她真的在你这里……”张翠翠打断说：“这里可不是我开的，说白了，我也就是一个女仆。如果你想救她，你可以拿钱来赎。”“钱，多少钱？”“足够多的钱，直到让这暗香书寓的老板满意才行。”

夏永兴执意叫张翠翠帮忙问清关盼盼的真实身份，并帮忙问明赎身具体的金额，他在铁窗外等了将近一个时辰。张翠翠终于回了话：“问了，第一，关盼盼认识你家谢恩，正是谢恩的内人；第二，想赎身，必须得拿一千万的新法币。”

夏永兴几番感谢张翠翠后，激动得差点说不出话来，原来养子遗愿里的关盼盼真的找到了，他仰头看了看天，仿佛看见了那份诀别书的文字在鲜活地跳跃。

为了筹措一千万的巨额钱款，夏永兴瞒着儿子夏毓彤，变卖了自家的两亩良田，还变卖了屋前屋后所有的树木，当他拿到三百万的法币时才意识到，现有的钱款在一千万的数额面前依然是杯水车薪。夏永兴思忖着家中可以变卖的一切物件，把目光投向了马棚里的那匹老马，那匹由养子送来的老马。他给老马饱喂了一顿后，便跨上了老马，慢慢骑马到达了城南的马市街。在马市街上，经过与十几名买家的商谈，夏永兴与一名买家达成了两百万成交的一致意见，正当夏永兴准备接钱卖马的时候，他惊奇地发现，老马的双眼落下了两行长长的泪水，他摸着老马的头，不禁心中一酸。沉默了片刻，他从老马的眼泪中似乎看到了养子的泪珠。买家扯着嗓门喊道：“你到底卖，还是不卖！”夏永兴眼中噙着泪水沙哑地回答：“不卖。”买家愤愤地骂了几句：“臭老头！我真是‘出门逢了臭债主——倒霉透了’。”骂完，买家转身走开了。

老马嘶鸣了一声，把头再次伸向了夏永兴的手，去寻求他的抚慰。夏永兴默默咬了咬牙，牵马缓缓地离开了马市街，出了街，出了关卡。老马停在了一处下坡地，微微伏下身子，迎接夏永兴缓缓上了鞍。返回夏郭庄的路上，老马行走得很稳很稳，夏永兴想得很多很多。

夏永兴反复盘算着一千万巨款，苦思不得其解，似乎只有把家里的宅院卖掉，才可筹集这笔巨款。经过一个无眠的夜之后，夏永兴狠下心，把宅院的地契拿了出来，他悄悄找了周围村庄的几个大户人家，希望能把房子当掉，几户人家纷纷不肯接下地契，说是夏毓彤这个后生他们不敢惹，无奈之下，夏永兴改当掉全部的房子为卖掉一半，几户人家以同样的理由，依旧不肯。

为了筹钱，夏永兴也进城找了夏百金，希望从他那里借些，谁知，夏百金连说自己没钱，当场翻开两个空空如也的裤兜给夏永兴看，急匆匆把夏永兴打发走了。正在夏永兴愁眉不展的时候，那匹老马再一次贴近他的手臂，似乎是在无声地安慰。夏永兴把老马牵到了槐树下，他坐在树下，与老马畅聊了很多，直到天色渐渐暗淡了下来，夏永兴才起身牵马回了马棚。经历了一夜的未眠，第二天，夏永兴决定重操旧业，进城卖柴赚钱赎人。

于是，一个老人和一匹老马开始了不断进城出城的颠沛流离的生活。

第二十七章　拂晓

一九四八年，春夏之交的一天傍晚，夏永兴在东屋的床上一张一张清点他所积攒的钱款，清点的结果令他万分激动，终于攒够了一千万的法币，不仅仅是一千万，足足有一千三百万。夏永兴太激动了，那只残废的手臂竟然也随着他激动的心情开始微微地颤抖。此刻的他，倘若再年轻几十岁，大约是要雀跃起来才能诠释他积蓄已久的心境。

第二天，夏永兴特意穿了一件只有两个补丁的干净长衫，到长工刘二家里把瘫痪的孩子接了来，在马车上捆好了被褥，让孩子安躺在被褥里，他要带孩子一起进城，一起去赎人。之所以要带孩子一起去，因为在夏永兴的脑海中，还藏有一个无比让人欣喜的希望，他希望，关盼盼就是这个孩子的亲娘。

由于国民党陆军总司令徐州司令部被撤销，国民党徐州“剿匪”总司令部刚刚成立，此时用于隔绝共产党的进城关卡，比往日搜查得更加严格，夏永兴在关卡外等候了半个多时辰才顺利进了城。驱使马车进城之后，夏永兴并没有选择行走大路，他绕开大道上的国民党军队，走小街小巷到达了新生里，他把马车停在了新生里的街口，向负责看守的壮汉说明了来意，壮汉进街里传了话之后，才把夏永兴只身放了进去。

夏永兴怯怯而惶惶地找到了暗香书寓的门匾，书寓的看守把他领进了前庭。一个中年女人谄笑着迎了过来，说：“早就听说你要赎人，这个关盼盼，可真有福分。官爷，快拿钱来看看。”夏永兴伸手从上衫里取出了一个布袋子，颤颤巍巍递到了中年女人的身前。女人一把抓了过来，放在吧台上打开布袋后，惊讶道：“官爷，咋就这点儿钱？”夏永兴瞠目回答说：“一千万，一个不少。”中年女人“呵呵”笑了两声，随手将布袋子甩到了夏永兴的膝盖上，布袋子顺着他的膝盖滚落到了一旁的壮汉脚下。夏永兴躬身要去捡，布袋却被壮汉死死地踩在了脚底。中年女人再次“呵呵”笑了笑，说：“老头，一千万，就想赎人，怕是痴心妄想吧。”夏永兴紧紧抓住壮汉脚下的布袋，面带乞怜地说：“我弟妹叫我攒够一千万，足数就可以赎人，这是她亲口说的。”中年女人讥笑着从吧台上甩出一份报纸，说：“老头，你自己看看，买一张破报纸都得十几万，你一千万就想买个大活人，我看你是‘癞蛤蟆想吃天鹅肉’。”“十几万？”夏永兴一边喃喃自语，一边伸手去拿飘落在地上的报纸。他看清这是一份复刊的《徐报》，报纸上写有一行小字——今日本刊一大张售卖十五万元。

瞬时，夏永兴的眼前一片眩晕，他连喘了好几口大气，才算没有彻底晕倒下去。十五万？这简直是遥不可及的数字，他望着壮汉脚下的布袋，不禁暗自叹息，他心中默默比对着一千万与一张报纸之间的巨大差距。他平日里舍不得花一分钱，哪怕是一分也没花过，他万万没有想到，一年多的时间里，钱竟然变得如此不值钱，他辛辛苦苦攒集的钱款几乎是一堆废纸。

耳边响起了中年女人的呵斥声：“臭老头，没钱就赶紧滚出去！”夏永兴从遐想中苏醒了过来，说：“老板娘，我能见见我弟妹吗，在你家店里当伙夫的那个……”中年女人再次呵斥道：“你这个臭老头，你以为我这里是什么地方，想见谁就见谁！实话告诉你，在我这里，没钱的话什么都免谈！”夏永兴还想说话，却被壮汉突然拖出了暗香书寓的门庭，布袋子也被扔了出来。夏永兴倒在了门外的青石板上，挣扎着爬了许久才算爬起身，他小心捡起布袋里散落出来的纸币，不舍地走出了新生里的街口。

孩子已经在马车上睡着了。夏永兴轻轻地牵马绕到了后巷，把马车停在了暗香书寓后院的铁窗口。由于巷子很窄，马车挡住了往来于巷子的人，夏永兴因此被行人谩骂了许多次。

天色渐渐暗了下来，铁窗从里侧咣的一声打开了，夏永兴匆忙凑到了铁窗前。张翠翠透过铁窗小声惊呼吓了一大跳。夏永兴迅疾把刚才去前庭赎人的遭遇说给张翠翠听，张翠翠瞪大了眼，说："一千万，放在一年多前是值钱的，不过，现在就是一堆废纸。"夏永兴喃喃地问："这可咋办？"张翠翠迟疑了一下，说："那么，你有多少家底，都拿出来试一试。"夏永兴悄声说："还有三百万。"张翠翠的双眼瞪得更大了："咋，你的家底才这点儿！你拉柴卖柴一年多，才弄这点钱！"听张翠翠如此一说，顷刻间，夏永兴意识到自己陷入了一个骗局。原来，夏永兴卖柴有一个大买主，这个买主是户部山上的一户崔姓人家，一年多的柴基本都卖给了崔家，崔家在一年前就预订下了全年的柴，并谈妥了一千万的货款，谁知，一年下来，法币贬值贬得让人瞠目结舌，崔家竟然装作糊涂，依然只付了夏永兴原定的法币。

身后马车上的孩子发出了"啊啊啊"的呼喊声，夏永兴恍然转身去安慰了一番。回过头，夏永兴低声对张翠翠说："弟妹，劳烦你给她传个话，我回去一定还会拿钱来赎人。还有，我带了一个男孩过来，想叫她认一认，你能叫她过来认一下吗？"张翠翠不屑地回答说："话，我可以帮你传，不过呢，其他的我可帮不了。"夏永兴急说："从这个窗口看一眼就行，叫她认认这个孩子，求你帮帮忙。只看一眼，看看他是不是她的孩子。"张翠翠伸直脖子朝夏永兴身后的马车上看了一眼，说："这个铁窗是不允许书寓里的烟花女子靠近的，这个忙，我可不敢帮你。"夏永兴又欲开口说话，张翠翠不耐烦地关上了铁窗，撂了一句"赶紧筹钱去吧。"

夏永兴无神地退了几步，倚坐在了马车的车框边沿，由于重心不稳，他顺势一滑，刚好跌撞在了枣树的树干上。夏永兴扶着树干撑起了身，费力地牵着马车，离开了巷子。

满脑子都是钱款，满脑子都是铁窗，满脑子都是赎人，满脑子都是认亲，夏永兴感到头顶越发变得昏昏沉沉，竟然不知不觉驱赶马车上了户部山的青石板小径。他轻轻地把马车停在了崔家大院门前，守着红漆大门徘徊了许久，他好几次抬手摸到了狮嘴银白的铜质铺首，却始终没能鼓起勇气把大门敲响，直到大门被人从里面打开，他才如释重负般站立在了石狮的后面。开门的人是崔家的管家，夏永兴熟识，卖柴的生意就是与这个管家来往的。管家见夏永兴站在门外，面色严肃地说："再也不要你的柴了，你的柴都是枯柴，不耐烧。"夏永兴从石狮后站了出来，面色乞怜地说："管家，你前几天给我结的柴钱，我想再重新算一算。"管家突然厉声骂道："你这个死老头！快滚！"说完，管家缩回了身体，将大门紧紧关闭。夏永兴隔着门缝继续祈求说："管家，你行行好……"管家在门缝里骂道："看你那骨瘦如柴的样，再不快滚，就把你当柴火，一把火烧了！快滚！"

夏永兴吃了闭门羹，更加心灰意冷，他眼前突然一阵眩晕，差一点跌倒在地，幸而身后的石狮挡住了他干枯的身躯。躺在马车上被褥里的孩子再一次"啊啊啊"喊个不停，夏永兴见他的手指正在画动，知道他有话要写，便颤抖着把手掌伸到了孩子的手指跟前。孩子在夏永兴的掌面上写了许多的字——我来过这里，这是户部山，快带我去山顶。

夏永兴读懂了孩子书写的字后，小声安慰道："天色不早了，还是跟我回去吧，山顶是戏马台，一片荒地，没什么可看的。"夏永兴牵马车远离了崔家的大门，在一处石磨旁边停下，他把捆在马车上的绳子绑紧，以免被褥里的孩子从马车上脱落。

整理好马车，夏永兴牵马朝山下走去时，孩子再一次激动地喊叫了起来，嘴里"啊啊啊"的喊声越来越大，越来越急，他那含泪的双眼直视着夏永兴，眼中充满了期盼，也充满了一种无形的弱者乞怜的力量。

夏永兴心中默念着“这个可怜的孩子”，把手掌伸到孩子的手指跟前，孩子划动手指写了几个字，依然是要上山顶。

夏永兴长叹一口气，掉转了马头。老马虽然已老，却像一名老当益壮的纤夫，拉着缰绳卖力地朝山顶攀爬，到达山顶之后，老马安静地停在了一块石碑旁，石碑上刻有“秋风戏马”的字样。

孩子“啊啊啊”地挣扎着要起身，并在夏永兴的掌面上写下了“我从这里能看到我的家，我要回家，你带我回家”。夏永兴顺着孩子手指的正北方向，看见了徐州城中央的统一街，从山顶远远地望去，统一街好似一根银针扎在了徐州城的心脏当中，也似扎在了夏永兴的心脏里。孩子奋力地挣扎着，突然从马车上滚落了下来，夏永兴急忙去救，却也一个踉跄，摔倒在了地上。幸而三个身装中衫长裙的女学生从不远处跑了过来，扶起了夏永兴，也抱起了孩子。倚坐在石头上的夏永兴再三感谢女学生，感谢这几位年纪轻轻的活菩萨。女学生们灿烂地笑着回答说：“我们不是什么活菩萨，我们都是女子师范的学生，那是我们的教学楼。”说着，女学生扭身指向了不远处略显突兀的霸王楼。

见佝偻的男孩子依然“啊啊啊”地喊个不停，女学生们陪男孩说了一会儿话，待孩子安静下来后，女学生们帮助夏永兴把马车牵到了户部山的脚下。

回到夏郭庄的夏永兴，依旧重操进城卖柴的行当，在他的脑海中，卖柴或许是唯一可以挣钱的途径，而挣钱又是唯一可以赎人救人的途径。

一个熟悉的面孔出现了。见到熟悉面孔的那一刻，夏永兴恍若隔世般猛然一惊。

那是农历七月十五中元节的晚上，夏郭庄村东头和村西边的好几个路口，聚集了不少前来焚烧纸钱的人，夏永兴也在其列。村西边的三岔路口，夏永兴摆了七捆的纸钱，因为集市上卖的纸钱比同样张数的小额法币还要贵，夏永兴干脆把家中半麻袋的法币直接当作纸钱烧给死去的人，他将七捆纸钱区分得泾渭分明，有给父母的，有给妻子的，有给自己的亲生骨肉的，也有给养子贱犊的，还有一份，是给贱犊的亲生母亲的，那个令他忏悔了半辈子的女人。这些年来，夏永兴每年中元节都是如此，无一例外。夏永兴一边划火柴点燃纸钱，一边小声念叨着已故的亲人前来拿钱。突然，火光的对面闪现出一个面孔，竟然是那个女人的面孔，夏永兴惊吓得连连向后退了好几步。直到女人开了口，夏永兴才如释重负舒了口气。“永兴大哥。”女人绕过了火堆，说，“我回来了。”夏永兴定眼一看才认清，眼前的女人并不是他脑里的那个女人，而是她的妹妹尤小喜。夏永兴匆匆忙忙烧完纸钱，领着尤小喜回了家。

五旬有余的尤小喜是只身一人来的夏郭庄，她随夏永兴进了家之后，借住在了倒座房里。这是尤小喜近十年来第一次踏进夏郭庄的土地，自从被拾起解救之后，尤小喜就一直扎根在鲁南山区的共产党革命根据地，她一次也没有走出过根据地的地域，而这次离开根据地，她是根据共产党支前工作的部署要求主动请缨而来的。第二天，尤小喜趁周边没人，偷偷拉夏永兴进了倒座房，她不等夏永兴坐下，就急匆匆地告诉夏永兴，她曾经遇到了贱犊的女人吕水儿一事。听到尤小喜说出吕水儿名字的那一刻，夏永兴浑身一颤，他激动地紧紧抓住了尤小喜的手臂，说：“你说的啥，你再说一遍，再说一遍。”尤小喜叫他不要激动，待夏永兴在几块青砖上坐稳后，她把几年前与吕水儿相遇相识，又一起被关押被解救，再到后来一直在根据地的情形全部说了出来。夏永兴连声长叹了许多次，问：“她现在哪里？她的那个孩子找到了吗？”尤小喜警觉地推窗看了看窗外后，蹑手蹑脚走到门前把门关紧，蹲在夏永兴的身边，悄声说：“她，去革命了，去北边革命了。”“革命？”夏永兴浑身又是一颤，继而双唇抖动着说，“那么，孩子呢？”尤小喜说：“她没找到孩子，不过，我……”夏永兴急问：“不过什么，快说。”尤小喜郑重其事地说：“永兴大哥，你信不信我？”夏永兴茫然地盯着尤小喜，一时不知怎么开口。尤小喜低声说：“你想过苦日子，还是想过好日子？”夏永兴不觉叹了口气，说：“咱都想过好日子，可啥是个好日子，我这一辈子都没见过。”尤小喜把门关闭，转身悄声说：“跟着共产党就能过好日子。”接着，尤小喜把她在共产党革命根据地里的幸福生活一一做了描述，那里虽然生活条件也艰苦，但是没有剥削，没有压迫，没有鸦片，没有奴役，没有卖身，有的是人人都能当家做主，有的是军民鱼水一家亲，那就是她心目中的好日子。

夏永兴按照尤小喜的言语，遐想着好日子的景象，却怎么都无法在脑海中描绘出那样的画卷。尤小喜又说：“等共产党解放了全中国，那时候，到处都是好日子。”夏永兴疑惑地问道：“咱这里也能过那种好日子？”尤小喜说：“那当然，所以，咱们老百姓要支持共产党，要支援前线才行，我这次来，就是来打个前站，共产党的支前委员会随后也会到这里，到时候希望你能多发动一些群众加入支前的队伍。”夏永兴沉默了稍许，紧皱眉头地说：“我还有一件事没有完成，就怕不能帮你。”尤小喜睁大了眼询问到底有什么大事。夏永兴哀叹着把去妓院赎人的来龙去脉说与了尤小喜听。尤小喜惊讶地拍打着大腿，说：“等共产党把徐州城解放了，根本不用你去妓院赎人，人人都能自由。”夏永兴听了尤小喜所说的话后，心中激荡起阵阵希望的波澜，双唇战栗，竟一时发不出声来。

三天后，共产党负责支前的两名同志来到了夏郭庄，当两名同志从夏郭庄离开时，带走了多名群众和两辆马车的粮食，夏永兴和他的马车也在其中，马车的一角还载有那个让夏永兴放不下心的瘫痪男孩。

在一次誓师大会与率兵西进的夏毓杰告别后，拾起随另外几名同志秘密潜入了微山湖东岸一带，他们在执行一项策应国民党军队起义的行动。北面的济南解放后，在国民党军队收缩兵力固守徐州的情况下，这项行动显得至关重要。其实，在两年之前，徐州地区的国民党将领有过一次起义，不过起义以失败告终，那时，带头起义的是国民党新编第六路军总司令郝鹏举，但是起义不到一年，郝鹏举却又叛变了，后来郝鹏举被抓获处决。有了前车之鉴，组织上对这次的起义行动十分谨慎，不过，庆幸的是，这次组织起义的国民党将领都是共产党的秘密党员。

拾起和几名同志潜入预定地域后，经过数天的联络和筹划，顺利完成了策应任务，两万多人举行了战场起义，这次的起义军进一步充实了华东野战军的兵力。

起义后不到一个月的时间里，共产党的华东野战军和中原野战军势如破竹一般，取得了淮海战役阶段性的胜利，国民党黄百韬兵团被拿下，同时被拿下的，还有徐州城。

公历的十二月一日，徐州宣告解放了。随华东野战军第二十纵队进入徐州城后，拾起被组织上留在了徐州城，理由是他是徐州本地人，留下更便于开展徐州城解放的后续工作。拾起被安排到了新成立的徐州特别市军事管制委员会，与其他众多同志一起负责城市的接收管理工作。因为有前期城中地下党员搜集整理的《徐州概况》作为接管工作的参考依据，仅仅二十多天的时间里，拾起所在的军管会协同新成立的徐州市人民政府，就使城市步入了正轨，无论是从铁路到公路，从报纸到货币，从工厂到农场，还是从学校到医院，从电力到煤业，一切都变得秩序井然。

随着徐州城的解放，拾起的父母兄长返回城北的拾屯家中，由于家中房屋早已化为灰烬，他们选择在九里山西麓的白云寺落了脚，此时的白云寺已经由日本时期的军火库恢复了寺院的模样。拾起抽了一个傍晚徒步去了白云寺，与父母见了一面后，他又急匆匆地返回了城中，他还有许多接收清理工作要完成。

连续的高强度工作，使拾起的身体十分疲惫，他从白云寺返回城中的路上，不觉有些眩晕，为了急于回到工作岗位，他努力保持着头脑的清醒，努力辨清昏暗的天色，当他路经中山路北段的一个小巷时，恍然间被人从背后狠狠地打了一棍子，拾起在跌倒落地的一瞬间警觉地从腰际拔出了手枪，正准备开枪时，背后的人影突然消失在了黑暗里。拾起心里清楚，袭击他的一定是城中国民党的残存破坏分子，这些残存分子隐蔽在百姓之中，时而出来搞些破坏活动，敌在暗，我在明，只身一人的拾起为了安全起见，快步走出小巷，向西拐入了一条大街，大街上有成队的战士在巡逻，比之其他小巷要安全许多。

停下来喘了几口气，拾起意识到这条街是富贵街，是他熟悉而又陌生的街道，曾经在这条街道上住有三姨一家，还住有他心爱的女人刘梦樱。他顺着烛火的方向朝西走入了街道深处，驻足在三姨的门店前，念想起了多年前的景象，须臾，他又联想到十年前外逃的三姨一家一直杳无音信，不禁多了几分感伤，如今这条街已经物是人非，当年的众多门店变了模样，门店的主人们也变了模样。

拾起望着隔壁曾经的刘梦樱家里的门店，脑海中回忆起了与刘梦樱的点点滴滴，往事似乎历历在目，刘梦樱的娇羞面孔似乎就在眼前。正当拾起沉湎于往昔的记忆之中时，一个苍老的老头进入了他的视线。老头坐在街边的一块残缺的石块上，在夜色的照耀下，满脸都是沧桑，老头不时起身向经过的路人伸手祈求着什么，又不时从上衫里掏出些什么，展示给愿意驻足与他说话的好心路人。拾起在不远处观察着老头，恍惚间感觉到老头的面孔是那样熟悉，随着他一步一步靠近老头，终于想起了老头的身份。

拾起激动的泪水夺眶而出，他抢了几步冲到老头身前，凝视着老头的面容，果然是他，果然是刘梦樱的爹。

老头见拾起出现在身前，并没有诧异，依旧重复着刚才的动作，对拾起说："同志，你可怜可怜我，帮我做做主。"拾起悄声问道："您贵姓？"老头从上衫掏出了一块包好的油纸，说："你看看，这是房契，这家宅子确确实实是我的。"拾起问："您是不是姓刘？"老头一边拆开油纸，一边说："从清朝时就是我祖上的宅子，日本人进城之前，我们一家逃走了，日本人投降后，我回来讨了两年多，可是……”没等老头说完，拾起砰的一声跪在了老头的脚下。老头有些措手不及，惊讶地往后退了一步，胆怯地说：“我有房契，这真的是房契，几十年的老房契。”拾起跪在地上，仰头说：“老人家，您全家，如今，可好？”老头恍然回答说：“我全家以前都住在这里，如今只能借住在乡下。”拾起含着泪，低声说：“您的儿女呢？”老头叹了一声，说道：“儿子跟我都住在乡下呢，还有一个闺女，她跟着别人走了。”拾起刚想说话，老头又说：“不过，我早就原谅她了。”拾起本想说出的话，瞬间又收了回来，他本想把刘梦樱离世的消息告诉眼前的老人，却终于没有开得了口。拾起站起了身，扶住刘梦樱的父亲，说：“老人家，把你的房契给我，我来帮你。”梦樱父亲激动地握紧了拾起的手：“你肯帮我做主，你肯帮我做主？”拾起郑重地点了点头，说：“你要相信共产党。”

帮梦樱父亲安顿好临时住处后，拾起连夜查找材料，第二天，他拿着包括房契在内的厚厚一沓纸质材料，去了位于中枢街新成立不久的徐州市人民法院。三天后，拾起帮刘梦樱的父亲讨回了宅院。梦樱父亲拉着拾起的手，差一点跪了下来，拾起匆忙扶起了他。

辞别后，拾起从富贵街拐到统一街，一路向南，去了云龙山脚下，他坐在刘梦樱坟前的一片枯草上，向刘梦樱诉说着许多的话，他告诉了她，革命一步步走向成功；他告诉了她，她的家人一切安好，他轻轻地向坟土上铺了些暖和的茅草，对她说，再也不用怕冷了。

第二十八章　戏马

一九四九年一月十日，淮海战役全面胜利结束。两天之后，支援淮海战役前线的数万名鲁南苏北的百姓途经徐州城举行了胜利游行，受到了徐州城人民的夹道热烈欢迎。夏永兴也在胜利游行队伍的行列。

虽然在游行队伍之列，不过，夏永兴只随队伍行走了城外的一里路程就停了下来，他牵着马车停在了城南的黄茅冈附近，马车上坐着尤小喜和瘫痪男孩。在外支援前线的半年多时间里，夏永兴亲眼见到了共产党将士的模样，也亲身感受到了共产党带来的崭新变化，他仿佛进入了一个新的世界，正如尤小喜所说，在这个世界，没有压迫，没有奴役，夏永兴不止一次感慨，在自己活着的时候，竟能有幸见到这种光明。

黄茅冈一带原有的几丈宽的沟壕被填平了，铁丝网和关卡也不复存在。夏永兴停好马车，从马鞍旁摘下水壶递给了后车上的尤小喜。尤小喜首先给依偎在她身边的佝偻的孩子喂些水，尔后自己也抿了一口。待尤小喜和孩子都喝完了水，夏永兴迫不及待地掉转马车，牵马朝东走去。尤小喜在马车上对夏永兴说道："永兴大哥，你不要着急，肯定都解放了，肯定都自由了。"夏永兴来不及答应尤小喜的话，只顾快步牵马赶往东边的新生里。

新生里确实解放了，街口已经无人看守，沿街的众多书寓的门匾刻字也消失殆尽。夏永兴把马车停在街口，叫尤小喜稍等片刻，便按照脑中的记忆，寻找到了曾经的暗香书寓。他怯怯地推开木门，迈入门槛，里面却空无一人，他轻声地呼喊了几声，依旧没人答应。夏永兴略显失望地走出了暗香书寓，走出了新生里的街口，茫然地对尤小喜说："没找着。"尤小喜慢慢从马车上下来，说："永兴大哥，你不要着急，咱再打听打听。"夏永兴点了点头。两人守在新生里的街口，拦住了几个往来的路人打听书寓里妓女的下落，路人均不知晓。眼见天色变暗，无奈之下，夏永兴只好赶马车回了夏郭庄。

隔了一天，夏永兴再次进了城，他见人便打听新生里妓女的下落，可是，一连十几个人都摇头不知。夏永兴马不停蹄继续一路打听，当他沿故黄河走到老东门外时，有人拦住了他，叫他别再往东走了。夏永兴问缘由。那人说，就在昨天，九架美国造的蒋军轰炸机在东边的火车站一带上空连炸了两个小时，房屋全部都被炸毁了，还炸死炸伤了五六十个人，共产党的军队正在那边抢修抢救。夏永兴听说后，沿路拐向西边的街巷。

花了五天的时间，夏永兴终于打听到了一个消息。有人说，徐州城解放后，城里的妓女全部都从了良，政府给妓女们发了救济粮，还给妓女们进行技术培训，教她们裁缝手工等等生存手艺，有的妓女进了纺织厂面粉厂工作，有的跟着小作坊打起了杂工，还有的回家与家人团聚去了。夏永兴听到消息后，激动不已，他继续在城的大街小巷四处打听，却久久没有寻找到关盼盼的踪影。

都说功夫不负有心人，确实如此。终于在一个多月后，夏永兴在城南的乌牛山一带找到了关盼盼。他激动地向她说明了身份，颤抖着问："被日本人抓走的两个孩子，在哪儿啦？"关盼盼瞬间痛哭了起来，哭了许久，才哽咽着对夏永兴说："他们走了……"夏永兴听关盼盼一说，以为两个孩子都离开了人世，不禁眼前一片漆黑，晕倒在地。等他醒来时，才从关盼盼的嘴里得知，她的两个孩子并没有死，当年在乌牛山被日本人抓获以后，两个孩子被当作童工干起了苦力，幸而后来被谢恩的手下救了出来，再后来，两个孩子都入了国民党的军队，如今，已经随国民党的军队撤到了上海，听说，从上海又去了海那边的台湾。

关盼盼含泪说："我之所以不想死，硬撑到今天，就是为了两个孩子。可是，我还是没能和他们相见。"说完，她小心翼翼地从上衣口袋中取出一个手帕，轻轻拆开手帕的四角，拿出了一张纸条。夏永兴颤颤巍巍接过了纸条，上面写有一列小字：

娘，我兄弟两人终于得知了你的下落。如今长官开恩，只要有家人来接，我兄弟两人就不用随军向南撤走，就能脱下军服，与你团聚。请务必于本月初七到蚌埠火车站相见。

默念完纸条上的文字，夏永兴庆幸两个孩子都活在世上，他轻声问："你去蚌埠火车站了？"关盼盼忍住一滴欲坠的泪，说："去了，他们已经走了。"

夏永兴把纸条还给了关盼盼，想带她回夏郭庄过些安稳日子，关盼盼执意不肯，说是要留在乌牛山。夏永兴依了她的选择。

夏百金很苦恼，他失去了一直引以为豪的掌柜职业。一个月前，徐州城中的国民党败亡后，夏百金第一时间找到郭三爷商议下一步的对策，郭三爷指着院子正中央的写有"泰山石敢当"的镇邪巨石，自信满满地叫夏永兴不要慌乱，他自有办法。当天，郭三爷备了几箱珠宝，去贿赂城中的共产党官员，他不仅想保住赌场、车行等原有产业，更想把曾经拥有的妓院烟馆等产业也收入囊中，令郭三爷没有想到的是，共产党的官员并不收取他的贿赂。郭三爷回到家中，让夏百金再多备几箱金银，对夏百金说，有钱能使鬼推磨，他从小到大还没见过不收钱的官。令郭三爷再次没有想到的是，共产党的官员依旧不收他的贿赂。过了一周，徐州市军管会没收和接管了官僚资本的各行各业，郭三爷的赌场、车行产业也被接管了，郭三爷很惊慌也很愤怒。平民百姓却纷纷喝起了彩。

没了掌柜一职，夏百金便没有了收入来源，幸亏他在前年花钱盘下了城南王陵路上的一个小宅院，不然的话，此时的他大约会无处安身了。看到城中关于旧钱限期兑换新钱的通告后，夏百金手推独轮车拉了整整一车的金元券和法币去了新成立的北海银行，这些旧钱是他的大部分积蓄，另有一些银元和珠宝被他压在了家中的箱底。夏百金把旧钱兑换成北海币后，急匆匆去粮市买了半年的口粮，他怕新钱像国民党时期旧钱一样，转瞬间就贬得一文不值。

一个小雨天，夏百金煮了一碗面糊吃过早餐后，戴了一个斗笠悄悄出了门。他这些天嗓子馋得厉害，由于城中再也找不到可以吸食的大烟，为了舒缓烟瘾，他迫切决定去一趟夏郭庄，在他的记忆中，前些年种植的罂粟还屯在夏永兴的家里。雨下得停停歇歇，夏百金也走得停停歇歇，烟瘾使他的身体异常疲乏，他不得不时而停下来好好歇一歇。夏百金疲惫地走到城西的燕子楼旧址时，被一大群人堵住了去路，他踮起脚尖努力张望，却没有看到前面到底是什么情形，若是在几年前，他可以登上燕子楼去眺望前方为何堵得水泄不通，而当年的燕子楼被日本人拆除改建了平房，如今无法再登楼察看。

看不清，夏百金只好开口询问。他从人群外层挑选了一个中年妇女模样的女人问道，大家都在看啥。妇女扭头高声说，抓特务，抓汉奸。夏百金问，哪儿来的汉奸。妇女笑道，汉奸可多啦，不信你看。正说着，拥堵的人群开始慢慢移动，夏百金不再发问，随着人群移动的方向再次踮起脚尖张望。正是他的这次张望，使他疲惫的身躯瞬间清醒，烟瘾也变得全无，夏百金惊慌地大口喘气，努力去平缓战栗着的肢体，他竟然看到郭三爷被反绑押解着在大街上游行。

夏百金就近抓了一个人的胳膊问，他们要被押去哪里。那人头也没回地说，游行，杀头，枪毙。夏百金一听，立即后撤数步，躲在了一棵布满弹孔的梧桐树后，过了须臾，他偷偷地溜回了他的新家。

躲避在家中，夏百金不忘探出门去打听郭三爷的消息，两天后的一个傍晚，他听说，郭三爷已经被枪毙了。夏百金的内心十分惧怕，他不断猜想，郭三爷要是被杀了头，会不会连累到自己身上，他又不断地祈祷，老天开开眼，饶了我夏百金。当晚，正当他点了一根香，跪在正堂的菩萨像前祈祷的时候，响起了敲门声，他惊吓得猛然一哆嗦，不顾看一眼从手中掉落的香，就急匆匆吹灭了油灯，摸黑从院子的侧门悄悄逃出了家。夏百金静静地藏在后巷的一口石井后面，趴在冰凉的石板地上纹丝不动，直到周围变得万籁俱寂，他才尝试着伸出头来观察了一下动静。在探明了安全的处境后，夏百金斗胆把趴下的动作改为了蹲，他蹲在石井后面，继续观察着四周的一切。三更时分，浑身冷得发抖的夏百金，终于鼓起勇气离开了石井，他蹑手蹑脚沿着小巷返回了新宅的院外后，并没有急于进入宅院，而是沿着侧巷的墙根慢慢向大门外的前巷摸去，为了进一步确认大门外已经没人，他从侧巷的拐角处就开始一步一步窥探宅门前的情景。

没人，果然没有人，夏百金如释重负般地长吁了一口气。

不承想，突然，门檐下方站起了一个人。夏百金心中倏然一紧，转身就要朝侧巷逃跑。门檐下的人开口说了话："我是翠翠。"原来是她，夏百金瞬间从亡命之徒的身份切换成了一家之主，悄悄地厉声训斥道："你没事装什么夜鬼，想吓死我！"张翠翠借着夜色，朝自己的头发衣服棉鞋等装扮逐一打量了一遍，似乎在检查她的装束与鬼之间到底有何相似之处，嘴里喃喃地说："一点儿都不像啊。"夏百金问："你是咋找到这里的？"张翠翠恍然初醒停止了自我打量，转而气愤地低声骂道："你这个老东西，你想'茶铺搬家，另起炉灶'不成，自己在这里有了个家也不告诉我，是不是想把我当老太太的鼻涕，一甩了事。"夏百金匆忙上前捂住了张翠翠的嘴，示意她先进家，再说话。

夏百金将张翠翠拽入屋里，点亮了一盏油灯，说了些好听的话安慰了张翠翠，尔后反问她，这些日子去了哪儿。张翠翠在木椅上坐定，把书寓如何解散，她如何坐汽车到贾汪矿区接受技能教育，后来如何被安排回到徐州城，又如何进入一家面粉厂负责给后厨烧炭，一一都说与了夏百金听。说着说着，张翠翠的脸色变得有些恐慌：“在面粉厂，我听到了一件大事！”夏百金掩饰内心的惊恐，故作淡定地问：“啥事叫大？”张翠翠说：“郭三爷被枪毙啦！”夏百金平复着内心的波澜，说：“我知道。”张翠翠接着说：“面粉厂里的人说，郭三爷罪孽深重，先是勾结日本人残害百姓，再是勾连国民党的残余特务，搞阴谋活动破坏解放成果，厂里的人还提到了你的名字，说你是他的跟班狗腿子，还说要把你一起抓了才好。”夏百金的脸色倏地变得苍白。张翠翠见夏百金变了脸色，急忙补充说道：“我听他们这么一说，就四处打听你的下落，花了好长时间才知道你在这里，今天晚黑等面粉厂都吃完了饭，我封了炉火就赶了过来。百金，你得赶紧想办法！”夏百金茫然地说：“哪个面粉厂？”张翠翠急切地说：“你得赶紧想办法，听说毓杰是共产党的一个头头了，你得赶紧找他，我怕晚了的话，你要是走上郭三爷的绝路就来不及啦！”夏百金茫然地重复着刚才的话：“哪个面粉厂？”张翠翠更着急了：“是宝兴面粉厂。解决了郭三爷，你的命也难保！”夏百金的声音有些颤抖，说：“毓杰这孩子，多少年都没见着了，他肯不肯帮咱？”张翠翠啐了一口吐沫，愤愤地说：“他敢不帮！他要是不帮，那可是忘恩负义！咱当年要是不收养他，他能长大成人？他能有今天？他扪心问一问，咱对得起他爹夏百银！”夏百金叹气说：“你知道毓杰的下落吗？”张翠翠疑惑地摇摇头。夏百金又问：“那么，你知道小喜的下落吗？”张翠翠瞬间瞪大了眼，说：“你‘小喜，小喜’喊得倒是很亲切，我才不知道那寡妇的下落咪。”夏百金急忙叫她小声点儿，这事要悄悄地商量才行。

伴着时而昏暗时而明亮的灯光，夏百金和张翠翠夫妻两人你一句我一句，仔细商议着投靠夏毓杰主动寻求活路的办法，张翠翠越说越有劲头，俨然早已选择性地忘却了当年她对夏毓杰一家所做的一切赖事。如今的她，对于夏毓杰和他的母亲尤小喜来说，大约只是一个天大的恩人。

夏百金的脸上依然露有难色，嘴里嘟囔着别人听不见也听不懂的话语，这些话语，似乎连他自己也听不太懂。见夏百金畏畏缩缩的样子，张翠翠站起了身，说："不行的话，要么就逃走。"夏百金窃窃私语道："上哪里逃，一把年纪了，逃……"张翠翠突然惊讶地打断了夏百金的话："哎呀！看这地上的香灰，扔了多可惜！"说完，张翠翠跪在地上，努力拢合右手的几根手指指尖，一点一点将脚下的香灰捏放在了左手掌面上，捏完，她小心翼翼起身凑到了油灯下，伸开掌面仔细端详着手心里的香灰，如获珍宝地说："你看，多好的宝贝，多新鲜。"夏百金无心地瞥了一眼，并没有说话。张翠翠神秘兮兮地对夏百金说："你知道郭三爷为啥会死吗？"夏百金回答说："你刚才都说了，勾结日本……"张翠翠急忙抢言："他身上有邪气。"夏百金张目说道："邪气？"张翠翠说："对，邪气，我几十年前就看出他身上有邪气。他一定没喝过香灰水，这香灰能驱邪。快，我给你去冲一碗，你赶紧喝了，驱驱邪。"说完，张翠翠去灶房烧了两碗热水，又从观音像坛里舀了四勺香灰撒入了碗中，用汤勺搅匀后，端了一碗放在夏百金面前，说："驱了邪，你就一定不会有事了。"张翠翠见夏百金迟迟没有喝的意愿，便举碗仰头自己先喝了一碗，喝完给夏百金看了看干涸的碗底，说："学我这样，憋一口长气，一口气喝干净。"等了片刻，夏百金从张翠翠手中接了另一碗香灰水，捏紧鼻孔，一饮而尽。

喝完香灰水的两人，如释重负地安坐在了两个并排的木椅上。在这深冬的寒夜，热水暖遍了他们的全身，褪去了刺骨的寒意，而香灰似乎能筑固他们的灵魂，驱除持久的恐慌，他们的脸上都隐约露出了微微的笑容。过了没多久，夏百金双手撕开自己的棉袄绻领，不停地抓挠着胸口，说："烧心，香灰咋这么烧心。"正说着，他抬头看了一眼张翠翠，却见她两个鼻孔直往外冒血。夏百金惊讶地喊道："你！你的鼻子咋，你咋……"瞬间，他感觉自己的脸上也有一股热流顺着下颚流到了脖颈，他随手一摸，满手沾染了鲜血。夏百金惶恐地看着张翠翠，愤怒地说："你，竟然下毒！"

浑身无力的张翠翠砰的一声从木椅上歪倒在了地上，嘴里吐出了鲜血，伴着血液，她的喉咙深处支支吾吾又吐出了几个字："我，我没下毒……"

两人挣扎着往门外爬去，嘴里无声地高喊着求救的讯号，当他们爬到门槛时，精疲力竭地停了下来。一旦停止，他们就再没有动弹，片刻后，夏百金和张翠翠一前一后咽了气。

夜，异常安静，特别是伴随着鹅毛大雪的渐渐飞落，就更显得万籁俱寂了。风载着雪花一阵一阵吹打着釉面的黑漆门，狡黠的雪花透过门缝渗到了门槛上，越过门槛，又一层层轻轻飘落在了夏百金和张翠翠的身上，直至在他们全身上下盖满了厚厚的白色的雪被，风才渐渐收了，雪才渐渐停了。

城南王陵路一带发生的多起投毒杀人盗窃的恶劣行径，引起了徐州特别市军事管制委员会的注意，经过两天拉网式的侦探，终于找到了真凶。原来，有一伙国民党的匪特残余势力，选择在城南共产党警备薄弱的地带秘密开展阴谋破坏活动，他们沿王陵路一条街挨家挨户往水缸里投放毒药，毒死了五口人，另盗走了不少值钱的家当，而后企图制造污蔑共产党的舆论，引发民众恐慌。

为清除匪特，徐州特别市军事管制委员会下令，进一步清查解散国民党、三青团等反动组织，肃清国民党匪特残余势力，并立即解散假冒民主之名进行阴谋活动的"民主共进党"和"新社会革命党"两个非法团体。清除匪特的行动再一次强势展开后，徐州城终于趋于少见的祥和与平静。

在军管会的遭受匪特残害人员名单上，拾起看到了夏百金的名字，他隐约记起这个名字大约与夏毓杰有些关系。由于夏毓杰早已随大部队南下大别山，拾起无法当面向夏毓杰告知，他便小心把名单上关于夏百金的记载誊抄了一遍，以备以后再见夏毓杰时当面拿来查阅。拾起将誊抄好的纸张折叠整齐，放进了一本线装的旧书里，这时，门外有人喊他，说是有人来找。拾起将旧书放入书箧压在了一摞书的底部，疑惑地出门去迎，不知道会是何人来找。拾起出了门，看见街对面一个缺了角的石臼旁蹲了一个人，他朝前走了两步辨别出此人原来是拾姓堂哥，便匆忙上前把拾姓堂哥引到了门里，问明何事来找。拾姓堂哥胆战心惊地说道，前几天，耿聋子在城北的郑集被共产党枪毙了。他还告诉拾起，之前国民党政府想免掉耿聋子铜山县县长的职务，耿聋子当时花了两百亿元来贿赂疏通得以留任，可是花的这些钱全部转嫁在了老百姓身上，当时的百姓生不如死，所以，耿聋子的保安旅战败被俘后，老百姓人人都要求处死他，加上耿聋子多年来对共产党的残害，终于被当众枪毙了。说完，拾姓堂哥气喘吁吁地从身后提了一小布袋的大豆给拾起，想请拾起帮忙在城里谋个差事。拾起叫他好生回家种田，以城中人杂事乱婉言拒绝了他。

正月刚过了没几天，拾起在整理匪特反动势力的查封物品时，被一幅中国传统水墨画吸引了。这是一幅横版的长卷，画中左右各画有两座金碧辉煌的宫殿，左边的一座，有骄阳和残月在上空交相辉映，右边的一座，有一条张牙舞爪的长龙在空中盘旋萦绕，乍一看去，格外壮观，若是凝神再往下细看时，会有一种悲凉的感觉，左边的宫殿旁，画有一个身穿女士裙衫头戴皇冠的皇帝，女皇帝的脚下抛有几个带血的人头，右边的宫殿旁也画有一个皇帝，不过这个皇帝是位男性，男皇帝衰败地坐在殿椅上，下面跪了一群官员，官员全是一派太监的服饰和模样，画卷的左端题了一首诗，诗名为《袁项城窃国称帝虚尊洪宪之名》：

日月当空封秦客，
飞龙在天宠胡僧；
古来昏主多尊号，
得了虚名得骂名。

站在画卷前，拾起为画功的浑厚扼腕惊叹的同时，更对画中的诗作赞叹不已，不过，对于这首以古喻今讽刺当年窃取辛亥革命成果诗篇的前两句，拾起只能读懂首句，是以嘲讽唐朝武则天改名为“曌”，他不知道这个署名为“静松闲人”的作画者，作的第二句到底是所言何人。

正当拾起沉迷于画作时，有一名负责查封物品的同志走到他跟前，看着画，说：“拾起同志，你好像对这幅画很感兴趣，你知不知道这个静松闲人是谁？”拾起疑惑地问：“谁？”那人说：“裴芳谷，旁人都称他秀才，当年听说很有名气，不过最后甘愿给日本人当画奴了。”“啥！静松闲人就是裴秀才。裴秀才他，画奴？”拾起十分惊讶，不敢相信那人说的话，他虽然只与裴秀才有过一面之缘，脑海中却仍然留存有裴秀才令人敬佩的浩然骨气，加之，裴秀才还是那个对他一厢情愿的女子裴夏的祖父，拾起就更加不愿相信了。旁边的同志指着不远处的另一幅画，说：“你看看那幅画，就是他恭维日本汉奸所画的。”拾起急遽走到画前去看，只见画名为“山中板桥”，从左侧几列小字的题跋可以看出，这幅画是裴秀才为青帮郭三爷所作。那人指着画，说：“你看看，竟然把郭三爷恭维成郑板桥，还什么‘堂前坐’‘人上飞’。”拾起急问裴秀才的下落，那人不知，拾起便没有再说话，继续清点手中的物品。

拾起着实不愿相信裴秀才会屈膝做“画奴”，他一边清点，一边在脑海中一遍一遍诵读着两幅画中的诗句，他越发怀疑，裴秀才“堂前坐”“人上飞”的恭维诗句中一定另有寓意。满怀着疑惑和执念，拾起将两幅画的诗句都抄写下来，径直去了户部山，他凭着记忆找到了当年的裴家宅院，企图当面问明裴秀才，可是，裴家宅院早已换了主人。拾起向宅院里的人打听裴秀才的消息，没人知晓，甚至半个山坡上的住户人家都不知晓。

无法当面问明，拾起只好请教别人帮助解读诗文的寓意。他从户部山下山后，去了位于城北夹河街重建不到一年的市立一中，他接连找了几名国文老师，终于，一位六旬有余的老先生帮他解读了“飞龙在天”一句的含义。原来，飞龙在天是一个“龑”字，指的是五代十国时期的南汉主刘岩改岩为“龑”，不过老先生对山中板桥的诗句却没能解读。拾起心怀不甘，而后访遍了城中各个学校，可是几天下来，依然无果。恰逢拾起一筹莫展之时，有人对他说，兴化寺有一名云游归来的僧人，据说这个僧人饱读经书，也饱读诗书，劝拾起去兴化寺碰碰运气。

拾起激动得顾不上填饱饥肠辘辘的肚子，一路小跑变换为一路快跑，一路快跑又变换为一路快爬，一口气登上云龙山进了兴化寺。他寻了好几个僧人打听引路，终于在一间禅房里找到了正在读经抄经的老僧人，这个老僧人正是他要找的人。小和尚退出禅房后，拾起深深地给眼前这位法号净空的高僧鞠了一躬，净空高僧并没理会他，手中抖动着毛笔一直抄写着经文。拾起不敢搅扰，他站立在佛像的一侧，静静地等待着，直到过一个时辰一炷长香燃尽，净空高僧才放下了手中的毛笔，盯着眼前的经书目不斜视地说：“施主为何而来？”见高僧开口说了话，拾起慌忙拔起僵硬的腿，上前说明了来意，并把裴秀才的诗句递到了高僧的眼前，片刻后，净空高僧拿起毛笔，写下来几个字，“扬州八怪郑板桥”。拾起匆忙问，诗句与郑板桥有什么关系，净空高僧始终缄口不言。拾起又等了许久，高僧却离开禅房，进大殿去了。拾起想跟去，被小和尚拦在了大殿的门外。

无奈，拾起只能返回了。回去后，拾起搜集了多本关于扬州八怪之一郑板桥的书，他仔细研读了几天以后，欣喜若狂，他竟然找到了答案。原来，书中讲述，郑板桥曾经给一个恶人写过一个门匾，门匾上题有“雅闻起敬”四个字，郑板桥在给门匾刷漆时，每个字只刷了半边的油漆，后来时间一久，门匾上的字变成了“牙门走苟”，以讽刺恶人是“衙门走狗”。找到解题方法后，拾起连忙把裴秀的诗句做了解读：

雅闻素默堂前坐，尔佳起敬人上飞。
衙门系犬堂前坐，小人走狗人上飞。

拾起激动得额手称庆，大声舒气说道：“裴秀才，是义士，他果然是被冤枉了！”说完，他速即把他得出的结论告诉了周围的每一个人，以求在舆论上还裴秀才一个清白。

一周后，在徐州城的大街小巷里，裴秀才的身份终于得到了澄清，拾起非常怡悦。可是，裴秀才失踪的事实，又令拾起感到困惑，也感到扑朔迷离。一场小雨过后，拾起不觉又一次去了户部山，来到了曾经的裴家宅院，他站在门外徘徊了许久，端详着门上的辅首和门旁的石狮，心中充满了不解和惋叹。忽然，大门开了，里面走出来一个中年男子，陌生男子说：“你随我进来。”拾起满腹狐疑地跟进了院子。刚走到院中央，中年男子从里屋拿了一包油纸递到了拾起的手中，说：“这些都是寄给裴秀才的信件，以前没敢拿出来，现在给你吧。”拾起问：“为什么给我？”中年男子说：“我听说，你已经来过十次，而且我知道，给你，放心。”拾起接下了信件。中年男子送客说：“我就不留你了，慢走。”拾起识趣地离开了院子。当拾起出门的一瞬间，中年男子一边关门一边低声说：“其中有一封，是写给您的，拾先生。”话音刚落，门已紧闭。

拾起转过身，迫不及待地坐在了不远处下坡的一个石墩上，他小心拆开了油纸。一沓信封出现在了眼前，拾起瞬间认出了信封上隽秀的楷体字，这分明就是裴夏的笔迹，再一细看，果然如此，信封的落款处清楚地写着她的名字。

一共有四封信，前面三封的收信人都是裴秀才，最后一封是寄给拾起的。拾起没有拆看裴秀才的信，他只是轻轻地拆开了裴夏写给他的信，不过，当他取出信笺纸打开看时，惊呆了，里面的信笺是空白的，纸上空无一字，只能隐约看出几滴水渍的痕迹，信封里除了纸外，还有一个空瘪的香包。拾起的心里一下子被某种味道占据了，这种味道是说不出的味道，甚至连五味杂陈也形容不了他内心的感受，这味道中，有不解，有疑惑，有愧疚，也有忧愁。他盯着白纸，久久地发呆，眼前似乎神奇地见到了裴夏的赧然一笑，还见到了她的攒眉苦脸，直到一个上山卖鱼的小贩停在拾起的面前，连问了他数声买不买鱼，他才如梦初醒般摇了摇头。

清明节，拾起去云龙山的山脚下给刘梦樱扫完墓后，翻过山脊又去了兴化寺，这已经是他一个月内第五次前往，他拦住寺中的一位小和尚问，净空大师都离开兴化寺两个多月了，回寺了没有。小和尚头也不抬，边扫地边告诉他说，讲经刚回来。拾起兴高采烈地径直去了净空高僧的禅房，可是，禅房外的看门和尚无论如何也不许他进入其中，他百般请求，依然无果。别无他法，拾起只得离开了禅房，离开了寺院。当他沿石阶下山经过石佛的时候，刚才的看门和尚气喘吁吁地从身后喊住了他，并递给他一张经文纸，说是净空大师送给他的偈语。拾起激动地急忙打开来看，上面写了四句话：

如来拈花笑，
拈花不如来；
为谁来这里，
空物了尘埃。

随着一些残存的国民党匪特分子逃往城外，清肃匪特的活动也从城中扩展到了城外。夏郭庄有人举报夏毓彤通匪通特，经查是子虚乌有，没过多久，又有人控告夏毓彤作恶多端，要求把他问罪，吓得夏毓彤终日不敢出门。一场春雨刚刚下过，夏毓彤被带到了五里之外的乡里接受审查。听闻这个消息后，夏郭庄的几户曾经与夏毓彤争抢土地的人家，纷纷在自家门外放起了鞭炮，其中李二、李三兄弟两人，在夏永兴家门外的晒场上一边燃放鞭炮一边嬉笑怒骂，骂声句句直指夏毓彤。

夏永兴守在家中正在照料佝偻的孩子，他听到鞭炮声，不禁长叹了一口气，继而坐在堂屋门槛上无神地望着天，独自抽起了旱烟。不知过了多久，有人轻轻推门进了院子，夏永兴没有想到竟然是张寡妇。张寡妇径直小步走到夏永兴身前，羞赧而艰难地开口说了话："大叔，听村里李三说，只有我嫁给你家毓彤，他才能活命；只有我承认是他媳妇，承认当年毓彤是送了媳妇进城为日本人当差，他才能活命。不然的话，他就要被枪毙。大叔，你是好人，我不能眼看着你们家变得家破人亡。"夏永兴听完张寡妇的话，不禁落了泪。

一天后，夏毓彤被无罪释放回了家，释放的理由并不如张寡妇所言。共产党的同志查明情况后，对夏毓彤说，你也是无辜的人民群众，共产党就是要解放人民，你如今得到了解放，回去好好过日子吧。

回到家之后，夏毓彤整个人都变了，变得乐善好施，变得古道热肠，在村里村外，总能看见他扶老携幼做些好事，他的脸上也出现了以往少有的疏朗的喜悦。

临近端午的一天晌午时分，出了趟远门的尤小喜回到了夏郭庄，与她一起到来的，还有另外一个女人。尤小喜悄悄把夏永兴拉到一边，告诉他，这个女子就是他要找的吕水儿，吕水儿刚刚从南方支前回来。夏永兴颤颤巍巍走到吕水儿跟前，引吕水儿走到残废男孩的床前。当吕水儿见到佝偻成一团的孩子时，瞬间泣不成声，她轻轻抚摸着孩子的脸，呜咽地说："这是我的儿，这就是我的儿，我的儿耳朵上有颗痣，就是这颗痣，我可怜的儿啊……"吕水儿不禁抱住男孩，哭了许久。站在一旁的夏永兴，如释重负般地长舒了一口气，片刻后，他点燃了烟锅，蹲在墙角，默默抽起了旱烟。

男孩虽然残疾，但听得懂一切，对于突如其来的陌生人，男孩表现出了强烈的抗拒。他“啊啊啊”挣扎着划动手指，在床边的纸张上写下了几个字——我想回家。尤小喜挨坐在床沿，再三安慰，说：“这就是你的家，这就是你的亲娘，你的名字不叫郭荣，你叫谢飞。”男孩似乎更加抗拒了，不愿相信自己的身份，他再次在纸张上写道：我要去户部山，我要在山顶找我的家。写完，男孩歇斯底里不停地哭喊。半个时辰以后，为了安抚哭闹的男孩，夏永兴答应他，明天就去户部山。男孩终于安静了下来。

第二天是端午，夏永兴四更不到就起床出了屋，他进入马厩喂饱了家中的那匹老马，又在儿子夏毓彤的帮助下绑好了马车。尤小喜带吕水儿在东厢房的厨房里煮好了粽子，几个人吃了粽子作为早餐，便把男孩谢飞抱上马车，驾车朝徐州城的方向驶去了。夏毓彤留在了家中，他要帮张寡妇的田里挖水沟，以防备即将到来的夏天的雨季。

老马格外识途，几乎不用夏永兴掌控，很快就进了徐州城。城中俨然变了一副模样，解放前连话都不敢在街上多说一句的噤若寒蝉的百姓，如今，犹如处堂燕雀一般，再也不用惧怕，再也不用担忧，欢快而轻松地行走在城中的大街小巷。夏永兴的马车伴着街上的行人从西关驶上了贯通城东城西的主干道路，前些年改名为中正路的这条道路，如今为了纪念淮海战役胜利又更名为淮海路。夏永兴掉转马头从淮海路向南拐了好几个街巷，畅通无阻地抵达了户部山。

夏永兴牵着马车上了户部山顶，在山顶的一处平地上停了马，并在吕水儿和尤小喜的帮助下，将男孩谢飞用被子裹住抱到了一片矮草地里。谢飞挣扎着朝北面徐州城的方向望去，渐渐地露出了笑容。

见吕水儿陪着儿子谢飞静静地坐在草地里，夏永兴不忍打扰，他费尽全力将马鞍取了下来，牵马去了不远处的另一片草丛。夏永兴轻轻抚摸着老马的头，不觉发现，这匹通晓人性的马已经十分苍老，就连嘶鸣声似乎也变得沧桑无力，正当他再三打量老马进食鲜草的时候，突然，老马无声地侧身倒下了，肢体淹没在了草丛中。他急忙趴下身去查看，马已经失去了呼吸。夏永兴并没有惊慌，他安静地坐在老马的身边，依旧轻抚着它，像是在守护他的老友，也像是在看护他的孩子。

“大哥，大哥……”一个声音在耳边响起。夏永兴犹如恍然梦醒，倏地站了起来，他定眼看时，原来是尤小喜。尤小喜蹲下身来，仔细端详倒地的老马，哀叹了一声：“马死了。”

夏永兴没有答话，他蹲坐在脚下的鲜草上，从腰际拔出了旱烟枪点燃，尔后一口一口狠狠地吐纳着烟雾。他看着老马，也看着已显苍老的尤小喜，不知过了多久，他不禁落了泪，泪水缓缓划过他那枯如朽木的脸，仿佛是一道时间的河水流过了他的一生，泪水载着往事，一滴滴落在了脚下，落在了无尽的记忆中。

不远处，刻有“秋风戏马”的石碑矗立在惠风和畅之中，宛若是一座千年的墓碑。夏永兴望着戏马台的石碑，仿佛看见了两千年前这里的景象，西楚霸王项羽正在秋风中尽情地戏马为乐，那场景，是那样怡情，又是那样壮观。正当他沉湎其中时，猝然间，脑海中出现了悲惨的一幕，西楚霸王挥剑自刎，倒在了一片血泊里。夏永兴朝前看去，血泊里似乎显现了一个个熟悉的面孔，有他的父母，有他的妻儿，有他的养子，还有那个让他忏悔一生的女人。

夏永兴恍然一惊，此刻的他，似乎明白了一个道理——乱世里没有所谓的戏马，有的只是无尽的痛楚，以及无尽的沧桑。

他祈愿，乱世至此可以终结。

尾　声

四十年后，翠色欲滴的草地里，几个孩童手牵形色各异的风筝相互追逐着，远远地传来阵阵爽朗的笑声。已过七旬的拾起，穿过孩童的笑声，再一次徒步到达了云龙山脚，他孤身一人坐在刘梦樱的坟前，静静地坐着。昔日里断石裸露的云龙山，早已是满山青松，郁郁葱葱，山坡下，重现了千年前苏东坡“一色杏花红十里”诗句的景色，云龙山脚下的石沟湖也得到疏浚，并改名云龙湖，更是实现了苏东坡“若以上游丁塘之水注之，则此湖俨若西湖”的千年愿望。

看着眼前的一切，拾起悄悄填了一首词，《忆江南·彭城赞》，他反复修改音律，最终决定还是放弃音律的好：

江南好，
风景名满天，
九里楚汉千古锁，
云龙三岸杏花山，
岂不胜江南。

是啊，在拾起看来，今日的徐州城不仅有江南的俊秀，更有它独特的风骨，城北的九里山从两千年前楚汉之争就横贯那里，犹如一把历史的锁，锁住了千百年的记忆，它与城南的云龙山，一北一南，交相辉映，诠释了这座城市“南秀北雄”的雅喻。

不一会儿，侄子到云龙山找到拾起，说是从台湾来了一位上了年纪的女士专程回徐州探亲，并拿了一封信给拾起。拾起拆开了信，里面有一张泛黄的空白的纸，还有一个香包。

崭新而饱满的香包。